UMA FAMÍLIA QUASE PERFEITA

M.T. EDVARDSSON

UMA FAMÍLIA QUASE PERFEITA

Tradução
Natalie Gerhardt

Copyright © 2019 by M. T. Edvardsson

Créditos de citações
A redoma de vidro, tradução de Chico Mattoso.
Thérèse Raquin, tradução de Joaquim Pereira Neto.

Grafia atualizada segundo o Acordo Ortográfico da Língua Portuguesa de 1990,
que entrou em vigor no Brasil em 2009.

Título original
En Helt Vanlig Familj
Traduzido da edição americana (A Nearly Normal Family)

Capa
Guilherme Xavier

Foto de capa
Shutterstock

Preparação
Emanoelle Veloso

Revisão
Thaís Totino Richter
Valquíria Della Pozza

Dados Internacionais de Catalogação na Publicação (CIP)
(Câmara Brasileira do Livro, SP, Brasil)

Edvardsson, M. T.

      Uma família quase perfeita / M. T. Edvardsson ; tra-
dução do inglês por Natalie Gerhardt. — 1ª ed. — Rio de
Janeiro : Suma, 2021.

      Título original: En Helt Vanlig Familj
      ISBN 978-85-5651-109-6

      1. Ficção sueca I. Título.

20-51719   CDD-839.73

Índice para catálogo sistemático:
1. Ficção : Literatura sueca   839.73

Cibele Maria Dias – Bibliotecária – CRB-8/9427

[2021]
Todos os direitos desta edição reservados à
EDITORA SCHWARCZ S.A.
Praça Floriano, 19, sala 3001 — Cinelândia
20031-050 — Rio de Janeiro — RJ
Telefone: (21) 3993-7510
www.companhiadasletras.com.br
www.blogdacompanhia.com.br
facebook.com/editorasuma
instagram.com/editorasuma
twitter.com/editorasuma

PRÓLOGO

O tribunal da região fica no centro de Lund, bem na esquina da delegacia e perto da Estação Central. Qualquer morador da cidade passa regularmente por lá, mas a maioria passa a vida sem nunca colocar os pés lá dentro. Até muito recentemente, isso se aplicava a mim também.

Agora estou sentado em um banco do lado de fora da sala de audiências número dois, e o monitor à minha frente informa que um caso de homicídio está sendo julgado no momento.

Minha esposa está lá dentro, do outro lado da porta. Antes de entrarmos no fórum e passarmos pela segurança, paramos na escadaria do lado de fora e nos abraçamos. Ela apertou minhas mãos com tanta força que chegaram a tremer e me disse que não tínhamos mais o que fazer, que a decisão estava nas mãos de outras pessoas. Nós dois sabemos que isso não é totalmente verdade.

O alto-falante estala e sinto uma onda repentina de náusea. Ouço meu nome. Chegou minha vez. Cambaleio quando me levanto do banco e um guarda de segurança abre a porta para mim. Ele assente, mas sua expressão não revela um pingo de emoção. Não há espaço para isso aqui.

O tribunal número dois é maior do que eu esperava. Minha mulher está apertada entre as pessoas que estão assistindo ao julgamento. Parece cansada, exausta. Há vestígios de lágrimas no seu rosto.

Um segundo depois, vejo minha filha.

Está mais magra do que me lembro; o cabelo parece embaraçado e ralo, e ela olha para mim com olhos embotados. Preciso usar todo meu autocontrole para não correr até ela, abraçá-la bem forte e dizer que o papai está aqui, que não vou sair do seu lado até tudo estar acabado.

O juiz principal me cumprimenta e minha primeira impressão sobre ele é bem positiva. Ele parece atento, mas, mesmo assim, sinto um quê de sensibilidade nele. Ele passa a ideia de ser compassivo e autoritário ao mesmo tempo. Acho que não é muito provável que os juízes leigos se oponham à sentença dele quando chegar o momento. Além do mais, sei que ele também é pai.

Como sou um parente próximo da ré, não posso fazer o juramento. Sei que o tribunal tem que ouvir meu depoimento sabendo que minha filha é a ré neste caso. Mas também sei quem sou e o cargo que ocupo, o que significa que o tribunal vai considerar meu testemunho confiável.

O juiz dá a palavra ao advogado de defesa. Respiro fundo. O que estou prestes a dizer vai afetar muitas vidas por muitos anos. O que estou prestes a dizer pode decidir tudo.

E eu ainda não decidi o que vou dizer.

PARTE UM
O pai

*Do fruto de sua boca o homem se beneficia, e o
trabalho de suas mãos será recompensado.*

Provérbios 12:14

1

Éramos uma família perfeitamente normal. Tínhamos empregos interessantes e com bons salários e um grande círculo de amigos. Nos mantínhamos ocupados em nosso tempo livre graças ao nosso interesse por esportes e cultura. Às sextas-feiras, pedíamos comida, assistíamos a *Ídolos* e cochilávamos no sofá antes do término das votações. Aos sábados, almoçávamos no centro ou em algum shopping. Assistíamos aos jogos de handebol ou íamos ao cinema; desfrutávamos de uma boa garrafa de vinho com amigos. Dormíamos abraçados todas as noites. Os domingos nós passávamos na floresta ou em algum museu, tínhamos longas conversas pelo telefone com nossos pais ou ficávamos de bobeira no sofá com algum romance. Quase sempre terminávamos o domingo sentados na cama com papéis, fichários e computadores espalhados por todos os lados, nos preparando para a semana de trabalho. Minha mulher fazia ioga na segunda à noite, e eu jogava basquete às quintas. Tínhamos uma hipoteca, a qual pagávamos em dia; separávamos o lixo para reciclagem, usávamos a seta, respeitávamos o limite de velocidade e sempre devolvíamos os livros à biblioteca no prazo.

Este ano, tiramos férias um pouco mais tarde: do início de julho até o meio de agosto. Depois de passarmos vários verões maravilhosos na Itália, nossas últimas viagens internacionais foram no inverno, para que pudéssemos passar o verão relaxando em casa e fazendo excursões menores pelo litoral para visitar parentes e amigos. Desta vez, alugamos uma casa na ilha de Orust.

Stella passou praticamente o verão inteiro trabalhando na loja de departamentos H&M. Estava economizando para uma longa viagem que queria fazer pela Ásia naquele inverno. Ainda tenho esperanças de que ela consiga ir.

Pode-se dizer que Ulrika e eu nos redescobrimos neste verão. Parece um enorme clichê, quase brega demais. Ninguém acredita que é possível se apaixonar pela própria mulher de novo depois de vinte anos. Como se os anos que passamos criando nossa filha fossem apenas um desvio da nossa história de amor. Como se isso fosse exatamente o que estávamos esperando. De qualquer forma, é o que parece.

Filhos dão trabalho em tempo integral. Quando bebês, você mal pode esperar até que se tornem independentes, está o tempo todo preocupado que eles possam se engasgar com alguma coisa ou cair de cara no chão. Então, chega a hora de ir para o jardim de infância e você se preocupa porque não pode mais vigiá-los, porque podem levar um tombo do balanço ou se dar mal nas avaliações. Depois começa o ensino fundamental e você se preocupa que eles não vão se adaptar, não vão fazer amigos e tudo começa a girar em torno de deveres de casa, aulas de montaria, handebol e festinhas de aniversário. Então eles vão para o ensino médio e aí são mais amigos, mais festas, conflitos, reuniões de pais, além de levá-los de um lado para o outro. Você se preocupa com drogas e bebida e com más companhias, e os anos da adolescência passam como uma novela a cento e noventa quilômetros por hora. De repente, você está diante de seu filho já adulto e acha que finalmente vai poder parar de se preocupar.

Neste verão, pelo menos, nós conseguimos passar muito tempo sem nos preocupar com Stella. A vida em família nunca pareceu tão harmoniosa. E então, tudo mudou.

Numa sexta-feira de agosto, Stella fez dezoito anos, e eu fiz reserva no nosso restaurante favorito. A Itália e a culinária italiana sempre tocaram nosso coração, e, em Väster, tem um pequeno restaurante que serve massas e pizzas divinas. Tudo que eu queria era uma noite tranquila e aconchegante em família.

— *Una tavola per tre* — pedi à garçonete com olhos de cervo e piercing no nariz. — Adam Sandell. Tenho uma reserva para as oito da noite.

Ela olhou em volta, ansiosa.

— Um minuto — pediu ela, atravessando o restaurante cheio.

Ulrika e Stella olharam para mim enquanto a garçonete conversava com os colegas, fazendo gestos e caretas.

Acontece que quem quer que tenha feito minha reserva, anotou quinta-feira por engano.

— Achamos que vocês vinham ontem — explicou a garçonete coçando o pescoço com a caneta. — Mas nós vamos resolver isso. Peço apenas que esperem cinco minutos.

Um outro grupo teve que se levantar enquanto os funcionários arrastavam uma mesa extra pelo salão. Ulrika, Stella e eu ficamos no meio do restaurante lotado, tentando fingir não notar os olhares atravessados lançados na nossa direção.

Fiquei até com vontade de nos defender, dizer que não tínhamos culpa — que o pessoal do restaurante tinha cometido um erro.

Quando a mesa finalmente ficou pronta, logo escondi o rosto atrás do cardápio.

— Mil perdões — disse um homem com barba grisalha, provavelmente o dono. — Vamos compensá-los por isso, é claro. A sobremesa é por conta da casa.

— Sem problemas — assegurei. — Acontece.

A garçonete anotou as bebidas no seu bloquinho.

— Uma taça de vinho tinto? — perguntou Stella, olhando para mim, pedindo permissão. Olhei para Ulrika.

— É um dia especial — concedeu minha mulher.

Então, assenti para a garçonete.

— Uma taça de vinho tinto para a aniversariante.

Depois do jantar, Ulrika entregou para Stella um cartão com um padrão do designer Josef Frank.

— Um mapa?

Abri um sorriso divertido.

Saímos do restaurante com Stella e viramos a esquina. Eu tinha estacionado o presente dela naquela tarde.

— Mas, pai, eu disse para você... é caro demais!

Ela levou as mãos ao rosto e ficou boquiaberta.

Era uma Vespa Piaggio cor-de-rosa. Tínhamos visto uma parecida na internet algumas semanas antes e, com certeza, era cara, mas, no final das contas, eu convencera Ulrika que devíamos comprar.

Stella balançou a cabeça e suspirou.

— Por que você nunca me ouve, pai?

Levantei uma das mãos e sorri.

— É só agradecer.

Eu sabia que minha filha queria dinheiro, mas é tão chato dar dinheiro de presente. Com a Vespa seria fácil e rápido chegar ao centro da cidade para trabalhar ou visitar os amigos. Na Itália, todas as adolescentes têm uma Vespa.

Stella nos abraçou e agradeceu profusamente antes de voltarmos para o restaurante, mas fiquei meio decepcionado.

A garçonete trouxe um tiramisu de cortesia. Nós dissemos que não aguentávamos comer mais nada, mas acabamos comendo mesmo assim.

Tomei *limoncello* com meu café.

— Tenho que ir embora agora — avisou Stella, remexendo-se na cadeira.

— Mas já?

Olhei para o relógio. Nove e meia.

Stella apertou os lábios e continuou balançando o corpo para a frente e para trás.

— Vou ficar mais um pouco — concedeu ela. — Tipo, uns dez minutos.

— É seu aniversário — argumentei. — E a loja só abre amanhã às dez, não é?

Stella suspirou.

— Eu não vou trabalhar amanhã.

Como não? Ela trabalhava todo sábado. Foi por isso que conseguira o emprego na H&M. Um trabalho de fim de semana que acabou se transformando em emprego de verão com mais horas de trabalho.

— Eu tive dor de cabeça a tarde toda — comentou ela, vaga. — Uma enxaqueca.

— Você ligou dizendo que estava doente?

Stella assentiu. Não tinha o menor problema, disse ela. Uma outra garota ficou muito feliz de assumir os turnos dela.

— Mas não foi assim que criamos você — disse eu quando Stella se levantou e pegou o casaco no encosto da cadeira.

— Adam — pediu Ulrika.

— Mas por que tanta pressa?

Stella encolheu os ombros.

— Eu tenho planos com Amina.

Assenti e engoli minha insatisfação. Jovens de dezoito anos são assim mesmo, pensei.

Stella deu um abraço apertado na mãe. Eu, no entanto, nem mesmo consegui terminar de me levantar antes de ela me dar um abraço frio e estranho.

— E quanto à Vespa? — perguntei.

Stella olhou para Ulrika.

— Pode deixar que a gente leva para casa — prometeu minha mulher.

Assim que Stella saiu do restaurante, Ulrika passou o guardanapo nos lábios e abriu um sorriso para mim.

— Dezoito anos — comentou ela. — O tempo voa, não é?

Ulrika e eu estávamos completamente exaustos quando chegamos em casa naquela noite. Cada um se sentou no seu canto do sofá e pegou um livro para ler enquanto uma música de Leonard Cohen tocava ao fundo.

— Ainda acho que ela poderia ter demonstrado um pouco mais de gratidão — comentei. — Principalmente depois do incidente com o carro.

O incidente com o carro — o episódio tinha até um nome.

Ulrika fez um som demonstrando todo seu desinteresse no assunto e nem ergueu os olhos do livro. Do lado de fora, a ventania estava fazendo as paredes estalarem. O verão estava suspirando, dando um tempo. Agosto estava chegando ao fim, mas eu não me importava. O outono sempre me atraiu, aquela sensação de um novo começo, como o início de um novo amor.

Quando baixei meu livro um pouco mais tarde, Ulrika já estava dormindo. Ergui gentilmente a cabeça dela e coloquei um travesseiro ali. Ela se remexeu um pouco e fiquei me perguntando se deveria acordá-la. Em vez disso, porém, voltei à minha leitura. Logo depois, as letras ficaram embaçadas e foi nesse momento que meus pensamentos começaram a vagar. Cochilei com um grande aperto no peito pensando no abismo que se abriu entre mim e Stella, como éramos antes e no que nos tornamos, a imagem que eu tinha de nós e a realidade atual.

Quando acordei, Stella estava parada no meio da sala. Andava de um lado para o outro enquanto o luar iluminava sua cabeça e seus ombros.

Ulrika também tinha acordado e estava esfregando os olhos. Logo começaram os soluços e as lágrimas.

Eu me empertiguei.

— O que houve?

Stella meneou a cabeça enquanto lágrimas gordas escorriam pelo seu rosto. Ulrika a abraçou e, quando meus olhos se ajustaram à penumbra, percebi que minha filha estava tremendo.

— Não foi nada — disse ela.

Depois, saiu da sala com a mãe e fiquei para trás com uma sensação desconfortável de vazio.

2

Éramos uma família perfeitamente normal e, então, tudo mudou.

Leva-se muito tempo para se construir uma vida, mas basta um instante para tudo ruir. São necessários muitos anos — décadas, talvez uma vida inteira — para que você se torne quem verdadeiramente é. O caminho é quase sempre um circuito, e acho que existe um motivo para isso, para que a vida seja construída por tentativa e erro. São as nossas experiências que nos moldam e nos criam.

Mas tenho dificuldades para compreender o que aconteceu com nossa família neste outono. Sei que é impossível entender tudo e que existe um motivo maior para isso também, mas ainda não consigo encontrar esse significado mais profundo para os incidentes das últimas semanas. Não consigo explicar, nem para mim nem para mais ninguém.

Talvez seja assim com todo mundo, mas imagino que, por ser pastor, costumo ser mais cobrado pela visão que tenho do mundo. De maneira geral, as pessoas não têm o menor problema em questionar minha filosofia de vida. Elas questionam se eu realmente acredito em Adão e Eva e em uma virgem dando à luz ou se Jesus realmente caminhou sobre a água e trouxe mortos de volta à vida.

No início da minha vida cristã, eu costumava assumir uma postura defensiva e começava a discutir o ponto de vista do questionador. Às vezes eu argumentava que a ciência é apenas mais uma religião entre tantas outras. E eu certamente tinha minhas dúvidas; cheguei inclusive a questionar minhas próprias convicções algumas vezes. Hoje em dia, porém, tenho total certeza da minha fé. Aceitei a bênção de Deus e deixei Seu rosto brilhar sobre o meu. Deus é amor. Deus é anseio e esperança. Deus é meu refúgio e meu consolo.

Gosto de dizer que sou um crente e não um conhecedor. Quando alguém começa a acreditar que *sabe* de alguma coisa, esse é o momento de tomar cuidado. Penso na vida como um estado de constante aprendizagem.

Como a grande maioria de nós, considero-me uma boa pessoa. Isso soa arrogante, claro, ou parece que me considero mais importante ou superior. Mas não é essa a minha intenção. Sou uma pessoa que falhou várias vezes, uma pessoa que cometeu incontáveis erros e equívocos. Sou completamente ciente de tudo isso e sou o primeiro a admitir. O que eu quero dizer é que sempre ajo com a melhor das boas intenções, por amor e carinho. Eu sempre quero fazer o que é certo.

A semana logo após o aniversário de Stella foi completamente diferente de qualquer outra. No sábado, Ulrika e eu fomos de bicicleta até a casa de bons amigos que moram no outro lado da cidade. Essa é uma das vantagens de Lund: a cidade é pequena o suficiente para você fazer tudo de bicicleta em uns vinte minutos.

Aproveitei a oportunidade para fazer uma pergunta cautelosa sobre os incidentes da noite anterior, mas Ulrika me garantiu que Stella não estava com nenhum tipo de problema sério, que era só um garoto e o tipo de coisa que costuma afligir as adolescentes. Eu não tinha nada com que me preocupar.

No domingo, conversei pelo telefone com meus pais. Quando o papo chegou à Stella, comentei que ela raramente ficava em casa e, nesse ponto, minha mãe me lembrou de como eu era na adolescência. É tão fácil perder a perspectiva das coisas.

Na segunda-feira, tive um funeral de manhã e um batismo à tarde. Meu trabalho é tão estranho, a vida e a morte se encontram no vestíbulo. À noite, Ulrika foi para a ioga, e Stella se trancou no quarto.

Na quarta-feira, oficializei um casamento adorável de um casal mais velho que fazia parte da nossa congregação e que se conheceu depois do luto da viuvez. Um momento que realmente tocou meu coração.

Na quinta-feira, torci o tornozelo no jogo de basquete. Meu antigo colega de handebol, Anders, que agora era bombeiro e pai de quatro garotos, pisou sem querer no meu pé. Apesar da lesão, consegui continuar jogando até o fim.

Quando fui de bicicleta para o trabalho na sexta-feira de manhã, eu estava cansado. Depois do almoço, tive que presidir o enterro de um homem de apenas quarenta e dois anos de idade. Câncer, é claro. Nunca consegui me acostumar com o fato de que pessoas mais novas do que eu podem morrer. A filha dele tinha escrito um poema de despedida, mas não conseguiu ler até o final, por causa das lágrimas. Achei impossível não pensar em Stella.

Na sexta-feira à noite, estava me sentindo mais cansado do que de costume depois de uma longa semana. Parei diante da janela e observei o fim de agosto desaparecer no horizonte. A sobriedade do outono estava batendo à porta. A última fumaça das grelhas desvaneceu acima dos telhados em curvas suaves, e os móveis de jardim ficaram sem as almofadas.

Finalmente tirei o colarinho clerical e enxuguei o pescoço suado. Quando me apoiei na janela, derrubei sem querer o porta-retratos com a nossa foto de família.

O vidro rachou, mas coloquei o porta-retratos de volta no lugar. Na foto de dez anos atrás, eu exibia um ar saudável e um brilho divertido nos olhos. Eu me lembrei de que tínhamos caído na gargalhada um pouco antes de o fotógrafo registrar aquele momento. Ulrika exibe um sorriso enorme e, à nossa frente, está Stella, com bochechas rosadas, tranças e uma camiseta do Mickey Mouse. Fiquei na janela por um longo tempo, olhando para a foto enquanto as lembranças deixavam um nó na minha garganta.

Depois do banho, preparei um ensopado de carne e lombo de porco. Ulrika comprara brincos novos, pequenas penas de prata, e nós abrimos uma garrafa de vinho sul-africano no jantar e encerramos a noite com salgadinhos e um jogo de perguntas e respostas no sofá.

— Você sabe onde a Stella está? — perguntei enquanto trocava de roupa no quarto. Ulrika já estava na cama e puxara as cobertas até o queixo.

— Ela ia visitar Amina. Não tinha certeza se voltava hoje.

Ela deixou essa última informação escapar como se fosse um detalhe, mesmo sabendo exatamente o que penso sobre saber que nossa filha *talvez* venha para casa à noite.

Olhei a hora: onze e quinze.

— Qualquer hora ela chega — comentou Ulrika.

Olhei para ela irritado. Às vezes, acho que ela diz essas coisas só para me provocar.

— Vou mandar uma mensagem para ela.

Então eu enviei uma mensagem a Stella perguntando se ela planejava dormir em casa. Obviamente, nem recebi uma resposta.

Com um suspiro pesado, deitei-me na cama. Ulrika logo se virou para mim, escorregou a mão até o meu quadril e beijou meu pescoço, enquanto eu olhava para o teto.

Sei que não deveria me preocupar. Nunca fiz o tipo neurótico quando era mais jovem. Mas a ansiedade tomou conta de mim quando minha filha nasceu, e essa ansiedade parece crescer a cada ano que passa.

Com uma filha de dezoito anos, você tem duas opções: ou você vive morto de preocupação ou se recusa a pensar em todos os riscos que ela parece adorar correr. É simplesmente uma questão de autopreservação.

Logo Ulrika adormeceu apoiada no meu braço. A respiração cálida no meu rosto, como ondas suaves. De vez em quando, ela se sobressaltava no sono, um movimento rápido e repentino, mas logo voltava a relaxar.

Eu realmente tentei dormir, mas não conseguia parar de pensar. Minha exaustão foi substituída por um estado de atividade cerebral maníaca. Pensei em todos os sonhos que tive por todos esses anos, muitos dos quais mudaram e outros que eu ainda tinha esperança de realizar. E, então, comecei a pensar nos sonhos de Stella e fui obrigado a aceitar a verdade dolorosa: eu não sabia o que minha filha queria da vida. Ela vivia afirmando teimosamente que nem *ela* sabia. Que não tinha planos, nem estrutura. Tão diferente de mim. Quando terminei o ensino médio, eu tinha uma imagem muito clara de como minha vida seria.

Sei que não tenho como influenciar minha filha. Ela tem dezoito anos e toma as próprias decisões. Ulrika disse uma vez que amor é deixar o outro livre, deixar a pessoa que você ama voar, mas tenho a impressão de que Stella só está batendo as asas, sem decolar. Eu imaginara uma coisa diferente.

Por mais cansado que estivesse, eu simplesmente não conseguia dormir. Virei de lado e conferi o celular. Havia uma mensagem de Stella:

Estou a caminho.

Eram cinco para as duas da madrugada quando ouvi a chave na fechadura. Ulrika tinha se acomodado no outro lado da cama e estava de costas para mim. Ouvi os passos de Stella subindo a escada; a água do chuveiro no banheiro, passos rápidos até a lavanderia, o som de mais água. Pareceu uma eternidade.

Por fim, ouvi os passos dela na escada. Ulrika se sobressaltou. Eu me virei para ela, mas ela parecia ainda estar dormindo.

Eu estava tomado por sentimentos contraditórios. Por um lado, eu estava irritado com Stella por ter me deixado preocupado; por outro, eu estava aliviado por ela ter voltado para casa.

Levantei-me da cama e abri a porta bem na hora que Stella passou só de calcinha e sutiã, com o cabelo molhado grudado na nuca. As costas brilharam na penumbra quando abriu a porta do seu quarto.

— Stella? — chamei.

Sem responder, ela entrou no quarto e trancou a porta.

— Boa noite — ouvi-a falar.

— Durma bem — sussurrei.

Minha filhinha estava em casa.

3

Dormi até tarde no sábado. Ulrika já estava de penhoar à mesa do café da manhã, ouvindo um podcast.

— Bom dia!

Ela tirou os fones de ouvido e os deixou em volta do pescoço.

Embora eu tenha dormido até mais tarde do que de costume, ainda me sentia desorientado e derramei um pouco de café no jornal.

— Cadê a Stella?

— No trabalho — respondeu Ulrika. — Já tinha saído quando acordei.

Tentei enxugar o jornal com um pano de prato.

— Ela deve estar exausta — comentei. — Ela só chegou de madrugada.

Ulrika tentou sorrir.

— Você não está parecendo muito descansado também.

O que ela queria dizer com aquilo? Ela sabia muito bem que eu não conseguia dormir quando Stella não estava em casa.

Fomos convidados para almoçar na casa de nossos amigos Dino e Alexandra em Trollebergsvägen. Um almoço àquela hora significava que serviriam bebidas alcoólicas, então fomos de bicicleta para o centro da cidade. Quando chegamos ao centro esportivo Bollhuset, vi uma viatura de polícia. Mais adiante, a uns cinquenta metros, na rotatória próximo à Escola Polhem, havia mais duas, sendo que uma estava com a sirene acesa. Três policiais estavam subindo rapidamente a rua Rådmansgatan.

— O que será que houve? — perguntei para Ulrika.

Deixamos as bicicletas no pátio e subimos a escada até o apartamento. Alexandra e Dino estavam no corredor, onde nos cumprimentamos. Já fazia muito tempo. Como estavam as coisas?

— Amina não está em casa? — perguntou Ulrika.

Alexandra hesitou.

— Ela tinha um jogo hoje, mas não está se sentindo muito bem.

— Não sei o que pode ser — comentou Dino. — Não consigo me lembrar de ela já ter faltado a algum jogo de handebol.

— Deve ser uma gripe — disse Alexandra.

Dino fez uma expressão incrédula, mas provavelmente fui o único que notou.

— Tomara que ela já esteja boa para o início das aulas — comentou Ulrika.

— Com certeza, acho que ela não faltaria nem se estivesse com uma febre de quarenta graus — respondeu Alexandra.

Ulrika riu.

— Ela vai ser uma médica maravilhosa. Não conheço ninguém mais dedicado e perfeccionista que Amina.

Dino estufou o peito como um galo.

Ele tinha todo direito de sentir orgulho da filha.

— E como vai Stella?

Era uma pergunta perfeitamente razoável, é claro. Mas acho que hesitamos um instante antes de responder.

— Tudo bem — respondi, por fim.

Ulrika sorriu, concordando. Talvez a resposta não estivesse tão longe da verdade, no fim das contas. Nossa filha passara o verão de bom humor.

Ficamos na varanda envidraçada enquanto nos deliciávamos com o pão de *pita* e os *pierogis* de Dino.

— Vocês ficaram sabendo do assassinato? — perguntou Alexandra.

— Assassinato?

— Bem aqui, na Escola Polhem. Encontram um corpo hoje de manhã.

— Então foi por isso que a polícia... — disse Ulrika.

Ela foi interrompida pelo barulho da porta da varanda se abrindo. Atrás de nós, Amina espiou pela fresta com olhos vidrados e pele pálida e sem cor. Uma sombra.

— Querida, você está péssima! — declarou Ulrika sem o menor tato.

— Eu sei — resmungou Amina.

Ela parecia estar se segurando na porta da varanda para não cair.

— Volte para a cama.

— Acho que é uma questão de tempo até Stella aparecer com os mesmos sintomas — comentei. — Porque vocês duas saíram juntas ontem à noite, não foi?

A expressão no rosto de Amina congelou. Foi só por uma fração de segundo, talvez décimos de segundo, mas a expressão dela congelou, e eu sabia exatamente o que aquilo significava.

— Verdade. — Amina tossiu. — Espero que ela esteja bem.

— Agora volte para a cama — sugeriu Ulrika.

Amina fechou a porta e se arrastou para a sala.

Mentir é uma arte que poucas pessoas dominam completamente.

4

Se não fosse por nossas filhas, Ulrika e eu provavelmente nunca teríamos feito amizade com Alexandra e Dino.

Amina e Stella tinham seis anos de idade quando entraram para o mesmo time de handebol. A maioria das outras jogadoras era um ano mais velha que elas, mas não dava para perceber. As duas logo demonstraram instinto de vencedoras. Eram fortes, teimosas e imbatíveis. Em comparação com Stella, Amina ainda tinha o raro dom de conseguir executar as estratégias e jogadas planejadas.

Durante os primeiros treinos, Ulrika e eu nos acomodávamos na arquibancada no ginásio e assistíamos a nossa filha se acabar de correr. Raramente a víamos tão solta e feliz como quando estava na quadra de handebol. Dino era o técnico do time feminino; extremamente comprometido, entusiasmado, generoso e muito amoroso com as meninas. Mas havia um problema: sua linguagem corporal. Ele demonstrava uma alegria explosiva com gestos e expressões quando uma das garotas ia bem em quadra, mas demonstrava igualmente sua insatisfação quando algo saía errado. Naturalmente, isso era motivo de preocupação para mim e Ulrika, e nós comentávamos isso em todos os treinos. Sugeri que conversássemos com os outros pais ou talvez procurássemos a diretoria do clube. Nós dois gostávamos muito de Dino como técnico. Talvez ele simplesmente não se desse conta de como sua linguagem corporal poderia ser interpretada.

— É melhor conversarmos diretamente com ele — sugeriu Ulrika.

Então, depois do treino seguinte, abordamos Dino, que diziam ter sido um grande jogador no passado.

Fiquei de lado enquanto Dino ouvia Ulrika. Então ele disse:

— Você parece ter jeito para isso. Gostaria de me ajudar com o time?

Ulrika ficou tão surpresa que não soube o que responder. Quando finalmente conseguiu falar, apontou para mim e disse que, na verdade, era eu que sabia alguma coisa sobre handebol e que eu seria um ótimo assistente para ele.

— Tudo bem, então. A vaga é sua — declarou Dino, olhando para mim.

O resto é história, como dizem por aí. Treinamos o time vitória atrás de vitória, viajamos por toda a Europa e trouxemos tantos troféus e medalhas para casa que Stella não tinha mais espaço para guardá-los na estante.

Amina e Stella eram compatíveis na quadra. Com elegância e inteligência, Amina lançava a bola para Stella, que se livrava da marcação sem nunca desistir até a bola descansar no gol. Mas aquele instinto vencedor também tinha um lado negativo. Stella só tinha oito anos quando as coisas saíram dos trilhos pela primeira vez. Durante um jogo em Fäladshallen, ela recebeu um passe perfeito de Amina e se viu sozinha diante da goleira, mas errou o lance. Rápida como um raio, pegou a bola e lançou com toda a força na cara da goleira que estava a menos de três metros de distância.

Foi um verdadeiro caos, é claro. O técnico e os pais do outro time correram para dentro da quadra e começaram a brigar comigo e com Stella.

Ela não teve intenção. Stella nunca descontava a raiva em ninguém, além de nela mesma. Chateada por ter perdido o gol, ela simplesmente agiu por impulso. Estava totalmente arrependida e arrasada.

— Sinto muito. Eu não estava pensando direito.

Essa frase se tornou recorrente. Quase um mantra.

Dino gostava de dizer que a pior inimiga de Stella era a própria Stella. Se ela conseguisse se controlar, nada seria capaz de detê-la.

Mas ela tinha muita dificuldade de controlar as próprias emoções.

Além disso, era fácil gostar de Stella. Ela era atenciosa e tinha um forte senso de justiça; era animada e simpática.

Amina e Stella viviam em perfeita simbiose, mesmo fora das quadras. Estavam na mesma turma, usavam roupas parecidas, ouviam o mesmo tipo de música. E Amina era uma boa influência para Stella. Era charmosa e rápida, carinhosa e ambiciosa. Quando Stella ameaçava se desviar do caminho, Amina estava sempre lá para ajudá-la a voltar aos eixos.

Eu só gostaria que Ulrika e eu tivéssemos levado os problemas da nossa filha mais a sério. Que tivéssemos reagido mais cedo. Tenho vergonha de admitir, mas parece que foi o nosso orgulho que nos impediu. Tanto Ulrika quanto eu considerávamos um grande fracasso ter que procurar as instituições da sociedade. Parece egoísmo, mas, ao mesmo tempo, é muito humano também. E isso pode não ter sido totalmente equivocado. Exigíamos muito de nós mesmos, queríamos ser os melhores pais que pudéssemos ser, mas não conseguimos atender às nossas próprias exigências.

Talvez as coisas não tivessem chegado ao ponto que chegaram.

5

Quando saímos da casa de Alexandra e Dino, as viaturas ainda estavam na escola. Era assustador saber que uma coisa daquelas podia acontecer tão perto de nós. Ao que tudo indicava, o corpo tinha sido encontrado no parquinho por uma mãe que levou os filhos mais cedo para brincar. Estremeci ao pensar nisso.

Ulrika desceu da bicicleta na entrada e correu para a porta.

— Você não vai colocar a tranca? — falei.

— Preciso fazer xixi — resmungou ela, enquanto procurava a chave na bolsa.

Empurrei a bicicleta dela pela entrada pavimentada e a estacionei ao lado da minha sob o telhado de metal. Percebi que eu tinha me esquecido de cobrir a grelha e peguei a capa protetora no barracão.

Quando entrei, Ulrika estava parada na escada.

— Stella ainda não voltou para casa. Liguei, mas ela não atendeu.

— Ela deve estar fazendo hora extra. Você sabe que eles não podem ficar com o celular durante o expediente.

— Mas é sábado. A loja já fechou há horas.

Aquilo não tinha passado pela minha cabeça.

— Talvez ela tenha saído com algum amigo. Temos que ter outra conversa com ela hoje à noite. Ela precisa aprender a nos avisar de seus planos.

Abracei minha mulher.

— Estou com um pressentimento horrível — declarou ela. — Quando vimos todos aqueles policiais. Um assassinato? Aqui?

— Pois é. Isso me deixa preocupado também.

Nós nos sentamos no sofá e procurei as últimas notícias no celular e li para ela.

A vítima era um homem de trinta e poucos anos, morador da cidade. A polícia estava mantendo discrição sobre o caso, mas um jornal noturno disse que uma mulher que morava perto da cena do crime relatou ter ouvido uma discussão e gritos durante a noite.

— Esse tipo de coisa não acontece com qualquer um — comentei, como se eu, e não Ulrika, fosse o perito. — Tenho certeza de que deve ter sido um bêbado ou um drogado. Ou alguém de uma gangue de rua.

Ulrika suspirou no meu ombro.

Mas eu não estava dizendo aquilo só para aliviar a ansiedade dela. Eu estava convencido de que aquela era a verdade.

— Acho que vou fazer um *carbonara*.

Eu me levantei e dei um beijo no rosto dela.

— Já? Acho que eu não conseguiria comer mais nada agora.

— É comida de preparo lento. — Sorri. — Comida de verdade precisa de tempo para ser preparada.

Enquanto o bacon fritava no azeite que escolhi criteriosamente em Campânia, Ulrika desceu correndo a escada.

— Stella esqueceu o celular.

— O quê?

Ela começou a andar de um lado para o outro entre a ilha da cozinha e a janela.

— Estava na escrivaninha dela.

— Que estranho. — O molho *carbonara* estava em um estágio crítico e eu não podia me distrair. — Será que ela esqueceu?

— Claro que ela esqueceu. Você não ouviu o que acabei de falar? Estava na escrivaninha dela!

Ulrika estava quase gritando.

Com certeza era muito incomum que Stella esquecesse o celular em casa, mas não havia motivo para nos preocuparmos. Mexi o molho e baixei o fogo.

— Esqueça a massa — disse Ulrika, puxando meu braço. — Estou preocupada de verdade. Liguei para Amina e ela também não atendeu.

— Ela está doente — retruquei bem na hora que me dei conta de que o jantar seria um fracasso.

Bati com a colher de pau na bancada e tirei a frigideira do fogo.

— Talvez ela tenha deixado o celular em casa de propósito — declarei, lutando contra a coisa que estava borbulhando no meu peito. — Você sabe muito bem como a chefe dela pega no pé dela por causa disso.

Ulrika negou com a cabeça.

— A chefe dela não estava pegando no pé dela. Ela deu um aviso a toda a equipe sobre o uso do celular durante o trabalho. Você realmente acha que Stella deixaria o celular em casa de propósito?

Não, é claro que aquilo não parecia ser nada provável.

— Então, ela deve ter esquecido. Talvez tenha saído apressada hoje de manhã.

— Vou ligar para os amigos dela — decidiu Ulrika. — Stella não é assim.

— Será que não é melhor esperar um pouco?

Falei um pouco sobre como a tecnologia moderna tinha nos deixado mal-acostumados, tendo acesso constante à nossa filha, sempre sabendo onde ela estava. Não havia motivo para ficarmos tão preocupados.

— Tenho certeza de que ela logo vai entrar como um furacão pela porta.

Ao mesmo tempo, comecei a sentir uma sensação incômoda no estômago. Ser pai ou mãe significa nunca conseguir relaxar totalmente.

Quando Ulrika subiu a escada, aproveitei a chance e fui até a lavanderia.

E lá estava eu. Com certeza não era só uma coincidência? Abri a tampa da lava-roupas e tirei algumas roupas úmidas. Uma calça jeans escuro que tive que desvirar do avesso confirmando que a peça era realmente de Stella. Uma regata preta que também era dela e uma camisa branca com flores no bolso. A roupa favorita dela naquele verão. Eu estava segurando a camisa em uma das mãos enquanto procurava um cabide. Foi quando percebi.

A camisa favorita de Stella. A manga direita e a frente estavam cobertas com manchas escuras.

Olhei para o teto e fiz uma oração silenciosa. Ao mesmo tempo, eu sabia que Deus não tinha nada a ver com aquilo.

6

Ao longo dos anos, tenho me deparado bastante com a falsa suposição de que uma crença no determinismo é simplesmente um subproduto da minha crença em Deus, como se eu devesse acreditar que meu livre-arbítrio é limitado por Deus. Claro que nada poderia estar mais longe da verdade. Acredito que o homem foi feito à imagem e semelhança de Deus. Eu acredito nos homens.

Às vezes, quando conheço pessoas que dizem não acreditar em Deus, eu pergunto em que deus elas não acreditam. Em geral, elas começam a descrever um deus no qual eu certamente não acredito também.

Deus é amor. É maravilhoso encontrar alguém com quem você combina. Talvez seja Deus, talvez seja outro ser humano. Talvez sejam as duas coisas.

Ulrika e eu éramos jovens quando nos conhecemos e, desde então, não existiu nenhuma outra alternativa. Nós dois tínhamos acabado de chegar a Lund. Graças ao meu sonho poderoso, porém ingênuo, de me tornar ator, entrei para o grupo de teatro do sindicado estudantil de Wermlands, e Ulrika se mudou para um apartamento do sindicado um pouco depois, no inverno. Era o tipo de pessoa que atraía atenção sem ocupar espaço demais, que brilhava sem ser ofuscante a ponto de cegar.

Enquanto eu me esforçava para me livrar do meu sotaque de Blekinge e das espinhas que salpicavam minha pele, Ulrika deslizava pelos diversos cenários universitários como se pertencesse a cada um deles. Eu espalhava pôsteres pela cidade que diziam *Nada de CEE, Nada de Pontes*, enquanto Ulrika se tornava representante do sindicado estudantil e gabaritava todas as provas de direito.

Mais tarde naquele ano, quando estávamos na mesma festa, finalmente criei coragem. Para minha surpresa. Ulrika pareceu gostar da minha companhia. Logo estávamos sempre juntos.

— Não acredito que você vai ser pastor — disse Ulrika para mim naquela primeira noite. — Você poderia ser psicólogo ou cientista político ou...

— Ou pastor.

— Mas por quê? — Ulrika me olhou como se eu estivesse pedindo para alguém amputar um membro saudável do meu corpo. — Você é de Småland, não é? Está no seu sangue?

— Sou de Blekinge. — Dei risada. — E meus pais não têm nada a ver com isso. A não ser pelo fato de terem me mandado para a aula de catecismo, é claro, mas acho que só fizeram isso porque era um tempo que tinham para eles sem ter que pagar por uma babá.

— Então você não foi criado na igreja.

Dei risada.

— Eu era um completo ateu até começar o ensino médio. Fui membro da Juventude Comunista Revolucionária por um tempo. Eu saía citando Marx e queria livrar o mundo de todas as religiões. Mas você ultrapassa todos esses lances dogmáticos. Com o tempo comecei a ficar mais curioso sobre as diferentes perspectivas da vida.

Gostei do jeito que Ulrika estava me olhando como se eu fosse um mistério que ela queria decifrar.

— Mas aconteceu uma coisa — disse eu. — Quando eu estava no último ano da escola.

— O quê?

— Eu estava voltando da biblioteca para casa quando ouvi uma mulher aos gritos. Estava na beirada do cais, pulando e sacudindo os braços, e eu corri até lá.

Ulrika arregalou os olhos e se inclinou para mim.

— A filha dela tinha caído na água congelante. Havia mais duas crianças e elas estava gritando no cais e eu não tive muito tempo para pensar. Mergulhei na água.

Ulrika ofegou, mas eu meneei a cabeça. Eu não estava contando aquela história para parecer algum tipo de herói.

— E foi bem na hora que eu caí na água que aconteceu. Eu não entendi na hora o que era, mas eu sei agora. Foi Deus. Eu senti a presença Dele.

Ulrika assentiu, pensativa.

— Era como uma luz forte iluminando a escuridão. Eu vi a menininha e a peguei. Meu corpo parecia estar tão forte... Eu nunca tinha me sentido tão forte, tão determinado, nada poderia me impedir de salvar aquela menina. Eu quase não precisei fazer força. Foi uma força sobrenatural que puxou a menina pela beirada e fez o ar voltar aos seus pulmões. A mãe e as irmãzinhas estavam ao meu lado, gritando, enquanto a menina expelia água pela boca e acordava. Ao mesmo tempo, Deus deixou meu corpo e voltei a ser eu mesmo.

Ulrika piscou algumas vezes, boquiaberta.

— Então, a menina sobreviveu?

— Tudo acabou bem.

— Inacreditável — disse ela, abrindo um sorriso lindo. — E desde então você soube?

— Eu não sei de nada — respondi com firmeza. — Mas eu acredito.

7

Naquele sábado à noite, quando nossa vida estava prestes a mudar, eu me voltei a Deus. A camisa manchada na lava-roupas me deixara preocupado. Tomei a decisão de não mencionar nada daquilo para Ulrika. Aquelas manchas podiam ser qualquer coisa, não significavam muita coisa, e não havia motivo para deixar minha mulher ainda mais nervosa. Em vez disso, fechei os olhos e orei, pedindo a Deus que olhasse pela minha filha.

Eu estava apoiado na ilha da cozinha, girando um copo de uísque na mão, quando Ulrika desceu correndo.

— Acabei de falar com Alexandra — contou ela, ofegante. — Ela acordou Amina, que ficou chocada de saber que Stella não voltou para casa.

— O que ela disse?

— Ela parece não saber de nada.

Virei todo o uísque de uma vez.

— Será que devemos ligar para os colegas de trabalho na H&M? — perguntei.

Ulrika colocou o celular de Stella na bancada.

— Já tentei. Só tem o contato de Benita, que não sabia quem estava trabalhando hoje.

Suspirei e resmunguei. Meu nervosismo misturado com irritação. Stella não tinha noção de que ficaríamos nervosos? Preocupados com ela?

Quando o telefone começou a vibrar na bancada, Ulrika e eu tentamos atender, mas eu fui mais rápido e pressionei o botão verde.

— Alô?

Uma profunda voz masculina ligeiramente controlada respondeu:

— Estou ligando sobre a Vespa.

— A Vespa?

Minha cabeça está a mil por hora.

— A Vespa que está à venda — disse o homem.

— Não tem nenhuma Vespa à venda aqui. Você deve ter discado errado.

Ele pediu desculpas, mas insistiu que não tinha discado errado. Era o número que estava no anúncio on-line para a venda de uma Vespa. Uma Piaggio cor-de-rosa.

Resmunguei alguma coisa sobre algum engano e desliguei.

— Quem era?

Ulrika parecia ansiosa.

— Ela está planejando vender a Vespa.

— O quê?

— Stella colocou um anúncio.

Sentamo-nos no sofá. Ulrika mandou mensagens de texto perguntando se alguém tinha alguma informação sobre Stella. Servi-me de mais uma dose de uísque e Ulrika colocou o iPhone da nossa filha na mesinha à nossa frente. Ficamos sentados ali, olhando para o aparelho, e cada vez que vibrava nós nos sobressaltávamos. O tempo se arrastava enquanto Ulrika passava o dedo na tela.

Alguns amigos enviaram respostas. Alguns deles demonstraram ligeira preocupação, mas a maioria simplesmente disse que não sabia de nada.

Quando pesquisei o número de Stella no Google, encontrei o anúncio na hora. Ela realmente colocara a Vespa à venda. O presente que lhe demos de aniversário. O que ela estava planejando?

— Será que devo pegar a bicicleta e sair procurando por ela?

Ulrika franziu o nariz.

— Não é melhor esperarmos aqui?

— Isso não pode mais voltar a acontecer. Será que ela não vê como ficamos preocupados?

Ulrika estava à beira das lágrimas.

— Será que devemos chamar a polícia? — perguntou.

— A polícia?

Parecia um pouco de exagero. Com certeza não era nada tão grave assim.

— Eu tenho alguns contatos — disse Ulrika. — Talvez eles possam pelo menos ficar de olho.

— Isso é ridículo! — Eu me levantei. — Que nós tenhamos que... Eu estou tão...

— Psiu! — Ulrika levantou o indicador. — Está ouvindo?

— O quê?

— Está tocando.

Fiquei totalmente parado, olhando para ela. Nós dois estávamos mortos de preocupação. Logo um toque longo soou pela casa.

— O telefone fixo? — disse Ulrika, levantando-se.

Ninguém ligava para aquele telefone fixo.

8

Nunca planejamos ter Stella. Ela foi um bebê desejado e bem-vindo; muito aguardado e amado bem antes de respirar pela primeira vez. Mas não foi planejada.

Ulrika tinha acabado de se formar em direto e estava prestes a começar a trabalhar em um escritório quando, uma noite, ela se sentou na minha frente, cobriu minhas mãos com as dela e olhou bem no fundo dos meus olhos. O sorriso estava tenso enquanto me contava aquela incrível e emocionante novidade.

Ainda faltava um ano para eu me formar e mais outro como pároco auxiliar. Morávamos em um apartamento de um quarto em Norra Fäladen e vivíamos com dinheiro do auxílio estudantil. Nossa situação estava longe de ser a ideal para trazer uma criança ao mundo. Percebi claramente que Ulrika tinha dúvidas; havia uma hesitação ansiosa por trás da alegria animada, mas se passou uma semana inteira antes de qualquer um de nós pronunciar a palavra "aborto" em voz alta.

Ulrika estava certa ao se preocupar com questões práticas. Dinheiro, moradia, educação e nossa carreira. Poderíamos esperar mais alguns anos para começar uma família; não havia motivo para corrermos.

— Com amor, somos capazes de tudo — disse eu, dando um beijo na barriga dela.

Ulrika fez alguns cálculos financeiros, enquanto eu comprava meias que diziam "Meu pai é demais".

— Você não é contra o aborto, né? — perguntara-me ela logo no início do nosso namoro, cinco anos antes, quando mal saíamos do apartamento estudantil em Wermlands Nation.

— Claro que não — fora minha resposta.

Tenho certeza de que minha crença em Deus a enchia de medo e dúvidas. Aquela era facilmente a maior ameaça ao frágil início do nosso relacionamento.

— Nunca sonhei com um pastor — dizia às vezes. Não para me magoar. Não mesmo. Era só um comentário irônico sobre os caminhos misteriosos do Senhor.

— Tudo bem — respondia eu. — Eu também nunca sonhei com uma advogada.

* * *

Eu nunca considerei de verdade não ter aquele bebê. Ao mesmo tempo, eu inseria dúvidas nas minhas conversas com Ulrika para parecer estar aberto a todas as opções. Não demorou muito, porém, para chegarmos à nossa decisão.

Antes do parto, fizemos aulas e exercícios de respiração. Ulrika teve enjoo matinal e eu massageava os pés inchados.

Uma semana antes da data prevista, Ulrika me acordou às quatro da manhã. Estava em pé na frente da cama, enrolada em um cobertor.

— Adam! Adam! A bolsa rompeu!

Pegamos um táxi para o hospital e foi como se eu não entendesse plenamente o que estava acontecendo, tudo que estava em jogo e como tudo poderia dar errado, até Ulrika estar em uma maca à minha frente, retorcendo-se de dor, enquanto a parteira vestia as luvas de látex. Era como se eu tivesse juntado todos os meus medos e todo o meu nervosismo e escondido em um lugar bem no fundo do meu íntimo e de repente tudo fosse liberado de uma só vez.

— Você precisa fazer alguma coisa!

— Por que não se sentá, papai? — sugeriu a enfermeira.

— Calma — disse a parteira. — Vai dar tudo certo.

Ulrika ofegava e gritava. Quando vinha uma nova contração, ela arqueava o corpo, gritando e se contorcendo.

Eu segurava a mão da minha mulher bem apertado. Aquilo era implacável. Todo o corpo dela tremia.

— Temos que empurrar o bebê agora — disse a parteira.

— Você consegue, amor — disse eu, dando um beijo na mão de Ulrika.

Ela se enrijeceu, o corpo todo contraído como uma mola. O quarto ficou no mais absoluto silêncio e eu quase consegui sentir a onda de dor que atravessou o corpo dela. Ulrika ergueu a pélvis.

— Meu Deus, me ajude!

A parteira a encorajou, e Ulrika soltou um grito primitivo de tanta força. Continuei segurando sua mão bem firme e jurei a Deus que eu jamais O perdoaria se aquilo não acabasse bem.

O silêncio caiu sobre nós. Daria para ouvir o estalar dos dedos de Deus naquele momento. O segundo mais longo da minha vida. Tudo que significava alguma coisa para mim estava na balança. Minha mente estava em branco, mas eu ainda sabia que aquele era o momento que tudo voltaria à minha cabeça. No silêncio.

Então, espiei e vi. Um montinho azulado e ensanguentado em uma toalha. A princípio, não entendi o que era. Um instante depois, o quarto se encheu com o choro de recém-nascido mais lindo que eu já tinha ouvido na vida.

9

O rosto de Stella apareceu na minha mente enquanto eu corria para a cozinha atrás de Ulrika. Embora nossa filha já tivesse dezoito anos, o rosto que eu via era sempre o dela quando criança.

Ulrika atendeu o telefone fixo na parede. Não afastei os olhos dela em nenhum momento durante a ligação.

— Era Michael Blomberg — disse ela ao desligar.

— Quem? O advogado?

— Ele foi escolhido para representar Stella. Ela está na delegacia.

O primeiro pensamento que passou pela minha cabeça foi que ela tinha sido vítima de um crime, esperando que não tivesse sido nada sério. Tive tempo até de pensar que tudo bem se ela tivesse sido assaltada ou agredida. Qualquer coisa menos estupro.

— Precisamos ir para lá imediatamente — disse Ulrika.

— O que houve? — Pensei sobre a ligação peculiar de antes e o anúncio na internet. — Tem alguma coisa a ver com a Vespa?

Ulrika olhou para mim como se eu estivesse louco.

— Esqueça a porra da Vespa!

A caminho da porta, ela esbarrou no meu ombro.

— O que Blomberg disse? — perguntei, mas ela não respondeu.

Ulrika pegou o casaco no gancho e já estava se dirigindo para a porta quando deu meia-volta de repente.

— Eu só preciso fazer uma coisa — avisou ela, entrando de novo em casa.

— Mas o que foi que Blomberg disse?

Eu a segui de volta para a cozinha. Quando ela chegou à porta, virou-se para mim e estendeu os braços.

— Espere aqui. Eu já volto!

Pego de surpresa, fiquei parado ali, contando os segundos. Ulrika logo estava de volta e passou me empurrando.

— O que foi que você fez?

Vi novamente o rosto de Stella diante de mim. Seu riso banguela, as covinhas na bochecha macia. E pensei em tudo que eu queria para ela, mas que nunca tinha chegado a acontecer.

É tão fácil acreditar que o melhor ainda está por vir. Desconfio que esse seja o maior defeito dos seres humanos. Até mesmo Deus nos diz para termos anseios.

Por que nunca pensamos em como o tempo passa rápido, enquanto ele está passando?

A primeira palavra de Stella foi "*abba*". Ela a usava tanto para mim quanto para Ulrika. Hoje em dia, os suecos associam essa palavra ao grupo de música pop, mas na língua de Jesus, o aramaico, significa "pai".

Pude aproveitar quatro meses maravilhosos de outono de licença-paternidade para ficar com Stella, e assisti diariamente a sua personalidade começar a parecer. Outros pais da nossa congregação que tinham filhos comentavam que ela era a definição de "filhinha do papai". Não sei se compreendi muito bem o significado do comentário até ser tarde demais. Até certo ponto, durante toda minha vida, sempre percebi as coisas tarde demais, tipo um *esprit d'escalier*. Nunca consegui ajustar as coisas na hora certa. Meu senso de tempo sempre foi péssimo.

Estou condenado a sempre ansiar.

10

Estávamos em pé na porta de entrada. Minha mão estava na maçaneta. Ulrika tremia dos pés à cabeça.

Por que Michael Blomberg ligara? O que Stella estava fazendo na delegacia?

— Pode me contar — pedi a minha mulher.

— Tudo que sei foi o que Michael me contou.

Michael Blomberg. Fazia anos que não ouvia aquele nome. Blomberg era bem conhecido muito além do círculo jurídico. Tinha feito uma carreira de sucesso como um dos advogados de defesa mais famosos do país, tendo defendido muitos casos com ampla cobertura da mídia. A foto dele aparecia nos jornais da noite e ele era chamado como perito na TV. Também foi o homem que colocara Ulrika debaixo da asa e pavimentara o caminho para o sucesso dela como advogada de defesa.

Ulrika estava ofegante. Os olhos, agitados como passarinhos assustados.

Tentou passar entre mim e a porta, mas eu a segurei entre os meus braços.

— Stella está detida.

Ouvi o que ela disse, as palavras chegaram até mim, mas eram impossíveis de compreender.

— Deve ser algum engano — disse eu.

Ulrika negou com a cabeça. Um minuto depois, ela se jogou contra meu peito e seu telefone caiu no chão.

— Ela é suspeita de homicídio — sussurrou Ulrika.

Eu me empertiguei.

A primeira coisa que me veio à mente foi a camisa manchada de Stella. Ulrika chamou um táxi e nós corremos para a rua. Do lado de fora da estação de reciclagem, ela soltou minha mão.

— Espere um pouco — pediu ela, cambaleando entre os latões de reciclagem.

Fiquei na calçada e ouvi enquanto ela tossia e vomitava. Logo apareceu um táxi.

— Como você está se sentindo? — sussurrei para ela enquanto colocávamos o cinto de segurança.

— Péssima — respondeu Ulrika tossindo na mão.

Ela começou a digitar no celular usando os polegares, enquanto eu abria a janela e deixava o ar fresco soprar no meu rosto.

— Você pode ir um pouco mais rápido? — pediu Ulrika para o motorista, que resmungou alguma coisa antes de acelerar mais.

Minha mente voltou-se para Jó. Seria aquele meu julgamento?

Ulrika explicou que Michael Blomberg estava esperando por nós na delegacia.

— Por que ele? — perguntei. — Não é muita coincidência?

— Ele é um advogado extraordinariamente talentoso.

— Claro, mas quais são as chances?

— Às vezes essas coisas simplesmente acontecem, querido. Você não pode controlar tudo.

Não gosto de dizer que não gosto de Blomberg. Não costumo falar mal das pessoas desse modo. A experiência me diz que quando você não gosta de alguém por motivos vagos, o problema geralmente está em você.

Dei uma gorjeta ao motorista e tive que subir correndo a escada da delegacia, onde Ulrika já estava abrindo a porta.

Blomberg nos encontrou no vestíbulo. Eu tinha me esquecido de como ele era grande. Veio até nós como um urso, o paletó se agitando contra a barriga. Estava bronzeado e com uma camisa azul e um terno caro. O cabelo preto estava penteado para trás e enrolava na nuca.

— Ulrika — disse ele, mas veio até mim e apertou a minha mão antes de abraçar minha mulher.

— O que está acontecendo, Michael?

— Calma — pediu ele. — Nós acabamos o interrogatório e esse pesadelo já vai acabar. A polícia está tirando conclusões muito apressadas.

Ulrika suspirou.

— Stella foi identificada por uma jovem — revelou Blomberg.

— Identificada?

— Talvez vocês tenham ouvido falar sobre o corpo que foi encontrado no parquinho perto da rua Pilegatan?

— E Stella estava supostamente lá? Na rua Pilegatan? — perguntei. — Deve ser algum engano.

— É exatamente isso. Mas a garota que mora no mesmo prédio que o homem que foi assassinado viu Stella lá ontem à noite. Ela acha que reconhece Stella da H&M. Parece que isso é tudo que os investigadores têm contra ela.

— Isso é ridículo. Como ela pode estar sob custódia com evidências tão fracas?

Pensei na noite anterior, tentando me lembrar dos detalhes. Como eu tinha ficado acordado, sem conseguir dormir, esperando por ela; como ela tinha finalmente chegado em casa e tomado banho antes de entrar no quarto.

— Ela está presa? — perguntou Ulrika.

— Qual a diferença? — perguntei.

— A polícia tem o direito de deixar alguém sob custódia, mas é necessário um pedido de prisão temporária para mantê-la aqui — esclareceu Blomberg. — A investigadora responsável precisa apresentar o caso ao promotor de plantão e, então, Stella vai ser liberada. Prometo para vocês. Tudo isso não passa de um terrível equívoco.

Ele parecia confiante demais, exatamente como eu me lembrava dele, e isso me preocupava. Qualquer um tão livre de dúvidas por certo devia ter problemas de atenção aos detalhes e com comprometimento também.

— Mas por que a pressa de trazê-la até aqui? — perguntei. — Se eles não têm mais nada contra ela?

— Esse caso se transformou em uma batata quente. — Blomberg suspirou. — A polícia quis agir rápido. O fato é que a vítima não é um zé-ninguém.

Ele se virou para Ulrika e baixou um pouco o tom da voz.

— É Christopher Olsen. Filho de Margaretha.

— Filho da Mar... Margaretha?

— Quem é Margaretha? — perguntei.

Ulrika nem olhou para mim.

— O nome da vítima é Christopher Olsen — disse Blomberg. — A mãe dele é Margaretha Olsen, professora de direito penal.

Uma professora? Encolhi os ombros.

— E o que isso tem a ver com tudo?

— Margaretha é muito conhecida no meio jurídico — explicou Blomberg. — O filho dela também é conhecido em alguns círculos importantes. Ele é um empresário de sucesso, tem propriedades e também é diretor de várias empresas.

— Por que isso importa? — perguntei, cada vez mais irritado.

Ao mesmo tempo, eu me lembrei das minhas próprias palavras, quando disse que aquele tipo de coisa só acontecia com alcoólatras e drogados. Aquilo certamente fora uma suposição cheia de preconceitos, mas, ao mesmo tempo, baseada em dados empíricos e estatísticas. Às vezes é preciso fechar os olhos para as exceções para não afundar.

— Talvez não devesse importar — respondeu Blomberg. Mas ele deixou bem claro nas entrelinhas que aquilo *importava* e que não tinha certeza se havia algo de errado com isso.

— O filho de Margaretha Olsen — disse Ulrika. — Quanto anos ele... tinha?

— Acho que trinta e dois ou trinta e três. Ferimento fatal com arma branca. A polícia não está dando muitos detalhes. Durante o interrogatório, estavam mais interessados em saber onde Stella estava no fim da tarde e na noite de ontem.

Fim da tarde e noite de ontem?

— Quando esse homem foi assassinado? — perguntou Ulrika.

— Eles não sabem ao certo, mas a testemunha afirmou ter ouvido discussão e gritos pouco depois da uma hora da manhã. Vocês estavam acordados quando Stella chegou em casa?

Ulrika olhou para mim e eu assenti.

Lá estivera eu, virando de um lado para outro na cama sem conseguir dormir. A mensagem que mandei, sem receber resposta. Então, minha preocupação não fora infundada. Pensei em como Stella tinha chegado em casa e ido direto para o banheiro e depois para a lavanderia. Que horas eram?

— Deve ter alguém que possa servir de álibi para ela — disse eu.

Tanto Ulrika quanto Blomberg olharam para mim.

11

Michael Blomberg nos ofereceu uma carona para casa. O clima de fim de verão daquela noite estava agradável, e as pessoas estavam passeando pelas ruas de Lund como se nada tivesse acontecido. Passeadores de cachorro e pessoas festeiras; trabalhadores voltando para casa ou indo para algum lugar; trabalhadores noturnos e insones. A vida normal não estava prestes a parar só porque nossa vida tinha perdido o equilíbrio.

Quando parou na nossa casa, Blomberg perguntou se poderia fazer mais alguma coisa por nós. Disse que não teria o menor problema se quiséssemos que ele ficasse mais um pouco.

— Não há necessidade — assegurei.

Ulrika ficou mais um tempo no portão para falar com ele enquanto eu corria para o banheiro. Meu corpo inteiro parecia quente e minha boca estava seca como se eu tivesse comido areia. Bebi água direto da torneira e espirrei água no rosto.

Já passava muito da meia-noite quando fui até a cozinha e vi Ulrika sentada à mesa com a cabeça apoiada nas mãos. Apesar da hora e dos meus protestos, ela logo estava telefonando a todos os seus contatos na polícia, alguns jornalistas e advogados que talvez soubessem de alguma coisa que pudesse ajudar. Fiquei sentado em frente a ela, tentando encontrar alguma informação na internet sobre o incidente na rua Pilegatan, sobre Christopher Olsen, a vítima, e sua mãe, a professora de direito penal.

Eu não parava de olhar para o relógio. Os minutos se arrastavam.

Depois de uma hora, não consegui mais ficar parado.

— Por que não estamos conseguindo nenhuma resposta? Quanto tempo isso vai levar?

— Vou ligar para o Michael — disse Ulrika, levantando-se.

Ouvi o degrau da escada ranger e ouvi quando ela fechou a porta do escritório. Fiquei remoendo os pensamentos que me atormentavam, sentindo a pele pinicar de tanta ansiedade.

Andei de um lado para o outro na cozinha. Estava com o telefone na mão quando tocou.

— É a Amina.

Ela soluçou e pigarreou.

— Amina? Aconteceu alguma coisa?

— Desculpe — disse ela. — Eu menti.

Exatamente como eu desconfiara. Ela não tinha visto Stella na sexta-feira. Tinham conversado sobre saírem, mas os planos não se concretizaram.

— Eu não sabia o que dizer quando você perguntou — explicou ela. — Eu menti, mas foi por Stella. Achei que talvez fosse alguma coisa... Eu queria falar com ela primeiro.

Eu entendia. Não havia nenhum motivo para eu ficar chateado com ela. Aquilo não passava de uma mentira inocente.

— Mas deve ter mais alguém que pode ser o álibi dela — acrescentou Amina, desesperada. — Isso é loucura!

Realmente era surreal. Ao mesmo tempo, essa realidade estava se tornando cada vez mais clara para mim. Imaginei Stella trancafiada em uma cela fria e miserável, na qual jogavam assassinos e estupradores.

Ulrika desceu correndo a escada.

— O promotor fez o pedido — disse ela.

— Pedido?

Meu coração estava disparado no peito e comecei a suar.

— De prisão temporária. Ela vai ficar presa.

— Como isso é possível? Eles não têm provas!

— Pode ter a ver com a investigação. Coisas que a polícia quer verificar antes de liberá-la.

— Tipo um álibi?

— Entre outras coisas.

Eu não sabia o que devíamos fazer. Sentia uma agitação crescente dentro de mim. Eu só conseguia ficar sentado por alguns momentos e, então, tinha de me levantar e andar pela casa, como um zumbi. Eu andava de um lado para o outro apenas de meias.

Quando o sol começou a aparecer no horizonte, ainda não tínhamos nenhuma novidade. A privação de sono deixou meu raciocínio mais lento.

Por fim, Blomberg ligou. Fiquei parado na frente de Ulrika na cozinha, prendendo a respiração.

As respostas dela foram breves e baixas. Ela ficou parada ali com o telefone no ouvido, mesmo depois que a ligação foi encerrada.

— O que ele disse?

Ulrika estava olhando para todos os lados, menos para mim.

— Temos que sair de casa.

A voz dela estava fraca como uma teia de aranha prestes a se romper.

— Como assim? O que está acontecendo?

— A polícia está vindo para cá. Vão fazer uma busca na casa.

Meu pensamento voou imediatamente para a camisa manchada. Aquilo não poderia ser sangue, poderia? É claro que devia haver alguma explicação sensata. As coisas deviam ser exatamente como Blomberg dissera: decisões apressadas e informações desencontradas.

Stella nunca seria capaz... ou seria?

Entrei na lavanderia e comecei a procurar na pilha de roupas na qual enfiei a camisa. Fiquei tenso.

A camisa tinha desaparecido.

— O que você está fazendo? — perguntou Ulrika da cozinha. — Temos que ir embora.

Desesperado, fiquei procurando na pilha de roupas, mas não encontrei nada. O varal estava vazio. A camisa tinha sumido.

— Venha logo! — chamou Ulrika.

12

O futuro sempre foi brilhante, mas de uma forma resplandecente, quase cegante, como o sol de inverno através da neblina. Não havia preocupações, mesmo que o caminho não estivesse claro para nós. Eu me lembro da Stella criança, com dente de leite e maria-chiquinha.

E, então, eu me lembro de uma reunião muito constrangedora com uma professora da pré-escola quando Stella tinha cinco anos.

A professora, que se chamava Ingrid, primeiro fez um relatório de todas as atividades, trabalhinhos de arte e jogos educativos que tinham feito durante o outono e o inverno. Então, respirou fundo e começou a folhear aleatoriamente alguns papéis, parecendo não saber para onde olhar.

— Alguns pais procuraram a escola e demonstraram algumas preocupações — declarou ela, sem olhar para nós. — Às vezes, Stella age de forma muito controladora e fica... com raiva se as coisas não forem do jeito dela.

Aquilo era familiar, é claro, mas tínhamos a esperança de que não fosse tão óbvio na escola quanto em casa. Fiquei constrangido na hora e assumi uma postura defensiva quando soube que os outros pais estavam falando da minha filha.

— Tenho certeza de que não é nada demais. Ela só tem cinco anos.

Ingrid assentiu.

— Alguns pais procuraram a diretora da escola — revelou ela. — É importante que Stella receba ajuda para superar esse comportamento. Tanto na escola quanto em casa.

— O quê? Quem são esses pais? — perguntou Ulrika.

— Você poderia nos dar um exemplo? — pedi. — O que a Stella está fazendo de errado?

Ingrid folheou os papéis.

— Bem, por exemplo, quando estamos brincando de faz de conta, Stella sempre quer controlar todos os outros.

Ulrika encolheu os ombros.

— Não é bom quando alguém assume a liderança?

— Nós sabemos que nossa filha às vezes parece dominadora — disse eu. — A questão é quanto devemos podar essa característica. Como minha mulher acabou de dizer, a capacidade de liderança pode ser uma coisa boa. Stella é direta e uma força motivadora.

Ingrid começou a coçar intensamente o olho direito.

— Na semana passada, Stella disse que ela era como Deus. As outras crianças tinham de obedecê-la porque ela era como Deus e Deus manda em tudo.

Senti Ulrika me olhando de esguelha. Stella passava muito tempo na igreja comigo; demonstrava interesse no meu trabalho e já tinha começado a fazer perguntas existenciais, mas eu nunca poderia sonhar em dar a ela respostas prontas e bem definidas. Além disso, eu jamais tocaria na onipotência de Deus nem mesmo na ausência da minha filha.

— Vamos conversar com Stella — respondi de forma direta.

No carro, quando estávamos voltando para casa, Ulrika desligou o rádio e começou a bater no painel com o indicador.

— É uma loucura a opinião que as pessoas têm dos filhos dos outros.

— Não temos com que nos preocupar — respondi, ligando o rádio de novo.

— Ela só tem cinco anos.

Eu não fazia ideia de como o tempo passaria rápido.

13

No domingo à tarde, eu estava sentado na austera sala de interrogatório da delegacia, esperando para ser interrogado. Serviram-me uma xícara de café forte e os minutos se arrastavam tão dolorosa e lentamente que eu sentia a pele comichar.

A investigadora responsável pelo caso finalmente entrou; seu nome era Agnes Thelin e ela tinha uma expressão conciliadora. Afirmou que sabia exatamente como eu devia estar me sentindo. Ela tinha dois filhos mais ou menos da mesma idade que Stella.

— Sei que você deve estar triste e assustado.

— Não são as palavras que eu usaria.

Acima de tudo, eu estava com raiva. Talvez seja estranho, pelo menos em retrospecto, mas eu provavelmente ainda estava no meio do estágio do "choque". Eu tinha deixado o medo e a tristeza em suspenso e meu foco era na minha sobrevivência, na sobrevivência da minha família. Eu ia nos tirar daquela situação.

— O que vocês estão procurando? — perguntei.

— Como assim?

— Vocês estão vasculhando nossa casa. Eu estou me referindo a todos os policiais que estão mexendo nas nossas coisas neste exato momento.

A investigadora Thelin assentiu.

— Estamos procurando evidências forenses, que podem constituir várias coisas. É possível que encontremos algo que ajude Stella, algo que comprove a história que ela nos contou. Ou talvez não encontremos nada. Estamos tentando descobrir o que aconteceu.

— Stella não tem nada a ver com isso — declarei.

Agnes Thelin assentiu.

— Vamos dar um passo de cada vez. Você pode começar me contando o que você fez na última sexta-feira?

— Passei quase o dia todo na igreja.

— Na igreja?

O tom dela demonstrava que aquele era o último lugar onde ela entraria.

— Sou pastor — expliquei.

Agnes Thelin ficou olhando para mim por um tempo, boquiaberta, antes de voltar a si e se ocupar em olhar todos os documentos.

— Então, você estava... trabalhando?

— Tive um funeral naquela tarde.

— Um funeral. Tudo bem. — Ela fez uma anotação. — Que horas você voltou para casa?

— Por volta das seis, eu acho.

Contei a ela que eu tinha tomado banho e preparado um ensopado de carne de porco e depois jantara com minha mulher. Em seguida, jogamos um jogo de tabuleiro no sofá e fomos para a cama. Stella trabalhara até seis e quarenta e cinco e tinha planos de sair com uma amiga depois.

Agnes perguntou se eu tinha tido algum contato com Stella naquela noite, e contei sobre a mensagem de texto, mas que não me lembrava o que ela tinha respondido nem se tinha respondido.

— É comum que Stella ignore suas mensagens?

Encolhi os ombros.

— Você tem filhos adolescentes.

— Mas estamos falando de Stella agora.

Expliquei que não era nem um pouco incomum. Que ela costumava responder mais cedo ou mais tarde, sendo que mais tarde era mais comum. Às vezes muito mais tarde. Também não era incomum que a resposta, quando chegava, consistisse apenas em um emoji de carinha sorrindo ou um sinal de joinha.

— Quem era a amiga?

Engoli em seco.

— Como assim?

— Quem era a amiga com quem Stella planejava se encontrar? Com quem ela ia sair?

Fiquei olhando para a mesa.

— Stella disse para minha mulher que ia sair com a Amina. Mas perguntamos a Amina e elas não se encontraram na sexta-feira.

— Por que você acha que Stella mentiu para vocês?

As palavras que ela escolheu me deixaram com raiva.

— Ela não mentiu. Amina nos disse que elas tinham combinado de se encontrar, mas os planos mudaram.

— E o que você acha que ela fez?

Não respondi. Por que eu ia especular? Com certeza, o que eu achava não significava muita coisa.

— Você sabe o que ela fez? — perguntou Agnes Thelin.

Aquela era uma pergunta mais sensata.

— Não.

Agnes Thelin começou a mexer nos seus papéis em silêncio. Talvez tenham sido apenas alguns segundos, na verdade, mas foi o suficiente para que o silêncio fosse de alguma forma significativo.

— Qual é o modelo de celular da Stella? — perguntou a inspetora.

Expliquei que era um iPhone, mas que eu sempre confundia os modelos. Era branco, mas eu não sabia mais o que dizer sobre o aparelho.

— Ela tem mais de um? — perguntou Agnes Thelin.

— Mais de um? Não.

Obviamente a polícia encontraria o telefone dela na nossa casa e o levaria como evidência. Por um momento eu me perguntei se deveria mencionar para Thelin que Stella tinha esquecido o celular em casa, mas decidi não falar nada. Pareceria estranho que uma garota de dezoito anos esquecesse o telefone. Como se isso pudesse ser uma coisa errada.

— Você sabe se Stella tinha acesso a spray de pimenta?

— Spray de pimenta? Do tipo que a polícia usa?

— Exatamente. Você sabe se Stella tinha alguma lata desse spray?

— Claro que não. Isso é permitido pela lei?

Eu estava enjoado.

— Que horas você acha que foi dormir na sexta-feira? — perguntou Agnes Thelin.

— Onze horas, talvez um pouco mais tarde.

— Você dormiu logo que se deitou?

— Não, eu não consegui dormir.

— Então, você ficou acordado por muito tempo?

Respirei fundo. Minha mente estava girando. Imagens embaçadas de Stella quando criança, depois uma adolescente orgulhosa, até ser mulher-feita. Minha garotinha. Nossa família: Ulrika, Stella e eu. A fotografia na janela.

— Eu fiquei acordado esperando Stella chegar. Acho que não importa quantos anos seu filho tem, você nunca deixa de se preocupar.

O que aconteceu em seguida é difícil de explicar.

Eu não tinha planejado aquilo. Eu fora para o interrogatório com a intenção de contar tudo o que eu sabia. Eu não tinha pensado nenhuma vez em me desviar da verdade.

— Então, você estava acordado quando Stella chegou em casa?

Os olhos de Agnes Thelin eram grandes e convidativos.

— Hum...

— O quê?

— Sim — respondi em tom mais cortante. — Eu estava acordado quando Stella chegou em casa.

— Você faz ideia de que horas eram?

— Eu sei exatamente que horas eram.

O que é uma mentira? Assim como existem diferentes tipos de verdade, deve haver diferentes tipos de mentiras. Mentiras inofensivas, por exemplo — eu nunca as evitei. Melhor uma mentira gentil do que uma verdade que pode magoar alguém. Eu sempre achei isso.

Mas é claro que aquilo era completamente diferente.

— Stella chegou às onze e quarenta e cinco.

A inspetora Thelin olhou para mim enquanto o Oitavo Mandamento queimava em meu estômago. A Bíblia diz que quem mente deve perecer. Mas, ao mesmo tempo, Deus é justo e misericordioso.

— Como você sabe? — perguntou Agnes Thelin. — A hora exata, eu quero dizer.

— Eu conferi.

— Em que relógio?

— No meu celular.

Existe um versículo no Evangelho que diz que uma casa dividida não fica de pé. Percebi que eu deixara minha família de lado. A negligenciara. A tomara como certo. Eu não era o pai e o marido que deveria ter sido.

Eu ainda não sabia nada sobre o que havia acontecido quando aquele homem perdera a vida no parquinho na rua Pilegatan, mas de uma coisa eu sabia com certeza absoluta: minha filha não era uma assassina.

— E você tem certeza de que era Stella chegando em casa? — insistiu Agnes Thelin.

— É claro que tenho.

— O que quero dizer é: será que você não pode ter ouvido alguma outra coisa?

Eu sorri demonstrando confiança. Por dentro eu estava me despedaçando.

— Eu tenho certeza. Eu falei com ela.

— Você falou com ela? — Agnes Thelin parecia surpresa. — E o que ela disse? Alguma coisa chamou sua atenção?

— Nada. Nós só demos boa-noite.

Os olhos da inspetora estavam fixos em mim.

Meu estômago queimou novamente. Uma sensação incômoda de que quem estava dizendo tudo aquilo não era eu, mas sim outra pessoa naquela sala abafada de interrogatório.

Em sua primeira carta a Timóteo, Paulo escreve que alguém que não cuida da própria família abandonou sua fé em Jesus. Eu não tinha cuidado da minha família bem o bastante. Essa era a chance que eu tinha para corrigir meus erros.

Pensei: *É isso que as famílias fazem. Elas se protegem.*

14

Depois do interrogatório, liguei para Ulrika. Ela tinha acabado de passar pela nossa casa, mas a polícia ainda estava lá.

— Eles realmente acham que Stella fez alguma coisa — disse eu. — Isso é um pesadelo.

— O que você falou para a polícia? — quis saber Ulrika.

— Eu disse que sei exatamente que horas Stella chegou em casa na sexta-feira. Expliquei que eu estava acordado e falei com ela.

Ulrika ficou em silêncio por um momento.

— E que horas ela chegou? — perguntou.

Respirei fundo. Eu odiava mentir. Principalmente para minha mulher. Mas eu não tinha alternativa. Não podia arrastar Ulrika para o meio daquilo. Ela não sabia; estava dormindo quando Stella chegou. Como poderia contar para ela que eu tinha mentido para a polícia?

— Onze e quarenta e cinco — respondi.

Não me senti tão mal quanto imaginara. Era como se minha resistência aumentasse um pouco cada vez que eu mentia.

Ulrika me disse que estava indo se encontrar com uma investigadora que ela conhecia. Não havia nada que eu pudesse fazer no momento. Nada para fazer, e tantas coisas que precisavam ser feitas. Caminhei rapidamente até Bantorget. O sol estava forte e mantive meus olhos baixos. As vozes à minha volta pareciam agudas e acusadoras. Acelerei o passo. Era como se todos na cidade estivessem com os olhos fixos em mim.

Sou inflexível na minha crença de que nada pode ser tão difícil quanto ser pai. Para todas as outras relações, existe uma saída de emergência. Você pode deixar alguém que você ama, e a maioria das pessoas faz isso em algum ponto, se o amor acabar, se vocês se distanciarem ou se o relacionamento não parece mais tão bom para você. Você pode deixar amigos e conhecidos ao longo do caminho, e parentes também. Até mesmo irmãos e pais. Você pode ir embora e seguir com sua vida e tudo vai acabar bem. Mas você nunca pode renunciar a seu filho.

Ulrika e eu éramos jovens e inexperientes na vida quando Stella chegou ao mundo. Acho que sabíamos que seria difícil, mas nossa angústia maior estava centrada em coisas mais mundanas da vida, como falta de sono, dificuldades da amamentação e doenças. Demorou um bom tempo até nos darmos conta de que a parte mais difícil de ser pai e mãe era totalmente diferente.

Fui criado em uma família que cultivava os valores de liberdade e solidariedade dos anos 1970. Regras e demandas praticamente não existiam. Bom senso e valores morais básicos eram o suficiente.

— Seu coração está feliz com isso? — perguntou-me meu pai quando eu tinha uns dez anos e ele me flagrou puxando o cabelo da minha irmã com tanta força que alguns fios ficaram na minha mão.

Aquilo foi o suficiente para me fazer chorar de culpa e vergonha.

Tentei fazer o mesmo com Stella algumas vezes.

— Seu coração está feliz com isso? — perguntei quando a diretora da escola me ligou para dizer que ela tinha jogado o chapéu de uma outra garota no telhado.

Stella olhou para mim.

— Meu coração não sente nada. Ele só está batendo.

Por quase dez anos, Ulrika e eu tentamos dar um irmão para Stella. Houve momentos em que toda nossa vida girou em torno dessa falta, sugando toda a energia que nos restava. Partimos para a guerra, nós dois armados com o pior tipo de determinação para vencer. Dissemos para nós mesmos que um sinal de positivo no exame de gravidez seria a solução para todos os nossos problemas.

Não conseguíamos perceber o que estava acontecendo com a gente. Estávamos nos enterrando em um poço de culpa, vergonha e insuficiência.

Nos dois anos finais estávamos tão imersos nessa batalha contra a natureza e um contra o outro que provavelmente esquecemos pelo que estávamos lutando. Já li sobre soldados nas trincheiras na Primeira Guerra Mundial que acabaram se esquecendo de quem eram na guerra e começaram a atirar contra seus aliados.

Um pouco mais tarde naquele domingo, a polícia finalmente liberou nossa casa. Quando voltei para casa, Ulrika tinha saído para ser interrogada pela inspetora responsável pelo caso, Agnes Thelin. Senti um aperto no estômago quando destranquei a porta e passei por todos os cômodos. Eu até podia não ter nenhuma reclamação quanto ao nível de cuidado dos policiais; mal dava para notar que tinham revistado a casa. Mas a sensação de ter minha vida particular invadida era um verdadeiro tormento para mim.

Percorri todo o primeiro andar, verifiquei a lavanderia, o corredor e a sala de estar; cheguei a abrir o aquecedor a lenha. Subi, em seguida, para o quarto de Stella. Fiquei parado à porta por um tempo e me estarreceu como parecia vazio. A polícia provavelmente levara boa parte do que ela tinha.

Fiquei parado perto da janela do nosso quarto por um tempo, olhando para o porta-retratos que eu tinha quebrado. Passei o indicador pela foto e isso fez bem ao meu coração. Nada é mais importante do que a família.

Do lado de fora da janela, uma fina camada de escuridão banhava o jardim à medida que o sol se punha. Meus olhos foram atraídos pelas luzes dos postes e seguiram até o horizonte. Pensei naquele momento que quem espera sempre alcança. E o justo seguirá o seu caminho firmemente.

Notei que alguns vizinhos estavam do outro lado da rua, apontando para nossa casa. Fechei as persianas com força. Enquanto fazia isso, decidi ligar para o diretor do conselho da paróquia e pedir licença médica. Ele pareceu sincero quando disse que sentia muito, me deu algumas palavras de consolo e me aconselhou a ficar em casa pelo tempo que eu precisasse, e disse que era para eu não me preocupar com a congregação.

Quando liguei para Ulrika, seu interrogatório tinha acabado de terminar.

— Não é tão simples quanto Blomberg achou no princípio — disse ela.

A voz dela parecia vir em ondas. Eu não sabia se a ligação estava ruim ou se Ulrika estava prestes a chorar.

— Como assim?

Ouvi alguns estalos na linha. Ouvi sua respiração ofegante.

— A polícia deve ter encontrado alguma coisa aí em casa. O promotor acabou de pedir a prisão preventiva dela.

15

O escritório de Michael Blomberg ficava no terceiro andar de um dos prédios mais elegantes da rua Klostergatan, bem perto do Grand Hotel. Na manhã de segunda-feira, Ulrika e eu fomos até lá. A falta de sono estava clara no rosto da minha mulher. Embora eu também não tivesse pregado os olhos nas últimas quarenta e oito horas, o cansaço era a última das minhas preocupações. Havia muita coisa acontecendo dentro de mim.

Serviram café para nós na sala elegante e de pé-direito alto com teto rebaixado com gesso, enquanto Blomberg enfiava os polegares no bolso de trás da calça e os lustrosos sapatos de couro batiam no chão.

— A audiência de prisão preventiva será à uma da tarde.

Senti um frio na barriga. Finalmente poderíamos ver nossa filha.

— A polícia encontrou uma pegada na cena do crime — continuou Blomberg, coçando o pescoço. — O número do sapato é o mesmo do de Stella e com o mesmo tipo de solado do sapato dela.

Apertei o braço de Ulrika.

— Isso é tudo? — perguntei. — A única evidência? Eles encontraram alguma coisa quando revistaram nossa casa?

— Ainda é cedo demais para dizer. Algumas coisas que tiraram da casa de vocês foram levadas para o laboratório de análise forense.

— Esse tipo de coisa não costuma demorar? — perguntei.

— Vai levar só alguns dias até termos respostas — disse Blomberg. — Estamos lidando aqui com uma prisão preventiva para fins investigativos. Isso significa que vão manter Stella presa enquanto a polícia aguarda uma resposta do laboratório. Não é preciso de muita coisa para prender alguém quando existe uma suspeita razoável.

— Só uma pegada?

Blomberg olhou para Ulrika como se achasse que ela devia dizer alguma coisa. Como se fosse obrigação dela explicar as coisas para o marido burro.

— Acho que vocês precisam se preparar para a possibilidade de Stella continuar presa.

Aquilo parecia tão fatídico. Tão resignado. Olhei para Ulrika, que apenas assentiu, concordando. O que estava acontecendo?

— Quem é o promotor? — perguntou Ulrika.

— Promotora. Jenny Jansdotter.

— Dizem que ela é boa. Uma das melhores.

Eu não sabia dizer se isso era uma vantagem ou uma desvantagem para nós. Eu nunca tinha precisado lidar com assuntos jurídicos que envolviam a prisão de alguém. A maioria das pessoas, felizmente, nunca tem motivos para precisar. Mesmo sendo casado com uma advogada, meu conhecimento era básico, na melhor das hipóteses. Agora sei como só é preciso pouquíssima evidência para prender alguém. Na verdade, eu já tinha ouvido o oposto muitas vezes — policiais reclamando e dizendo que o suspeito foi posto em liberdade antes que tivessem chance de fazer o pedido de prisão, o senso comum de que o sistema de Justiça sueco era falho e preferia proteger o direito de suspeitos e condenados em vez de lidar com o sofrimento das vítimas. Exigência de punições mais duras e medidas mais rígidas. Eu já tinha trabalhado em prisões antes e eu mesmo compartilhava dessa visão. Nunca houve motivo para eu mudar de ponto de vista.

— Além disso, a promotoria tem uma testemunha. A vizinha — disse Blomberg, pegando um documento na mesa para ler. — My Sennevall.

Ele parecia tão calmo, como se aquilo devesse simplesmente ser aceito. Ele não deveria estar furioso? Estar decidido a fazer alguma coisa?

— A testemunha — disse eu. — Como ela pode ter tanta certeza de que foi Stella que ela viu? Ela nem a conhece.

— Ela alega que reconheceu Stella da H&M.

— Reconheceu? — resmunguei.

Ulrika me deu uma cotovelada.

Blomberg pigarreou e passou a mão no cabelo. Novamente, ele se dirigiu diretamente a Ulrika. A cada segundo que passava, eu estava mais convencido da total incompetência dele.

— Depois que a loja fechou, Stella e alguns colegas foram ao restaurante Stortorget. Eles comeram e tomaram uma ou duas taças de vinho. Por volta das dez e meia, Stella foi embora. Todos os colegas dela confirmaram essa informação. Ela não disse para onde estava indo, mas todo mundo achou que ela fosse voltar para casa de bicicleta.

— Mas ela não voltou?

— Stella disse que pedalou até a boate Tegnérs e, depois, passou em alguns *pubs* da cidade. Não se lembra exatamente onde estava em nenhum horário específico.

Ulrika e eu trocamos um olhar. Aquilo não parecia um álibi muito sólido. Na verdade, parecia evasivo, o tipo de coisa que uma pessoa culpada diria. Por que ela não se esforçara para se lembrar dos detalhes?

— Ela deve se lembrar de mais alguma coisa — disse eu. — Outras pessoas devem tê-la visto. Ela conhece metade das pessoas da cidade.

Blomberg olhou para Ulrika, cuja reação foi simplesmente desviar o olhar dele e olhar pela enorme janela.

— Nós sabemos alguma coisa sobre a cronologia dos fatos? — perguntou ela. — Aquela testemunha, Sennevall, disse que ouviu gritos e uma briga por volta da uma da manhã?

— Isso mesmo. Os primeiros relatos mencionam pouco depois da uma hora da manhã, mas ainda estamos esperando o legista determinar todos os detalhes.

Ulrika olhou para mim.

— Se for determinado que Christopher Olsen morreu uma hora da manhã, isso significa que Stella tem um álibi.

— Exatamente.

Minha visão ficou embaçada.

— E não é um álibi qualquer — continuou o brilhante advogado com um sorriso convencido no rosto. — Todo mundo diz que você é a personificação da honestidade, Adam.

Engoli em seco.

16

A audiência de custódia aconteceu logo depois do almoço. Eu já tinha passado pelo fórum de Lund milhares de vezes, aquela fachada incomum com revestimento irregular de xisto e detalhes em cobre, além da pequena torre do relógio na frente. Agora, pela primeira vez na vida, passei pelas portas e fui obrigado a esvaziar os bolsos. Fiquei parado na entrada com os braços abertos, enquanto um segurança me revistava. Lá dentro, Ulrika e eu nos sentamos em um banco no corredor para esperar. O ar estava pesado.

Toda vez que a porta se abria, nós nos levantávamos, assustando a equipe de segurança que acabou nos pedindo para relaxar.

Por fim, Stella chegou, acompanhada por dois homens uniformizados. Ela estava ali, um fantasma magro entre dois guardas de ombros largos. Não olhou para nós. Ulrika se adiantou e a abraçou, mas foi rapidamente repelida por um dos guardas.

— Stella! Minha filha!

Tentei forçar passagem entre os guardas para tocar minha garotinha, mas um dos brutamontes estendeu o braço forte, bloqueando meu caminho.

— Isso tudo logo vai acabar, Stella — disse Ulrika.

Minha filha estava pálida, com olhos fundos, e havia mais alguma coisa na sua postura, algo que eu nunca tinha visto antes. Ela estava resignada. A exaustão no seu rosto era do tipo que só se vê em pessoas que já aceitaram o próprio destino ou, nesse caso, o sistema. Nas pessoas que dizem "façam o que quiserem comigo". Dá para ver no olhar delas como toda a vida lhes foi arrancada.

Eu já tinha conhecido outros que capitularam. Pessoas que perderam completamente o propósito e a vontade, que não conseguiram forças suficientes nem para fazerem mal a elas próprias.

Enquanto Stella era levada ao tribunal, eu era atirado no limbo da incerteza. Ainda suspenso no ar, tentando sobreviver, tentando me segurar para ficar estável.

* * *

O tribunal não era muito maior do que uma sala de estar. O juiz do caso estava folheando alguns documentos enquanto nos acomodávamos na galeria. Blomberg puxou uma cadeira para Stella e, quando ela tentou se sentar, era como se tivesse se partido em pedaços, como se seu corpo não fosse mais articulado, e Blomberg teve que ampará-la com as duas mãos.

Ulrika e eu demos as mãos e apertamos. Nossa filhinha estava a uns cinco metros de nós, mas não podíamos sequer abraçá-la.

A promotora entrou usando salto alto, e seus passos ecoaram pelo recinto. Passos flexíveis em roupas caras, joias tilintantes no pescoço e no pulso, o corpo de uma ginasta: baixo, magro, em forma e de pernas arqueadas. A armação dos óculos era quadrada e preta e o cabelo estava imaculado, sem um fio fora do lugar. Arrumou os documentos em três pilhas organizadas sobre a mesa, alisou as pontas com as unhas pintadas de vermelho e, em seguida, trocou um aperto de mão com Blomberg e com Stella.

Eu mal tive tempo de compreender que a audiência tinha começado antes de o juiz decidir que a sessão aconteceria a portas fechadas e um oficial de justiça explicar para mim e para Ulrika que nós precisávamos sair.

— É a minha filha! — gritei bem na cara dele.

O guarda olhou para meu colarinho clerical, surpreso.

O amor é a mais difícil tarefa humana. Eu me pergunto se Jesus compreendia o que estava pedindo da humanidade quando nos estimulou a amar ao próximo como a nós mesmos.

É possível continuar amando um assassino?

Enquanto eu estava sentado do lado de fora do tribunal, durante aquela primeira audiência de pedido de prisão preventiva, esse pensamento foi ganhando força. Ele já tinha tentado se insinuar na minha mente antes, mas era a primeira vez que eu me permitia pensar naquilo. Na hipótese de Stella talvez ser culpada.

As manchas na camisa. Talvez não fossem nada de mais. Mas por que ninguém tinha visto Stella? Alguém que pudesse dizer onde ela esteve e o que tinha feito. Havia um intervalo de muitas horas na noite de sexta-feira. O que ela fizera naquele tempo?

Eu já havia me sentado diante de assassinos abomináveis e prometido a eles o amor incondicional de Deus. O amor dos seres humanos é diferente. Pensei nas palavras de Paulo sobre o amor que se alegra quando a verdade vence, o amor que é fiel, custe o que custar.

Pela minha família. Era nisso que eu estava pensando. Tenho que fazer o que for necessário pela minha família. Falhei muitas vezes na minha missão de ser o melhor marido e melhor pai. De repente, eu me deparava com a chance de corrigir meus erros. Eu faria qualquer coisa que eu pudesse para proteger minha família.

Quando a porta do tribunal se abriu de novo, meu corpo parecia tão pesado que Ulrika teve que me ajudar a me levantar e entrar. Diante de nós estava Stella, com o rosto enterrado nas mãos.

Ulrika e eu nos abraçamos como se fôssemos duas pessoas se afogando no mar turbulento.

A porta se fechou atrás de nós e o juiz passou os olhos pelo aposento.

— Stella Sandell é suspeita de assassinato.

Nenhum pai espera jamais ouvir o nome do filho naquele contexto. Ninguém que já segurou o filho no colo, com aqueles pezinhos agitados e risinhos alegres, jamais poderia imaginar uma coisa dessas. Isso acontece com outras pessoas. Não com a gente.

Segurei firme a mão de Ulrika e pensei *não é esse tipo de pais que nós somos.* Não éramos drogados, e sim acadêmicos, ganhávamos bem. Gozávamos de boa saúde física e mental. Não éramos uma família instável de uma região marginalizada e com problemas sociais e econômicos.

Éramos uma família perfeitamente normal. Não deveríamos estar sentados ali. Ainda assim, era exatamente onde estávamos.

17

Depois da audiência de prisão preventiva, Ulrika e eu nos acomodamos em silêncio na sala de espera do escritório de Blomberg. Eu me levantei, me sentei e me levantei de novo. Então fui até a janela e suspirei.

— Onde ele está?

Ulrika estava completamente imóvel, olhando para a parede.

— Quando a gente vai poder falar com Stella? — perguntei. — É cruel mantê-la isolada dessa forma.

— É assim que as coisas são — respondeu Ulrika. — Ela vai estar sob restrições severas durante as investigações.

Finalmente, Blomberg chegou. Seu rosto estava ainda mais vermelho. Ele começou a falar rapidamente, como um brinquedo de corda:

— Toda minha equipe está investigando Christopher Olsen. Parece que ele tinha muitos esqueletos no armário, se vocês perdoam a expressão.

Achei o comentário de mau gosto, mas estava curioso demais para reclamar de alguma coisa.

— Conte logo.

— É muito fácil fazer inimigos como empresário — disse Blomberg. — Mas, no caso de Olsen, não eram apenas inimigos comuns. Parece que ele se envolveu com alguns poloneses com folha corrida maior do que os Evangelhos.

Fiz cara de ceticismo. Aquilo parecia algo tirado de alguma série policial de segunda categoria.

— É sobre uma propriedade que Olsen comprou na última primavera. Os poloneses têm uma pizzaria no térreo, e Olsen estava louco para se livrar dela. Imagino que eles não tenham gostado nada quando aumentou o aluguel.

— Mas o método usado não sugere um ataque da máfia — argumentou Ulrika.

— E quem disse alguma coisa sobre a máfia? Estou falando de alguns poloneses que têm uma pizzaria. Mas as coisas ficam melhores.

Detestei todo o conceito daquilo. No meu mundo, era a polícia que lidava com a investigação de um homicídio, não os advogados. Além disso, eu não sentia que era certo lançar uma suspeita sobre a vítima daquela forma.

— Há uns seis meses, Christopher Olsen sofreu algumas acusações de assédio e estupro. Uma investigação preliminar foi aberta, mas, depois de alguns meses, o promotor decidiu encerrar as investigações por falta de provas. — Blomberg fez uma pausa de efeito e olhou para nós. — Quem fez as acusações foi uma ex--namorada de Olsen. De acordo com ela, Christopher era um tirano violento que acabou com sua vida.

Vi a mudança em Ulrika quando o caminho se abriu.

— Ela nunca teve uma reparação?

— Não — respondeu Blomberg.

— Talvez ela ainda queira se vingar.

Blomberg assentiu.

Ulrika se virou para mim.

— Você entende o que isso significa?

O plano de Blomberg era apresentar um possível novo suspeito para criar dúvidas no caso sobre a culpa de Stella. Os poloneses da pizzaria eram uma opção, mas a ex-namorada de Christopher Olsen parecia ser bem mais promissora.

— Mas talvez ela não tenha nada a ver com isso — argumentei com Ulrika quando nos sentamos no sofá sem conseguirmos dormir. — Não seria melhor deixar essas coisas nas mãos da polícia?

Ela olhou para mim como se eu não passasse de um pastor idiota.

— Esse é o tipo de coisa que os advogados fazem.

— Mas será que não basta provarmos que Stella é inocente? E se uma outra pessoa inocente acabar sendo acusada? Ela sofreu abuso e foi estuprada e agora...

Ulrika se levantou.

— É de Stella que estamos falando. Nossa filha está trancafiada na cadeia!

Ela estava certa, é claro. Nada era mais importante do que tirar Stella da prisão o mais rápido possível. Tomei o resto do uísque e fui até o aquecedor a lenha. Abri a porta de vidro e o calor atingiu meu rosto e tive que esperar mais um instante antes de mexer na brasa, fazendo a fumaça subir e girar em volta da minha cabeça.

— Você me ama? — perguntei sem olhar para Ulrika.

— Claro que amo, querido. — Ela tocou minha nuca. — Amo você e Stella. Mais do que tudo no mundo.

— Também amo você.

— Isso é um pesadelo — disse ela. — Nunca me senti tão impotente.

Eu me sentei e a abracei.

— Aconteça o que acontecer, nós temos que ficar juntos.

Nós nos beijamos.

— E se... — Eu encostei meu rosto no de Ulrika. — Você acha que ela talvez...

Ulrika se encolheu.

— Não pense isso!

— Eu sei. Mas... a camisa dela.

Eu precisava saber o que tinha acontecido com ela. Ulrika deve ter pegado a camisa. E, se fez isso, deve ter notado as manchas escuras; era impossível não vê-las.

— Do que você está falando? — perguntou ela.

— Das manchas na blusa dela — respondi.

— Que manchas?

Ela estava olhando para mim como se eu estivesse delirando.

Ela não tinha pegado a blusa? Se não tinha feito isso, então a polícia com certeza tinha encontrado. Meu coração estava disparado quando Ulrika pousou a mão no meu braço.

— Sabemos que ela estava em casa quando aquele homem morreu.

E, com isso, encerrou o assunto.

18

Não consegui pregar os olhos na noite de segunda-feira. Minha mente ficava girando em torno de um mesmo ponto. O que Stella tinha feito?

Passei aspirador e pano no chão, limpei os armários da cozinha até estar pingando de suor e me sentindo cada vez mais confuso. Com medo dos meus próprios pensamentos. Stella era minha garotinha. Que tipo de pai eu seria se colocasse em dúvida a inocência dela? Senti o ar preso na garganta como se eu estivesse congestionado e tive que ir para o jardim tentar respirar um pouco de ar puro.

Ulrika tinha se trancado no escritório. Muitas horas depois a encontrei dormindo com a cabeça apoiada na mesa. Ao lado dela estava uma garrafa de vinho e uma taça ainda pela metade. Acariciei o cabelo dela, cheirei seu pescoço e a deixei descansar.

Na manhã seguinte, sentei-me à mesa da cozinha, completamente exausto. Comecei a folhear o jornal e me deparei com uma foto do parquinho onde Christopher Olsen tinha morrido. Stella teria ido lá na sexta-feira à noite? Tinha ido... Por quê? Tentei desanuviar os pensamentos e fui ver Ulrika.

— Eu vou lá. Quero ver com meus próprios olhos.

— Ver o quê?

— O lugar. O parquinho.

— Acho que não é uma boa ideia — disse Ulrika. — É melhor que a gente fique o mais longe possível de tudo isso.

Então, resolvi dar uma olhada na internet.

Até aquele momento, havia poucas informações sobre o crime, mas claramente era uma questão de tempo, provavelmente horas, antes de as pessoas começarem a falar sobre isso nos fóruns e debater nas mídias sociais. Stella certamente seria descrita como culpada. "Onde há fumaça, há fogo", diriam as pessoas. A fofoca seria ainda mais deliciosa considerando que a filha de um pastor estava envolvida.

O poder de condenar pertence às pessoas, não importa a opinião do sistema legal, e o tribunal da opinião pública dificilmente tinha as mesmas exigências do tribunal de Justiça. Só precisava olhar para mim mesmo. Quantas vezes duvidei quando um suspeito era solto por falta de provas?

Continuei pesquisando no Google, mas palavras e imagens não eram suficientes, eu precisava ver com meus próprios olhos, precisava visitar o lugar.

Não disse para Ulrika aonde eu estava indo. Ela estava tão certa de que Stella não tinha nada a ver com aquilo tudo. Entrei no carro sentindo o peito apertado.

Meu telefone tocou quando estava no meio do caminho até o centro da cidade. O identificador de chamada mostrou o nome de Dino.

— A polícia interrogou Amina. Não estou gostando nada de ela ser envolvida nessa história.

As palavras dele eram rápidas e em um tom duro que não lhe era peculiar.

— O que perguntaram para ela? — perguntei, mas Dino não estava ouvindo.

— E se a faculdade de medicina ficar sabendo que Amina está envolvida em uma investigação de assassinato? Isso não vai ser nada bom.

— Dino, pare já com isso! Minha filha é suspeita de assassinato! Não é com Amina que você deveria estar preocupado neste momento!

Ele ficou em silêncio na hora.

— Eu sei, eu sei. Me desculpe. Eu só não quero que nada de mau aconteça com a Amina por causa... de algo que não tem nada a ver com ela

É claro que a intenção dele não era me ofender. Tato e cuidado não são os pontos fortes de Dino. Não sei quantas vezes tive que tentar colocar panos quentes nas reações impensadas e palavras duras na quadra de handebol. Mas daquela vez eu também estava sob muita pressão. Para dizer o mínimo.

— Então você realmente acha que Stella tem alguma coisa a ver com isso? — perguntei.

— É claro que não, mas estamos falando da faculdade de medicina aqui. Amina não sabe de nada que aconteceu na última sexta-feira.

— Mas a Stella também não sabe, não é?

— É tão típico que esse tipo de coisa aconteça *agora*. Não é como se fosse a primeira vez que Amina tem problemas por causa da...

Ele não chegou a concluir a frase. Nem precisava. Desliguei na cara dele com dedo trêmulo.

Estacionei o carro em frente ao centro esportivo Bollhuset e andei o resto do caminho. Encontrei o parquinho atrás de uma cerca ao longo dos jardins. Tudo que restava da barreira policial era uma fita azul e branca esquecida, presa a um poste. Lá dentro, uma garotinha risonha estava balançando tão alto que um dos sapatos caiu no chão. O pai estava perto, seus braços abertos diante do balanço, onde o irmãozinho da garotinha hesitava antes de pular.

Um memorial foi arrumado atrás da cerca entre eles. Velas, rosas e lírios, fotografias e cartões com palavras finais. Alguém escrevera *"POR QUÊ?"* em letra de fôrma vermelha em um fundo preto.

A menina saltou do balanço, pegou o sapato e o calçou em um único movimento. Ela se atirou nos braços do pai com um gritinho alegre.

— Psiu — sussurrou ele, olhando para mim.

Fiquei parado ali com a cabeça baixa, diante das flores e das velas, e fiz uma pequena oração por Christopher Olsen.

Só tinha visto o rosto dele na tela do computador e do celular, algumas fotos de uma matéria de jornal e em uma apresentação corporativa. Agora eu o via de uma forma diferente, no contexto da sua vida particular, como um ser humano de carne e osso, uma pessoa da qual amigos e parentes sentiriam falta e ficariam de luto. Na grande foto, ele estava olhando para a câmera com olhos brilhantes e um sorriso que parecia uma mistura de alegria e surpresa, como se tivesse sido surpreendido pelo fotógrafo. A morte raramente é tão tangível como quando você consegue ver como a pessoa era cheia de vida.

Fui tomado por uma sensação avassaladora e brutal de impotência. Tudo parecia tão irremediavelmente terrível. Um jovem, um estranho, tivera sua vida tirada bem ali sobre aqueles cascalhos. Ainda havia vestígios de sangue.

Como alguém poderia acreditar por um segundo que Stella seria capaz de fazer uma coisa daquelas? Olhei para a fotos de Christopher Olsen. Um jovem atraente com olhos alegres e um futuro promissor pela frente. Aquela era uma tragédia sem sentido.

Voltei rapidamente para a calçada e fiquei olhando para a rua.

Por que aquela vizinha alegava ter visto Stella ali na última sexta-feira? Quem era ela e como podia ter tanta certeza? Se estivesse mentindo de propósito, alguém precisava avisá-la sobre as possíveis consequências.

E se ela não estivesse mentindo? E se Stella realmente tivesse ido até lá?

Encontrei o prédio amarelo da virada do século no qual Christopher Olsen morara no final da rua. Olhei para as janelas bonitas e varandas elegantes. Tentei abrir a porta. Estava aberta.

Não sabia se havia motivos legais que me impedissem de falar com a testemunha. De um ponto de vista moral é claro que era um ato altamente repreensível, mesmo se eu prometesse para mim mesmo não influenciar a garota. Eu só queria entender o que ela tinha visto. E ela tinha que perceber que Stella era uma pessoa de verdade, com pais que a amavam e que estavam doentes de preocupação. Alguém precisava se certificar de que ela sabia que aquilo não era um jogo. Ela precisava saber que eu existia.

19

Fui subindo as escadas bem devagar, cambaleando um pouco. Parei no primeiro andar e li no nome nas placas da porta. Lá estava: *C. Olsen*, escrito na placa lustrosa de metal. Havia mais dois apartamentos em frente à porta dele. À direita morava alguém chamado Agnelid, e à esquerda estava uma placa escrita à mão que dizia *My Sennevall*. Reconheci o nome na hora.

Toquei a campainha enquanto tentava pensar no que dizer. Eu tinha que fazê-la entender por que eu estava ali. Logo ouvi o som de passos do outro lado da porta; o piso rangeu, mas tudo estava tão silencioso quanto antes. Toquei a campainha novamente.

Será que ela estava atrás da porta, ouvindo?

— Olá? — chamei em voz baixa. — Tem alguém aí?

Ouvi a chave na fechadura, e a porta se abriu devagar. A fresta era tão estreita que eu não conseguia divisar muito bem a figura lá dentro.

— Oi. Sinto muito aparecer assim.

Não dava para ver muito mais do que os olhos brilhando na escuridão.

— Meu nome é Adam Sandell.

— Sim...?

— Posso entrar?

Ela abriu um pouco mais a porta e colocou o nariz para fora.

— Você está vendendo alguma coisa?

A voz dela parecia de criança.

— Eu só queria fazer algumas perguntas sobre Stella — disse eu. — Sou o pai dela.

— Stella? — Ela pareceu parar para pensar. — Aquela Stella?

— Por favor, eu preciso saber.

Com muita hesitação, ela tirou a corrente e abriu a porta para que eu entrasse no vestíbulo pouco iluminado. Havia um boné no cabide, um casaco e um guarda--chuva. Fora isso, estava completamente vazio.

— Você é My, não é? — perguntei. — My Sennevall?

A garota se encostou na parede e me lançou um olhar assustado. Era pequena e delicada, com cabelo que chegava à cintura, como um véu. Não parecia ser muito mais velha do que Stella.

— Não sei o que você quer de mim — declarou ela. — Já contei tudo o que eu sabia para a polícia.

— Não vou demorar muito — declarei, tentando ver o resto do apartamento.

As paredes estavam nuas e havia apenas um abajur no chão iluminando o aposento escuro. Na frente da janela tinha uma poltrona de encosto alto que estava precisando de reforma. Não vi nenhuma TV nem computador. Na estante da IKEA havia algumas estatuetas de porcelana descascadas do tipo que vemos em brechós e bazares. Nada de escrivaninha, cadeiras nem nenhum outro móvel. Só uma cama de solteiro no canto.

— Tudo bem, mas me diga o que está fazendo aqui — disse My Sennevall.

Nem eu sabia direito o que estava fazendo ali.

— Você poderia me dizer onde você a viu? Preciso de ajuda para tentar entender o que aconteceu.

My Sennevall piscou algumas vezes.

— Eu costumo me sentar perto da janela, bem ali — disse ela, apontando para a poltrona. — Gosto de saber o que está rolando.

— O que está rolando?

— É, o que está acontecendo.

Aquilo era esquisito. Que tipo de pessoa ela era?

— Quando você viu Stella... — comecei. — Você tem certeza de que foi na última sexta-feira?

Ela riu de mim.

— A primeira vez foi às onze e meia.

— Primeira vez?

Ela assentiu.

— Stella veio de bicicleta. Ela abriu a porta lá de baixo e entrou correndo.

My Sennevall deu alguns passos pela sala e parou ao lado da poltrona, apontando pela janela. Ela tinha uma excelente vista da rua Pilegatan.

— Então, eu a vi de novo. Cerca de meia hora depois. Ela estava parada ali, na calçada, do outro lado da rua. Embaixo daquela árvore.

Meia hora depois? Então, My Sennevall tinha visto aquela pessoa que ela acreditava ser Stella não apenas uma vez, mas duas vezes na mesma noite.

— E como você pode ter tanta certeza de que foi Stella que você viu? Você a conhece?

Ela baixou a cabeça.

— Eu sei que ela trabalha na H&M. Eu disse isso para a polícia na hora.

Ela olhou para mim novamente. A certeza de My Sennevall parecia peculiar, mas não havia nada sugerindo que estivesse mentindo. Eu tinha certeza de que ela tinha visto alguém na noite de sexta-feira e estava convencida de que era Stella. Pensei que aquela garota não parecia ser mentirosa. Um pensamento bizarro.

— Você conhece mais alguém que trabalha na H&M ou só a Stella?

Ela riu de novo.

— Eu sou muito boa em me lembrar de rostos — disse ela, olhando pela janela. — E minha memória também é excelente. Eu noto coisas que as outras pessoas não percebem.

— Tenho certeza de que sim — respondi.

— Vi sua filha na H&M um monte de vezes. Quando a polícia mostrou a foto, eu tive cem por cento de certeza. Eles disseram que é incomum que uma testemunha seja tão convincente.

Eu me curvei um pouco para recriar a perspectiva que ela devia ter tido quando estava sentada na cadeira e descobri que ela tinha uma vista completa da calçada do outro lado da rua.

— Então, eu acordei porque um cara estava gritando. Berrando, na verdade. Pelo menos parecia um homem.

— Que horas foi isso?

— Eu tinha acabado de ir para cama, então devia ser uma hora da manhã.

Exatamente como Blomberg dissera.

— Eu sempre vou para cama uma hora da manhã. De qualquer forma, corri para a janela e fiquei observando por um tempo. Não vi nada, mas eu tinha certeza de que os gritos estavam vindo do parquinho.

Tentei imaginar como seria a vista à noite. Havia vários postes ao longo da calçada, mas, mesmo assim, não seria tão fácil ver os detalhes no meio da noite.

— Como você pode ter tanta certeza de que era ela? — perguntei. — Você entende que pode destruir a vida de alguém, de várias pessoas, na verdade, se você identificar a pessoa errada? Você sabe disso, não sabe? Você tem que ter certeza do que viu.

— E eu tenho. Eu disse isso para você.

Ela parecia tão inocente, quase como se não tivesse contato com a realidade. Parecia uma loucura total e absoluta que Stella estivesse trancafiada na prisão por causa de uma declaração feita por aquela mulher.

Tive que me segurar. Tudo o que eu queria fazer naquele momento era agarrar My Sennevall e sacudi-la.

— Você não conhece a Stella! Você só a viu na loja onde ela trabalha. Como você pode ter tanta certeza?

My Sennevall olhou nos meus olhos. O olhar cheio de compreensão.

— Não foi a primeira vez que Stella esteve aqui.

20

Certa vez, quando as meninas tinham uns catorze anos, Amina foi me procurar na igreja. Parou na porta, com as pernas trêmulas, parecendo que o mundo iria engoli-la a qualquer momento.

— Pastores são obrigados a guardar segredo, não são?

Assim que ela disse aquelas palavras, eu sabia que as coisas iam mudar. Seu olhar assustado parecia dizer que era uma questão de vida ou morte.

Amina fez parte da criação de Stella. Houve uma época em que Stella passava tanto tempo na casa dos Bešićs quanto na nossa. Amina também não tinha irmãos, e, embora nunca tenhamos conversado sobre esse assunto com Dino e Alexandra, Ulrika e eu desconfiávamos que eles — assim como nós — não tinham conseguido ter outro filho.

— O que houve? — perguntei, colocando a mão no ombro de Amina.

De muitas formas, eu me considero um segundo pai para ela.

— Você tem que guardar segredo, não é? — perguntou ela novamente. — Qualquer coisa que eu contar, você não pode contar para mais ninguém.

— Depende do que você vai dizer.

Pedi a ela que se sentasse e ofereci suco de laranja e biscoito. Antes de chegarmos ao ponto, conversamos um pouco sobre outros assuntos: a escola, os amigos e o handebol e sobre seus sonhos. Então, ela disse que estava ali por causa de Stella.

Esperei dois dias e, então, tive que abordar o assunto com Ulrika.

— Drogas?

Minha mulher ficou olhando para mim. Parecia esperar que eu retirasse o que eu tinha dito ou que eu dissesse que era brincadeira.

— Foi o que Amina me disse.

— E por que Amina diria uma coisa dessas?

Ela realmente não queria acreditar naquilo.

— Acho que porque ficou com medo — respondi.

Nos dias seguintes, Ulrika estava atirando para todos os lados. Entrou em contato com o diretor e com a enfermeira da escola, que marcou um exame para detectar drogas.

— Vocês não podem me obrigar — disse Stella, tentando fugir da clínica.

— É claro que podemos — respondeu Ulrika. — Você é menor de idade.

As pessoas lançaram olhares curiosos enquanto Stella continuava gritando seus protestos na sala de espera. Tentei esconder meu rosto da melhor forma possível, mas, no fim das contas, tudo começou a ficar tão estranho que fui obrigado a arrastar minha filha até o laboratório e dizer que não podíamos mais esperar. Ulrika segurou o braço de Stella com firmeza, enquanto a enfermeira colhia o sangue.

Alguns dias depois, recebemos o resultado por telefone. Havia traços de *cannabis* no sangue de Stella.

— Por quê? — repetiu Ulrika diversas vezes. — Por quê?

Ela ficava andando em volta da mesa da cozinha, à qual Stella e eu estávamos sentados. Naquele momento eu me senti como um advogado de defesa.

— Porque nunca nada acontece — respondeu Stella.

Essa logo se tornou sua resposta-padrão para tudo.

— Tudo é tão chato. Nunca nada acontece.

Ulrika olhou para ela, tremendo, e colocou uma das mãos na cintura.

— Drogas, Stella! Você usou drogas!

— Foi só maconha. Eu queria experimentar.

— Experimentar?

— As coisas ficam mais divertidas. É como uma taça de vinho para você.

Ulrika bateu na mesa com tanta força que os copos balançaram. Stella se levantou e soltou um monte de xingamentos bósnios que devia ter aprendido com Dino.

Quando fui para cama naquela noite, Ulrika se virou para a parede.

— Querida — disse eu, tocando gentilmente suas costas.

Sua única resposta foi um soluço.

— Vai ficar tudo bem — disse eu. — Nós vamos consertar tudo. Nós vamos superar isso tudo juntos.

Ela olhou para o teto.

— É minha culpa. Eu tenho trabalhado demais.

— Não é culpa de ninguém — respondi.

— Temos que procurar ajuda. Vou ligar para uma clínica psiquiátrica amanhã.

Clínica psiquiátrica?

— O que as pessoas vão pensar de nós? — perguntei.

72

Uma semana depois, vi Amina quando estava voltando para casa à noite. Reconheci o casaco cor-de-rosa com gola fofa e soltei o guidão para acenar para ela, mas ela não respondeu meu cumprimento. Então, ela diminuiu a velocidade até parar ao lado de uma grande caixa de força. Foi quando percebi que havia alguma coisa errada.

Quando me aproximei, as sombras no rosto dela ficaram mais claras. Esperei até o último momento que eu estivesse errado. Amina levou a mão ao rosto em uma tentativa vã de esconder sua condição quando parei e me inclinei na bicicleta.

— Minha nossa, Amina. O que houve?

Ela virou o rosto.

— Nada — disse ela, afastando-se de mim. — Eu achei que pastores eram obrigados a guardar segredo.

Duas semanas depois, marcamos uma consulta em uma clínica psiquiátrica para crianças e adolescentes. Àquela altura já tínhamos tido uma reunião na escola com o diretor e os professores, o orientador, a enfermeira e o psicólogo. Eu me sentia o maior fracassado do mundo como pai.

O terapeuta na clínica tinha um bigode tão grande que as pontas chegavam a enrolar. Era difícil olhar para qualquer outra coisa.

— Gosto de dizer que problemas com adolescentes costumam ser problemas com a família — disse ele, inclinando-se sobre a mesa baixa e redonda, fazendo o colar de contas balançar.

Quando Ulrika e eu tentávamos dar nossa opinião, ele nos impedia, levantando uma das mãos.

— Não vamos nos esquecer da perspectiva de Stella. Como você se sente?

Stella ficou olhando para os pés.

— Eu não estou nem aí.

— Vamos lá, filha... — tentamos Ulrika e eu.

— Nada disso — disse o terapeuta. — Ela tem o direito de se sentir do jeito que quiser.

Senti os dedos se fecharem. Aquela não era minha filhinha, sentada com os braços cruzados e expressão obstinada no rosto. Aquela era uma pessoa completamente diferente. Eu queria agarrá-la pelos ombros e sacudi-la.

— Por favor, Stella — pediu Ulrika.

Meu tom foi um pouco mais duro.

— Stella!

Mas minha filha continuou a resmungar em todas as consultas.

— Vocês não entendem. Não adianta. Eu não estou nem aí.

Devagar, eu me resignei com o que acontecera — nossa filha tinha fumado maconha. Não era nenhum desastre. Mas a droga era apenas um sintoma dos muitos problemas de Stella, e era frustrante não conseguirmos ajudá-la. Em casa, Ulrika e eu estávamos sempre pisando em ovos. Um passo em falso era o suficiente para causar uma explosão. Os olhos de Stella escureciam, ela começava a gritar e a atirar coisas.

— A vida é minha! Vocês não podem mandar em mim!

Nos piores momentos, não tínhamos outra opção a não ser trancá-la no quarto até que se acalmasse.

No final do outono daquele ano, trocamos o terapeuta bigodudo na clínica por uma ruiva calma. Ela nos deu tarefas para praticar em casa. Ferramentas, era como as chamava. Precisávamos de ferramentas. Mas, quando as coisas não saíam como Stella queria, ela tocava o terror, não importavam as ferramentas que usássemos.

Durante um exame, estabeleceu-se que Stella sofria de uma falta de controle de impulsos. De acordo com a ruiva, aquilo era uma coisa que poderia ser melhorada.

Desabafei com colegas, que foram maravilhosos e me apoiaram. "Adolescentes não são nada fáceis." Mesmo assim, não consegui evitar a suspeita de que alguns estavam um pouco satisfeitos — aliviados, de certa forma, de que até mesmo eu tinha defeitos.

No entanto, os resultados dos exames de urina subsequentes de Stella deram negativo e comecei a ver uma luz no fim do túnel.

21

Naquela noite, Ulrika e eu encontrávamo-nos um em cada ponta do sofá. Estávamos batalhando contra o tempo e com a ferida que se abrira no coração da nossa pequena família. O ar estava pesado com as coisas que não contamos um para o outro.

Eu não conseguia parar de pensar em My Sennevall. As palavras dela me apavoraram. Ela estava tão certa de ter visto Stella na sexta-feira porque não era a primeira vez que Stella tinha ido à casa de Christopher Olsen.

Por volta das duas horas, Ulrika foi pegar outra garrafa de vinho. Na volta, ela cambaleou e precisou se apoiar na parede.

— Talvez devêssemos parar de beber — disse eu.

— Nós?

Encolhi os ombros.

Dei vários sermões sobre como é frequente que tragédias e catástrofes às vezes sirvam como um meio de unir as pessoas, um meio de nos fazer parar o que estamos fazendo e nos dedicar uns aos outros. Na adversidade, descobrimos uns aos outros e nos tornamos conscientes do que significa ser humano entre outros seres humanos. Na tristeza, precisamos mais do que nunca uns dos outros.

— Adam, por favor, não me diga o que devo ou não fazer — retrucou Ulrika.

— Minha filha é suspeita de assassinato.

Ela cambaleou de novo e se sentou no seu lado do sofá. Respirei fundo. Nós éramos uma família — tínhamos que nos manter unidos. Não havia lugar para mentiras nem segredos.

— Sabe de uma coisa? Acho que Stella conhecia aquele homem.

— Christopher Olsen?

Assenti, enquanto ela tomava um gole de vinho.

— E por que você acha isso?

— Acho que é só uma intuição que tenho.

Ulrika olhou para mim, com os olhos arregalados.

Deveria eu abrir o jogo com minha mulher? Revelar que conversei com My Sennevall? Eu estava morrendo de medo de que Ulrika não entendesse. Ela ficaria com raiva e acharia que eu tinha tentado influenciar o testemunho de My. Era uma questão de honra para ela, é claro. Se ela descobrisse, talvez se sentisse no dever de contar o que fiz para a polícia.

— Onde foi que nós erramos, querida? — perguntei. — Como uma coisa dessas foi acontecer?

Os olhos de Ulrika brilharam.

— Eu nunca fui boa o suficiente — respondeu ela em um sussurro. — Sou uma péssima mãe.

Eu me aproximei dela.

— Você é uma mãe maravilhosa.

— Ah, Stella sempre foi a filhinha do papai. Todo mundo dizia isso. Era sempre você e Stella.

— Pare com isso. — Estendi a mão para ela, mas ela virou de costas e se fechou. — Você e a Stella têm um relacionamento maravilhoso. Recentemente...

Ela negou com a cabeça.

— Sempre faltou alguma coisa.

— Talvez tenha que faltar — disse eu, mesmo sem saber exatamente o que eu queria dizer com aquilo.

Quando finalmente conseguimos dormir, ali no sofá mesmo, o sono foi agitado e fragmentado. Eu acordava toda hora, com o corpo doendo, sem saber onde eu estava e tentando descobrir o que era real e o que eram apenas lembranças difusas dos meus sonhos febris.

Ulrika estava reclinada ao meu lado, respiração pesada e pálpebras trêmulas. Em algum momento durante a madrugada, eu a abracei para conseguir sentir sua presença nos meus sonhos.

Quando acordei de novo, ela não estava mais lá. Corri para a cozinha. A luz da manhã iluminava a casa tranquila. Corri para o quarto e abri a porta. A cama estava vazia. Um minuto depois, ouvi um barulho no quarto da Stella.

— Os resultados do laboratório saíram. Haverá outra audiência hoje.

Ela estava parada na porta com os ombros curvados e olheiras profundas.

— O que isso significa?

— Uma pessoa pode estar em prisão preventiva por "forte suspeita" ou por "fundadas razões". Eu diria que a diferença é considerável. Não é preciso muita coisa para pedir a prisão preventiva para investigação se houver forte suspeita, mas as provas necessárias para prender alguém por "fundadas razões" precisam ser bem mais significativas.

Tentei entender tudo aquilo.

— De acordo com a promotora, existem fortes evidências contra Stella. Ela quer aumentar o nível de suspeita.

Mais suspeitas? Meu coração disparou.

— O que descobriram?

22

Ulrika e eu nunca conversamos sobre a vergonha de ter uma filha que fumava maconha e arrumava confusão. Acompanhamos o tratamento na clínica psiquiátrica, fazíamos declarações persistentes sobre o futuro e dizíamos para todo mundo, sem nos importar se queriam ouvir ou não, que o mais importante para nós era o bem-estar da nossa filha, como se realmente acreditássemos que isso nos diferenciava dos outros pais.

Ulrika reduziu as horas de trabalho naquele outono. Passava mais tempo em casa, mas estava tão ocupada quanto antes.

Certa noite, acordei e a ouvi digitando. Fui até o escritório dela e vi que estava no escuro apenas de calcinha e sutiã. Ela tinha emagrecido alguns quilos nos últimos meses e, sob a luz fraca do abajur, notei marcas vermelhas vivas e bolhas bem abaixo da costura do sutiã.

Herpes zóster, disse o médico no dia seguinte. Ele se recusou a prescrever remédio para dormir, mas estava disposto a dar um atestado para licença médica.

— Você tem que pensar mais em você, querida — disse eu, enquanto ajudava a aplicar a loção.

— Eu tenho que pensar na Stella — retrucou ela.

Para Stella, porém, a vida parecia estar seguindo a toda a velocidade. Acho que as coisas são assim quando se tem apenas catorze anos, você não tem tempo de colocar sua existência em modo de espera. Você precisa acelerar ou vai acabar ficando para trás ou de fora. Eu pensava muito nas palavras de Dino sobre Stella ser sua pior inimiga. Que ela precisava ganhar a luta contra ela mesma. Às vezes, parecia que ela só seria capaz de ganhar aquele jogo se desistisse de jogar.

— Estou tão cansada disso! Eu não estou nem aí.

Naquela primavera, a terapeuta ruiva foi substituída por uma versão mais jovem da mesma, uma mulher que estava convencida de que a terapia poderia resolver qualquer coisa, pelo menos até Stella explodir no meio de uma conversa e soterrá-la com xingamentos e palavrões. Então, nós a substituímos por um terapeuta familiar, um jovem do norte com franja e um sorriso preocupado, que nos pedia para "congelar a situação" sempre que Stella explodia.

— Vocês precisam parar e conversar sobre como estão se sentindo e como as coisas chegaram a esse ponto.

Alguns dias depois, Stella atirou um sanduíche na geladeira depois que Ulrika e eu dissemos que ela não podia ir a uma festa em Malmö.

— Vocês estão me matando! — berrou ela. — Para que continuar viva se não posso fazer nada?

Eu me levantei e ergui os braços como um juiz de hóquei.

— Vamos congelar essa situação.

— Ai, meu *Deus*!

Stella saiu correndo pelo corredor, mas eu bloqueei sua passagem.

— Eu não consigo nem começar a lidar com isso — disse Stella, passando por Ulrika e subindo a escada. A porta bateu atrás dela e suspirei de decepção.

— Ela *precisa* lidar com isso — disse eu apoiando-me na ilha da cozinha. — Nós três precisamos lidar com isso.

— Eu não consigo entender o que está acontecendo — retrucou Ulrika.

Nenhum de nós conseguia. Aos cinco anos, Stella se sentava durante horas diante de quebra-cabeças que eram difíceis demais para sua idade. Na pré-escola, todos diziam que nunca tinham visto ninguém tão paciente. Mas, àquela altura, ela não conseguia se sentar nem se concentrar em nada por dez minutos.

Sempre, porém, que o psicólogo falava em déficit de atenção ou hiperatividade, Ulrika ficava na defensiva. Nunca conseguiu explicar de forma concreta sua reação, mas confessou que morria de medo de que aquele diagnóstico estigmatizasse Stella e que, de alguma forma, fosse uma profecia autorrealizável.

— Quando eu era criança, os adultos sempre diziam que eu era uma boa menina.

Ela franziu o rosto como se fosse uma coisa nojenta. Mas não entendi muito bem o que ela queria dizer.

— "Boa menina", diziam eles, dando tapinhas na minha cabeça. "Ulrika é uma menina tão boa." No final, eu não tive escolha a não ser me tornar a boa menina que todos esperavam que eu fosse.

Eu nunca tinha pensado naquilo daquela forma.

Em algum momento no ensino fundamental dois, Stella parou de ir comigo à igreja. Não achei nada demais: achei que fosse uma forma perfeitamente natural de se rebelar. As crianças viram adolescentes mais cedo hoje em dia, tentando se libertar dos pais mesmo antes da puberdade. Não havia nada de errado no fato de Stella querer se tornar independente. Além disso, eu jamais sonharia em impor minha crença em Deus a ela.

Com o passar dos anos, começou a ficar cada vez mais comum que Stella culpasse a religião por todas as mazelas do mundo; era debochada e impertinente com as pessoas que acreditavam em qualquer coisa e que não fossem ateístas. Logo percebi que eu não conseguiria nada ao desafiar seu ponto de vista. Eu já tinha sido exatamente como ela. Mas o que me fazia sofrer é que eu tinha certeza de que ela só estava fazendo aquilo para me magoar. Era doloroso ver sua filha mudar e seguir por um caminho que você jamais teria imaginado.

Considerando a atitude negativa de Stella em relação à igreja, foi uma surpresa quando ela pediu para participar do acampamento jovem para preparação para a crisma.

Assim que assumi a congregação, um dos meus primeiros projetos havia sido criar um bom grupo para cuidar da preparação para o batismo. Junto com a congregação vizinha, encontramos um lugar perfeito para o acampamento perto do lago Immeln, na fronteira com Blekinge, e, por acaso, também conseguimos recrutar um jovem diácono chamado Robin para ser o diretor.

O acampamento foi um sucesso imediato e, quando chegou a vez de Stella participar, recebemos pedidos de adolescentes e pais de toda a cidade. Eu sabia que grande parte da popularidade se devia a Robin, que era jovem e charmoso, mas que tinha muitos conhecimentos. Então, aloquei uma parte exorbitante do orçamento da congregação para contratá-lo novamente como diretor.

Claro que notei como as garotas do acampamento olhavam para ele; percebi que o charme dele ocultava alguns perigos, mas o fato é que eu era simplesmente ingênuo demais para ouvir os sinais de aviso.

— Acho que devemos deixá-la ir ao acampamento jovem — disse eu em uma noite de abril, enquanto o vento forte fazia com que as paredes trepidassem.

Estávamos à mesa de jantar, a família toda reunida novamente. Passou-se uma semana sem nenhuma grande explosão.

— É sério?

Stella me abraçou.

— Você é demais — disse ela de boca cheia. — Amo você, pai!

— Vamos ver o que sua mãe tem a dizer.

Ulrika estava concentrada em mastigar a comida. Tinha acabado de ser contratada como advogada assistente em uma defesa que se tornaria um dos julgamentos mais famosos da Suécia. Ela se atirara de cabeça no caso e tinha voltado a trabalhar ainda mais.

— O que você quer que eu diga?

Ela tomou alguns goles de leite e olhou para mim.

— Diga que eu posso ir — disse Stella, ainda me abraçando.

— Por favor — pedi com um sorriso bobo.

Vou confessar que até certo ponto eu via o acampamento como uma oportunidade para Stella redescobrir os valores cristãos. Uma chance para se abrir e se descobrir. Eu esperava que talvez aquele fosse o início de um caminho de volta. Um modo de Stella voltar, mas também um caminho para eu voltar para a filha de quem eu sentia tanta saudade.

— É claro que pode — disse Ulrika por fim.

Parecia que aquele poderia ser o ponto em que tudo mudaria.

Em uma sexta-feira de agosto, Stella entrou em um ônibus no estacionamento da igreja. Ulrika tinha perdido o voo para Estocolmo, mas eu estava lá, acenando para o ônibus. O sorriso de Stella era radiante. Ela não acenou de volta.

23

Na quarta-feira à tarde, fomos novamente ao fórum. Ulrika passou pelo detector de metais antes de mim. Quando chegou minha vez, a estrutura começou a apitar. Todo mundo começou a olhar para mim, mas o guarda rapidamente percebeu que eu só tinha me esquecido de tirar o cordão.

Michael Blomberg mal teve tempo de falar direito com a gente. A testa dele estava molhada de suor e o nó da gravata estava frouxo. Aquele realmente era o homem certo para defender Stella?

Eu mal conseguia sentir os pés quando entramos no tribunal. Stella já estava lá e, de costas, ela parecia uma adolescente típica, uma jovem com a vida toda pela frente. Só quando vi seu olhar apático foi que a realidade me atingiu. Nada naquilo era normal.

A audiência de custódia começou e, desta vez, nenhuma das partes pediu que fosse uma audiência a portas fechadas. A promotora Jenny Jansdotter começou a falar. Suas declarações foram rápidas e sem hesitação:

— Com base nas novas evidências forenses que surgiram no curso da investigação, declaro que as suspeitas contra Stella Sandell aumentaram substancialmente.

Eu não conseguia afastar o olhar da minha filha. Era tão horrível vê-la sentada ali, a apenas alguns metros de distância, sem poder, ao menos, falar com ela. Tudo que eu queria era abraçar minha garotinha.

De acordo com os resultados do laboratório, a pegada encontrada na cena do crime veio do mesmo tipo de sapato que Stella estava usando quando foi presa. Mas não era possível, porém, determinar se a pegada era do sapato de Stella em particular.

A análise da cena do crime também indicava traços evidentes de capsaicina no corpo da vítima, o que provavelmente significava que alguém tinha usado spray de pimenta contra Christopher Olsen.

— Vários colegas de Stella afirmaram durante o interrogatório que Stella sempre carregava uma lata de spray de pimenta na bolsa — declarou a promotora.

Aquilo me pareceu um grande absurdo. Por que Stella carregaria spray de pimenta na bolsa?

Além disso, continuou, Jansdotter, os técnicos da polícia encontraram muitos traços da presença de Stella no apartamento de Christopher Olsen na rua Pilegatan. Fios de cabelo, células epiteliais e fibras de roupas.

— Stella não conseguiu explicar essas descobertas. Além disso, não conseguiu fornecer um relato coerente sobre suas atividades na noite do assassinato.

Ulrika estava apertando minha mão, mas não me atrevi a olhar para ela.

A promotora disse que ainda estavam aguardando as informações do legista para poderem concluir a cronologia dos eventos daquela noite.

Parecia que eu estava assistindo à filmagem de uma série policial para a TV. Apesar da carreira jurídica da minha mulher, eu só tinha ido ao tribunal algumas vezes e, em todas elas, também me senti como se estivesse assistindo a algum tipo de apresentação, uma performance em um palco diante de um público, algo que logo chegaria ao fim. Meio que como um casamento ou um funeral. Só quando a pessoa tem um envolvimento pessoal com a história é que ela deixa de ser teatral. Quando envolve sua vida. Sua família.

— Os investigadores também encontraram evidências no computador de Christopher Olsen — continuou a promotora, folheando vários papéis. — Aqui nós temos um grande número de conversas entre Olsen e Stella Sandell. Conversas que indicam que Stella e Christopher se conheciam e provavelmente tinham um relacionamento íntimo.

Fiquei enjoado. Imagens horríveis passaram pela minha cabeça.

Blomberg não fez nenhuma objeção quando chegou sua vez de falar e, com isso, o juiz declarou que a corte ia deliberar. Dessa vez, os guardas de segurança acompanharam Stella direto para o subterrâneo. Havia uma passagem do tribunal até o porão da prisão, e a porta se fechou atrás deles sem que Stella sequer tentasse olhar para nós.

— Por que ela não diz nada? — perguntei para Ulrika. — Por quê...? Por que ela está deixando que façam isso?

Parecia que Stella estava aceitando tudo que estavam dizendo. Como se fosse apenas parte do ato.

— Não tem muita coisa que ela possa fazer — respondeu Ulrika. — Ela provavelmente está tão chocada quanto nós.

Eu nem queria considerar a outra alternativa.

Depois de apenas dez minutos, formos chamados de volta ao tribunal e o juiz declarou que a corte decidira deter Stella como suspeita de homicídio com fundadas razões.

Seguimos direto para o escritório de Michael Blomberg na Klostergatan. O advogado famoso atravessou o piso de tábuas corridas que rangiam sob os passos pesados com a expressão preocupada.

— É um escândalo o rumo que essa investigação está tomando. Tanto Jansdotter quanto a polícia parecem estar usando vendas. Tudo que conseguem enxergar é Stella.

— Por que você não disse nada no tribunal? — perguntei.

Blomberg parou na hora.

— O que você quer dizer com isso?

Ele se virou para Ulrika, como se ela fosse a única que tivesse alguma opinião. Não eu.

— Por que você está simplesmente aceitando tudo? — insisti. — Você não deveria protestar? Ela tem um álibi! Por que você não disse nada sobre o álibi?

Blomberg fez um gesto vago com a mão.

— Isso não adiantaria nada agora. Há muitas evidências circunstanciais contra Stella e o legista ainda não definiu a hora do crime.

— E quanto à testemunha? — perguntei. — My Sennevall. Ela ouviu uma briga do lado de fora do apartamento por volta de uma hora da manhã.

Blomberg olhou para Ulrika.

— Bem, isso é verdade — disse minha mulher. — O que você já descobriu sobre essa tal de Sennevall, Michael?

Blomberg se sentou à sua mesa.

— Talvez não seja a melhor testemunha do mundo. My Sennevall vive a vida em uma janela. Literalmente. Ela só sai para ir ao mercado ou para a consulta com terapeuta. Fora isso, está sempre espiando os vizinhos. Ela sabe tudo o que acontece no bairro.

— Parece uma testemunha muito boa — comentei.

— Na verdade, não. Essa garota parece a definição de uma pessoa com doença mental. Ela tem todas as fobias e neuroses de que você já ouviu falar.

Bem que eu desconfiava.

— Mas isso, na verdade, não importa, não é?

Tanto Blomberg quanto Ulrika demonstraram aborrecimento.

— Você não devia pensar assim — disse Blomberg.

— E quanto à ex-namorada de Olsen? — perguntou Ulrika. — Você conseguiu descobrir mais alguma coisa sobre ela?

Descobrir? Não gostei nada daquilo. Fiz uma associação imediata com fofoca, difamação, jornalismo barato em revistas de celebridades. Como se estivéssemos atrás de um bode expiatório a qualquer custo.

— Acho que devemos apostar todas as fichas na ex-namorada — declarou Blomberg. — Linda Lokind.

— Esse é o nome dela?

Blomberg pegou um papel na mesa para verificar.

— Sim. Linda Lokind. Mora na Tullgatan, número dez.

— Você já falou com ela? — quis saber Ulrika.

— Ela não é muito falante. Disse que já contou para a polícia e para a promotora tudo, mas ninguém acredita nela. Tentei conseguir uma cópia do depoimento dela, porém parece que foi classificado como confidencial. Mas tenho certeza de que vamos resolver isso. Vou fazer uma solicitação ao tribunal.

— E quanto tempo vai demorar? — perguntei.

Blomberg começou a apertar sua caneta.

— Você precisa se acalmar — disse Ulrika, dando tapinhas no meu braço.

— Acalmar? O que você quer dizer com me acalmar? Se essa tal de Lokind tem um motivo, todo mundo deveria interrogá-la. A polícia não deveria fazer um trabalho "amplo e objetivo"?

— A polícia já a interrogou — revelou Blomberg, jogando a caneta na mesa. — Para obter informações.

— É claro que não foi o suficiente — retruquei. — E quando nós vamos poder ver a Stella? Precisamos falar com nossa filha!

Fiz menção de me levantar da cadeira.

— Stella é uma presa com acesso restrito — declarou Blomberg. — Só pode falar comigo.

— Ela só tem dezoito anos — argumentei.

— Infelizmente, a idade dela não importa nesse caso — respondeu Blomberg.

— Ela é uma criança!

Eu não tinha intenção de gritar. Simplesmente aconteceu. Sentia meu pulso acelerado, enquanto Ulrika segurava meu braço.

— Não perante a lei — disse Blomberg com cuidado.

— Eu não estou nem aí para a lei. Eu quero ver minha filha!

Meus ouvidos estavam zunindo. Até mesmo Blomberg, com todo seu tamanho, pareceu assustado quando me soltei de Ulrika e finalmente me levantei.

— Certifique-se de que Stella conte tudo para a polícia. Chega de segredos e surpresas desagradáveis. Pessoas inocentes não mentem.

24

Não contei para Stella que eu planejava visitar o acampamento jovem. Talvez tenha sido burrice minha. É claro que eu deveria ter mencionado, mas para mim era uma coisa bem óbvia. Eu era o pastor de uma das congregações organizadoras, o acampamento começara a partir de uma iniciativa minha — era muito natural que eu fosse até lá.

Quando cheguei ao acampamento, as crianças tinham acabado de fazer cachorro-quente. Várias estavam com biquíni e sunga; algumas já estavam dentro d'água, tremendo, enquanto outras estavam mergulhando do ancoradouro. As duas orientadoras do acampamento observavam tudo debaixo de uma árvore, enquanto Robin nadava no lago, com cabelo molhado e um sorriso alegre no rosto.

Fiquei observando tudo do gramado por um tempo. Era como estar diante de uma obra de arte. A felicidade e o companheirismo conferiam as cores mais bonitas ao quadro.

As crianças não tinham tempo para mim. Vários colegas de Stella me deram oi, mas a maioria nem tinha notado minha chegada.

Fui até as orientadoras e as cumprimentei com um aperto de mão. Elas me disseram que tudo estava indo às mil maravilhas. Um grupo maravilhoso de trabalho, e já tinham tido diversas conversas interessantes e sinceras.

Nenhuma delas mencionou Stella, e considerei que minha filha estava se comportando. Já tinha decidido não me preocupar, mas agora tinha ficado bem claro que nada tinha dado errado e senti um enorme alívio.

Mas tudo mudou quando Stella soube que eu estava lá.

Ela saiu correndo do lago com o cabelo pingando. Assim que chegou à areia, enrolou-se em uma toalha.

Quando me viu, seus olhos escureceram.

— O que você está fazendo aqui?

— Só vim ver se está tudo bem com todo mundo.

Tentei dar um sorriso bondoso.

— Deixe-me em paz!

Ela subiu o morro pisando duro.

Robin me convenceu a ficar para jantar. Havia um aposento separado onde poderíamos ficar e Stella nem notaria minha presença.

Os cozinheiros do acampamento eram muito bons e a comida estava maravilhosa. Depois do jantar, perguntei se eu poderia ficar mais um tempo. Logo iria para casa, mas eu tinha algumas coisas para preparar antes da missa do dia seguinte.

— Claro — disse Robin.

Depois de algumas horas de socialização obrigatória, era agradável ficar sozinho com o computador e meus pensamentos. Sou uma pessoa bastante sociável, mas, no fundo, eu me classifico como um introvertido. Sempre considerei minha privacidade sagrada, até mesmo no seio da família. Para mim, o direito ao próprio espaço na vida é tão importante quanto a oportunidade de se abrir e falar sobre tudo. Acho que sempre foi muito importante para mim e minha mulher que tivéssemos a chance de nos recolher e ficar um pouco sozinhos. A exigência de sempre compartilhar tudo pode facilmente se tornar sufocante. Costuma-se dizer que o ser humano é um animal que vive em grupo, mas não podemos nos esquecer de que também precisamos ficar um pouco sozinhos.

Quando concluí a preparação, já estava começando a escurecer no lago. O tempo tinha voado, e minhas tarefas haviam exigido mais tempo do que eu esperara. Como Ulrika ainda estava em Estocolmo, não havia motivo para voltar correndo para casa. Eu só precisava me despedir de Robin. Esperava poder evitar Stella, para não irritá-la mais. Graças a Robin o acampamento era um sucesso de novo, não havia como negar. Eu estava feliz por tudo ter saído tão bem. Um grande peso tinha sido tirado dos meus ombros. Aproveitei o ar puro enquanto atravessava o pátio.

O acampamento era feito no centro de retiro e conferências formado por três construções amplas independentes. Na construção principal, ficava a cozinha, o refeitório e a sala comunal. Do outro lado do pátio ficava o dormitório. Não muito longe, parcialmente oculto pelas árvores grandes, localizava-se a menor construção, onde os orientadores dormiam quando não estavam de plantão.

As crianças pareciam estar curtindo o tempo livre. Alguns estavam no gramado, mas a maioria já estava no dormitório.

— Você viu o Robin? — perguntei para uma das orientadoras.

— Acho que ele está na casa dos orientadores.

Eu atravessei o bosque de árvores. A risada dos adolescentes enchendo o ar noturno.

Cheguei à porta e bati. Não obtive resposta. Talvez Robin estivesse no banheiro? Tomando banho? Tentei abrir a porta, mas estava trancada. Por certo que não estaria dormindo.

Contornei a construção e espiei pela janela, mas vi que a cama estava vazia. Com pouca esperança, segui para outra janela. A cortina estava fechada, mas vi uma luz fraca lá dentro por uma fresta que ficara aberta. Robin devia estar dormindo. Eu me aproximei para bater, mas fiquei surpreso quando percebi que dava para ver o aposento todo por aquela fresta. Lá, no escuro, havia duas pessoas que estavam se olhando em pânico.

Bastou um rápido olhar. Três anos se passaram, e ainda consigo me lembrar da imagem desagradável sempre que quero. Presumo que eu nunca vá me esquecer.

A imagem de Robin e Stella tentando se vestir rapidamente.

25

Na quinta-feira de manhã, Stella já tinha passado cinco noites na prisão. Eu a imaginava em uma cama suja em uma cela escura e apertada e sentia um aperto no peito. Durante o café da manhã, fiquei andando de um lado para o outro da cozinha, expressando toda minha preocupação.

— Pare com isso — pediu Ulrika. — Ficar remoendo o assunto não vai resolver nada.

— Então o que devo fazer?

— Eu vou trabalhar — disse ela. — Talvez você se sinta melhor se fizer o mesmo.

O trabalho pelo menos poderia me fazer pensar em outra coisa. Avisei que estava melhor pelo telefone e fui até a igreja. O mês de setembro era como o Advento para nossa cidade universitária. Após a calmaria do verão, as ruas ficavam cheias de estudantes agitados, tentando encontrar seus caminhos, confusos e consumidos pelo desejo de exibir a própria identidade. Havia ciclistas por todos os lados, vozes de GPS saindo dos bolsos deles, jovens de vinte anos com respostas para todas as perguntas difíceis da vida nas suas bolsas de couro ou mochilas da Fjällräven. Lund nunca se recupera até outubro, quando a pior parte da afetação passou, depois de as pessoas já terem trocado saliva durante a orientação e os estudantes mais estranhos já terem voltado para sua cidade natal. Esse é o lado ruim de uma cidade universitária e parte do seu charme. Ser invadida no outono por novos sonhadores e idealistas, com a pele descascando por causa do verão indiano, antes que as folhas comecem a cair. Ame ou odeie, mas você nunca consegue se acostumar.

Meus colegas estavam na cozinha da igreja e ouvi suas vozes enquanto pendurava meu casaco na entrada.

— Eu fiquei chocado no início, mas quando parei para pensar, bem...

— Ela sempre teve um temperamento terrível.

Era impossível não ouvir o que estavam falando.

— Eles não colocaram limites. Essa é a única língua que uma garota como Stella entende.

— Ulrika e Adam foram tolerantes demais.

Fiquei parado na entrada, ouvindo aquelas palavras.

— É claro que a culpa não é de Stella — disse Monika, uma das diaconisas. — Ela ainda é uma criança. Ou, pelo menos, adolescente.

Ficaram em silêncio por um tempo. Fechei os olhos e era como se eu estivesse pairando acima do chão. Eles continuaram:

— Stella já teve que se consultar com vários psiquiatras, sabe?

— Isso não me surpreende.

— Ela sempre teve algum tipo de problema mental. Mesmo quando era pequena. Dava para ver que era diferente.

Silêncio. Alguém tossiu.

Eu gostava dos meus colegas. Sempre confiei neles, sempre senti a confiança e o amor deles. Desde quando comecei naquela congregação, grande parte do funcionamento passou por mudanças positivas, e tenho certeza de que a maioria das pessoas sabia que havia sido por minha causa. Estava tão despreparado para ouvir meu nome ser difamado daquela forma que senti a mente ficar dormente. Como um zumbi, entrei na cozinha e me juntei a eles.

— Nossa... Adam! — exclamou Monika.

Os cinco ficaram olhando para mim em silêncio, como se tivessem testemunhado a chegada do Senhor.

— Você estava de licença, não é? — perguntaram.

— Tenho que realizar um casamento hoje à tarde.

— Mas nós designamos Otto para isso — disse Anita, nossa administradora.

— Você não viu que eu avisei que estava bem de novo?

Ela enrubesceu.

— Não achamos que você...

Fiquei olhando para cada um deles, um por um, e esperei que alguém se desculpasse, mas tudo que ouvi foram frases desconexas.

Por fim, Monika se levantou e pegou meu braço. Fazia parte da congregação desde sempre — ela era a peça que nos mantinha unidos e a rocha que nos apoiava em qualquer situação.

— Venha — chamou ela, levando-me pelo corredor, enquanto minha mente ainda estava dormente.

Nós nos sentamos um de frente para o outro nas poltronas do escritório dela. Monika pousou a mão cheia de anéis no meu joelho e se inclinou para mim com olhar gentil.

— Onde você acha que erramos, Monika?

Ela pegou meu cotovelo e negou com a cabeça.

— Vocês não fizeram nada de errado — disse ela. — Deus escreve certo por linhas tortas. E nós muitas vezes não entendemos qual é Seu propósito.

Parte de mim queria dizer para Monika e Deus irem para o inferno, mas felizmente recuperei meu juízo e agradeci as palavras e a preocupação.

— Agora, vá para casa e descanse. Cuide de Ulrika — disse Monika me dando um abraço. — Eu vou rezar por vocês dois. E por Stella.

Naquele momento, suas palavras soaram tão insignificantes. Falsas, até.

Mas eu realmente gostaria de ter seguido o conselho de Monika.

Eu estava muito agitado. Meus pensamentos pareciam estar cobertos por uma grande cortina de fumaça, e meu coração parecia querer cavar um buraco no meu peito, feito um cão de caça. Meu corpo estava me dizendo para fugir daquele presente doloroso, então eu corri — ou melhor, andei — por alguns quilômetros até minhas costas estarem molhadas de suor.

Caminhei até o centro da cidade e, ao sair do parque da cidade, me perguntava o que teria acontecido se eu tivesse denunciado Robin para a polícia. Ele tinha estuprado Stella, e nós permitimos que se safasse. Que exemplo nós demos para nossa filha? Que tipo de pais nós éramos?

Senti o sangue pulsar acelerado no pescoço, e meus músculos estavam repuxando. Apressei o passo quando passei pelo parque de cachorros na Södra Esplanaden.

Quando vi a placa para a rua Tullgatan, senti um aperto no peito. Parei e fiquei olhando. Era ali que a ex-namorada de Christopher Olsen morava. Blomberg lera o endereço. Eu não poderia simplesmente deixar aquilo passar.

26

A decisão de não denunciar Robin para a polícia foi principalmente de Ulrika. Minha intenção não é culpá-la — foi uma escolha minha também —, mas eu talvez não tivesse hesitado em denunciá-lo não fossem as suas objeções.

Eu o empurrei contra a parede do dormitório dos orientadores, com o punho cerrado, mas no último segundo consegui me controlar. Arrastei Stella pelo bosque de árvores e a coloquei no meu carro. Ainda não me lembro de nada do que aconteceu no caminho de casa.

Ulrika achou que deveríamos levar Stella para o hospital imediatamente, mas eu achava que deveríamos ligar para a polícia primeiro.

— Ele a estuprou — disse eu. — Mesmo que Stella tenha ido com ele até a casa dos orientadores. Mesmo que ela tenha ou não iniciado qualquer coisa.

Ulrika estava andando de um lado para o outro na cozinha.

— Não sei o que é melhor — disse ela.

— Você não pode estar dizendo que Stella é responsável por isso de qualquer forma. Ela é uma criança.

— Não aos olhos da lei. Ela tem quinze anos. Aqui na Suécia essa é a idade mínima de consenso para o ato sexual.

Ulrika parou perto da janela. Seus ombros estavam trêmulos.

— Eu sei muito bem como esse tipo de julgamento acaba — disse ela. — Já me envolvi pessoalmente em vários.

Eu quase tinha reprimido a lembrança, mas, alguns anos antes, Ulrika defendera um cara em um julgamento, junto com alguns outros jovens, por estupro coletivo. Houve um clamor quando todos foram absolvidos.

— Eles vão tentar culpar a vítima — disse Ulrika. — Cada detalhe da vida dela vai ser examinado. O que ela falou, como agiu, a roupa que estava usando.

— Pare com isso — pedi. — Ela é a vítima aqui.

— Eu sei disso. Todo mundo sabe disso. Mas, no tribunal, quem fez o que é crucial. Que tipo de iniciativa Stella teve, como ela se comportou antes e depois do incidente. Qualquer coisa que possa plantar uma semente de dúvida será dissecada pelo advogado de defesa.

Fui até a janela e a abracei pela cintura.

— Não podemos deixar isso acontecer. Não pode ser isso que vai acontecer.

Ulrika acariciou o meu braço.

— Não sei se pode ser de outra maneira.

Mais tarde naquela noite, ela me contou alguns detalhes sórdidos que a garota fora obrigada a compartilhar durante o julgamento do estupro coletivo. Fiquei chocado. Não me considero uma pessoa particularmente ingênua, mas a questão é que me senti enojado quando descobri como esse tipo de julgamento acontecia. Claro que todos nós já lemos e ouvimos histórias sobre advogados que perguntam para vítimas de estupro o comprimento da saia e quanto álcool tinham consumido; mesmo assim eu achava que aquilo eram exceções extremas. Mas agora eu sabia que aquela era mais ou menos a prática-padrão nesses casos.

Nunca achei que aconselharia alguém, ainda mais minha própria filha, a não prestar queixa na polícia, não confiar no sistema, não deixar a justiça correr no seu curso, mas, quando comecei a entender o que aquilo significaria para Stella, o que ela seria obrigada a enfrentar, percebi que eu precisava reconsiderar.

— Qual é a coisa mais importante aqui? — perguntou Ulrika antes de dormimos. — Que Stella passe por tudo isso ilesa ou que Robin não escape da punição?

Como se aquelas duas opções fossem extremos opostos. Por que não podíamos ter as duas coisas? Hoje eu gostaria de ter contestado aquele quadro em preto e branco que Ulrika pintara para mim, gostaria de ter mantido o pé firme e me certificado de que a justiça seria feita.

Nosso fracasso e omissão para com Stella foram imperdoáveis.

27

Fui até a primeira portaria que encontrei na rua Tullgatan. Eu só queria verificar.

Talvez Linda Lokind estivesse sentada ali fora naquela hora. A ex-namorada que morara com Christopher Olsen. Blomberg parecia certo de que ela tinha algo a ver com o assassinato.

Meu coração estava disparado enquanto eu lia os sobrenomes no interfone. Jerbring, Samuelson, Makkah. Nenhum Lokind.

Fui até a portaria seguinte.

Mesmo que não servisse de nada, Linda Lokind talvez pudesse me ajudar a entender. Poderia me contar sobre Christopher Olsen. Talvez tivesse alguma ideia sobre como ele e Stella se conheceram e o que acontecera entre eles.

Na terceira portaria, encontrei. Lokind, segundo andar. Olhei para o nome por um longo tempo e meu coração disparou ainda mais. *O que* eu estava fazendo?

Tentei abrir a porta. Trancada. Tentei espiar pelo vidro e vi a escadaria. O que eu ia dizer? Como poderia me apresentar sem assustá-la? Sem parecer louco? E se ela ligasse para a polícia?

Olhei para os nomes do interfone novamente e escolhi I. Jönsson. Parecia amigável de alguma forma. Pressionei o botão e uma voz metálica disse "Alô?". Expliquei que eu precisava entregar algumas flores para uma vizinha que não estava em casa. Jönsson abriu a porta para mim na hora.

Subi dois andares e toquei a campainha.

Lembrei-me da visita que fiz a My Sennevall e fiquei imaginando se eu conseguiria fazer as coisas de maneira mais tranquila desta vez. Eu já tinha passado dos limites ao visitar Sennevall, mas agora eu estava ultrapassando ainda mais. Se descobrissem que eu tinha procurado Linda Lokind... Será que ela era perigosa? No pior cenário possível ela era uma assassina vingativa; no melhor, ela era uma mentirosa psicopata que acusara falsamente o ex-namorado dos crimes mais horrendos. Eu tinha todos os motivos para agir com cautela.

Quando uma mulher com expressão de surpresa abriu a porta, eu recuei. Não podia ser ela. A mulher diante de mim parecia uma modelo.

— Linda? — perguntei.

— Pois não?

Ela me olhou com desconfiança.

— Preciso falar com você.

— Quem é você?

Apontei para o clarinho clerical.

— Posso entrar um instante?

Ela ofegou.

— O que houve? Foi minha mãe?

— É sobre Christopher Olsen.

Na hora a expressão do rosto de Linda Lokind relaxou.

— Tudo bem — disse ela, deixando-me entrar. — Mas eu já falei que não quero me envolver.

O apartamento dela era claro e espaçoso. A parede do corredor que levava ao quarto era coberta por um decalque do mapa-múndi, e logo abaixo, no chão, havia um lírio em um vaso de vidro em formato de garrafa, de um metro de altura. A estante continha alguns livros sobre a prática de exercícios físicos e enfeites de elefantes coloridos. Tudo banhado pela luz de um lustre enorme e moderno.

— Será que eu poderia me sentar? — perguntei, apontando para a mesa de jantar na frente da sacada.

— Por quê? O que você quer?

Ela tinha parado na porta com as mãos na cintura.

— Eu represento a família Olsen — disse eu, puxando uma cadeira.

Era como se o plano estivesse ali o tempo todo. Eu só precisei colocá-lo em ação.

— Eu já disse que não quero ter nada a ver com isso.

— Só se sente para conversarmos um pouco — implorei. — Estou aqui porque a família precisa de um encerramento digno.

— Que família? Margaretha?

— Isso mesmo — confirmei rapidamente. — Christopher não está mais entre nós. Tudo o que queremos é que a verdade seja revelada.

— Como assim?

É claro que eu não esperava que ela fosse confessar o assassinato, mas era interessante observar suas reações. Eu sempre fui muito bom em detectar mentirosos.

— O que aconteceu entre você e Christopher? — perguntei.

— Margaretha sabe muito bem o que aconteceu. Eu já disse tudo para a polícia.

Ela se sentou, por fim, com uma expressão relutante no rosto.

— Você não poderia me contar novamente? — pedi.

— Aquela policial, Agnes Thelin. Ela não acreditou em mim. Tentei pedir outra pessoa, mas ninguém me ouviu.

Linda Lokind era inegavelmente uma mulher atraente, mas, por baixo da pele macia e rosto harmonioso, senti uma outra coisa: uma garota insegura e ambivalente. Quantos anos ela devia ter: uns vinte e dois ou vinte e três? Eu tinha quase certeza de que ela não estava contando toda a verdade, mas também estava quase certo de que ela não era uma assassina de sangue frio.

— Eu entendo que seja difícil para Margaretha aceitar, mas o filho dela é um psicopata. Ou melhor, *era*. Chis era doente.

De acordo com Linda, tudo tinha sido ótimo nos dois primeiros anos. Ou pelo menos era no que ela acreditava. Um pouco depois, ela percebeu que sempre houvera sinais de um lado sombrio: segredos, traições, infidelidade. Mas demorou quase dois anos para a fachada dele começar a ruir.

Linda se apaixonara perdidamente por ele logo que se conheceram. Chris Olsen era bonito, charmoso, inteligente e sociável. O relacionamento logo passou de um namoro apaixonado para amor e planos de um futuro juntos. Ela sabia que tudo tinha sido rápido demais. Talvez se tivesse visto os sinais de aviso a tempo, não teria mergulhado de cabeça naquele relacionamento.

— Pare de se culpar — disse eu. — Podemos ser guiados pelo nosso coração ou por nosso cérebro. Só mesmo em retrospecto é fácil ver que caminhos você jamais deveria ter tomado.

Ela sorriu. Embora estivesse escondendo alguma coisa de mim, senti imediatamente uma ternura por ela — por sua ingenuidade e seu desejo de ser compreendida.

— Quando ele me bateu pela primeira vez, eu jurei para mim mesma que aquilo nunca mais iria acontecer de novo. Eu não era esse tipo de mulher. Não sei quantas vezes repeti isso para mim mesma.

— Acho que ninguém se considera esse tipo de mulher.

Ela assentiu. O sorriso desapareceu e os olhos cintilaram.

— Parece burrice, mas, na verdade, Chris era maravilhoso também. Quando ele não era violento. Toda vez eu achava que aquela seria a última, que não aconteceria de novo, que eu o deixaria se acontecesse. Mas tudo mudava, e eu começava a ter esperanças de novo. Idiota, né?

— Não mesmo.

Eu acreditava nela. Já tinha ouvido histórias parecidas de outras mulheres na mesma situação.

— Eu não tenho experiência com isso, mas já conheci muitos homens violentos por causa do meu trabalho. Entendo que seja apenas um lado deles. Ninguém é só uma coisa ou outra.

— Teria sido tão fácil ir embora — disse Linda, enxugando uma lágrima. — Nunca vou me perdoar por ter ficado. Nunca mais vou conseguir me ver como a pessoa que eu achava que eu era. Você não faz ideia como é horrível ver a imagem que tinha de si mesma se estilhaçar diante dos seus olhos.

Ela estava certa. Eu não fazia mesmo. Não naquela época pelo menos.

— Mas Chris era um filho da puta que merece apodrecer no fogo do inferno. Ele abusou de mim e me traiu e então me abandonou. Você pode ler tudo isso no depoimento que dei à polícia. Não consigo passar por tudo isso de novo. De qualquer forma, não importa mais.

— Por favor, por Margaretha...

Linda olhou direto nos meus olhos.

— Eu realmente não me importo. Não lamento que Chris esteja morto.

Os olhos dela estavam frios como gelo. Estava claro que estava sendo sincera e, pela primeira vez, achei que ela talvez estivesse envolvida no assassinato. Talvez tivesse sido mais de um assassino? Talvez ela tenha contratado alguém para fazer?

— Mas também não estou nem um pouco surpresa — continuou Linda. — Tenho certeza de que ele fez o mesmo com ela.

Tentei ignorar minha curiosidade. Entrelacei os dedos e olhei para ela, mas, desta vez, ela se calou. Linda apertou os lábios de deixou o olhar vagar pela janela.

— Com quem?

— Com Stella. A garota que o matou.

O que ela queria dizer com aquilo? Como ela sabia o nome de Stella?

— Ela é só uma adolescente. Acho que ela fez o que eu deveria ter feito há muito tempo.

Não consegui evitar as palavras que vieram à minha mente. O brilho de uma faca, esfaqueando e esfaqueando; o sorriso charmoso de Christopher Olsen se transformando em um grito de dor. Confuso, tentei apagar o rosto de Stella da cena. Aquilo não podia ser verdade.

— Por que você diz isso? — consegui perguntar.

— O quê?

— Por que você acha que foi Stella quem fez isso?

— Porque ela está presa pelo crime.

— Você a conhece?

Ela negou com a cabeça.

— Espero que ela se safe.

Fiquei chocado. Seria verdade que Christopher Olsen atacara Stella de alguma forma? Se sim, por que ela não procurara a polícia? E se Stella fosse a verdadeira vítima em tudo aquilo?

— Como Margaretha está lidando com tudo? — perguntou Linda.

Eu estava tão mergulhado nos meus pensamentos que não respondi.

— Deve ser terrível — continuou Linda. — Eu gostava de Margaretha. Pelo menos eu não tinha nada contra ela. Ela sempre foi gentil comigo. Não é culpa dela que Chris fosse um psicopata.

— Não — respondi, mesmo um pouco hesitante. Não teria Margaretha um pouco de culpa? Afinal de contas, ela era a mãe dele.

— E quanto a Stanne? O que ele disse de tudo isso?

Cocei a nuca. De quem ela estava falando?

— Stanislav? — perguntou Linda.

Ela estreitou os olhos e me senti encurralado.

— Você disse que representa a família Olsen. Você não sabe quem é Stanislav?

— Claro.

Linda se levantou e deu alguns passos para trás.

— Quem é você? Você nunca falou seu nome.

— Não disse?

Um nome apareceu na hora da minha cabeça, mas relutei em dizê-lo. Quantas vezes você pode mentir? Mais cedo ou mais tarde, você acaba cruzando a fronteira da decência e dignidade, não importa que o motivo da mentira seja nobre.

— Quero que vá embora agora — declarou Linda.

Ela estava encostada na parede ao lado do grande vaso de vidro. Parecia assustada, mas havia um brilho selvagem nos seus olhos, algo que me pareceu beirar a loucura.

— Estou indo — avisei, passando bem rápido por ela. — Obrigado pelo seu tempo.

Ela foi até a porta para ficar de olho em mim. Estava com o celular na mão, pronta para fazer uma ligação com apenas um toque.

Eu me agachei para calçar os sapatos. Tinha amarrado um e estava pronto para amarrar o outro quando meus olhos pousaram nas prateleiras de sapatos ao meu lado. Devia haver uns sete ou oito pares, mas um em particular chamou minha atenção.

Com os dedos trêmulos, consegui amarrar o outro sapato e lancei outro olhar para a prateleira.

Não tinha a menor dúvida — ali na prateleira havia um par de sapatos idêntico ao de Stella. Talvez fosse até do mesmo tamanho. O mesmo sapato que deixou a pegada na cena do crime. O mesmo tipo de sapato que o assassino de Christopher Olsen estava usando.

28

Corri pelo centro da cidade, meus pensamentos zunindo como uma colmeia de vespas. Então, Linda Lokind tinha um par de sapatos da mesma marca e do mesmo modelo que Stella. E aquele brilho no olhar dela quando se encostara na parede. Distante e perdido, mas também tão cheio de raiva. Ela realmente parecia alguém que talvez pudesse ter algum ataque repentino de insanidade. Ao mesmo tempo, a teoria dela de que Christopher Olsen atacara Stella queimava no fundo da minha mente. Eu não poderia ignorar o fato de que aquele era um cenário plausível. Será que o filho da mãe machucara Stella?

Acelerei o ritmo, pisando tão firme que meus passos ecoavam no asfalto. Não de novo. Não podia ser verdade. Ao mesmo tempo, não era tão difícil imaginar a reação violenta de Stella, como ela poderia ter um ataque cego e louco de fúria; usar uma faca que talvez estivesse em sua mão. Mas por quê? Do lado de fora do prédio, em um parquinho? E de onde a faca viera? E por que diabos ela não dizia a verdade para a polícia?

Pensei em conversar com Ulrika sobre a teoria, mas temia que ela simplesmente rejeitasse a ideia como uma fantasia e tentasse me fazer reconsiderar meus atos. Ela parecia ter uma opinião completamente diferente da minha sobre qual seria a melhor forma de ajudarmos Stella. Eu não entendia como ela conseguia confiar tão cegamente em Michael Blomberg. Ele até podia ter uma qualificação extraordinária, e com certeza era muito capaz, mas não parecia estar comprometido com o caso o suficiente. Por que Stella ainda estava presa? E como era possível que ainda não tivéssemos autorização para vê-la?

Em vez disso, decidi falar com a polícia. Aquilo não podia ficar assim. Qualquer um podia ver que Linda Lokind contribuiria com a investigação. Por que Stella estava presa quando Linda era quem tinha a motivação para o crime?

Acelerei o passo até estar quase correndo pela rua Stora Södergatan. Quando cheguei ao restaurante Stäket e no estacionamento Färgaren, meu telefone tocou.

Era minha mãe. Estava ofegante e algumas coisas que ela disse se perderam, mas não havia dúvida sobre o que ela estava dizendo.

Todo mundo sabia.

Os jornais publicaram artigos na internet sobre Stella. Naquela tarde, saiu uma breve notícia no rádio. Não mencionaram o nome dela — pelo menos a ética jornalística não estava totalmente perdida —, mas eles tinham dado pistas suficientes para que qualquer um que quisesse saber a identidade dela não precisasse se esforçar muito.

— Tia Dagny já ligou para saber se é verdade — disse minha mãe.

Ela parecia tão abalada.

— Diga a verdade a ela. A polícia cometeu um erro.

Assim que desliguei, entrei em uma rua estreita ao lado do estacionamento e procurei um lugar discreto. Passei direto pelo prédio do outro lado. Depois me sentei em um banco em frente à Escola Katedral e dediquei meia hora de pesquisas autodestrutivas no Google. Li primeiro o que tinha sido escrito nos jornais, depois segui para os sites mais duvidosos. As informações variavam desde fatos gerais sobre Stella e nossa família até mentiras deslavadas e especulações doentias.

Ela era uma promessa do handebol, mas não conseguia controlar o temperamento.

Ela provavelmente o estava esperando no parquinho. Olsen era milionário, o crime deve ter sido planejado.

Li tudo e só quis gritar. Aquilo tudo estava tão fora da realidade. E as pessoas que estavam digitando aqueles comentários atrás das telas dos seus computadores e celulares eram as mesmas que eu talvez encontrasse na rua, na igreja e talvez até no tribunal.

Eu precisava falar com a polícia. Enquanto subia a rua Lilla Fiskaregatan, liguei para avisar Agnes Thelin que eu estava a caminho. Ela confirmou que eu podia ir.

Fui interpelado várias vezes no trajeto por curiosos que queriam falar comigo. Fui obrigado a ficar parado ali, cercado por pessoas que eu conhecia, mas cujos nomes eu já me esquecera, enquanto bicicletas passavam e um romeno do lado de fora da Pressbyrån tocava a música-tema de *O poderoso chefão* no acordeão.

Uma mulher da minha congregação estava passeando com um cachorrinho e me interpelou.

— Como vai? — perguntou ela com olhos tristes. — Deve ser um erro. A polícia vai se arrepender.

Em geral, não tenho a menor dificuldade de ficar diante da congregação, rezando a missa ou cumprimentando todo mundo que encontro. Fico muito feliz em parar e trocar algumas palavras e ouvir o que a pessoa tem a dizer e tento dizer algo educado e sábio. Mas aquilo era completamente diferente. Eu me sentia sufocado.

No fim das contas, entrei em pânico, escondi o rosto e me apressei pela Bantorget, passei por baixo do viaduto e subi até a delegacia.

Agnes Thelin, a inspetora responsável pelo caso, me recebeu do lado de fora da sua sala. Ofereceu-me um café, mas minha mão estava tão trêmula que deixei a colher do açúcar cair no chão.

— Como vai? — perguntou ela.

— Finalmente consegui dormir um pouco ontem à noite.

Agnes Thelin assentiu e abriu um sorriso caloroso.

— Eu estava esperando o seu contato, Adam.

O que ela queria dizer com aquilo?

— Eu estava esperando o *seu* contato — retruquei com um pouco de nervosismo. — Parece que não estamos recebendo nenhum tipo de informação.

A inspetora serviu-se de um pouco de leite.

— A investigação está em um estágio delicado. Estamos nos esforçando muito para descobrir o que realmente aconteceu.

— Estão mesmo? — perguntei, cruzando os braços. — Sério? Vocês estão investigando de "forma ampla e sem noções preconcebidas"? Porque eu poderia facilmente pensar que vocês já estão bem decididos.

Por um instante, minha visão ficou um pouco embaçada. Cambaleei um pouco e levei as mãos à testa.

— Você está bem? — perguntou Thelin. — Compreendo que tudo isso deve estar sendo muito difícil para vocês.

Olhei para ela e tentei me recompor. Não podia agir como um louco.

— Linda Lokind — disse eu. — Por que vocês não a estão investigando?

Thelin tomou um gole do café.

— É claro que estamos investigando tudo que pode ser relevante para o caso — disse ela, limpando a boca com o dedo.

— Você sabia que Linda Lokind tem um par de sapatos exatamente igual ao de Stella? O mesmo sapato que deixou uma pegada na cena do crime?

A inspetora quase cuspiu o café.

— Como é? Como você sabe?

— Como eu sei realmente não vem ao caso, não é? Alguém me informou. A questão é, por que vocês não investigaram isso? Por que não fizeram uma busca no apartamento de Linda Lokind?

Agnes Thelin limpou a boca com um guardanapo.

— Não posso discutir detalhes do caso com você, mas garanto...

— Suas garantias não valem de nada agora! Estou com a impressão de que não sabe o que está fazendo.

— Sinto muito que se sinta assim — retrucou Agnes Thelin. — Mas isso não é verdade.

Respiro fundo.

— Linda Lokind sofreu abusos e maus-tratos de Christopher Olsen por muitos anos. Quando finalmente se atreveu a denunciar, você não a ouviu e encerrou a investigação. Ela tinha todos os motivos para fazer justiça com as próprias mãos. Ela queria se vingar do homem que destruiu a vida dela. Será que existe algum motivo mais claro? Além disso, ela tem o mesmo tipo de sapato que o assassino estava usando. Você pode me explicar por que ela pode estar andando livre por aí, enquanto minha filha está presa e sem poder falar com os próprios pais?

Agnes Thelin olhou para a porta. Ficou claro que estava com dificuldade de se defender.

— Isso está começando a parecer um caso de corrupção — disse eu. — Abuso de autoridade.

— Entendo que pode parecer frustrante, mas nós temos muito mais informações do que você, Adam. Você tem que confiar que estamos fazendo o melhor que podemos para chegar à verdade.

— Então por que você não me conta o que sabe?

Ela coçou o nariz.

— Eis o que posso dizer. Temos bons motivos para não acreditar em tudo que Linda Lokind diz. Investigamos exaustivamente as acusações que ela fez contra Christopher Olsen, e a investigação preliminar foi fechada por falta de provas. Não havia nada que sugerisse que ela estava dizendo a verdade sobre o que aconteceu.

— Você está sugerindo que Linda Lokind mentiu sobre tudo o que aconteceu com ela?

Agnes Thelin mordeu o lábio inferior.

— Só estou contando o que descobrimos na investigação.

29

Agnes Thelin esperou enquanto eu mexia o café.

Era realmente possível que Linda Lokind tivesse me enganado? Era ela a louca no caso? Denunciando Christopher Olsen por abuso e estupro só para se vingar?

— Não é verdade que é muito comum que os abusadores se safem nos casos de violência doméstica?

— Costuma ser um desafio descobrir provas que possam ser usadas no tribunal — admitiu ela. — Mas, nesse caso específico, havia tantas incertezas que eu aconselho que você leia o depoimento de Lokind com algumas reservas. Infelizmente, é tudo o que posso dizer.

Nem precisava dizer mais nada. Ela tinha certeza de que Linda Lokind mentira sobre Christopher Olsen. Eu também achava que Linda estava escondendo alguma coisa.

— Mas isso não muda nada. Se Linda Lokind estava preparada para fazer falsas acusações contra o antigo namorado, ela pode muito bem ter recorrido à violência também. Será que você não percebe?

A investigadora tentou ocultar um suspiro com a mão.

— Entendo o que está dizendo, Adam.

Cerrei os dentes. Ela entendia, mas não planejava fazer nada sobre o assunto.

— Qual foi a última vez que você falou com Stella pelo telefone? — perguntou ela.

O que aquilo tinha a ver com o que estávamos falando?

— Não me lembro bem. Nós raramente nos falamos por telefone. Eu parei de ligar. Ela simplesmente não atendia. Precisa ser por mensagem ou pelo Messenger.

— Você disse que teve contato por texto na sexta-feira à noite.

— Não, não tive contato. Eu mandei uma mensagem, mas não recebi resposta.

— Você tem certeza?

Mantive minha resposta para mim mesmo. Teria a polícia reconstruído as mensagens de texto de Stella? Ou estariam verificando minhas mensagens? Não valia a pena ser pego em uma mentira que talvez não fosse nada demais a longo prazo.

— Não me lembro bem. Talvez ela tenha respondido. Talvez não.

A inspetora pigarreou.

— Qual foi a última vez que você viu o telefone da Stella?

Hã? Eu me virei para esconder minha surpresa. A polícia não tinha encontrado o telefone da Stella? Eu presumi que eles o tivessem confiscado quando revistaram a casa.

— Sinto muito. Não me lembro.

Agnes Thelin pegou um papel no arquivo.

— Você viu o celular dela depois que ela foi presa?

O que significava aquilo? Onde o telefone poderia estar, se a polícia não o tinha encontrado?

— Não — respondi.

Agnes Thelin deixou escapar um suspiro.

Senti o suor brotar nas axilas.

— Isso é um interrogatório? Sou obrigado a responder a suas perguntas?

Thelin só ficou olhando para mim.

— Eu sou inútil com esse tipo de coisa. Minha mulher sempre se irrita. Nunca noto quando ela está de roupa nova.

Agnes Thelin deu um sorriso forçado.

— Mas você falou com Stella quando ela chegou em casa? Você viu a roupa dela?

— Claro.

— E notou alguma coisa diferente? Manchas ou alguma coisa assim?

Comecei a suar ainda mais.

— Estava escuro, eu não me lembro bem...

Não se lembrar, é claro, não era o mesmo que mentir. Eu estava tentando encontrar qualquer brecha que eu pudesse. Nesse ínterim, Thelin folheou alguns documentos.

— Quando foi a primeira vez que você ouviu falar em Christopher Olsen?

— No sábado passado — respondi com sinceridade. — Quando descobri que Stella tinha sido presa.

— Então você nunca tinha ouvido o nome antes?

Esfreguei os olhos.

— Não que eu saiba.

— É uma pergunta simples, Adam. Você tinha ou não tinha ouvido o nome de Olsen antes?

— Não, não tinha.

— Então, Stella nunca mencionou o nome dele. Ela já falou de alguém que talvez fosse Olsen? Um namorado? Você sabe se ela estava saindo com alguém?

— Stella não tinha namorado! Pode perguntar a qualquer um! Pelo que entendi, ela só se encontrou com Christopher Olsen em raras ocasiões. Por que ela ia querer machucá-lo? Não faz o menor sentido.

— O comportamento humano nem sempre faz sentido.

— Quase sempre faz.

Agnes Thelin pegou uma folha de papel na sua mesa.

— Ouça isto — disse ela, antes de começar a ler. — *"Penso em você vinte e quatro horas por dia. Quero tanto você. E isto: Você é o ser mais lindo e sexy do universo. Que bom que nos conhecemos."*

Fiquei enojado. Ela realmente podia fazer isso? Parecia tão errado, contra as regras — imoral, para dizer o mínimo.

— Essas são mensagens que Stella mandou para Christopher Olsen. Encontramos muitas outras como essas no computador dele.

Por baixo da mesa, pressionei os punhos nas coxas.

— Como você sabe que foi Stella que escreveu essas mensagens? Qualquer um poderia ter invadido a conta dela.

Thelin me ignorou.

— Eu sei como deve estar se sentindo, Adam. Mas vai ficar tudo bem. Nós vamos enfrentar isso juntos.

— Do que você está falando? Você não está enfrentado nada. Você pode ir para casa à noite e abraçar seus filhos. Minha filha é que está trancafiada na prisão.

— Eu sei, eu sei. Mas a única forma de avançarmos agora é se você tiver a coragem de dizer a verdade. Você realmente estava acordado quando Stella chegou em casa?

— Sim.

Eu me esforcei para manter a respiração calma e lenta.

— E que horas eram?

Respirei fundo.

— Quinze para a meia-noite. — Respondi com o máximo de autocontrole que consegui. — Exatamente às onze e quarenta e cinco.

Agnes Thelin assentiu e afastou a cadeira da mesa. Os pés da cadeira arranharam o piso de linóleo. Ela acabou a um metro da mesa, recostou-se e olhou para o teto.

— Adam, Adam — disse ela. — Eu entendo que você esteja fazendo isso. Talvez eu fizesse o mesmo.

Eu não respondi. Ela não fazia ideia de como era estar no meu lugar.

— Nossos filhos são tudo para nós — continuou ela. — Stella é sua garotinha. É horrível descobrir que não podemos proteger nossos próprios filhos.

Mais uma vez eu pensei em Jó.

— Eu não julgo você. Mas não acho que essa seja a forma correta de agir. Isso não está certo, Adam — encerrou ela.

Fechei os olhos. Não é certo proteger sua filha? Sua família? Como isso pode ser errado?

— Acho que acabamos por aqui — disse eu, levantando-me para ir embora.

Agnes Thelin suspirou e ficou olhando para mim.

Eu precisava falar com Amina.

Procurei o telefone dela e liguei. Depois de um toque, uma voz metálica avisou que aquela linha havia sido cancelada.

30

Corri em direção ao ginásio. O treino das meninas terminaria a qualquer minuto. Com sorte, eu encontraria Amina lá.

Normalmente, eu amava entrar no ginásio. Mas daquela vez, quando abri a porta e senti o cheiro abafado de suor do fim de verão, tudo o que senti foi desconforto. Alguns adolescentes usando roupas de ginástica estavam perto da cantina, e uma mulher passou por mim a caminho do estacionamento. Meu desconforto de repente aumentou. Os olhares, as perguntas — o fato de todos saberem. Porque eles sabiam, não é? Todo mundo tinha tantas opiniões, eles achavam saber de tudo, já tinham feito suas próprias teorias. Meu cérebro se anuviou e meu coração parecia prestes a sair pela boca. Não conseguia suportar a ideia de encontrar as pessoas que eu conhecia.

Cambaleei até o bicicletário e me postei atrás de uma árvore. Fiquei encostado ali, apoiado no tronco, escondendo-me do mundo e morrendo de raiva de toda aquela situação.

Depois de um tempo, as meninas começaram a sair. Eram do time de Amina. Fiquei observando sem revelar minha posição.

Por fim, Amina se aproximou do bicicletário. Prendeu a bolsa de ginástica no bagageiro e estava prestes a abrir o cadeado quando eu a cumprimentei.

— Ai, que susto!

Ela deu um passo para trás.

— Sinto muito, não foi minha intenção. Tentei ligar, mas...

— Meu telefone foi roubado.

Ela colocou a corrente no cesto da bicicleta e começou a tirá-la do bicicletário.

— Podemos conversar? — perguntei.

— Tenho que voltar para casa — respondeu ela, sem olhar para mim. — Tenho muita coisa para fazer, e as aulas começam daqui a quatro dias.

— Posso acompanhar você até em casa — sugeri. — Se você for empurrando a bicicleta.

Ela suspirou e começou a empurrar a bicicleta pelo guidão, andando tão rápido que fui obrigado a dar uma corridinha.

— Por que você não quer falar comigo? — perguntei.

— O quê? Eu estou falando.

Eu a segui até a ponte de pedestres sobre Ringvägen. Os olhos de Amina estavam fixos em um ponto bem à frente e ela ainda estava andando bem rápido.

— Você sabe de alguma coisa, Amina?

Ela não respondeu.

— Por favor, você tem que me contar tudo — disse eu.

— Eu não sei de nada! — irritou-se ela. — Eu já contei tudo para a polícia.

Dei alguns passos rápidos para continuar ao lado dela.

— Você sabia que Stella estava saindo com Christopher Olsen, não sabia?

— Sabia — confirmou ela, enquanto passávamos pelo parque da cidade.

— Eles estavam namorando? Stella tinha algum tipo de relacionamento com aquele homem?

Tínhamos acabado de passar pelo café quando ela parou e olhou para mim.

— Não, não era nada disso. Eles se encontraram algumas vezes e se conheciam de passagem. Isso era tudo.

Os olhos dela cintilaram. Ela tirou uma das mãos do guidão e a bicicleta oscilou.

— Você também o conhecia?

Ela se virou para a frente de novo, segurou firme nos guidões e foi empurrando a bicicleta pelo caminho de cascalhos.

— Amina! — chamei, minha voz saindo um pouco ríspida. — Stella está na cadeia! Você já esteve na cadeia? Sabe como são as celas?

Quase fui atropelado por um corredor com fones de ouvido que resmungou "merda de velhos", enquanto eu tentava alcançá-la de novo. Amina diminuiu um pouco a velocidade. Lágrimas começaram a escorrer pelo rosto dela e senti um aperto no peito. Meu primeiro instinto foi abraçá-la como uma filha, uma filha que ela ainda era para mim até certo ponto. Em vez disso, implorei que me perdoasse.

— Eu não estou nada bem, Amina. Tudo isso está me deixando louco.

— Eu sei — respondeu ela, soluçando. — Também tenho me sentido um lixo.

— Por favor, conte-me o que você sabe — implorei.

31

Amina e eu sempre tivemos um relacionamento especial. Houve um tempo em que ela preferia falar comigo do que com os próprios pais. Tenho certeza de que sei coisas dela que nenhum outro adulto sabe.

Já fazia quase quatro anos. Era fim de outono, logo depois do batismo. As meninas estavam no nono ano e estávamos no primeiro lugar na categoria delas.

Um dia de manhã, descobri Roger Arvidsen na escada do vestíbulo da igreja. Parecia triste e confuso com seu chapéu de pele.

Roger Arvidsen era mais novo do que aparentava. Tinha acabado de fazer cinquenta anos, mas questões de falta de higiene pessoal, genes ruins combinados com vida sedentária, tabagismo e muito café o faziam parecer bem mais velho. Estava em péssima forma, com dentes amarelados, papada no pescoço e unhas imundas. As crianças do bairro o chamavam de Monstro.

Todo domingo, Roger vinha à igreja com sua mãe, com quem ainda morava. Rapidamente estabeleci o hábito de conversar com ele um pouquinho todas as vezes que nos encontrávamos, uma vez que eu desconfiava que ninguém, além da mãe, lhe dava atenção. Não havia como negar que Roger não era muito inteligente, mas parecia ser uma pessoa gentil e tímida que merecia ser bem tratada.

Roger jamais tinha me procurado por livre e espontânea vontade e, quando conversávamos, eu precisava estimulá-lo. Então, assim que o vi parado na escada, sem a mãe, percebi que tinha alguma coisa errada.

Perguntei se poderia ajudá-lo de alguma forma.

Quando dei por mim, Roger estava no meu escritório, ainda usando o chapéu de pele e batendo os dentes. Sofri ao ouvir a história que ele contou.

Roger me explicou que uma garota o visitara duas vezes. Nas duas, a mãe dele tinha acabado de sair para jogar bingo. Ele sabia que a garota não estava sozinha, pois vira sua colega mais à frente, observando tudo.

A garota perguntara se ele queria convidá-la para um café, então, Roger fez isso. Foi assim que sua mãe lhe ensinara. Quando tinham visita, ofereciam café. Da primeira vez, eles só conversaram um pouco e, depois, a garota desapareceu. Mas, da segunda vez, ela pediu, do nada, que Roger tirasse as calças. Ele se recusou, é claro. Ele não fazia ideia do que a garota poderia querer, mas não era idiota o suficiente para achar que ela tinha tesão por ele. Depois de alguma insistência, Roger deixou que a garota se sentasse no seu colo. Ela tirou uma foto dos dois com seu celular.

— Depois ela pediu mil coroas — explicou Roger. — Ela disse que se eu não desse o dinheiro para ela, ela procuraria a polícia e mostraria as fotos e me denunciaria. Ela disse que todo mundo acharia que sou pedófilo. Já existem muitos boatos sobre mim.

Então ele dera mil coroas a ela. Achei difícil culpá-lo por isso, pelo menos. Ele dificilmente era a primeira pessoa a pagar uma chantagem falsa.

Mas, agora, ele tinha recebido uma mensagem pelo correio — a garota queria mais mil coroas, caso contrário daria as fotos para a polícia.

— Eu não quero que nada de ruim aconteça com ela — disse ele. — Isso também é culpa minha.

Eu me levantei decidido e assegurei a Roger que eu resolveria a questão.

Ele nem precisava me dar o nome dela. Era óbvio de quem estávamos falando.

Disse para Monika, a diaconisa, que eu estava com enxaqueca e fui para casa. Assim que cheguei lá, bati na porta do quarto de Stella, até ela abrir a porta e me deixar entrar.

— Mas que merda você fez agora?

E eu nunca digo palavrão. Stella raramente ficava tão arrasada. Não inventou desculpas, apenas confessou e jurou de pés juntos que devolveria o dinheiro e pediria desculpas. Tinha sido uma ideia estúpida que saíra dos eixos. Ela nunca mais ia fazer nada como aquilo de novo.

Não contei nada daquilo para Ulrika. Por um lado, parecia que eu a estava enganando — espera-se que você compartilhe esse tipo de coisa com seu cônjuge. Por outro lado, eu a estava poupando. O que os olhos não veem o coração não sente. Em retrospecto, sou obrigado a admitir que grande parte da decisão tem a ver com a vergonha que senti. Eu não conseguia aceitar o que Stella tinha feito, e não queria que ninguém mais, nem mesmo minha mulher, soubesse daquilo.

Quando Roger foi à igreja no domingo seguinte, eu o chamei depois da missa. Mais uma vez tive que arrancar as palavras dele.

— Você recebeu seu dinheiro de volta?

— Recebi.

— Todo o valor?

— Sim.

— E Stella pediu desculpas? Ela pareceu sincera? — perguntei.

— Sim. — Roger assentiu de novo e se remexeu. — Mas não foi ela.

— O quê?

Ele baixou a cabeça.

— Não foi Stella que fez isso — repetiu. — Foi a outra. A morena.

32

Amina e eu atravessamos o parque da cidade lado a lado. Estávamos quase chegando à rua Svanegatan, já dava para ouvir o barulho do trânsito.

— Eu estava lá quando Stella conheceu o Chris — revelou Amina. — Foi na Tegnérs. Ele me pareceu um cara normal. Nada demais. Exceto o fato de que ele era velho, mas não sabíamos disso no início.

— Quando foi isso?

Amina encolheu os ombros.

— Alguns meses atrás.

— Mas o que Stella estava fazendo na casa dele? A polícia encontrou provas de que ela esteve lá.

— Ela provavelmente só foi para casa com ele.

Arrependi-me de perguntar. Eu não queria mais saber.

— Para continuarem a festa, talvez... — sugeriu Amina. — Eu realmente não sei. Eu não via Stella fazia mais de uma semana. Fazia uns dois finais de semana.

A bicicleta dela cambaleou e eu me preparei para pegá-la se ela caísse.

— Você viu Christopher Olsen naquele dia também?

Amina acertou o guidão.

— Sim, naquela sexta-feira.

— No aniversário de Stella.

— Só ficamos com ele por um tempo, depois Stella e eu fomos para Stortorget e tomamos uma taça de vinho. Eu tinha jogo no sábado, então não podia exagerar.

— E vocês não se viram mais desde então? Mas vocês conversaram, não é? Trocaram mensagens de texto?

— Não exatamente. Mas ela me mandou uma mensagem na sexta-feira. Era para nos encontrarmos aquela noite, mas eu tive treino e não estava me sentindo muito bem. Então, no sábado eu acabei com febre.

— Então, você não faz ideia do que aconteceu na sexta-feira?

Ela rapidamente negou com a cabeça. Fiquei na dúvida se ela estava sendo sincera.

— Então, o que você contou para a polícia? No seu depoimento.

— A verdade, é claro. Eu não poderia mentir, não é?

Não respondi.

Com o passar dos anos, aprendi que mentir é uma arte, uma habilidade que algumas pessoas dominam, enquanto outras jamais conseguirão. Assim como outros talentos, tenho certeza de que é possível aperfeiçoar e polir essa habilidade, mas essencialmente ela vem de uma certa predisposição inata. Stella sempre foi uma ótima mentirosa. Mesmo no jardim de infância eu tinha dificuldade de identificar suas mentiras. Às vezes, ela mentia sobre as coisas mais banais. "Você já arrumou seu quarto, Stella?" "Já, pai". Uma vez era verdade, e na outra era uma mentira deslavada. Era impossível determinar quando ela estava dizendo a verdade.

Desconfio que Amina não saiba mentir. Depois do incidente com Roger Arvidsen, ela implorou perdão, soluçou e me fez prometer que eu nunca contaria para Dino e Alexandra. Uma promessa que cumpri, é claro.

Ela não estava mentindo bem desta vez. Eu não tinha a menor sombra de dúvida de que estava escondendo alguma coisa. Quem ela estava tentando proteger? A si mesma ou Stella?

Ou a mim? Será que ela achava que eu não era capaz de lidar com a verdade?

Viramos à esquerda na Svanegatan. Um carro passou em alta velocidade.

— Amina, você acha que Stella...? Você acha que Stella cometeu esse crime?

Ela parou de andar.

— Não! Stella não fez nada! Você não está achando...?

Eu não sabia. Como Amina podia ter tanta certeza?

— Por favor — implorei enquanto ela subia na bicicleta para cobrir os últimos cinquenta metros até em casa. — Eu preciso saber.

— Saber o quê?

— Tudo.

— Eu também não sei de tudo. — Amina colocou os pés no pedal e deu impulso. — Eu não sei mais do que você. E provavelmente Stella também não.

Ela acenou e foi embora.

Eu sabia que ela estava mentindo.

33

Quando cheguei em casa aquela noite, Ulrika estava olhando pela janela do quarto. Minha mente estava lenta e eu me encontrava todo dolorido, como se tivesse escalado uma montanha.

— O que você está olhando? — perguntei.

Ela não respondeu. Eu a abracei pela cintura. Descobri que o rosto dela estava manchado; as lágrimas pareciam ter escorrido pelo seu rosto e secado nos lábios.

— Querida — sussurrei.

— Onde você estava?

A voz dela estava trêmula.

Expliquei que o pessoal do trabalho me mandara de volta para casa, de licença médica por mais uma semana. Ulrika não respondeu. Seus olhos pareciam sem vida. Tudo lá fora era escuridão. Trevas negras e impenetráveis.

— Você já ouviu falar de Jó, não é? — perguntei.

— Conheço o nome.

Descansei meu queixo no ombro dela, mas ela se afastou sem aviso e se virou para mim.

— Você realmente acha que isso é algum tipo de teste de Deus?

Eu não sabia mais o que pensar.

— Jó era o homem mais honesto da face da Terra — expliquei. — Mas o acusador disse que é muito fácil acreditar em Deus quando se tem uma vida tão boa quanto a que Jó tinha.

— O acusador?

— Algumas traduções usam essa palavra. Um eufemismo para satã.

No meio de todo o sofrimento, vi a sombra de um sorriso no rosto da minha mulher.

— Como advogada de defesa, não tenho nenhum argumento para apresentar.

Enquanto eu contava a história de Jó — como Deus permitiu que satã tirasse tudo que ele possuía, que matasse seu rebanho e seus dez filhos, além de deixá-lo doente — Ulrika assentiu.

— Então, você é Jó?

Era difícil saber se ela estava tentando ser engraçada ou se estava debochando.

— Claro que não. De qualquer forma, a mulher de Jó achou que ele viraria as costas para Deus depois de tudo que tinha acontecido com ele. Você sabe qual foi a resposta de Jó?

— Não. O que foi que ele disse?

— Ele disse que se aceitamos tudo de bom de Deus, também devemos estar preparados para aceitar as coisas ruins.

Ulrika respondeu com uma risada amarga. Eu não sabia bem o que aquilo significava.

Ela suspirou.

— Não podemos continuar vivendo aqui.

— O quê?

Ulrika olhou pela janela de novo.

— Você viu as notícias na internet hoje?

— Vi. Minha mãe ligou.

— Lund não é uma cidade grande. Além disso, você e eu levamos uma vida relativamente pública por aqui.

Continuamos encarando a escuridão.

— Será que você não está sendo dramática demais? — perguntei.

— Você não faz ideia. Eu já vi isso acontecer muitas vezes. As pessoas são obrigadas a fugir. Abrir mão da própria vida e recomeçar em outro lugar.

— Então você acha que Stella vai ser condenada?

Ela olhou para mim como se eu fosse uma criança que ela estava prestes a decepcionar.

— Talvez não pela Justiça. Ainda é cedo demais para prever. Mas isso não importa. É o tribunal da opinião pública que realmente importa. Em geral, as pessoas não se importam muito com o resultado do julgamento.

Eu não podia aceitar aquilo.

— Você está exagerando.

— Nem um pouco. Uma semana na prisão e você é culpado aos olhos da sociedade. Mesmo que Stella seja absolvida, uma semente de dúvida vai ficar na mente das pessoas que sabem quem ela é. Pelo menos pelo tempo que levar até alguém ser condenado pelo crime.

Aquilo parecia tão cínico. Talvez fosse uma sabedoria amarga aprendida em quase vinte anos trabalhando no sistema de justiça criminal — e certamente havia um pouco de verdade no argumento dela. Era só olhar para mim. Quantas vezes eu condenara um suspeito mesmo depois que o tribunal chegara a um veredicto contrário? Se Stella fosse solta, mas não houvesse nenhuma outra condenação pelo assassinato, certamente muitas pessoas duvidariam de sua inocência.

— Você está falando sério? Você quer que a gente saia de Lund?

Ulrika assentiu.

— Michael me ofereceu uma posição em Estocolmo.

— Michael?

— Blomberg.

Pisquei algumas vezes. A escuridão do lado de fora borrava minha visão como uma sombra.

— Que tipo de posição?

— Ele tem um trabalho para mim, um caso grande que vai tomar muito tempo, vários meses. A firma tem um apartamento no centro da cidade, para quando é necessário dormir lá. Podemos ficar nele até encontrarmos um lugar para morar.

— Nós vamos nos mudar?

Ela me abraçou pelo pescoço.

— Não vai ser bom para nós ficar aqui.

O calor no corpo dela me deixou menos tenso.

— E quanto a Stella?

— Ela virá com a gente, é claro. Até a sua viagem para a Ásia.

— Mas ela está presa.

— Depois do julgamento — disse Ulrika, aconchegando-se ao meu pescoço.

— Depois...?

— Não temos nada a fazer agora. É muito provável que o caso vá a julgamento.

— Você acha?

Tentei me afastar, mas Ulrika me segurou firme e pressionou meu rosto contra o peito dela.

— Mas nós sabemos que ela é inocente — disse eu.

— Nós não sabemos nada, querido.

— O que você quer dizer com isso?

Eu me afastei dos braços dela. Ela parecia completamente exausta. Aquilo estava sugando nossas energias. Muito mais do que eu poderia imaginar.

— Ela tem um álibi! — exclamei. — Stella tem um álibi.

Ulrika pegou minha mão.

— Querido, eu também estava acordada quando Stella chegou em casa na última sexta-feira. Eu sei exatamente que horas eram.

Senti algo se quebrar dentro de mim. Por que ela não disse nada? Ela sabia que eu tinha mentido para a polícia.

O que mais ela sabia? Pensei na camisa manchada e no telefone de Stella.

— O que realmente aconteceu com o telefone de Stella?

— Como assim?

— Achei que estava com a polícia. Mas não está. O que foi que você fez com ele?

— Eu... Eu...

Embora ela estivesse olhando para mim, era como se o olhar estivesse distante. Eu me senti solitário e abandonado, e tive que morder a língua para não dizer alguma coisa da qual eu pudesse me arrepender.

— O que você fez com o telefone dela? — repeti.

Ela acariciou meu rosto.

— O telefone não é mais um problema — respondeu.

Ofeguei. O que ela tinha feito? Jogado o telefone de Stella em algum lugar? Se essa informação vazasse, seria o fim da carreira dela.

— Como as coisas acabaram para esse tal de Jó? — perguntou ela, suavemente.

— Foi um final feliz. Deus lhe deu dez filhos novos.

Dei um sorriso forçado e Ulrika me beijou.

— Nós precisamos ficar juntos agora, querido — disse ela. — Você, Stella e eu. Temos que ficar juntos.

Eu tinha uma forte sensação de que ela estava escondendo alguma coisa de mim. A minha própria mulher.

34

Blomberg ligou na segunda-feira. Poderíamos ir ao escritório dele naquela tarde? Tinha novidades.

— Acho que não existem boas notícias nessa situação — disse para Ulrika. Segurei a mão dela com firmeza enquanto saímos do estacionamento.

Talvez Ulrika estivesse certa. Talvez fosse melhor sairmos de Lund. Sempre gostei de Estocolmo; seria o nosso santuário.

Mas é claro que não poderíamos simplesmente abandonar Stella. Enquanto ela estivesse presa, ficaríamos aqui. Eu não abriria mão disso.

Viramos a esquina, entramos na Klostergatan e paramos diante da porta. Senti um discreto cheiro de álcool quando beijei Ulrika. No elevador que nos levaria até o escritório de Blomberg, ela tirou da bolsa pó-compacto e batom e retocou a maquiagem no espelho.

— Sentem-se — disse Blomberg. Ele estava de camiseta. Era raro vê-lo vestido de forma tão simples. Era quase constrangedor. Como se estivesse pelado.

— Eu contei a ele sobre o trabalho que você me ofereceu — contou Ulrika.

Blomberg sorriu para mim. Achei desagradável que ele e Ulrika conversassem quando eu não estava presente.

— Você disse que tinha novidades.

— Exatamente — confirmou Blomberg, sentando-se diante de nós com as pernas abertas. — Como eu disse antes, Chris Olsen tem um currículo extenso. Mas eu descobri algumas coisas que ninguém coloca no próprio currículo.

— Tipo o quê? — perguntei.

— Esse cara estava envolvido em alguns negócios duvidosos. E estou falando de coisas escusas aqui. — Blomberg assentiu, parecendo muito satisfeito consigo mesmo. — Eu contei a você sobre os poloneses da pizzaria, não é? Acontece que Olsen também tinha um negócio que dependia de mão de obra barata da Romênia. Pessoas que ele abrigava na porra de um celeiro no interior, enquanto trabalhavam como escravos para reformar propriedades para a firma de Olsen.

— Que horror.

— Pessoas como Olsen compram prédios em ruínas e os reformam por quantias ridículas.

— Mas o que isso tem a ver com o assassinato? — perguntei.

Blomberg abriu um sorriso.

— Bem, parece que os romenos estavam reclamando das condições e diziam que Olsen estava tentando enganá-los. Alguns dos compatriotas deles com quem conversamos estão convencidos de que foram eles que mataram Olsen.

— O quê? A polícia sabe disso?

— Já informei a Agnes Thelin, mas é Jansdotter que está lidando com a investigação preliminar.

— Agnes Thelin — dei uma risada desdenhosa.

Ulrika olhou para mim, surpresa.

— Ainda estamos investigando os poloneses — continuou Blomberg. — Temos dois nomes para verificar.

Pareceu meio frustrante. Aquilo era tudo? Eu não apostaria muito nos investigadores particulares de Blomberg. É a polícia que deveria investigar um homicídio.

— Quando podemos ver Stella? — perguntei.

O pescoço de Blomberg ficou vermelho.

— Quero que você saiba que eu tentei. Eu fiz todo o possível para isso, mas a porra da Jansdotter se recusa a permitir que vocês vejam Stella.

— Isso é uma injustiça. Será que devemos denunciar para a mídia? Ou talvez aquele programa de investigação aceitaria fazer um episódio com esse caso.

Blomberg negou com a cabeça.

— Ainda é cedo demais para fazermos uma coisa assim. Até uma condenação, eles não terão interesse.

— Você tem que conversar com Amina Bešić — disse eu. — Tenho certeza de que ela está escondendo alguma coisa.

Blomberg remexeu no cordão.

— Hum, não sei... — disse Ulrika.

Presumi que ela estivesse preocupada em chatear Dino e Alexandra.

— Eu tentei — respondeu Blomberg. — A polícia a interrogou também, mas parece que ela não sabe nada de importante.

— Ela sabe.

Ulrika me deu uma cotovelada na costela.

— Estamos falando da Amina aqui. Por que ela mentiria?

— Eu sei que ela está mentindo!

Mas eu não podia dizer mais nada, já que Ulrika não podia descobrir que eu tinha conversado com Amina. Ela nunca entenderia — só ficaria com raiva, certa de que eu havia ultrapassado os limites.

— A questão é que ainda acho que a ex-companheira de Olsen, Linda Lokind, é mais interessante para nosso objetivo — retrucou Blomberg. — Parece que Lokind tem histórico de ansiedade e depressão. Ela procurou tratamento psiquiátrico ainda na adolescência e, desde então, fica indo de clínica em clínica de forma mais ou menos contínua.

Aquilo não me surpreendia muito. Linda Lokind era uma jovem com uma autoimagem danificada. Ela parecia muitas outras mulheres que conheci que foram vítimas de violência doméstica. Eu sabia que Linda tinha mentido para mim, mas não sabia ao certo até que ponto. Teria ela inventado toda aquela história de que Chris Olsen a agredia? Uma terrível vingança contra o namorado que a traíra? Duvidava que Linda fosse capaz de algo assim. Mas isso significava que ela estava escondendo alguma outra coisa.

— É um absurdo que a polícia não esteja nem investigando Lokind — disse eu. — Você tem que pressioná-los.

— Está ficando cada vez mais comum que esse tipo de coisa acabe na mesa dos advogados — comentou Blomberg. — Quero que você saiba que minha equipe é muito competente. Mas nós precisamos de alguma coisa concreta contra Linda Lokind para sairmos do lugar.

Algo concreto?

— O sapato dela — comentei.

Ulrika e Blomberg ficaram olhando para mim.

As palavras simplesmente escapuliram da minha boca. Precisávamos de uma coisa concreta, e eu sabia que essa coisa existia.

— Que sapato? — perguntou Blomberg, inclinando-se.

Suspirei e vi Ulrika ficar tensa ao meu lado. Não havia outra forma, a não ser revelar a verdade.

— Linda Lokind tem um sapato igual ao de Stella. O sapato que deixou uma pegada na cena do crime.

Blomberg ergueu as sobrancelhas.

— E como você sabe disso?

Olhei para Ulrika. O rosto dela estava impassível.

— Eu fui à casa dela.

Os dois pareceram prender a respiração quando contei sobre minha visita a Linda Lokind na rua Tullgatan. Eu vira o sapato e tinha certeza de que era o mesmo.

A sala ficou no mais absoluto silêncio enquanto os dois advogados trocavam olhares afiados.

— Qual é o seu problema? — explodiu Ulrika. — Você foi à casa dela?

— Eu precisava fazer alguma coisa. Stella está *presa*! Eu não posso ficar parado olhando nossa vida desmoronar.

Ulrika não disse mais nada. Blomberg olhou para ela. Os dois baixaram o olhar. Naturalmente me entendiam.

35

Dei mais uma volta pelo bairro, daquela vez, com boné e olhos baixos, temendo que eu tivesse que parar para conversar com alguém. Contornei rapidamente a esquina, atravessei a calçada, entrei em casa apressado e fechei a porta.

Ulrika estava debruçada na mesa, usando uma caneta marca-texto em uma pilha de documentos.

— No que está trabalhando? — perguntei.

— No caso de Estocolmo que Michael me passou. Isso ajuda a distrair meus pensamentos.

Eu não sabia se aquilo era uma boa ideia. Por que deveríamos pensar em outras coisas quando Stella estava na prisão?

— Feche a porta quando sair, por favor.

Eu me acomodei no sofá e peguei meu celular. Minhas mãos estavam trêmulas. Ouvi a voz de Ulrika lá em cima. Estava no telefone.

Servi uma dose de uísque no copo, tomei e me servi de outra. Voltei ao sofá e comecei a procurar novas informações sobre o caso que a imprensa agora estava chamando de "Assassinato do parquinho".

Comecei em sites dos tabloides noturnos, mas logo me permiti, apesar de saber que não devia, entrar na arena dos gladiadores da internet, onde fui obrigado a enfrentar os piores tipos de especulação sobre Stella. Alguém que afirmava ter tido um breve relacionamento com ela declarou, com toda seriedade, para todo mundo ler, que Stella Sandell era uma "pervertida desprezível" e que não tinha a menor dúvida de que ela tinha assassinado o homem de trinta e dois anos. Outras pessoas escrevendo no mesmo fórum claramente conheciam Stella pessoalmente, o que tornou tudo ainda mais assustador. Um dos participantes, com o nome de usuário Grrlie, fez uma descrição detalhada sobre coisas que aconteceram com Stella na época da escola. De acordo com Grrlie, Stella era uma *criança com* TDAH *que achava que dominava todo o mundo,* mas essa pessoa ainda considerava improvável que ela pudesse ter matado alguém.

Era horrível ler aquilo, ainda assim, eu não conseguia parar. Era difícil, mas quem sabe talvez surgisse alguma informação útil. Em várias ocasiões, eu me senti um espectador de mãos atadas, observando enquanto minha garotinha era mandada para o matadouro.

Não havia muita fofoca sobre a vítima. Alguém declarou laconicamente que ele era rico e atraente. Outro o chamou de "psicopata típico", que me fez pensar em Linda Lokind. Teria sido assim que ela descobrira o nome de Stella?

Tomei o último gole de uísque e recostei no sofá. Eu realmente precisava dormir um pouco. Pisquei algumas vezes, tentei fechar os olhos mesmo enquanto ainda rolava as informações no celular.

Começou com um comentário anônimo.

Aposto que foi o pai dela que matou. O pastor. Deve ter descoberto que a filha estava dando para Chris Olsen.

Eu me sentei e comecei a ler os comentários com atenção.

Exatamente o que acho. Foi o pai!, escreveu alguém que se autodenominava Meow76. Várias pessoas pareciam concordar com ele.

Todo mundo em Lund sabe que tipo de pessoa Adam Sandell é, escreveu Misspiggylight. *Ele sempre foi esquisito.*

No comentário seguinte, Meow76 copiou e colocou minhas informações pessoais: nome completo, endereço, telefone, idade e data de nascimento.

Senti o coração disparar. Aquilo era difamação!

Peguei meu computador e rapidamente escrevi um e-mail para o endereço de contato do fórum, no qual ameacei procurar a Justiça. Depois, fiz algumas capturas de tela e comecei a formular uma denúncia para a polícia.

Ulrika desceu e a ouvi abrindo a geladeira.

— Venha aqui, amor! — chamei.

Depois de ler meu e-mail ao fórum, mostrei as capturas de tela.

— Isso é difamação, não é?

Apontei para a tela.

— Dificilmente — respondeu Ulrika. — E sendo ou não, isso dificilmente daria um caso.

— O que isso significa?

— Que sua denúncia não vai levar a nada e será encerrada depois de uma investigação preliminar.

Na sexta-feira de manhã, duas semanas depois do assassinato de Christopher Olsen, acordei mais tarde que o usual, desorientado e sem saber que horas eram ou se eu tinha só dormido uma hora ou a noite inteira. Quando desci cambaleando, Ulrika estava apoiada na ilha da cozinha, com cabelo molhado e roupão de banho. Duas xícaras de café estavam fumegando diante dela.

— O relatório do legista ficou pronto — disse ela. — Estabeleceram a hora da morte de Christopher Olsen entre uma e três horas da manhã.

Meu coração disparou.

— Isso significa...

Ulrika assentiu.

— Causa da morte, hemorragia causada por ferimento com objeto perfurante — continuou ela. — Duas lacerações e quatro punhaladas.

Quem quer que tenha matado Christopher Olsen não tinha apenas o atacado com uma faca. Dificilmente fora legítima defesa. Alguém o golpeara diversas vezes. Deve ter sangrado muito.

Pensei nas manchas na camisa de Stella. Com certeza minha filha ficava agressiva quando perdia o controle. E aquele tipo de coisa acontecia rápido. Mas com certeza ela não seria capaz de matar outro ser humano.

— Esse tipo de violência excessiva costuma indicar um crime pessoal — disse Ulrika. — Como se o criminoso estivesse cheio de ódio contra a vítima.

— Como uma ex-namorada vingativa?

— Por exemplo.

Ulrika soprou o café.

— Michael e eu também conversamos sobre o apartamento.

— Que apartamento?

— O apartamento da firma em Estocolmo. Podemos nos mudar na semana que vem. Só precisamos levar itens de uso pessoal.

O café queimou minha língua.

— Mas já? Eu achei... Acho que temos que pensar melhor nisso.

— Eu já tomei minha decisão — retrucou ela de forma direta. — Não posso recusar esse caso.

— Mas você sabe que isso significa deixarmos a Stella?

— Nós nem podemos falar com ela! Não há nada que possamos fazer até o julgamento.

— Você já desistiu!

— Ao contrário, Adam. Eu dediquei toda minha vida à justiça criminal. Você vai ter que confiar em mim.

Eu me aproximei dela. Tanto que senti o calor da respiração dela no meu rosto.

— Me solta — disse ela.

Olhei para baixo e vi que eu a tinha agarrado pelo braço.

— Desculpe. Não foi minha intenção.

Ulrika se afastou.

— Você está se tornando... Sinto que não conheço mais você.

— O que você está tentando dizer?

— Nós temos que ficar juntos, querido. Nós somos uma família.

Cerrei os punhos ao lado do corpo.

— Estou fazendo tudo o que posso para manter a família unida. É você que está me excluindo.

— Michael é um advogado de defesa experiente — retrucou Ulrika. — Ele tem uma estratégia, mas não pode revelar todos os detalhes. Temos que confiar nele. Ele já quebrou sua promessa de confidencialidade. Será que não vê?

— Eu não confio nele.

— Mas nós temos que confiar, Adam.

Ela estava à beira das lágrimas.

— E se ela for culpada? — perguntei. — E se foi realmente Stella quem o matou?

Ulrika desviou o olhar e eu me aproximei dela de novo.

— Você se livrou do telefone dela. E da camisa. Por que você fez isso? Você acha que nossa filha matou aquele homem?

Ela pousou as duas mãos no meu peito. As lágrimas começaram a escorrer pelo rosto dela.

— Sinto muito — desculpei-me.

Ulrika meneou a cabeça.

— Você está maluco. Você foi à casa dela. Linda Lokind. Você foi ao apartamento dela, Adam.

— Bem, a polícia não está fazendo nada. Alguém tinha que fazer alguma coisa.

— Eu estou fazendo alguma coisa. Muita gente está fazendo, Adam. Mas não assim. Existem formas melhores de fazer as coisas.

Ela enxugou as lágrimas. Não era comum vê-la chorar, e a culpa estava me dilacerando por dentro.

— Alexandra me enviou uma mensagem de texto ontem — disse ela. — É verdade que você ficou esperando Amina sair do treino?

Eu não sabia o que dizer.

— Você seguiu Amina e fez um monte de perguntas a ela?

— Não foi isso que aconteceu.

Eu não estava acreditando que Amina tinha contado para a mãe. No final isso foi bom, porque agora ela teria que confessar tudo que estava escondendo da gente. Não havia como Alexandra permitir que ela escondesse isso. Era óbvio que Amina tinha informações que poderiam determinar o futuro de Stella.

— Você não pode continuar fazendo isso — disse Ulrika.

— E o que eu devo fazer? Minha filha foi acusada de assassinato!

Saí da cozinha, peguei meu casaco e deixei a porta bater com força atrás de mim.

36

Caminhei pela cidade como um caldeirão fervente. Olhando para baixo, meus pés batendo no chão. Estava começando a ficar com medo de mim mesmo.

No final da tarde daquele dia, Ulrika ligou. Eu estava em uma trilha de cascalho do parque Lundagård sem saber ao certo como eu chegara até lá ou para onde estava indo.

— Sinto muito, amor — disse ela. — Não podemos permitir que isso arruíne as coisas entre nós também. As coisas já estão difíceis demais sem isso.

Ela fizera reservas no Spisen e queria saber se poderíamos nos encontrar para jantar.

Meu coração se acalmou e passei lentamente pela cátedra. Os bancos do parque estavam cheios de estudantes tomando *frappuccinos* sob o sol de fim de verão. Turistas japoneses com câmeras no pescoço e pombos aos seus pés estavam apontando, fascinados, para os pináculos que se estendiam em direção ao céu.

Foi a mais pura coincidência eu encontrar Jenny Jansdotter um pouco mais tarde em frente ao Mercado Municipal. Posteriormente, ela alegaria que eu a tinha seguido de alguma forma, mas isso não passava de uma grande bobagem. Na verdade, eu estava a caminho do Spisen quando vi Jansdotter diante de mim. Aquelas pernas arqueadas de caniço; aquele caminhar elástico como se estivesse dando impulso no salto do sapato. Ela era tão pequena que se não fosse o blazer e a bolsa cara pendurada no ombro poderia ser confundida com uma criança.

As palavras de Michael Blomberg ecoaram na minha cabeça — Jenny Jansdotter estava chefiando a investigação preliminar. Era ela que guiava as ações da polícia, que, de acordo com Blomberg, estava concentrando toda a atenção em Stella como a assassina. Por quê? Estaria ela tão absorvida no próprio trabalho que se esquecera de que pessoas de verdade, com emoções de verdade, poderiam ser afetadas pelas decisões que ela tomava? Como ela poderia se recusar a permitir que nós visitássemos nossa própria filha? Que tipo de pessoa faria uma coisa dessas? Eu realmente estava curioso e, quando a vi atravessando a Botlfsplatsen, não consegui me controlar. Eu a alcancei bem na frente da entrada oeste do Mercado Municipal.

— Com licença. Com licença!

Ela se virou. Acho que levou um segundo para se dar conta de quem eu era.

— Isso é altamente inadequado — declarou.

— Eu só quero fazer uma pergunta.

Ela nem se dignou a responder. Virou-se tão rapidamente que sua bolsa chegou a se afastar do corpo dela e dirigiu-se para as portas envidraçadas do mercado.

— Por que você não está investigando Linda Lokind? — perguntei, seguindo-a. — Você sabia que Lokind tem um par de sapatos exatamente igual ao que vocês estão procurando?

Ela se apressou para entrar no mercado e precisei levantar a voz.

— Por que não podemos visitar nossa filha?

A promotora parou na hora e olhou para mim de forma fria e imparcial.

— Você está agindo de forma ilegal ao tentar me influenciar.

— Não mesmo. Eu só quero entender por que você está fazendo isso.

Jenny Jansdotter meneou a cabeça e se virou. Ela prestou uma queixa contra mim depois, dizendo que naquele momento eu agarrei o seu braço e tentei impedi-la de continuar. Naturalmente isso não é verdade. Eu simplesmente estendi minha mão em uma última tentativa desesperada de fazê-la me ouvir. Encostei no braço dela, não nego isso, mas jamais sonharia em impedi-la de sair.

— Você está arruinando a nossa vida! — exclamei.

As pessoas próximas pararam para observar. Um monte de rostos curiosos e cochichos ofegantes e olhos flamejantes. Cobri o rosto com uma das mãos e voltei para a calçada em direção ao cinema.

Depois, a polícia interrogou pelo menos dez pessoas, mas nenhuma delas pôde corroborar a história de Jenny Jansdotter.

37

Ulrika estava me esperando em uma mesa do Spisen perto da janela. Eu me sentei ao lado dela e apoiei a cabeça no seu ombro.

— Sinto muito, querida. Sinto muito.

— Não estamos agindo como costumamos agir.

— Eu amo você — declarei.

Tive uma sensação muito vívida por todo meu corpo. Qualquer mínimo pensamento de um futuro sem Ulrika queimava dolorosamente.

— Venha para Estocolmo comigo — pediu minha mulher. — Não nos resta nada a fazer aqui no momento. Você sabe muito bem que eu jamais abandonaria nossa filha, mas não temos autorização para vê-la. Não faz a menor diferença estarmos aqui ou em outro lugar. Temos que pensar em nós também. Eu já vi muitos pais na mesma situação, famílias são destruídas nesse tipo de situação.

Ela estava certa. Enquanto Stella estivesse presa e com restrições a visitações, não havia nada que pudéssemos fazer. A pior coisa que poderia acontecer agora era Ulrika e eu nos separarmos.

— O que você acha que vai acontecer com Stella?

— Eu não sei, mas a promotora parece determinada a fazer a acusação formal.

Imaginei Jenny Jansdotter. Será que eu deveria contar para Ulrika que eu a encontrara por acaso na rua?

— O que você acha que aconteceu naquela noite? — perguntei.

Ulrika ficou tensa.

— Eu não sei... Eu não posso...

— Você nem considerou a possibilidade?

— Que possibilidade? — perguntou ela, mesmo sabendo exatamente a que eu estava me referindo.

— A possibilidade de que... talvez tenha sido... que Stella fez... alguma coisa?

No fundo, eu queria que ela dissesse que não. Eu teria aceitado muito bem se ela tivesse se enfurecido e exigido saber como eu poderia permitir que sequer um pensamento como aquele passasse pela minha cabeça. Era melhor achar que eu estava enlouquecendo do que descobrir que existiam bons motivos para duvidar.

— É claro que pensei no assunto. É claro que sim... Mas eu me recuso a permitir que esses pensamentos cresçam na minha cabeça.

Aquilo parecia tão simples. Simples demais.

— Existem muitas evidências circunstanciais — disse ela. — Mas, no geral, elas são fracas.

Como se fossem apenas uma questão de jurisprudência.

Ela pousou a mão no meu joelho e o acariciou devagar. Depois de todos esses anos juntos, eu era capaz de sentir a pele dela como se fosse minha.

— Eu só não entendo o que Amina está escondendo — disse eu. — Tem alguma coisa que ela não está contando.

Ulrika se sobressaltou.

— Por que Amina mentiria? Ela é a melhor amiga de Stella.

— Eu não sei. Realmente não sei. Eu só sei que ela não foi totalmente sincera.

— Mas você realmente acredita que Amina possa estar envolvida de alguma forma?

— Não sei mais o que pensar. Não sei no que acreditar.

De estômago cheio e um pouco bêbados, decidimos caminhar até a estação de trem. Caminhamos sem conversar muito. As pessoas olhavam para nós — algumas nos cumprimentaram; outras nos deram as costas quando passamos e ouvimos seus cochichos. Ulrika tinha entrelaçado o braço no meu e andamos com vigor; ela não diminuiu o passo.

Acho que foi ideia de Ulrika visitar Alexandra e Dino. Estávamos perto da casa deles. Ela achou que um pouco de companhia nos faria bem e mandou uma mensagem de texto para avisar que estávamos a caminho.

Alexandra nos encontrou na porta da Trollebergsvägen, com olhos arregalados.

— Ah, são vocês!

Havia uma certa relutância atrás da sua surpresa. Talvez Ulrika não tenha notado, porque ela não hesitou em entrar no apartamento, dando um abração em Alexandra.

— Nós resolvemos arriscar e ver se vocês estavam em casa. Mandei uma mensagem, mas você não respondeu.

Alexandra olhou para mim por sobre o ombro de Ulrika.

Dino se aproximou resmungando, usando uma bermuda e segurando uma cerveja. Quando nos viu, sorriu e nos abraçou.

— Como está tudo? — perguntou Alexandra. — Como vai Stella?

Depois que contamos resumidamente os eventos dos últimos dias, ou a falta de eventos, Dino me levou para a sala e vi a imagem de um comentarista agitado de futebol na TV de tela plana presa à parede enquanto uma música suave vinha dos alto-falantes. A porta da varanda estava aberta e o ar noturno carregava o cheiro do verão.

— Dois a um — comentou Dino, fazendo um gesto para a TV.

— Legal.

Eu não dava a mínima.

— Você parece cansado. Mas isso não é surpresa, eu acho. Aqui, tome uma cerveja.

Ele abriu a lata para mim e eu a peguei.

— Você se lembra que nós sempre comentávamos que Amina era a inteligente e Stella era a esperta? — perguntou Dino. — Elas se completavam tão bem tanto na quadra quanto na vida.

— É.

Era difícil me concentrar quando a música estava tocando e a voz do comentarista me bombardeava mesmo enquanto ouvia a voz das mulheres na cozinha.

— Stella é uma sobrevivente — disse Dino. — Uma lutadora.

Resmunguei uma resposta e fui até o alto-falante.

— Tudo bem se eu desligar?

— Claro — disse Dino, e eu desliguei a música.

Na cozinha, as mulheres estavam falando sobre Estocolmo. Alexandra disse que parecia ser uma boa ideia sair da cidade por um tempo.

Olhei para o quarto de Amina.

— Ela está em casa? — perguntei.

Dino negou com a cabeça.

— Não está?

— Não.

Ele coçou a nuca e tomou alguns goles de cerveja.

— Ela está no quarto dela? — perguntei, apontando para a porta.

— Não, ela não está em casa.

Fui até lá e coloquei a mão na maçaneta.

A verdade tinha que aparecer.

— O que você acha que está fazendo? Pare!

Dino pulou do sofá e um minuto depois Alexandra e Ulrika vieram da cozinha.

— Amina? — chamei, abrindo a porta.

E lá estava ela, no quarto pouco iluminado, sentada à escrivaninha, lendo. Ela só teve tempo de se virar.

Dino veio para cima de mim e me agarrou. Ele me imobilizou rapidamente; seus braços fechados na frente do meu peito, enquanto me arrancava do quarto da filha.

— Pare com isso! — gritaram Ulrika e Alexandra.

Mas Dino não parou. Ele virou meu braço para trás com tanta força que quase o quebrou e me arrastou dali.

— O que você está fazendo? — gritou Ulrika.

Alexandra se aproximou do marido e o puxou.

— Pare com isso!

— Ele vai embora daqui — disse Dino, me empurrando pelo corredor enquanto empurrava meu cóccix com o joelho e me jogava contra a parede.

— Você está louco — disse eu.

— É melhor você se acalmar — sibilou Dino.

No meio da confusão, vi a expressão aterrorizada no rosto de Ulrika.

— O que aconteceu?

Tentei responder, mas Dino foi mais rápido.

— Ele tentou entrar, à força, no quarto de Amina.

Eu neguei, mas foi em vão.

— Qual é o seu problema? — perguntou minha mulher.

O tratamento brutal de Dino me fez protestar. Esperei que ele respondesse à pergunta de Ulrika, que desse alguma explicação para aquela violência completamente sem sentido. E só quando consegui me virar foi que percebi que Ulrika estava se dirigindo a mim.

— Você entrou no quarto dela? Sem permissão?

— A porta não estava trancada — gaguejei. — Dino disse que ela não estava em casa.

— O que está acontecendo, Adam?

Ulrika cobriu o rosto pálido com as mãos.

Eu não entendia. Eu só estava tentando evitar que minha família desmoronasse.

— Adam. Por favor, Adam — disse Ulrika.

Dino olhou para mim com compaixão. Assim que ele me soltou eu me virei, mas tropecei em um par de sapatos no tapete e caí no chão.

— Ela está mentindo — consegui dizer. — Amina sabe mais do que está dizendo.

Os três olharam para mim do modo como você olha para alguém que revela que está sofrendo de alguma doença fatal.

— Eu sinto muito por vocês dois — declarou Dino, virando-se para Ulrika. — Mas vocês não podem fazer Amina sofrer por causa disso.

Ulrika assentiu devagar e Alexandra a abraçou.

— É claro que nós conversamos com Amina. Ela não sabe nada sobre o que aconteceu.

— Eu entendo — disse Ulrika. — Espero que você possa nos desculpar. Nós não somos assim.

Peguei meu sapato, meu casaco e desci a escada. Minha mente estava um turbilhão. Meus pensamentos em disparada como cavalos de corrida; ouvi um zunido no ouvido e minha visão estava embaçada. Não sei se disse alguma coisa na saída. Eu não me lembro se gritei ou resmunguei. Quando penso nesse momento, vejo apenas um branco. Um transtorno temporário. Desconfio que um advogado de defesa habilidoso poderia até conseguir alegar insanidade temporária.

38

Passei o resto daquele fim de semana na cama com febre e uma dor de cabeça insuportável. Até mesmo ir da cama para o sofá exauria todas as minhas forças, e eu estava vivendo à base de sopa, torrada e Tylenol.

— Talvez você devesse procurar ajuda. — sugeriu Ulrika.

Desliguei a TV. Qualquer mínimo som era como um zunido nos meus ouvidos.

— E o que um médico poderia fazer?

Ulrika se sentou no sofá e acariciou meu joelho.

— Não estou me referindo a um médico.

Puxei o cobertor até o pescoço.

— Talvez você precise conversar com alguém — disse ela.

— E o que eu deveria dizer? Que eu fiz tudo que estava ao meu alcance para manter esta família unida? Que fui contra tudo que eu acreditava, contra todos os meus princípios morais? Eu menti para a polícia, localizei e assediei testemunhas. Eu fiz tudo isso pela minha família, mas agora minha mulher está convencida de que eu estou enlouquecendo.

— Eu não disse isso. Estamos no meio de uma crise. Não é surpresa nenhuma que a gente esteja à beira de um colapso.

— A gente?

Ulrika não estava mais olhando para mim.

— Cada um lida com crises de uma forma diferente.

Na segunda-feira de manhã, ela pegou um voo para Estocolmo para algumas reuniões e para pegar a chave do apartamento. Recebi uma mensagem de texto e uma foto com a promessa de que passaríamos por aquilo. Ela escreveu que me amava e que íamos lidar com tudo juntos.

Naquela manhã, liguei para Alexandra e Dino e implorei mil vezes que perdoassem minhas ações. Eles poderiam estender meu pedido de desculpas a Amina? Eles foram compreensivos e disseram que esperavam que aquele inferno acabasse logo.

Fui lentamente despertando do meu torpor. Cambaleei pelo bairro com visão embaçada e pensamentos confusos e lentos. Cada pessoa que eu encontrava me encarava abertamente. Um homem grisalho usando um casaco grosso resmungou e balançou a cabeça, mas, quando perguntei o que ele tinha dito, ele olhou para mim, afrontado, como se não fizesse ideia do que eu estava falando.

Ulrika empilhara um monte de caixas na entrada. Já tinha começado a encaixotar os itens essenciais. Parei e olhei para aquilo, abri uma caixa e dei uma olhada. Uma vida inteira, como eu conhecia, em oito caixas. Meu peito parecia um buraco vazio.

Três semanas antes, éramos uma família perfeitamente normal.

Na quinta-feira, esperei Ulrika na estação. Ela desceu do ônibus do aeroporto e sorriu, apertando os olhos por causa do sol.

Nós nos abraçamos por muito tempo, parados ali como em uma fenda no tempo, só nos abraçando — dois corpos que se pertenciam, ligados pelo amor, pelo tempo e pelo destino. Por Deus? Ali, no meio dos ônibus que passavam e dos ciclistas que tocavam suas sinetas e estudantes atrasados segurando copos fumegantes de café e cidadãos de classe média. Não acredito que tenhamos sido feitos um para o outro, que exista um plano definido para mim e para Ulrika, mas acredito — não, eu sei — que o tempo e o amor nos ligaram para sempre, até que a morte nos separe.

Caminhamos juntos pela Clemenstorget e descemos a rua Bytaregatan. As palavras do apóstolo Paulo ecoaram na minha mente: *Mas aquele que não cuida dos seus nega a própria fé em Jesus.*

— Como está se sentindo? — perguntou Ulrika.

— Horrível — respondi com sinceridade.

— Eu amo você, Adam. Precisamos ser fortes agora.

— Por Stella — disse eu.

Mais tarde, estávamos sentados novamente no escritório de Michael Blomberg. Ele estava com uma camisa azul-clara com marcas de suor nas axilas.

— Consegui uma cópia da investigação preliminar contra Christopher Olsen — informou ele com um toque de triunfo na voz. — O tribunal acatou minha argumentação, embora alguns detalhes ainda sejam confidenciais.

Ele mostrou uma pilha de papéis.

— Vejam isto. É de um dos interrogatórios de Linda Lokind.

Eu me debrucei na mesa.

— "IR: Essa informação que você nos deu sobre Christopher..."

— Quem é IR? — interrompi.

— Agnes Thelin, a inspetora-chefe — respondeu Blomberg sem olhar para mim. — IR é uma sigla para investigador responsável.

— Está bem.

Blomberg continuou:

— "Tenho certeza de que compreende, Linda, que você está fazendo sérias acusações contra Christopher. Se o que você está dizendo... se as coisas que você disse não forem totalmente verdadeiras, você precisa nos contar agora."

— Isso é sério? — exclamei, erguendo as mãos. — Ela realmente pode dizer isso? Ela está argumentando que Linda estava mentindo!

Blomberg soltou um suspiro pesado e largou os papéis.

— Desculpe — disse eu. — Continue.

— LL, essa é Linda Lokind — disse ele olhando para mim. — "LL: Acho que sim. Talvez... eu não sei. Às vezes, eu não sei se as coisas realmente aconteceram ou se eram só minha imaginação. Parece que aconteceram de verdade. Sinceramente."

Blomberg olhou para nós dois, com expressão séria, antes de continuar:

— "IR: Você disse alguma coisa que não era verdade, Linda? Tudo o que eu quero é que a verdade apareça." "LL: Eu não sei. Eu não me lembro. Tudo parece um borrão, a realidade e... e... os meus sonhos."

Eu não sabia o que pensar. Aquilo parecia loucura. Linda não era capaz de diferenciar sonhos da realidade?

Blomberg dobrou o relatório do interrogatório e entregou para Ulrika.

— O interrogatório continua nessa linha. Linda Lokind não sabe o que realmente aconteceu e o que eram só fantasias ou sonhos. Em outras palavras: ela é biruta. Não é de estranhar que tenham encerrado a investigação preliminar.

Ulrika folheou o documento.

— Então, Christopher Olsen nunca atacou Linda?

Certo, talvez aquela fosse a verdade. Mas o fato de Linda não conseguir diferenciar um sonho da realidade — eu não conseguia acreditar naquilo. Na verdade, eu tinha certeza de que ela era extremamente consciente das suas mentiras. Ela estava escondendo alguma coisa. De mim, da polícia, de todo mundo. E eu tinha que descobrir o que era.

39

Ulrika e eu saímos do escritório de Blomberg e caminhamos pelas calçadas estreitas da Klostergatan. Um homem mais velho usando um casaco cáqui parou de repente na nossa frente, olhando para mim como se estivesse diante de um fantasma. Passei rapidamente por ele, com os olhos fixos nas vitrines.

Entramos em um café, escolhemos uma mesa nos fundos e tomamos um *espresso* e comemos folheado de creme.

— Você está diferente — comentou Ulrika.

— Mais acordado? Eu finalmente consegui dormir um pouco.

Ela ficou olhando para mim por um longo tempo, observando cada milímetro do meu rosto. Isso fez com que me sentisse seguro, como se seus olhos estivessem me envolvendo de forma calorosa e gentil.

— Já sei o que é. O colarinho — disse ela. — Não estou acostumada a vê-lo sem seu colarinho clerical.

Baixei a cabeça tentando olhar para o pescoço. Eu nem tinha pensado muito no fato de tê-lo tirado. Não era como se eu tivesse tomado uma decisão consciente. Nos últimos dias, eu simplesmente me esquecera de colocar.

— Você quer ler? — perguntou Ulrika, colocando o relatório da investigação preliminar na mesa.

Nós dividimos as páginas entre nós e nos alternamos na leitura. Suspiramos algumas vezes, balançando a cabeça com pesar e nos olhando.

Não havia dúvidas de que Linda Lokind parecia ser uma pessoa confusa que sempre dava informações conflitantes. Com base no que descobriram nas investigações, ninguém poderia culpar a promotoria por não considerar Christopher Olsen um suspeito. As acusações de Linda Lokind pareciam ter sido inventadas por uma companheira vingativa e mentalmente instável que fora traída e abandonada. Mas as coisas eram mesmo tão simples?

* * *

Quando saímos do café, Ulrika quis passear pelas lojas do centro da cidade.

— Preciso de uma echarpe nova. Só vai levar meia hora, no máximo.

— Meia hora?

Ela puxou meu braço.

— Não estou gostando nada disso — disse eu.

— Do quê?

— Do modo como as pessoas estão olhando para nós.

— Vou ser rápida — prometeu ela.

Resmungando, eu a acompanhei pela Åhléns, cheia de gente com cabeça baixa e suor embaixo do braço. Durante todo o tempo, me mantive bem perto de Ulrika. Quando finalmente saímos, entreguei uma nota de vinte coroas para uma mulher trêmula na porta. Ela agradeceu dizendo "que Deus o abençoe".

— Vamos dar um pulo na H&M também? — disse Ulrika.

— Não na H&M. Não consigo.

— Deixe que olhem.

— Mas eles talvez façam perguntas. Os vendedores.

Ela olhou para mim e segurou meu cotovelo.

— Isso tudo já vai acabar. Assim que nos mudarmos...

Eu me preparei para entrar no calor abafado da H&M logo atrás da minha mulher; subimos direto. Quando vi uma garota da equipe de funcionários, segui para o departamento masculino e fui até o fim da loja. Usando minhas costas como um escudo contra o resto do mundo, peguei algumas camisetas e me mantive tão próximo dos expositores de cabides que o cheiro de coisa nova chegou ao meu nariz.

Alguns minutos se passaram enquanto eu estava lá olhando para as roupas com estampa de risca de giz. Ulrika ainda não tinha acabado? Dei um passo para o lado para ver.

— Adam? É você?

Um erro foi o suficiente. Ela me abordou imediatamente. Reconheci aquela voz aguda, no tom característico de Betty Boop. E claro, se eu tinha que conversar com alguma das garotas da H&M, eu certamente preferia a Benita.

— Oi! — disse ela, olhando para mim com uma mistura perfeita de compaixão e deleite.

— Oi — respondi, segurando um suspiro.

Benita tinha mais ou menos a mesma idade de Stella e tinha começado a trabalhar mais ou menos na mesma época. Ela já estivera na nossa casa algumas vezes e eu gostava dela. Era uma garota inteligente, alegre e sincera que sonhava se tornar cantora. Nós dissemos meio na brincadeira e meio a sério que ela devia fazer uma audição para o *Ídolos*.

Benita abriu os braços, mesmo enquanto eu me afastava, e acabamos em um quase abraço.

— Tenho pensado muito em vocês — disse ela. — Como ela está?

Olhei em volta da loja. Parecia tudo calmo. Ninguém estava ouvindo a nossa conversa.

— Isso é ridículo — disse eu. — Ao que tudo indica ela é inocente, mas a promotora se recusa a soltá-la. Isso quase me faz perder a fé... no sistema de Justiça.

— Eu entendo — respondeu Benita. — Meu primo foi preso no verão passado porque conhecia um cara que tinha atirado em alguém.

Eu assenti, mas não respondi. Não entendia o que aquilo tinha a ver com Stella.

— E é horrível saber que ela não pode mais trabalhar aqui. Mas é claro que eu também entendo o ponto de vista do chefe. Tenho certeza de que muitos clientes ficariam assustados se reconhecessem Stella e isso seria uma coisa ruim para as vendas.

— Espere um pouco. O que você quer dizer? Ela perdeu o emprego aqui?

Benita tapou a boca com a mão.

— Achei que ela tinha contado para você. Malin escreveu para ela há alguns dias.

— Stella está presa com visitas restritas. Só pode se comunicar com o advogado, mais ninguém.

Benita olhou por sobre o ombro.

— Eu... — disse ela, apontando para o caixa. — Bem, dê um oi para Stella. Eu espero que tudo se resolva logo.

— Tudo bem — disse eu, para liberá-la.

Não olhei para cima nenhuma vez enquanto descia a escada. Não vi sinal de Ulrika. Enquanto eu estava descendo, tive que segurar no corrimão. O ar ficou pesado e minha visão, embaçada. Cambaleando, consegui descer os últimos degraus. Eu só ouvia vozes à minha volta, mas tudo estava se misturando em um borrão indecifrável de sons. A mão de alguém tocou no meu braço, mas eu me afastei, abrindo caminho entre os expositores em direção à porta, e atravessei a rua na frente de carros buzinando. Eu me agachei em frente ao posto de informações para turistas e respirei fundo, sentindo que eu ia vomitar a qualquer segundo.

40

Comecei a correr por entre as casas ao longo da Stora Södergatan. Tinha uma coisa que eu precisava fazer, uma coisa que não podia esperar.

Eu tinha que esclarecer o que havia acontecido. Teria Linda Lokind mentido sobre o abuso e a tirania que sofrera nas mãos de Christopher Olsen? Se esse fosse o caso, por que ela continuava mentindo mesmo depois da morte de Olsen? E por que ela declarara, durante o interrogatório, que ela se confundia em relação ao que era apenas sonho e fantasia ou realidade? Aquilo não podia ser verdade.

Saí da visita que fiz a Linda com a certeza de que ela estava escondendo alguma coisa, mas, ao mesmo tempo, eu reconhecia tanto do que ela dissera no relato de várias mulheres que sofreram abuso em relações íntimas.

Eu não acreditava que Linda Lokind estivesse tão doente que não conseguisse diferenciar fantasia de realidade. Talvez tivesse inventado tudo aquilo ao perceber que a polícia não estava levando suas acusações a sério. Teria, então, decidido fazer justiça com as próprias mãos? Parecia improvável ela ter deixado Christopher Olsen se safar impunemente depois do que fizera a ela.

Mas por que mencionar Stella? Ela sabia alguma coisa sobre minha filha ou simplesmente lera um monte de bobagens na internet?

As perguntas estavam se acumulando. Eu precisava saber; eu não podia esperar.

Eu só estava fazendo o que era certo, o que era esperado de um pai naquela situação.

Parei diante da porta do prédio na rua Tullgatan. Não me lembro muito bem de como consegui entrar, mas eu repeti uma oração sem parar enquanto subia a escada.

Meu Deus é um Deus de perdão.

Eu sabia que estava fazendo o que era certo. Uma família dividida não resiste. Aquele que não cuida dos seus nega a própria fé em Jesus.

Linda Lokind destrancou a porta e espreitou pela fresta que a corrente de segurança permitia abrir.

— Você de novo?

O olhar dela cintilou na penumbra do corredor.

— Posso entrar? Eu só queria fazer mais algumas perguntas.

— Espere um pouco — disse ela, fechando a porta.

Presumi que ela só fosse tirar a corrente, mas os segundos se passaram e nada aconteceu. Fiquei ali parado diante da porta fechada e silenciosa. Ela não ia me deixar entrar? Esperei pacientemente por mais alguns minutos e toquei a campainha novamente.

Ouvi os passos dela. Silêncio. Chamei o nome dela e, por fim, ela me deixou entrar.

— Desculpe por deixá-lo esperando. Eu só tinha que... entre.

Pendurei o casaco e me agachei para desamarrar os sapatos. Olhei de esguelha para a prateleira de sapatos.

O sapato tinha desaparecido. Todos os outros estavam arrumados na prateleira, mas aquele par em particular, o par que era igual ao de Stella, não estava mais ali.

— Não vai demorar muito — disse eu enquanto Linda indicava que eu podia me sentar.

Ela olhou para mim, surpresa, e apontou para o próprio pescoço.

— Você não está...?

— Ah, meu colarinho clerical — concluí, tocando meu pescoço. — Não podemos estar sempre no trabalho. Até mesmo os pastores têm uma vida particular.

Ela abriu um sorriso hesitante e se sentou.

— Então, o que quero saber é o seguinte — comecei, tentando me decidir como abordar o assunto. — Tudo o que você me disse da última vez que estive aqui sobre os abusos de Christopher, eu acredito. Acredito que tudo o que você me disse é verdade.

— Que bom — disse ela, ainda hesitante.

— Mas por que você voltou atrás no seu depoimento? Você disse que não sabia dizer o que era real e o que era imaginação. Mas você *sabia*, não sabia?

— Ninguém acreditou em mim.

— Então, você voltou atrás porque ninguém acreditou no que você disse?

— *Mmhmm.*

— Você tem dificuldades em diferenciar realidade de fantasia? — perguntei.

Linda não respondeu.

— A polícia não acreditou em você — insisti. — Então, o que você decidiu fazer?

Ela se remexeu na cadeira e olhou pela sala.

— Nada. Ou...

— Ou?

Ela coçou as costas. Não havia nada que indicasse que aquela mulher era louca, que não conseguisse diferenciar fantasia de realidade. Por que ela tinha dito aquelas coisas durante o interrogatório?

— Eu sei quem você é — declarou ela de repente.

Meus pensamentos congelaram.

— O que você quer dizer?

— Eu procurei me informar depois da última vez que esteve aqui.

Abri a boca para retrucar, mas as palavras estavam presas em algum lugar.

— Eu pensei muito em me vingar do Chris — continuou Linda Lokind. — Acho que não teria sido capaz de matá-lo, mas eu pensei em várias maneiras de fazê-lo pagar. E eu fiz isso.

Ela ficou olhando para mim.

— Sinto muito — disse ela, por fim, curvando as costas. — Foi realmente a Stella que matou o Chris. Eu tentei avisá-la. Eu sei que você não quer acreditar nisso, mas a polícia está certa. Foi sua filha que o matou.

Eu não conseguia me mexer. Eu estava em estado de choque, afogando-me nos meus pensamentos, perdido no meio da escuridão.

— Você está mentindo.

Ela negou com a cabeça.

Ela dobrou a manga da camisa com cuidado e olhou para o relógio.

Ouvimos uma batida na porta. Três batidas rápidas.

Linda se levantou e minhas pernas quase cederam sob meu peso quando eu a segui. A sala parecia estar girando.

— Eu tenho que ir — disse eu.

Linda seguiu na minha frente. Eu parei no meio da sala enquanto ela seguia até a porta. Ouvi quando abriu a porta. Uma voz masculina ecoou do corredor, mas não consegui ouvir o que estavam dizendo. Enquanto isso, eu tentava encontrar um lugar para me esconder ou ir embora — não sei bem exatamente o que eu estava procurando.

Só vi Linda quando ela fechou a porta. Seus movimentos estavam hesitantes. Por instinto, eu me encolhi, tentando me manter fora do campo de visão.

O homem entrou sem tirar os sapatos. Os passos soaram como botas contra o piso de madeira e, sem parar para pensar, dei um passo para o lado e peguei o gargalo do vaso grande em forma de garrafa.

Acredito que seja uma reação inerentemente humana. Não há como compreender se você nunca passou por uma experiência de forte ameaça contra si mesmo ou alguém que você ama. Você toma decisões irracionais e ultrapassa limites que jamais ultrapassaria em outras situações. Uma pessoa que não pode fugir precisa lutar.

Levantei um pouco o vaso do chão para ver o peso e percebi que eu teria que usar as duas mãos. Quando ergui o olhar, o homem apareceu diante de mim. Eu vi as botas pretas e lustrosas e minha adrenalina subiu vertiginosamente.

— Polícia!

Ele se atirou contra mim.

Tudo aconteceu muito rápido — a sala girou e cacos de vidro começaram a cair como flocos de neve. No instante seguinte, eu estava no chão, com o rosto pressionado contra a madeira, sem conseguir respirar. Parecia que eu tinha sido atropelado por um carro — parecia que eu tinha quebrado a coluna — e a dor cortava as minhas costelas como facas.

— Adam Sandell? — perguntou o policial com voz trovejante.

Eu só consegui choramingar.

— Adam Sandell? — repetiu ele várias e várias vezes até eu finalmente confirmar que aquele era meu nome.

Só quando fui puxado do chão foi que percebi que havia dois policiais. O outro estava ao lado de Linda Lokind, olhando para mim com desdém, enquanto pegava as algemas.

— Você está armado? — perguntou ele.

— Armado? Você está louco?

— Algum objeto cortante?

Eles me revistaram e avisaram que eu teria de ir à delegacia para ser interrogado. Quando perguntei se eu era suspeito de alguma coisa, recebi respostas vagas. Eu teria que esperar até chegar à delegacia.

Meus pedidos para tirarem as algemas foram recebidos com silêncio. A viatura parou na delegacia e atravessei o estacionamento como se fosse um criminoso, acompanhado por dois policiais enormes.

41

Tive que esperar meia hora antes que Agnes Thelin entrasse na pequena sala de interrogatório. Ela colocou minha chave e minha carteira em cima da mesa.

— Vamos manter o seu telefone para uma análise forense — declarou ela, mostrando o mandato.

— Análise forense? Do que estou sendo acusado?

Agnes Thelin assumiu uma expressão de preocupação, como se realmente se importasse comigo.

— Linda Lokind entrou em contato com a gente quando você apareceu no apartamento dela pela primeira vez, Adam. Ela ficou assustada. Você entrou em contato com ela usando alegações falsas.

— Eu simplesmente estava usando meu colarinho clerical naquele dia.

— Você afirmou que representava Margaretha Olsen.

Eu não poderia negar aquilo, embora eu achasse que aquilo não era nada de mais. Definitivamente não o tipo de coisa que justificasse a brutalidade daqueles policiais.

— Decidimos que Linda Lokind deveria entrar em contato conosco imediatamente se você a procurasse de novo — continuou Agnes Thelin.

Então, aquele tinha sido o motivo da demora dela para abrir a porta.

— Mas por que eu estou sentado aqui? Por que eles me prenderam? Eu não cometi nenhum crime.

— Você ameaçou meu colega com um vaso.

— Ameacei? Foi isso que ele alegou?

— Ele não alegou nada. Havia quatro pessoas naquele apartamento.

— Mas vocês têm que interrogar Linda Lokind de novo. Ela confessou para mim que todas as acusações que ela fez contra Christopher Olsen são verdade. Ela sofreu repetidos abusos dele e pensou em vingança.

— Eu não posso discutir os detalhes de uma investigação em andamento, Adam. Você precisa acreditar que estamos fazendo nosso trabalho.

— E como eu posso acreditar em vocês? Minha filhinha está presa apesar de total falta de provas!

— Nós acabamos de receber novos resultados do laboratório. Os técnicos forenses descobriram pequenas irregularidades na sola dos sapatos de Stella e elas combinam perfeitamente com a pegada encontrada na cena do crime. Temos cem por cento de certeza de que aquela pegada é do sapato de Stella.

— Isso não pode ser verdade.

— É claro que é verdade.

— Mas essa pegada pode ter sido feita a qualquer tempo. Stella tem um álibi!

Agnes Thelin colocou as mãos sob o queixo. Os olhos cintilavam, mas o olhar era firme e calmo. Percebi que eu não ia conseguir chegar a lugar nenhum. Ela já tinha decidido. Ela e Jansdotter, a promotora, decidiram que Stella era culpada e eu era um mentiroso qualquer. Nada que eu dissesse mudaria a atitude delas.

— Como você tem passado, Adam? Você tem ultrapassado muitos limites ultimamente.

Levei as mãos à testa e pressionei para tentar aliviar o latejar constante.

— A promotora Jenny Jansdotter acabou de prestar queixa contra você — continuou Thelin, pegando uma folha de papel em uma pilha de documentos. — Você a atacou no meio da rua, gritando e agindo de forma ameaçadora.

— Ataque? Ameaças?

Minha visão ficou embaçada. Comecei a tatear a mesa em busca de algo para beber. Minha boca estava seca. A luz estava forte demais. Precisei apertar os olhos.

— Adam?

— Eu quero um advogado.

Diferentemente de todas as minhas expectativas, foi realmente um alívio quando vi Michael Blomberg passar pela porta e se sentar ao meu lado.

— Confie em mim — disse ele, colocando a mão enorme no meu ombro.

Ulrika resolvera tudo para conseguir que ele fosse até lá.

— Eu não ataquei Jansdotter. — Isso foi tudo o que eu consegui dizer.

— É claro que não atacou — disse Blomberg. — Essas acusações são um completo absurdo. Você não tem motivo para se preocupar.

Eu estava preso em um pesadelo.

— Eu entendo que essa situação é terrível — disse Agnes Thelin — e que o senhor não esteja se sentindo muito bem.

Blomberg ergueu uma das mãos.

— Eu estou tendo sérias dúvidas a respeito da forma como você conduz seu trabalho aqui — declarou ele.

Olhei para ele. Pelo menos ele estava fazendo alguma coisa.

Agnes Thelin continuou como se não tivesse sido interrompida:

— O que estou prestes a dizer agora vai parecer chocante e terrível, mas, a longo prazo, acredito que isso será um alívio para você, Adam.

Eu me virei para Blomberg, que enfiou o dedo no nó da gravata.

— Eu sei que você só está tentando proteger sua filha — declarou a inspetora-chefe Thelin. — Mas isso não é mais possível.

Uma calma repentina desceu sobre mim. Não entendi de onde ela veio. Minha cabeça parou de latejar e parei de salivar. Minha visão ficou mais clara. Era como se eu tivesse finalmente entendido o que estava acontecendo.

— Ontem eu fui à prisão para interrogar Stella novamente — revelou Agnes Thelin. — Consegui algumas informações bem interessantes.

Percebi o que estava prestes a acontecer em uma fração de segundo. O futuro era como um filme sendo exibido na minha mente antes de realmente acontecer.

— A Stella me disse que não chegou em casa tão cedo quanto você disse.

— Não?

— Ela acredita que já passava de uma hora da manhã, talvez até quase duas da manhã.

— Não, ela está errada. — Meneei a cabeça com força. — Ela estava bêbada. Ela confundiu o horário.

Os segundos passavam. Olhei para Blomberg, que olhou para Thelin, que olhou para mim. Nós três sabíamos que aquilo era uma representação, um número, nada mais que isso. Uma performance.

— E isso não foi tudo que Stella tinha a dizer.

Respirei fundo.

— Ela disse que estava lá — declarou Agnes Thelin. — Stella estava no parquinho na Pilegatan quando Christopher Olsen morreu.

— Não — neguei. — Não, isso não é verdade.

— Ela confessou que estava lá, Adam.

Minha visão ficou turva novamente. O ar ficou preso na minha garganta.

— Não — repeti sem parar. — Não, não, não.

— Ela confessou.

PARTE DOIS
A filha

Que te parece? Não ficaria apagada a mancha dum só crime, insignificante, com milhares de boas ações?

Fiódor Dostoievsky, *Crime e castigo*

Sabia que os seus dias seriam sempre iguais, que todos lhe traiam idênticos sofrimentos. E via as semanas, os meses e os anos que o esperavam, sombrios e implacáveis, chegando em fila, caindo-lhe em cima e sufocando-o lentamente. Quando há esperança no futuro, o presente adquire uma amargura ignóbil.

Émile Zola, *Thérèse Raquin*

42

A pior parte desta cela não é a cama dura feito pedra que mal dá para se virar. Nem a iluminação fraca. Nem as marcas de mijo na privada. O pior é o cheiro.

Tenho que confessar que eu era uma dessas pessoas que acreditavam que o sistema correcional sueco era parecido com uma rede de hotéis decentes. Que quase não era punição ser preso neste país. Eu acreditava que era mais ou menos como a programação depois da escola, quando você pode relaxar, ficar deitada na cama maratonando séries de TV, comendo um monte de coisas gostosas sem se preocupar com nada.

Eu disse uma vez na época da escola que não entendia por que existiam pessoas em situação de rua na Suécia e que eu preferiria mil vezes ser presa a dormir nas ruas.

Depois de seis semanas na cadeia, nunca mais vou repetir que quero ser presa ou que acho que é como se fosse um hotel.

Meu quarto tem nove metros quadrados. Chamam de quarto porque *cela* é deprimente demais. Nove metros quadrados é o tamanho de uma baia de cavalo. É menor do que muitas estufas no quintal da maioria das casas suecas. Tem uma cama, uma escrivaninha, uma cadeira, uma prateleira, uma privada e uma pia.

Não quero que ninguém sinta pena de mim. Estou aqui por um motivo, e não sou uma vítima. Estou toda dolorida. Perdi peso e meus pensamentos me perseguem como um zunido constante. Mas não há motivo para ninguém sentir pena de mim. Claro que não. Quando eu estava no ensino médio, tinha uma expressão que eu usava o tempo todo, e ela parece cair como uma luva nesta situação: "não brinque com fogo se não quer se queimar".

Uma vez por dia, eles deixam você sair para tomar um pouco de ar. Se você tiver sorte. Às vezes não há funcionários o suficiente e, às vezes, eles não conseguem guardas para a escolta até o elevador. Às vezes, eles não estão nem aí para o motivo.

No terraço há um espaço aberto que mais parece um daqueles parques para cachorro. Tudo o que você pode fazer é andar em pequenos círculos ou de um lado para o outro. Mas e daí? É uma mudança. Uma coisa diferente. Você se livra do cheiro e da sensação de estar presa por um tempo. Mas isso não faz seus pensamentos nem o aperto no estômago sumir.

Teve uma noite que estava chovendo muito, mas mesmo assim fiquei andando lá em cima. De um lado para o outro. Não importava que eu estivesse morrendo de frio e que a chuva machucasse meu rosto. Qualquer coisa que não seja se deitar ou se sentar vale mais que ouro aqui.

Rádio, TV, internet? Sem chance. Estou em regime totalmente fechado e restrito. Não posso ver, ouvir nem ler qualquer coisa que não seja diretamente ligada ao meu caso, tipo documentos de detenção, relatórios do tribunal e coisas divertidas assim. Nada de maratonar séries, ouvir música ou mandar uma única mensagem de texto. Não tenho autorização para fazer nem receber ligações, e a única pessoa que pode me ver é meu advogado.

Três vezes por semana, passa um carrinho de vendas e eu me entupo com duas mil calorias de chocolate e refrigerante. O açúcar é uma droga muito subestimada, e é a única à qual você tem acesso por aqui.

Na verdade, é incrível perceber quanto você pode ansiar pelo momento quando dois estranhos viram a chave na fechadura e trazem uma bandeja de comida. Nos primeiros dias, eu chegava quase a gritar todas as vezes. Só de ver outra pessoa fazia todo meu corpo se alegrar. Eu saía da cama prestes a abraçá-los e, então, fazia pelo menos umas cinquenta perguntas para eles sobre qualquer coisa entre o céu e a Terra, só para eles não irem embora.

Assim que fico sozinha, minha mente começa a zunir. O cheiro volta.

Eu estava aqui havia uns dois dias quando me mandaram para uma consulta com uma psicóloga.

— Eu não pedi um terapeuta — informei ao guarda.

Ele olhou para mim como se eu fosse lixo que o faxineiro esqueceu de jogar fora.

— Não vai te fazer nenhum mal.

Acho que o nome dele é Jimmy. Ele tem um daqueles cavanhaques repulsivos que parecem pentelhos no queixo, e os olhos dele são azuis gelados. Tenho certeza absoluta de que o reconheço. Provavelmente da Étage ou de alguma outra boate.

Os guardas podem ser facilmente divididos em duas categorias. Categoria um: os que veem isso apenas como trabalho, algo que garante o salário no fim do mês. Talvez a prisão seja só um emprego temporário enquanto procuram uma carreira mais recompensadora ou com salário melhor. Categoria dois: aqueles que gostam do poder. Os que vieram para cá por opção. Talvez tenham sido reprovados na academia de polícia, provavelmente por causa de algum teste psicológico. São eles que gostam de bancar os valentões e são violentos e acham que os presos não passam de vermes.

Você rapidamente aprende a identificar quem é quem. Mesmo que a maioria tenha os mesmos olhos frios, existe uma diferença fundamental entre apatia e desprezo.

Jimmy definitivamente é sedento por poder. Tem alguma coisa no jeito que ele te olha. De baixo pra cima e ao mesmo tempo de cima. Como se ele se achasse melhor do que eu de alguma forma, superior, mesmo que no fundo saiba que é justamente o contrário, e é isso que o deixa louco da vida. Ele passa a maior parte do tempo na academia. Seus braços são mais grossos que as coxas e o pescoço dele ficaria muito melhor em um touro. Tenho muita vontade de prender aqueles braços enormes ao longo do corpo dele.

Ele responde todas as perguntas com outra pergunta.

— Você está brincando? O que você acha? Eu pareço sua mãe?

Eu só quero gritar com ele.

Se alguém ali precisava da porra de um psicólogo, esse alguém com certeza não era eu.

Tenho uma teoria em relação a psicólogos. Não estou dizendo que ela se aplique a todos, mas certamente vivenciei minha cota em todos esses anos e, até agora, não encontrei nenhuma exceção.

Eis a questão: se você se forma e recebe um monte de modelos explanatórios e diagnósticos, parece-me totalmente inevitável que você posteriormente tente aplicar o que aprendeu. Seria burrice não fazer isso. Então, você sai da faculdade, fala com as pessoas — clientes, pacientes ou quem quer que seja — com uma atitude de quem deveria ser capaz de explicar por que as pessoas são do jeito que são e por que elas agem da maneira como agem. O trabalho de um psicólogo é basicamente nos encaixar à força em um dos modelos.

Sugestão: vocês deveriam fazer o contrário!

Motivo: as pessoas são únicas.

Todos os psicólogos que chegaram e partiram. Aquilo era vida? Todas as autoavaliações e testes de personalidade. Eles obviamente começam com infância difícil. Parece que o sonho erótico de todo psicólogo é descobrir uma pobre alma que reprimiu um monte de lembranças terríveis da infância.

O mais bizarro de todos esses diagnósticos que eles ficam lançando por aí é que é muito fácil se enxergar na maioria deles. Não existe nenhum teste psicológico que você não marcaria algumas opções.

Passei um tempo meio obcecada por essas coisas. Como todo mundo acreditava que havia alguma coisa errada comigo, até mesmo minha própria família — talvez principalmente minha família —, tentei chegar ao fundo da questão. Tudo que já li diz que você se sente melhor quando coloca um rótulo no problema, um nome, quando você descobre que outras pessoas enfrentam os mesmos problemas.

No início, achei que eu tivesse TDA ou TDAH, depois transtorno de personalidade *borderline*, transtorno de personalidade esquizoide, transtorno bipolar.

Cheguei à conclusão de que tudo é uma tremenda bobagem.

Sou quem eu sou. Diagnóstico: Stella.

Existem infinitas coisas erradas comigo, não nego. Sou qualquer coisa, menos normal. Meu cérebro me sacaneia vinte e quatro horas por dia. Mas não preciso de nenhum outro nome além do meu. Sou Stella Sandell. Se alguém tem um problema comigo, talvez esse alguém precise de terapia.

Além disso, não é segredo que os psicólogos costumam ter os próprios problemas mentais. Se começam sem nenhum, eles logo começam a aparecer. Freud demais é o suficiente para enlouquecer qualquer um.

Foi na época que eu estava ligada em tudo isso que comecei a ficar interessada por psicopatas. Acho que se pode dizer que fiquei obcecada pelo assunto. Dizem que é bom ter um hobby, então substituí o handebol por psicopatologia.

Os psicólogos com quem me consultei antes de ser presa eram todos parecidos de algumas formas. A maioria era mulher, muitas delas ruivas, tinham uma expressão de "preocupação" e geralmente se vestiam como professoras de música do ensino médio. Um número surpreendente falava com sotaque de Småland.

Então, enquanto Jimmy, o Guarda, me tira da cela para a consulta psicológica, não é tão fácil esconder minha surpresa.

— Oi, Stella. Eu me chamo Shirine. — Ela tem a pele escura e é bonita, com o cabelo preso em duas tranças. Uma versão da princesa Leia do Oriente Médio.

— Não preciso de psicóloga.

Na verdade, eu tinha preparado um monte de expressões impressionantes como "violação da integridade" e "uso exagerado da força", o tipo de coisa que sempre tem algum efeito em funcionários públicos que subestimam você. Mas Shirine fica sentada lá com aquela carinha de Dama no seu encontro com o Vagabundo e eu nem consigo erguer a voz.

— Sem problemas — responde ela. — Eu entendo sua relutância, mas eu preciso ver todas as adolescentes que estão aqui. Não sou eu quem faz as regras.

Ela abre um sorriso caloroso. Parece ser bem boazinha, daquele jeito que a gente só vê nas avós e em filhotinhos de cachorro.

— Não é nada pessoal — enfatizo. — Tenho certeza de que você é ótima e tudo o mais. Mas eu já fui a muitos psicólogos.

— Eu entendo — responde ela. — Eu não vou levar para o lado pessoal.

Segue-se um tempo de silêncio, daquele tipo com que tenho dificuldade em lidar. Shirine se senta diante de mim, sorrindo, observando-me com olhar compassivo.

— Então, você vai me obrigar? Vamos nos sentar aqui por uma hora toda semana e só ficar olhando uma para a cara da outra?

— É você quem decide, Stella. Se você quiser conversar, nós podemos conversar.

Reviro os olhos. Estou prestes a dizer "sem chance", não me importo nem um pouco com os olhos castanhos gentis nem com o jeito que ela sorri como a Dama. O que eu deveria dizer? Eu nunca vou contar para ninguém o que eu passei. Ninguém entenderia. Até eu tenho dificuldade de entender.

O jogo do silêncio começa agora.

Ficamos sentadas ali, olhando uma para a outra. De vez em quando Shirine faz algumas perguntas, mas não respondo: "Como está tudo aqui? Você já teve a chance de conversar com sua família? Você está dormindo bem?". A hora passa bem rápido, quase desconfio que ela esteja mexendo com o tempo de alguma forma.

— Talvez a gente se veja de novo na semana que vem — diz ela, levantando-se para chamar o guarda.

— Tenho certeza de que sim — respondo, e Jimmy me pega na porta e me leva por um corredor como se eu fosse algum tipo de animal voltando para a baia. Ele olha para mim com seus olhos gélidos e me faz entrar no meu quarto.

Odeio a solidão. Tenho medo. Parece que tudo se esgueira à minha volta. Não consigo fugir dos meus pensamentos e sentimentos quando Jimmy tranca a porta e me deixa sozinha com as paredes e o cheiro. Estou gritando por dentro. Estou prestes a explodir.

Não sei se vale a pena, se eu vou conseguir lidar com isso. Sei que tem um monte de gente que nunca sai viva daqui.

43

Eles estavam à paisana, claro, mas não era preciso ter assistido a muitos episódios de *Criminal Minds* para perceber que eram policiais. Dois clichês ambulantes de ombros largos, com expressão séria, jeans e tênis. Só faltava um *walkie-talkie* no cinto.

Faltava uma hora para a loja fechar e, depois de um sábado bem movimentado, o fluxo de clientes tinha começado a diminuir. Eu estava no caixa, recebendo o pagamento de uma senhora grisalha de jaqueta de brim que finalmente decidira comprar a túnica roxa que viera experimentar mais cedo naquele dia.

— O recibo está na sacola — disse eu, entregando a túnica medonha. Ficaria perfeita nela.

A senhora se demorou no caixa, colocando os óculos de armação grossa, examinando o recibo. Quase foi derrubada pelos dois policiais.

— Stella Sandell? É você, não é?

Olhei para o distintivo deles. A senhora da túnica ficou boquiaberta.

— Aconteceu alguma coisa? — perguntei.

Um monte de catástrofes passou pela minha cabeça.

— Não é...?

— Precisamos falar com você — explicou o policial mais velho, coçando a barba. — Vai precisar nos acompanhar.

Ele tinha olhos verdes bondosos e parecia o tipo de cara que gostava de comida pesada e de falar sobre sentimentos mesmo que tenha nascido nos anos cinquenta. Provavelmente se casou cedo e passou por uma separação, começou a namorar on-line quando os filhos saíram de casa, mas pertencia àquela categoria de pessoas que sempre achavam que a grama do vizinho era mais verde que a sua, então seus romances não duravam muito mais que uns dois meses.

— Tem alguém aqui que possa assumir seu lugar? — perguntou o outro policial.

Uns vinte anos mais novo, mas com um olhar muito mais cansado. A julgar pelo bronzeado forte, devia ter acabado de voltar de duas semanas na Turquia. Parecia ser o tipo de pessoa que mergulhava de cabeça em tudo — férias tinham que ser *férias*: dormir tarde, encher a cara, jogar baralho na varanda. Ele provavelmente precisaria de pelo menos uma semana para se recuperar.

— Alguém aqui pode assumir o seu lugar? — perguntou o policial mais velho como se não tivesse ouvido o colega.

— Tudo bem — respondi. — Vamos fechar daqui a uma hora.

Malin e Sofie se ofereceram para assumir o caixa. Depois ficaram olhando para mim, horrorizadas, enquanto eu seguia os policiais para fora da loja.

— O que está acontecendo? — perguntou Sofie.

Não pude ouvir se ela obteve resposta.

A mulher que me interrogou se chamava Agnes Thelin. Se eu a tivesse visto na rua pela cidade, acho que jamais teria imaginado que fosse policial. Parecia mais uma artista ou diretora artística. Com certeza não comprava roupas na H&M. Provavelmente morava em uma casa projetada por algum arquiteto com uma planta aberta e ampla e iluminação dinamarquesa. Era o tipo de pessoa que nunca admitiria que não gostava de sushi. O tipo que declarava amar a honestidade brutal, mas que ficava completamente arrasada se alguém lhe fizesse uma crítica direta.

Gostei dela na hora. Talvez porque consegui me identificar com ela em alguns aspectos.

— O que o nome Christopher Olsen significa para você?

Olhei nos olhos dela e encolhi os ombros.

— Você o conhece?

— Acho que não.

Agnes Thelin inclinou a cabeça.

— É uma pergunta bem simples.

Expliquei que conheço milhares de pessoas, da escola e do handebol, pessoas que conheço quando saio ou na internet, amigos e amigos de amigos. Além disso, sou péssima com nomes. É claro que sei o nome e o sobrenome de algumas pessoas, mas outras só conheço pelo primeiro nome ou pelo apelido, e outras ainda simplesmente não faço ideia.

— Você disse Christopher?

— Christopher Olsen. — Agnes Thelin assentiu. — A maioria das pessoas o chama de Chris.

Pensei um pouco.

— Chris? Acho que conheço pelo menos um Chris. Um cara um pouco mais velho, não é?

Agnes Thelin assentiu. E, então — eu estava completamente despreparada para aquilo —, ela colocou uma foto dele na mesa e perguntou se era àquele Chris que eu estava me referindo.

Meu coração disparou. Olhei para aquela foto com cuidado, por muito tempo. Eu a peguei e a olhei bem de perto.

— É ele mesmo — respondi, por fim. — Eu o conheço.

— Infelizmente ele está morto — declarou Agnes Thelin.

Ouvi quando arfei.

Agnes Thelin me disse que uma pobre mãe com seus filhinhos encontrou o corpo em um parquinho perto da Escola Polhem.

— Merda — disse eu, levando as mãos à boca.

Realmente achei que eu fosse vomitar.

— Você estudou na Polhem? — perguntou Agnes Thelin.

— Não, na Vipan.

— E você acabou de se formar no ensino médio?

Assenti e Agnes Thelin se reclinou mais na cadeira.

— Meu filho mais velho se formou na Katedral no último verão. Está em Londres agora. Meu caçula está no último ano do programa IB.

Tentei fingir que me importava. Aquilo provavelmente era um truque simples, para as coisas ficarem mais pessoais. Estava tentando me fazer confiar nela.

— E o que isso tem a ver comigo? — perguntei. — Você me tirou do meu trabalho para isso?

— Sinto muito quanto a isso, mas foi realmente necessário.

Ela estava me analisando. Senti um nó de preocupação começar a se formar no meu estômago. Meu enjoo tinha se transformado em outra coisa: um mau pressentimento; um frio gelado.

— O que estou fazendo aqui? — perguntei.

— Você pode me dizer o que você fez ontem? — perguntou Agnes Thelin.

— Eu trabalhei. Até o fim do expediente. Depois nós fomos para Stortorget para comer. Tomamos vinho e batemos papo.

— Nós quem?

— Eu e alguns colegas do trabalho.

Ela abriu a caneta e fez algumas anotações.

— Que horas foi isso?

— A loja fecha às sete e nós ficamos lá até umas sete e quinze.

Agnes Thelin quis saber quanto tempo ficamos em Stortorget.

156

— Não sei até que horas os outros ficaram, mas eu fiquei por algumas horas. Acho que saí de lá por volta de umas dez e meia mais ou menos.

— E o que você fez depois? — perguntou ela, soltando a caneta.

— Eu... eu peguei a minha bicicleta. — Tentei me lembrar exatamente do que tinha acontecido. — Primeiro fui até a Tegnérs. Sei que tomei sidra em um bar, mas não vi ninguém conhecido. Depois eu fui para... a Inferno e fiquei um tempo lá, acho que era esse o nome do lugar. Fica na esquina da biblioteca.

— Inferno? Outro bar?

— Sim.

— Quanto você bebeu?

Agnes Thelin parecia meu pai. Ela tinha aquela expressão típica dos pais. Quando alegam estar preocupados, mas só estão putos da vida mesmo.

— Não muito. Eu tinha que acordar cedo para trabalhar.

Ela olhou para mim como se eu estivesse mentindo, o que achei ofensivo.

— É verdade. Não curto muito álcool.

Lembrei de uma coisa que meu pai costumava dizer. Ele afirma que é muito difícil mentir, que a maioria das pessoas não consegue mentir direito. Por muito tempo, achei que ele estivesse errado. Eu sempre provava que ele estava errado. Eu não tinha o menor problema para mentir. Em geral, acho as pessoas muito crédulas.

Até que percebi que talvez fosse exatamente o contrário. Que meu pai estava certo. Talvez não fosse uma questão de as pessoas acreditarem em tudo. Talvez, na verdade, eu mentisse muito bem.

Agora sei que é verdade.

44

Quando eu era pequena, meu pai era meu herói. Uma vez, quando eu estava na pré-escola, Gorrinho debochou do meu pai. A gente o chamava de Gorrinho porque ele usava gorro o ano todo. Ele ficou rindo de mim e disse para todo mundo que era estranho ter um pai que era pastor.

Empurrei Gorrinho com força contra uma estante e ele cortou a cabeça. Meu pai me deu uma bronca quando ficou sabendo. Claro que ninguém contou como tudo tinha começado, só disseram que eu tinha me descontrolado e empurrado Gorrinho com tanta força que ele teve que ir para o pronto-socorro. E eu também não contei nada.

Sempre esperei que meu pai fosse simplesmente entender. Parece importante não ter que me explicar. Talvez haja alguma coisa errada comigo, alguma coisa que as pessoas não vivenciam da mesma forma que eu, mas sempre senti vergonha de ser questionada por ser quem eu sou.

Cada vez que meu pai não me entendia, eu me decepcionava e me afastava mais dele.

É uma terrível ironia que as minhas características que mais o incomodam sejam exatamente as que herdei dele.

Aí está, Shirine! Algo para você pensar.

Tenho uma teoria de que os psicólogos amavam nossa família. Um pastor, uma advogada, uma adolescente problemática. Nossa família seria um exemplo perfeito para os manuais deles.

Uma vez, minha turma inteira foi castigada por Bim, nossa orientadora, porque tínhamos opiniões demais. "Típicos *millennials*, sempre tendo ideias sobre tudo!", gritara ela.

Acho que muitas coisas eram mais simples antes, quando as crianças apenas ficavam de boca calada e obedeciam sem questionar. Nunca fui assim e nunca serei assim. Acho que não importa se for na adolescência, quando eu tiver oitenta anos ou agora.

Quando me lembro das consultas com todos aqueles terapeutas, alguns deles realmente demonstraram um certo tipo de satisfação maliciosa e presunçosa. Deve haver algo de especial em ter um vislumbre dos bastidores de uma família aparentemente bem-sucedida, uma advogada que às vezes aparecia na TV e um pastor, *ai, meu Deus,* um pastor. Imagine só conseguir espiar os cantos mais imundos da nossa família perfeita. Talvez isso seja o suficiente para enfrentar a própria existência trágica em uma clínica psiquiátrica pública.

Mas eu me pego pensando em Shirine... Ela não parece em nada com os outros, não do jeito que me lembro deles.

Houve um tempo em que eu mesma pensei em ser psicóloga. Gosto de pensar que sou muito boa em enxergar as pessoas e compreender coisas que talvez nem elas percebam sobre si mesmas. Sou uma boa juíza de caráter. Para ser sincera, isso não é apenas uma ideia que tenho sobre mim mesma — as pessoas sempre disseram isso. As pessoas me contam vários tipos de problema: problemas familiares ou com namorados escrotos. Eu sou boa com pessoas, sou boa em analisá-las.

Teve uma vez que estávamos visitando escolas para escolher onde eu faria o ensino médio — Katedral, Spyken e Polhem, as únicas que eu aceitaria frequentar. Havia dois caras na Katedral, com cabelo lambido para trás e camisa desabotoada, que estavam falando sobre o programa de ciências sociais. Quando eu disse que queria ser psicóloga, eles disseram:

— Você sabe como é praticamente impossível entrar nesse programa, não é?

Foi um tapa na minha cara.

Na semana seguinte, a orientadora confirmou que era necessário ter as mais altas notas em todas as matérias para se tornar psicólogo. Era uma das faculdades mais atraentes. Será que eu não preferiria recursos humanos? Era mais ou menos a mesma coisa.

Acho que foi nessa hora que decidi não me importar mais com o ensino médio. Não valia a pena.

Quantas pessoas você conhece que dedicaram três anos da própria vida dando um duro danado e só tiravam notas que podiam ser consideradas medianas, na melhor das hipóteses? Elas paravam de viver; algumas chegavam a tomar remédio, cortavam os braços para tirar um oito em inglês. E para quê? Para que possam trabalhar de terninho?

Bim, na verdade, era mais perceptiva do que você imaginaria. Em uma reunião de pais, ela disse para o meu pai que eu poderia muito bem ter tirado um dez ou um nove na maioria das matérias. Se eu quisesse.

Ela acertou em cheio. Eu *não* queria.

Eu curtia mais sair à noite, ir a festas com bebidas liberadas do que fazer um trabalho prático sobre marketing. Eu priorizava ir para Copenhagen com as meninas a fazer a prova de matemática. Em vez de ir fazer uma prova de história, fui para uma Starbucks e fiquei beijando um cara como se minha vida dependesse daquilo.

Era uma escolha consciente.

No terceiro ano, quando as pessoas começaram a falar sobre prova de seleção para as universidades e fomos convidados a visitar algumas delas, eu estava ocupada demais planejando uma viagem para a Ásia. Eu estava farta de Lund e da Suécia. Eu devorava vídeos no YouTube sobre a Malásia e a Indonésia, e logo aquela viagem se tornou meu objetivo de vida. Eu ansiava por uma aventura, sair à noite, conhecer gente nova, ir a festas e aproveitar a natureza de um lugar que parecia o paraíso. Meus pais concordaram que eu pensaria na faculdade quando voltasse da viagem.

Bim era uma velha que deveria ter se aposentado nos anos 1990. Gosto de dizer que foi ela quem destruiu minha carreira acadêmica, mesmo que isso obviamente seja uma piada.

Dava para ver nos olhos de Bim que ela não gostava de mim. Não me importo se as pessoas gostam de mim, elas têm todo o direito de não gostar. Mas me incomoda quando alguém é tão idiota que nem consegue disfarçar. Bim estava sempre andando de um lado para o outro com um sorriso falso no rosto sob os óculos de armação quadrada e buço peludo, sorrindo demais e dizendo "Bom dia, meninos e meninas".

Acho que não tive muitos professores que gostassem de mim. Acho que posso dizer que não era por mim que eles acordavam toda segunda-feira de manhã. Eu não era um exemplo de aluna. Talvez as coisas fossem melhores se eu fosse um garoto. Eles não podem evitar, garotos são só garotos e todas essas coisas.

— Seu pai é pastor? — A coruja da Bim perguntava isso sempre que meu pai era mencionado. Ela olhava para mim como se o mundo inteiro estivesse fora de lugar. — Pastor? Da Igreja da Suécia?

Tudo é uma questão de controle.

As pessoas nunca acreditam nisso. Na mente delas, a necessidade de controle é uma característica que vemos naquele tipo de pedante que se descontrola se uma folha de papel é colocada no lugar errado na mesa, o tipo que organiza o guarda-roupa por cores. As pessoas pensam em malucos por organização com calendários detalhados ou neuróticos que entram em pânico quando não conseguem esvaziar imediatamente a caixa de entrada dos e-mails e piram na batatinha por causa de migalhas no sofá ou louça suja na pia. Pessoas que carregam álcool em gel na bolsa.

Mas esse é um tipo diferente de controle. É uma questão de não perder sua reputação. De não deixar ninguém se aproximar demais.

Foi só quando entrei na adolescência que percebi que minha família não era a única a ter segredos. Sempre foi muito importante para meu pai mantermos a fachada para o resto do mundo.

Não sei quantas vezes ouvi meu pai dizer: "vamos resolver isso quando chegarmos em casa" ou "isso não é da conta de ninguém".

Fui levada a acreditar que a nossa família era única, que éramos os únicos que tínhamos que lidar com um monte de merda que tinha que ser varrida para baixo do tapete. Talvez tivesse a ver com o trabalho do meu pai. Suponho que pastores sejam fadados a viver parte de sua vida particular em segredo.

É doentio, mas meu pai era um ateu convicto antes de ser salvo. Há alguns anos, encontrei um artigo que ele escreveu para o jornal da escola. Acho que tinha acabado de entrar no ensino médio. Ele realmente odiava a religião e escreveu coisas como o cristianismo ser uma fraude, um cobertor de apego que tinha dividido o mundo, e que o batismo deveria ser considerado um abuso contra crianças pequenas. Chamava os pastores de charlatães.

Às vezes eu me pergunto se as coisas teriam sido diferentes se ele tivesse escolhido outra carreira. Se tivesse um trabalho burocrático qualquer ou fosse gerente de alguma coisa ou talvez tivesse entrado para a carreira acadêmica, como pais normais.

Para ser sincera, acho que meu pai e eu somos muito parecidos. No fundo. Também sou facilmente consumida pelas minhas ideias. Consigo me concentrar completamente em coisas que parecem ser cruciais naquele momento. No quinto ano, eu era a definição de uma Potterhead. Li os livros do Harry Potter em sueco e em inglês, assisti a todos os filmes pelo menos umas vinte vezes e escrevi longas *fanfics* até que minha vida social praticamente desapareceu. Um ou dois anos depois, atravessei um período em que fiquei viciada nas músicas da banda The Smiths, e comecei a usar lápis preto nos olhos e passar todo meu tempo livre em fóruns para adolescentes alternativos. Existem alguns traços de autismo nos nossos genes. Felizmente decidi bem cedo evitar qualquer tipo de religião, diferentemente do meu pai.

Ele gostava de me provocar dizendo:

— Nunca diga nunca. Eu não percebi minha verdadeira vocação até os dezoito anos.

— Prefiro lavar privada — respondia eu. — Tipo assim, eu prefiro me tornar uma dessas mulheres *new age* e sair de férias em Gana, fazer nudismo e mascar *khat*.

— Veremos. — Meu pai dava um riso meio nervoso.

Como toda garota de dezoito anos, eu passava horas pensando sobre o futuro, educação e diversas carreiras. E, claro, alguns trabalhos são mais que apenas um trabalho. Não são como trabalhar no caixa da h&m. Você coloca seu sorriso de vendedora no rosto das cinco da tarde às dez da noite e o apaga cinco minutos depois de fechar as portas. Não é uma parte importante da minha identidade. Eu com certeza iria para a KappAhl se me oferecessem mil coroas a mais por mês. Eu poderia muito bem trabalhar como caixa em uma loja de material de construção. Quem se importa? O dinheiro seria a única coisa de que eu sentiria falta se perdesse meu emprego. E é claro que vou perder.

Não, não acho que meu pai sabia no que estava se metendo quando se tornou pastor. Hoje em dia ele se esforça muito para se encaixar nesse arquétipo: o pregador perfeito, o pai perfeito, o ser humano perfeito. Exatamente como todo mundo diz que nós, as jovens adolescentes, devemos ser. É claro que não somos as únicas.

É claro que a gente se esfola e se machuca quando não se encaixa nesses moldes de perfeição. Até que finalmente começamos a rachar.

Olhe para mim, Shirine. Mando bem na psicanálise, né? Cinco anos no programa de psicologia da escola, notas excelentes em todas as matérias. Será que realmente valeu à pena?

Eu sou minha melhor psicóloga.

Nunca entendi essas pessoas que se abrem como uma garrafa espumante de champanhe assim que alguém inclina a cabeça e se oferece para ouvi-las. Pessoas que expõem a alma em um blog ou nas redes sociais; pessoas que tatuam no braço palavras descrevendo quanto se sentem mal e torturam todo mundo que conhecem com suas patéticas autoanálises.

Eu só tenho uma amiga, uma pessoa na face da Terra que sabe tudo sobre mim e entende tudo o que sinto, penso e faço. Gostaria de poder falar com ela agora. Preciso dela. Não sei o que vou fazer sem Amina. Não sei se vou conseguir lidar com tudo isso. Noite passada, bati a cabeça na parede e gritei tão alto que senti dor de ouvido. A única coisa pior que tudo que estou passando seria se Amina estivesse no meu lugar. Uma tarde, quando os guardas estavam me levando para o elevador, achei tê-la visto. Eu me virei e gritei o nome dela, mas era um rosto estranho oculto atrás do cabelo negro. Esta cela está me enlouquecendo.

45

Agnes Thelin parecia constrangida ao me explicar que eu era suspeita. Meus pensamentos estavam confusos. Suspeita? Eu me recostei na cadeira e tentei me controlar.

Ainda estava pasma um pouco depois, quando o advogado entrou e exigiu conversar comigo em particular.

— Nós vamos resolver isso — disse ele, com a mão esquerda no meu ombro enquanto apertava minha mão direita. — Não se preocupe.

A mão dele era grande e grudenta e ele era uma mistura de Tony Soprano e Tom Jones. Do tamanho de um urso, bronzeado, correntes de ouro no pescoço e no pulso. Uma camisa azul com os três primeiros botões abertos. O tipo de homem que tem uma SUV que dirige todos os dias para a casa mesmo que o bairro devesse ser fechado para carros. Que tem uma grelha enorme no quintal e acha que tudo era melhor quando ele era jovem, mesmo que se sinta como se ainda tivesse vinte e três anos. Tenho certeza de que ele está no topo da lista de foda das jovens mães divorciadas.

— Então você é assim? — perguntei.
— Assim como?
— Eu não me lembrava mais.
— Nós nos conhecemos?
— Acho que sim.

Uma luz se acendeu na cabeça dele.
— Stella *Sandell*. Eu deveria ter percebido. Você é filha da Ulrika?

Concordei com a cabeça.
— Isso vai ser rápido — disse ele. — Eles não têm nada contra você. Alguns policiais hoje em dia tiram conclusões muito precipitadas. Eles têm seu manual de investigação de homicídios e um monte de procedimentos para seguir. Acreditam que as primeiras horas são cruciais para solucionar o caso, então se agarram à melhor opção, para o bem ou para o mal.

Ele se sentou com pernas abertas e apoiou as mãos enormes nos joelhos.

— Mas eles devem ter alguma coisa — comentei. — Disseram que uma testemunha me identificou em uma foto.

— Ela mal pode ser chamada de testemunha. Uma garota idiota que alega tê-la visto de uma janela. No escuro! E ela tem certeza de que é você, mesmo que não a conheça. Não, essa não é uma testemunha muito boa.

Consegui imaginá-la na minha cabeça. Uma sombra em uma janela do segundo andar. Isso era tudo que tinham? Era só por isso que eu estava sentada ali?

— Eles querem continuar o interrogatório assim que possível — disse Blomberg. — Você tem sorte. Agnes Thelin é uma das pessoas mais sensatas deste lugar. Ela é boa de diálogo.

Ele se levantou e mexeu no telefone, segurando-o a um centímetro no nariz. Parece que usar óculos fazia com que se sentisse feio ou velho. Talvez as duas coisas.

— Esqueci as lentes de contato — resmungou.

Senti as pernas bambas quando me levantei. O advogado seguiu na frente até a porta.

— Então, o que eu devo falar?

Blomberg se virou tão rápido para olhar para mim que uma mecha de cabelo caiu no seu olho.

— Como assim?

— O que eu devo falar para a polícia?

— É só contar tudo o que aconteceu.

Ele olhou para mim, devagar, de cima a baixo, até eu puxar meu casaco para cobrir meu peito. Eu me senti exposta. O advogado levou a mão à testa para tirar o cabelo e enxugar o suor.

Eu me alonguei.

— E só isso que você tem? *Conte tudo o que aconteceu*. Essa é a sua estratégia?

Blomberg se encolheu um pouco.

— Do que você está falando?

— Dizem que você é um dos melhores advogados — retruquei. — Você já não ganhou vários casos importantes? Você também não tinha uma estratégia melhor das outras vezes?

Blomberg ergueu as mãos.

— O que você quer, exatamente?

Consegui deixá-lo um pouco inseguro. Um filósofo certa vez disse que conhecimento é poder. Isso com certeza é verdade. A ignorância dos outros também é um fator poderoso.

— E se eu realmente tiver feito isso? — perguntei.

Blomberg se transformou completamente. Ele chegara andando como um macho alfa que tinha acabado de sair da cama de bronzeamento. Agora parecia um garotinho assustado.

Pensei no que meu pai costumava dizer, que mentir é uma habilidade rara. Será que Blomberg também acreditava nisso?

— E por que você faria uma coisa dessas? — perguntou ele.

E, é claro, que aquela era uma ótima pergunta.

46

O livro que Shirine me trouxe tinha 317 páginas. Espaçamento simples, nada arejado.
— Achei que gostaria de alguma coisa para ler — diz ela. — Não tem muita coisa para fazer por aqui.
Abro o livro cheia de expectativa. Leio a primeira frase: *Era um verão estranho, sufocante, o verão em que eletrocutaram os Rosenberg, e eu não sabia o que estava fazendo em Nova York.*
Seis meses atrás, eu teria rido. Se alguém me desse um livro de cinquenta anos cheio de frases longas e referências que eu não conhecia, eu presumiria que era uma piada de mau gosto. Não consigo me lembrar da última vez que li um livro inteiro. Nunca consegui manter interesse por tempo suficiente. Depois de alguns minutos, meus pensamentos começam a se dispersar e me esqueço completamente o que acabei de ler e preciso recomeçar. Mas aqui é diferente. O que mais desejo é algo que possa desviar meus pensamentos por um tempo. Estou tão farta de mim mesma.
— Então, que tipo de livro é este? — pergunto, enquanto leio a contracapa.
— É um clássico do feminismo.
Levanto uma sobrancelha.
— Dê uma chance. Acho que vai gostar.
Trago o livro para minha cela. Compro uma Coca-Cola grande e duas barras de chocolate do carrinho de vendas. A guarda que me trancafia novamente é nova, deve ser uma temporária. Ela olha para mim horrorizada enquanto volto relutante para meus nove metros quadrados de fedor. A novata fica parada ali, na porta, e sinto seu olhar no meu corpo como uma larva aterrorizada.
— Qual é o problema, porra? — pergunto por fim.
Ela se sobressalta e arregala os olhos.
Parece uma garota perfeitamente normal. O tipo que termina o programa de ciências sociais com boas notas, compra roupas na Forever 21 e na Urban Outfitters. Em outra vida, tenho que certeza de que ela e eu poderíamos ser amigas.

— Nada — diz ela escondendo o rosto com uma das mãos. — Não é nada.

Ela, então, sacode as chaves e parece estressada. Assim que tranca a porta, eu me deito na cama, como chocolate e tomo Coca-Cola.

Abro o livro e não demora muito até a história prender minha atenção. Finalmente, posso fugir de mim mesma por um tempo. Um mundo completamente diferente se abre na minha mente, e mergulho de cabeça nessa possibilidade. Nunca quero voltar, nunca quero voltar para a porra desta cela.

Eu nem sinto o cheiro quando estou lendo.

Na manhã seguinte, Shirine volta para meu quarto.

— Terminei.

Jogo o livro na cama, mas pela expressão do rosto de Shirine você imaginaria que tinha caído aos seus pés.

— Já?

Encolho os ombros.

— O que aconteceu? Você gostou?

— Achei deprimente pra caralho.

— Sim, é verdade.

O rosto de Shirine está pesado de culpa.

Não sei por que não conto a verdade, que amei o livro, que me deixou furiosa e triste, mas que eu não tinha nada contra me sentir furiosa e triste. Preciso dessas emoções. Eu jamais perdoaria Shirine se ela me trouxesse um livro cheio de alegria.

— Você pode trazer mais livros? — peço.

O sorriso dela brilha nos olhos.

— Claro que posso trazer mais livros.

— Legal.

Ela está prestes a se sentar ao meu lado quando as lágrimas surgem. Não sei explicar o porquê. Talvez um pensamento tenha roçado em alguma queimadura. Meu rosto queima e pinica e o pressiono com as mãos. Penso em Esther no livro e naquele hospício.

— Tudo bem? — pergunta Shirine com voz gentil.

Não consigo responder à pergunta. Não importa o que diga, vai parecer mesquinho e provavelmente incompreensível. Talvez egoísta. Minha vida está arruinada. Chris está morto e eu fiz besteira. Como vou poder olhar de novo nos olhos da minha mãe e do meu pai? Não há nenhuma solução agora, só escapatória.

— Quero que você saia agora — peço para Shirine.

Tudo que mereço é escuridão.

47

Amina e eu sempre ouvimos que éramos um par estranho. Ela é tão controlada, reservada e respeitadora das regras. E eu estou sempre testando os limites e falando alto e procurando alguma regra idiota para quebrar.

Mas por trás dessas fachadas somos muito parecidas. Sempre me vi refletida em Amina. Somos feitas da mesma coisa. Só escolhemos mostrar coisas diferentes para o mundo exterior. É assim que funciona. Todos nós temos nossos segredos, nosso lado íntimo e sombrio que poucos têm permissão para ver. Se você procurar direitinho, é fácil encontrar alguma merda assustadora em todo mundo. Amina não é exceção.

Gostaria muito que ela tivesse ido ao acampamento de crisma comigo. Eu sinceramente acredito que as coisas teriam sido bem diferentes. Não só o acampamento — todo o resto também.

Efeito borboleta, é como se chama. O simples bater de asas de uma borboleta pode ter consequências enormes e afetar tudo o que acontece.

Mas Amina não se atreveu a pedir aos pais para ir. Tenho certeza de que a mãe aceitaria de boas, mas o pai dela é muçulmano. Não que eu já o tenha visto fazer qualquer coisa relacionada ao islamismo. É exatamente o contrário, na verdade. Dino ama cerveja e nunca praticou jejum nem orou voltado para Meca. Além disso, Alá definitivamente teria algo a dizer sobre os palavrões que Dino sempre berra durante nossos jogos de handebol.

Mas não importou; Amina não quis pedir. Ela era muçulmana e é importante dizer que é muçulmana mesmo que ninguém realmente se importe. Merda, eles comiam cachorro-quente em casa e costela de porco, mas na escola ela não comia nada que tivesse carne de porco.

Tenho certeza de que Amina teria me impedido. Se estivesse lá, no acampamento perto do lago. Ela teria me dito que era a porra de uma péssima ideia. Ela teria me feito voltar à razão e seria como uma irmã mais velha e me convenceria a ficar no nosso quarto e jogar cartas com os outros participantes.

Eu não teria ido com Robin se Amina estivesse lá.
E talvez eu não estivesse sentada aqui agora.
Efeito borboleta.

Nas férias de verão entre o sétimo e o oitavo ano, fomos para uma cidade dinamarquesa afastada para um campeonato de handebol. Como sempre, trouxemos para casa a medalha de ouro e fui a artilheira do time. Dormimos em um colchão de ar em uma sala de aula abafada e repleta de som de roncos. Em duas noites, houve um baile no pátio da escola.

Desde o primeiro dia, Amina e eu começamos a ser seguidas por um grupo de croatas um pouco mais velhos que a gente, com olhos irresistíveis e braços musculosos que me deixavam com água na boca. No início, tentamos bancar as difíceis. Ora os ignorávamos, ora os provocávamos, principalmente porque esse é o tipo de coisa que se espera das garotas. Mas, durante nosso último jogo, eles se sentaram nas arquibancadas e começaram a assoviar todas as vezes que Amina ou eu recebíamos a bola e, naquela noite, nós saímos com eles do baile. Nós nos sentamos na praia; gaivotas sobrevoavam as árvores e as ondas lavavam as fezes brancas da areia. Os caras estavam passando um cigarro e só quando chegou às minhas mãos foi que percebi que não era um cigarro comum.

— Não é forte — disse Luka em inglês.

Os olhos verdes dele brilharam na escuridão. Eu o desejei no instante em que o vi. Amina estava de olho no goleiro croata.

Dei algumas tragadas. Tossi e ri. As vozes à minha volta ficaram mais lentas e baixas, mas, fora isso, nada mais aconteceu.

Quando o baseado chegou à Amina, ela começou a se remexer.

— Ela não quer — disse eu.

Luka e os outros olharam para mim.

— Vocês têm que respeitá-la — disse eu, pegando o baseado.

Uma hora depois, eu estava deitada na areia em uma alcova escondida com Luka enchendo meu pescoço de chupões antes de enfiar os dedos dentro de mim e tentar me seduzir com um monte de frases de filmes pornô.

Férias de verão. Quando penso nisso agora, parece que foi uma eternidade, mas foi apenas um verão. Nossa vida acelerou de repente e todo um novo mundo se abriu para mim.

Eu tinha catorze anos e tudo era uma aventura. Eu me via praticamente como uma adulta e certamente não queria que meus pais se metessem na minha vida. Estava cada vez mais difícil controlar minhas explosões de emoção e cada dia parecia uma batalha.

Minha mãe evitava tudo e qualquer coisa, escondendo-se, trabalhando até tarde ou tendo dores de cabeça. Mas não meu pai. Ele saía pela cidade atrás de mim quando eu não voltava para casa na hora marcada. Eu sabia que ele revistava meus bolsos e estava sempre me esperando na porta de casa como a porra de um leão de chácara.

— Sopre — dizia ele, inclinando-se para sentir meu hálito.

— De novo.

Ele cheirava o ar como um cão e me olhava com ceticismo.

— Você não está fumando, está?

O mais engraçado disso tudo é que tenho quase certeza de que meu pai não reconheceria o cheiro de maconha mesmo que você soprasse a fumaça direto em seu nariz.

Mas a preocupação dele não era infundada. Depois da viagem para a Dinamarca, comecei a curtir maconha e logo estava fumando todo dia. Ela desligava meus pensamentos e eu me sentia livre, leve e solta.

Ironicamente, porém, era da minha mãe que eu tinha mais medo.

— Prometa que não vai contar nada para minha mãe — pedi, segurando Amina pelos braços.

— Eu prometo.

— Pelo Alcorão?

— Por qualquer livro que você queira.

Amina e minha mãe sempre tiveram uma relação especial e, naquele verão, parecia que estavam ainda mais próximas. Eu chegava em casa e as encontrava no quintal, conversando e rindo de alguma coisa de que nunca consegui achar a menor graça.

Conheci uma galera de Landskrona que conseguia bebidas e maconha. Eles dividiam tudo comigo e eu me sentia mais viva do que nunca. Uma noite, fugi de casa e dormi sob as estrelas na ilha de Ven. Perdi a minha virgindade no meio do mato e tive um namoro de duas semanas com um dinamarquês chamado Mikkel.

Era como se eu fosse tomada de felicidade cada vez que meus pulmões se enchiam de fumo.

— Não gosto nada disso. Não gosto que você esteja tão envolvida com essas coisas — disse Amina.

— Eu não estou *envolvida* com nada — respondi. — Só estou me divertindo. Curtindo o verão.

Mesmo que a gente tenha se afastado por um tempo, já que Amina preferia evitar a galera de Landskrona, nunca duvidei da nossa amizade. Amina sempre me apoiava em tudo.

Faltava só uma semana para o fim das férias quando a encontrei esperando por mim no portão de casa.

— O seu pai me seguiu depois do treino.

— O quê?

Estremeci e me aconcheguei mais ao casaco. Os treinos de handebol já tinham começado, mas matei o primeiro. Não estava a fim de jogar.

— O que ele fez?

Os olhos de Amina estavam marejados.

— Ele começou a me pressionar e a fazer um monte de perguntas. Com quem você está andando, se você estava saindo com alguém, se estava transando com alguém.

— Se eu estou transando? — Não consegui acreditar no que estava ouvindo. — Ele perguntou se eu estou transando?

Amina concordou com a cabeça.

— E se você estava fumando ou bebendo.

— Que loucura. Sério. Isso não é nada saudável.

Amina estava agitada. Tirou o cabelo do rosto. Estava com medo. Meu pai ameaçou conversar com Dino, mesmo que Amina não bebesse nem fumasse nem nada daquilo. Ela nem andava com aqueles caras. Preferia ficar em casa e assistir à TV, jogar handebol ou basquete, sair com o pessoal da nossa turma da escola. Todas as vezes que ela foi para Landskrona foi por minha causa.

Era muito injusto que meu pai a atacasse.

Algumas semanas depois, nós nos encontramos perto da estação. Amina estava cansada, sem maquiagem — parecia um cadáver.

— Desculpe, desculpe, desculpe — disse ela.

Peguei o braço dela e puxei para a plataforma vazia. Afastei seu cabelo do rosto e dei umas batidinhas no rosto dela.

— O que houve? Pode me contar.

A respiração dela estava ofegante.

— O seu pai — disse ela baixinho. — Eu contei para ele. Tive que contar.

— O que foi que você disse?

Ela baixou a cabeça e começou a chorar. Não consegui me controlar — comecei a sacudi-la, desesperada.

— E o que foi que você disse para o meu pai?

Ela só conseguia dizer algumas palavras de cada vez.

— Eu tive que contar... Ele agarrou... meu braço... com força.

— Filho da puta! — exclamei. — E o que foi que você disse para ele?

Ela balançou a cabeça, chateada.

— A maconha — confessou ela. — Eu contei sobre a maconha.

Fiquei olhando para ela. Minha melhor amiga de toda a vida. Minha gêmea de alma. A única pessoa que realmente me conhecia.

Era uma traição imensa. Complemento inimaginável.

— Como você pôde?

Amina esfregou os olhos.

Fiquei olhando para ela enquanto cerrava os punhos. Meus músculos se contraíram. Não consegui me controlar. Meu punho cortou o ar e foi quase como se eu estivesse assistindo a tudo, como em um filme.

Amina não tinha a menor chance. Eu a acertei bem na maçã do rosto. Ouvi a pancada e me senti extraordinária. Melhor do que quando eu fumava. Eu nunca tinha sentido nada como aquilo.

48

Os guardas não batem antes de entrar. Simplesmente enfiam a chave na fechadura e um segundo depois estão parados no meu quarto.

É Jimmy do cavanhaque e aquela novata, a que ficou me secando perto do carrinho de vendas no outro dia. Eles vieram pegar minha bandeja de comida.

— Não estava do seu gosto? — pergunta Jimmy com um sorriso.

Deixei todo o feijão no prato. Eu nem sou fresca para comer, como praticamente tudo. Mas feijão não é comigo. Não suporto.

— Hoje à noite o carrinho de vendas vai passar, não é? — pergunto.

Jimmy ainda está sorrindo. Ele sempre anda por aí com esse sorrisinho na cara, até onde sei. Não é nem um pouco amigável. É arrogante, como se estivesse sorrindo porque se acha muito maravilhoso.

— Veremos. É fácil demais esquecer de abrir a cela de alguém. Não é, Elsa?

A novata não responde. Mal ergue o olhar. Ela provavelmente só quer evitar ficar no meio de algum tipo de confronto.

— Você ouviu o que ele acabou de dizer, Elsa? — pergunto com pronúncia deliberadamente exagerada e clara. — Você é minha testemunha. Se eu não puder comprar nada esta noite...

Eu paro de falar. Não vale a pena. É impossível vencer alguém como Jimmy.

— Você só pode estar brincando — responde ele, dando uma gargalhada.

Ele entrega a bandeja para Elsa; o sorriso dele desaparece, e ele olha para mim com nojo.

— É verdade que você o esfaqueou no peito repetidas vezes?

Fico dividida. Sei muito bem o que ele quer, e não tenho a menor intenção de dar a ele.

Jimmy se vira para Elsa.

— Dá para acreditar que essa garotinha aqui é uma assassina brutal? — pergunta ele.

Elsa lança um olhar de súplica, deixando bem claro que tudo o que ela mais quer é sair dali, ir para longe do cheiro, voltar para seu mundo normal de filhotinhos de cachorro e arco-íris.

Mas Jimmy não desiste.

— Não dá para imaginar, né? — diz ele. — Não é, Elsa?

Elsa olha para os pés.

— Não dá para saber se alguém é um assassino só de olhar, não é?

Admiro a coragem dela.

— *Alguém*? Não estamos falando de hipóteses. Estamos falando de uma pessoa específica — retruca Jimmy com uma risada. — Veja bem, Elsa, eu também era ingênuo quando comecei a trabalhar aqui. Você vai aprender. Depois de cinco anos aqui, eu percebi que tudo isso é uma grande bobagem. Na verdade, dá para dizer se alguém é lixo só de olhar para a pessoa. A maioria dos assassinos é exatamente como você imagina, estrangeiros de pele escura e os malditos ciganos. Dificilmente temos uma surpresa.

Elsa arregala os olhos. Parece querer desaparecer dali.

— Cale a boca! — digo para Jimmy.

Eu simplesmente não consigo ficar na minha. É um problema que eu tenho. As pessoas sempre me diziam para ficar na minha, calar a boca — eu não preciso compartilhar cada opinião ou pensamento. Falta de controle de impulso, é assim que os psicólogos chamam. Em um teste que fiz, recebi a pior nota possível. Eu sou o tipo da criança que engoliria o marshmallow de uma vez só se eu tivesse a chance.

— E quem foi que disse que você podia falar?

Jimmy passa a mão no cavanhaque e ofega bem na minha cara.

— Deixe para lá — diz Elsa atrás dele.

Mas Jimmy não vai deixar passar.

Ele está a meio metro de distância agora, e seus olhos estão brilhando de raiva.

— Sua puta assassina imunda. É melhor pensar duas vezes antes de dizer qualquer coisa.

Ele não sabe que não consigo controlar meus impulsos. Se soubesse, não teria dito isso.

— Basta — diz Elsa em tom autoritário. Acho que ela chega a puxá-lo pelo braço. — Você está passando dos limites.

Eu gosto dela.

— Limites? — Jimmy se vira e Elsa se sobressalta. — Que porra de limite é esse?

— Você não pode tratar...

— Do que você está falando? Você está *defendendo* esta assassina filha da puta?

Ele levanta o braço para ela.

— É melhor você se acalmar — diz Elsa.

— Acalmar? É melhor você pensar se este é o lugar certo para você.

Sinto pena dela. É tão claro que aqui não é o lugar dela. Que ela deveria voltar para o conto de fadas brilhante de onde veio, onde todas as histórias têm um final feliz.

— Existem dois lados aqui — explica Jimmy. — Ou você está do nosso lado, ou está do lado deles.

Ele se vira para mim.

Ele deveria estar preparado. Deveria ter avaliado melhor toda a situação. Ele não é novato. E eu dificilmente sou a única pessoa presa aqui com problemas de controle de impulso.

Eu o avalio atentamente e escolho meu alvo. Na hora que ele se vira, acerto um chute no saco dele.

Ele geme e dobra o corpo.

Elsa e eu trocamos um olhar enquanto Jimmy se retorce de dor no chão. Embora eu deixe bem claro para ela que não vou resistir, ela me derruba com algum golpe de judô. Meu rosto está pressionado no chão imundo e o joelho dela está nas minhas costas.

Acabou a irmandade. Mas sei muito bem que boas moças nunca comprometem a própria bondade.

Elsa logo recebe ajuda de dois colegas e, depois de alguns segundos, eles resolvem me levar para uma cela de observação.

Eles me arrastam para fora do quarto e, no caminho do elevador, desisto e paro de resistir. Não adianta.

A cela de observação foi feita para proteger os detentos de si mesmos. É pequena e escura, com um colchão no chão e tudo o que você faz é observado por uma janela na porta.

Sou obrigada a passar a noite inteira ali. Não adianta quanto bato na parede e grito até ficar rouca, ameaçando denunciá-los.

De manhã, quando abrem a porta e me levam de volta para meu quarto, eu não tinha pregado os olhos.

— Bem-vinda ao lar — diz o guarda que abre a porta.

O cheiro invade meu cérebro.

Caio direto na cama e durmo até a hora do almoço.

49

Ainda não me perdoo por ter batido em Amina. Quatro anos depois, a lembrança ainda me tortura várias vezes por semana. Que tipo de pessoa bate na melhor amiga?

No instante seguinte depois do que aconteceu, perdi a cabeça. Comecei a correr de um lado para o outro como uma louca descontrolada, gritando e agitando os braços. Tive problemas para aceitar o que eu tinha feito. Eu só queria apagar os últimos minutos e reagir como uma pessoa normal.

Pior de tudo: eu tinha gostado. Aquela sensação maravilhosa e livre quando meu punho acertou o rosto dela.

Amina se sentou em um banco ao meu lado, segurando o rosto com as mãos. Puxei seus braços e examinei o olho e o inchaço arroxeado que estava começando a aparecer no seu rosto.

— Desculpe, amiga! Desculpe!

Não havia como consertar as coisas, nada voltaria ao normal depois daquilo. Eu tinha estragado tudo. A única coisa constante na minha vida, a única coisa que era incondicional e realmente significava alguma coisa para mim — eu tinha destruído.

Eu me ajoelhei e segurei as mãos dela com força. As pessoas ficaram olhando. Algumas pararam para perguntar se estava tudo bem.

Não estava. Não podia estar mais longe de bem.

Eu tinha batido nela. Eu tinha machucado Amina.

— Não importa — disse ela. — Eu mereci.

— Claro que não! Isso tudo é culpa do meu pai.

— Eu não deveria ter dito nada. Você pode me desculpar?

— Pare com isso! Não é você que deve pedir desculpas aqui!

Não importava o que ela tinha dito. Percebi que não dá para desculpar alguém por esse tipo de coisa. Você pode dizer que sim e, mesmo que você acredite nisso, no fundo, você nunca vai esquecer.

Nós apoiamos nossas testas uma contra a outra e choramos.

* * *

Naquele inverno, eu precisei mais de Amina do que nunca. Minha mãe se sentia uma merda e passava a maior parte do tempo escondida no escritório. Às vezes parecia que ela preferia falar com Amina a conversar comigo. Enfiei na cabeça que ela gostaria de trocar Amina por mim. Enquanto eu só trazia decepções, uma depois da outra, acho que minha mãe via muito de si mesma em Amina, a boa menina inteligente que nunca fazia nada de errado.

Ao mesmo tempo, meu pai se tornou cada vez mais paranoico. Revistava meus bolsos, minha bolsa e meu quarto. Pediu registros telefônicos para ver com quem eu falava. Analisava meu histórico de busca no computador e exigiu ter acesso a todas as minhas senhas.

Logo desenvolvi estratégias para atender a todas as exigências dele para que eu pudesse continuar levando uma vida praticamente sem restrições. Eu não estava mais fumando maconha, mas ainda tinha muita coisa para fazer: bocas para beijar, noites para curtir, festas para ir. Eu deixava meu pai revistar minhas roupas, cheirar meu hálito, olhar minhas pupilas e acreditar que tinha tudo sob controle. É muito mais fácil esconder alguma coisa quando você dá a impressão de estar sendo transparente.

Quando começaram as conversas sobre o acampamento jovem de preparação para crisma, logo prestei atenção. Havia muitos rumores tentadores graças ao acampamento do ano anterior. Álcool, sexo e cigarros. Um monte de atividades pecaminosas. E, acima de tudo, a cereja do bolo, um líder de acampamento chamado Robin que, segundo todas as minhas fontes, era o ser mais sexy que você poderia imaginar.

Os elementos cristãos da crisma me deixavam completamente indiferente. É claro que eu não acreditava em Deus, mas ninguém que estava indo ao acampamento acreditava. A maioria não dava a mínima, desde que ganhasse presentes e tivesse uma semana de liberdade no acampamento. Talvez existisse alguma força superior em algum lugar, mas, na nossa vida adolescente, isso tinha o mesmo peso que a possibilidade de vida em Marte. Eu era a única pessoa que assumia ativamente a minha posição nas poucas vezes que o assunto de fé surgia na escola, e minha atitude hostil em relação à igreja e à religião se devia principalmente ao meu pai, é claro.

Eu sabia exatamente como agir. Se meu pai sentisse a mais tênue esperança de que eu pudesse desenvolver qualquer interesse pela Bíblia, não seria muito difícil convencê-lo.

— O que você acha? — perguntou ele para minha mãe à mesa de jantar. Faltavam apenas alguns dias para as inscrições. — A gente deve deixá-la ir?

Minha mãe respondeu com um olhar vazio.

— Não sei. Talvez.

Essa era a resposta-padrão dela nos últimos seis meses. Ela não estava dormindo bem à noite, comia como uma modelo anoréxica e andava pela casa como um zumbi. Tive dificuldade para lidar com a apatia dela, não por me sentir responsável por ela. Em vez de colocar o rabinho entre as pernas e tentar me aproximar da minha mãe, comecei a me afastar cada vez mais. Mesmo que tenha sido meu comportamento que a tenha feito piorar, parecia que era obrigação dela se esforçar para sair daquela situação.

— Foi você que decidiu me trazer ao mundo. Nunca pedi para fazer parte desta família.

Infantil? Com certeza, mas eu ainda era uma pré-adolescente.

Quando meu pai falou sobre a exaustão da minha mãe, que ela tinha chegado ao limite e precisava se afastar do trabalho, eu protestei.

Minha mãe deixou o garfo cair no chão e demorou um tempão para pegar. Meu pai mordeu o lábio.

— Ela diz que vai pegar mais leve no trabalho, mas ela fica acordada até tarde trabalhando todas as noites. Será que você não vê?

Eu sabia que meu pai concordava comigo, mas ele não disse nada. Será que era algum tipo de estratégia? Será que ele achava que era melhor aquilo partir de mim?

De qualquer forma, logo decidiram que eu podia ir ao acampamento de crisma. Minha mãe e meu pai disseram que os dois concordavam e comecei a planejar tudo.

Levamos uma grande quantidade de tabaco e bebidas alcoólicas. Quando você só tem quinze anos, não dá para ser seletivo. Alguém encheu um frasco de xampu com uísque e conhaque do bar do pai. Alguém conseguiu meia garrafa de vinho na adega da avó. E duas garotas conseguiram que um bêbado comprasse vodca Explorer para elas. Escondemos os cigarros na mochila, embrulhados em papel laminado, colocados em potinhos de plástico ou de metal.

Ainda me lembro da sensação de liberdade no meu peito quando o ônibus saiu do estacionamento.

Os primeiros dias de acampamento passaram voando. Mal tínhamos tempo para pensar sobre as garrafas no fundo das nossas malas. Uma noite, escapuli para o bosque com alguns caras, fumei três cigarros seguidos e tossi até vomitar. Algumas pessoas ficaram naquela primeira noite se agarrando sob os cobertores no dormitório.

Havia um lago no qual nadávamos todos os dias. Uma manhã, Robin estava parado na margem, apertando os olhos para o lago por um logo tempo, com água até os joelhos, enquanto o sol brilhava no seu peito molhado.

As outras garotas correram para a areia, rindo. O lago ainda estava gelado demais para ficarmos por mais de quinze minutos.

Passei bem devagar por Robin, olhei direto nos seus olhos e sorri. Eu sabia que ele ainda estava olhando para mim, então, continuei até a praia e demorei mais tempo do que o necessário curvada pegando minha toalha.

Um pouco mais adiante, na grama, havia duas orientadoras, sorrindo. Joguei o cabelo para trás e me enrolei na toalha antes de voltar para o acampamento.

Eu realmente deveria ter ficado surpresa ou chocada ao ver meu pai ali. Mas tudo que senti foi uma tristeza dolorosa.

Ele ficou parado ali como se tudo estivesse normal e abriu um sorriso hesitante. Ele não podia nem me deixar ter isso. Nem isso.

Disse para ele ir para o inferno. E saí correndo em direção ao dormitório.

Foi naquele instante que tomei minha decisão.

Uma profecia autorrealizável, pai? Se era caos que ele esperava, era caos que ia ter.

50

— Como você está se sentindo hoje? — pergunta Shirine com cautela.
Não respondo.
Ela coloca um livro novo na mesa bem na minha frente.
— Este aqui não é tão deprimente quanto *A redoma de vidro*.
Li a contracapa e folheei o livro, distraidamente.
— Eu adorei este livro quando tinha sua idade — declara Shirine.
Parece que é sobre um rapaz de dezessete anos que acha que a maioria das pessoas é idiota. Gosto do título *O apanhador no campo de centeio*.
— O que foi que aconteceu ontem?
Parece que ela ficou sabendo da noite na cela de observação.
— Nada.
Não quero falar sobre o assunto. Para ser sincera, acho que Shirine não entende lhufas do que se passa aqui. Ela não é burra, não é isso que estou tentando dizer. Nem ingênua. Eu só acho que se você se esforçar muito para manter os olhos fechados, você consegue viver em negação pelo tempo que quiser. Shirine já formou sua própria impressão. Ela sabe como quer que as coisas sejam e basicamente fecha os olhos ou dá as costas para qualquer coisa que contradiga sua visão. As prisões suecas são um lugar bom. As pessoas ainda têm seus direitos mantidos e recebem cuidados enquanto aguardam o julgamento. No mundo de Shirine, *bullying*, agressão e abuso de poder são coisas que só se vê nos filmes.
— Entendo que não seja fácil passar por isso — declara ela.
Ela não entende merda nenhuma.

Na manhã seguinte, acordo com o livro no travesseiro. Imagens confusas da noite anterior passam pela minha cabeça e sinto dificuldade de diferenciar o que li do que sonhei. Sinto-me um pouco como Holder quando acorda no sofá em casa com seu velho professor e um cara mais velho está sentado ali acariciando seu cabelo. Fico em pé diante da pia por um longo tempo, lavando o rosto com água fria.

É muito bom quando o café da manhã chega. Os guardas estão animados e, pela primeira vez, o café não está com gosto de mijo de bode.

Estou folheando o livro enquanto como, tentando descobrir até onde li antes de dormir, quando a porta atrás de mim se abre de novo.

Uma das guardas mais velhas, com aparência de alguém que poderia trabalhar no jardim de infância, olha para mim com olhos animados e sorriso alegre.

— Seu advogado está aqui, Stella.

— Ele vai ter que esperar. Estou tomando café.

Ela olha para mim, perplexa, mas não diz nada. Por fim, eu me levanto com um suspiro pesado, dobro meu sanduíche e o enfio na boca, antes de tomar o último gole de café.

Arrasto os pés entre os guardas até a sala na qual Michael Blomberg me aguarda.

— Tenho boas notícias — declara ele, apertando minha mão. — A promotora aprovou que seus pais venham vê-la.

Sinto meu estômago se contorcer.

— Como assim, aprovou? Quem entrou com o pedido?

Blomberg sorri e aponta para o próprio peito.

— Este que vos fala.

— Mas...

O nó de preocupação no estômago se retorce um pouco mais. Minha mãe e meu pai.

— Obrigada, mas não quero — declaro.

Blomberg se vira para mim, preocupado. O rosto dele fica embaçado e sinto uma vertigem.

— Como assim?

Respiro fundo e fecho os olhos.

— Eu não vou aguentar passar por isso — declaro, sentindo as lágrimas queimarem meus olhos. — Não quero vê-los.

51

Eu sabia que meu pai adorava Robin. Eu o ouvira elogiá-lo mais de uma vez.

Não seria difícil demais atrair Robin para o bosque. E quando estivéssemos lá, ele não conseguiria resistir a mim. Então, os caras no meu grupo iam chegar e nos pegar no flagra. Daria muita merda.

Meu pai ficaria para morrer, é claro. Eu sabia que ele ainda estava por lá. O carro dele estava estacionado perto do refeitório.

A primeira parte do plano deu certo. Mas, assim que consegui atrair Robin para o meio das árvores, escondido do resto do acampamento, comecei a ficar em dúvida. Robin estava me olhando de uma forma totalmente diferente quando ergueu o braço para me tocar. Havia um carinho no gesto, como se ele realmente nutrisse algum tipo de sentimento por mim.

— Não podemos fazer isso — sussurrou ele, tocando-me com a ponta dos dedos.

Ele estava certo. Eu estava prestes a arruinar a vida dele. Ele nunca mais poderia trabalhar em nenhum acampamento e talvez nunca mais voltasse a trabalhar na Igreja da Suécia de novo. Ou pior.

Eu queria punir meu pai. Não Robin.

— Daqui a alguns anos — disse eu, afastando lentamente a mão dele. — Daqui a três anos eu vou ser maior de idade.

Ele sorriu.

— Você consegue esperar tanto tempo?

Ainda tínhamos alguns minutos até os rapazes chegarem por entre as árvores. Olhei para os lábios atraentes de Robin. Eu queria muito beijá-lo. Só uma vez. Será que tinha problema?

— Seu pai — disse ele, virando o rosto. — Adam é seu pai.

— E daí? Você tem medo do meu pai?

— Medo? — Ele riu. — Quem teria medo de Adam?

— Então, qual é o problema?
— Nenhum. É só que... você é tão diferente.
Ele pegou minha mão e me levou mais para dentro do bosque.
— Venha comigo.
Os dentes dele brilharam na escuridão.
Tinha uma coisa que ele queria me mostrar. Uma coisa no quarto dele na casa dos orientadores. Quando eu disse que era uma área proibida para os participantes do acampamento, ele riu.
— O que os olhos não veem o coração não sente.
Ignorância é poder.
— E quanto ao meu pai? — perguntei, olhando em volta, ansiosa.
Robin não me ouviu.
— Venha — disse ele, destrancando a porta.
Havia quatro quartos na casa dos orientadores. Um corredor com um espelho e quatro portas. Tinha cheiro de casa de veraneio. O quarto de Robin era o último à esquerda.
Ele foi até a janela e fechou a veneziana.
— Sente-se — disse ele, apontando para a cama.
O quarto estava uma zona, com as roupas e pertences espalhados por todos os lados: no chão, na cama, na mesinha de cabeceira. Ao lado da cama estava a mala aberta de Robin, e, quando me sentei, olhei com curiosidade para cuecas, desodorante e camisetas.
— Eu já volto — disse ele, saindo para o corredor.
Fiquei sentada ali com o coração disparado no peito. Logo ouvi o som da descarga.
Não sou burra. Eu só tinha quinze anos, mas é claro que eu sabia o que estava acontecendo. Robin não queria me mostrar nada. Eu poderia muito bem ter me levantado e ido embora, e essa ideia realmente passou pela minha cabeça, mas eu quis ficar. Eu queria aproveitar aquela sensação.
E, àquela altura, não havia chance de os caras nos pegarem no flagra e provocar o caos. O pior que poderia acontecer seria se começassem a procurar a gente e...
Mandei uma mensagem rápida de texto:
Abortar a missão. Mudei de ideia!
E recebi joinhas como resposta.
Um segundo depois, Robin abriu a porta. Havia uma expressão nova no seu rosto, uma determinação. O lábio dele se contraiu quando me puxou para ele e nos beijamos. A língua dele achou o caminho para minha boca.
Eu gostei.

Ele pressionou o corpo contra o meu e aquilo me excitou. Eu queria que ele continuasse.

Depois de um tempo, ele me colocou na cama. Deitei de costas e deixei o corpo dele pesar sobre o meu, enquanto ele cobria meus lábios com os dele e enfiava a língua quase na minha goela.

Eu não estava mais curtindo aquilo. Não conseguia respirar.

Comecei a me debater embaixo dele como um peixe fora d'água. Tentei gritar. Será que ele não percebia que estava me machucando?

Eu não conseguia respirar, mas Robin não parou. Não havia mais ternura e carinho. Os movimentos dele ficaram brutos, como uma demonstração de força e poder. Eu era a presa que ele tinha caçado.

Por fim, percebi que não adiantava resistir. Tudo o que me restava era fechar os olhos e esperar a dor passar. Esperar que fosse rápido.

Robin arrancou minha calcinha e abriu minhas pernas. Senti algo se dilacerar dentro de mim.

Eu estava à mercê dele. Não havia nada que eu pudesse fazer.

De repente tudo ficou suspenso.

Eu não sabia se estava viva ou morta.

Robin se levantou de repente e andou de um lado para o outro.

— Tem alguém lá fora — sibilou ele com a calça no joelho.

Senti o peito se encher de ar, de novo e de novo. Finalmente consegui respirar.

— É o Adam!

Robin ficou olhando horrorizado pela janela enquanto procurava a camiseta. Ele agarrou meus braços e tentou me levantar da cama.

— É o seu pai!

Fechei os olhos e respirei.

Meu pai.

Graças a Deus.

Meu pai.

52

Sinto muita saudade da minha mãe e do meu pai, mas não sei como vou poder olhar nos olhos deles de novo. Sinto saudade de Amina. Sinto saudade da claridade.
    Este lugar deixa você doente. Minhas lembranças vivem me assombrando e não tenho para onde fugir.
    No meio da noite, acordo porque estou prestes a morrer. Estou me afogando.
    Fico virando de um lado para o outro na cama. Soco as paredes, tento abrir a porta. Eu a chuto até os dedos dos pés ficarem dormentes. Meus gritos rasgam meus tímpanos.
    Por fim, Jimmy, o guarda, abre a porta. Tem quatro deles lá fora, e eles entram rapidamente no quarto e não tenho nem tempo para pensar. Eles se jogam em cima de mim e me derrubam.
    A mão gorda de Jimmy pressiona meu rosto no chão. Meus gritos são abafados pela pele nojenta e reptiliana dele.
    Minhas lembranças do estupro são como facas afiadas; as imagens claras como cristal. Parte de mim sempre ficará lá, naquela cama na casa dos orientadores, sufocando.
    Eles prendem minhas mãos atrás das costas e me levantam. Tento gritar, mas eles tapam minha boca.
    Quatro homens musculosos me carregam para fora do quarto. Fico me debatendo e eles são obrigados a me soltar no corredor. Caio no chão e um deles bate na minha cara. Mas não sei se foi de propósito.
    São necessários quinze minutos para me arrastar até o elevador. Na cela de observação, recebem ajuda de mais guardas, que me colocam na cama de contenção. As faixas apertam meus pulsos e tornozelos. Fico deitada de barriga para cima, chorando e tremendo. Estou de volta à casa dos orientadores do acampamento de crisma. Estou me afogando na respiração ofegante de Robin. O suor e as lágrimas se misturam. O horror inconcebível de alguém assumir o controle

do meu corpo. Outra pessoa forçando a entrada nas partes mais íntimas do meu ser e roubando de mim toda a dignidade e o direito de autodeterminação que eu acreditava que eu sempre teria.

Qualquer pessoa que alega que jamais pensaria em se vingar de alguém, que acredita firmemente que retaliação violenta e sangrenta nunca se justifica certamente nunca foi vítima de estupro. Até mesmo na Bíblia: olho por olho, dente por dente. Antes que Jesus chegasse e fodesse tudo com aquele papo-furado de oferecer a outra face.

53

Dois dias depois é a vez da novata, Elsa, me levar à psicóloga.
Elsa tem cheiro de baunilha. Parece ter muitas perguntas na cabeça, mas é profissional demais para dizer qualquer coisa.
— Stella.
Shirine faz um gesto para eu me sentar.
Seus olhinhos de Bambi estão cheios de confiança e compaixão. É difícil não gostar de Shirine, por mais que eu tente. Ela é o tipo de pessoa que qualquer um teria dificuldade de não amar. Eu realmente gostaria de odiar esse tipo de pessoa.
— Como foi sua semana?
— Como um cruzeiro para as Ilhas Canárias com tudo incluído.
Ela abre um sorriso discreto. Olho para as coisas na mesa dela e meus olhos são atraídos por um lindo estojo florido.
— Eu tinha um igualzinho a este quando estava na escola.
Ela guarda o estojo.
— Minha filha escolheu.
Parece que é um assunto delicado.
— Então, o que você achou? — pergunta ela em relação ao *Apanhador no campo de centeio*.
— Você disse que não seria tão deprimente.
— E foi? Eu já li há muito tempo. E só me lembro de ter amado a história.
— Bem, ele acaba em um hospício — comento. — Às vezes, eu me pergunto se existe alguma outra forma de acabarmos nesse mundo doente que vivemos. Suicídio ou hospício, não parece haver escapatória.
— Não precisa ser assim — argumenta Shirine. — A vida pode ser bem simples também. Você não precisa dificultar tanto as coisas.
Fico olhando para ela. Ela está sugerindo que a culpa disso tudo é minha? Que as coisas poderiam ter sido mais fáceis e agradáveis para Esther Greenwood e

Holden Caulfield se tivessem feito escolhas diferentes e não tivessem complicado a porra toda?

— Eu estava pensando uma coisa — começa Shirine. — Naquilo que você me contou sobre ter ido a um monte de psicólogos antes. Do que você não gostou?

Sei que está tentando me estimular a compartilhar. Que é uma estratégia para me fazer falar. Mesmo assim, caio na conversa dela.

— Vocês são todos cheios de diagnósticos. Vocês querem encaixar as pessoas à força em modelos predefinidos. Eu não acredito nisso.

— Sabe de uma coisa? — pergunta Shirine. — Eu também não acredito. Prometo que não vou dar nenhum diagnóstico para você.

Ela parece sincera.

— Por um tempo, eu mesma pensei em ser psicóloga — respondo, com uma risada. — Idiota, né?

— Nem um pouco.

Eu me encosto na cadeira e cruzo os braços

— Olha só — diz Shirine. — Será que você poderia me dar uma chance? Gosto de dizer que todo mundo merece uma chance. Acho que é uma proposta muito justa.

— E você? Também vai me dar uma chance?

— É claro. — Ela sorri.

— Por que você se tornou psicóloga? — pergunto.

Shirine mexe na bolinha prateada do brinco.

— Meus pais.

— Eles queriam?

— Não, não. Ao contrário. — Ela olha para baixo e passa a mão no cabelo. — Eles queriam que eu fosse médica. Meu avô é médico, assim como minha mãe e meu pai. Eles acreditam que humanos são seres puramente biológicos. Não acreditam que seja possível curar uma doença ao falar sobre sentimentos e outras coisas abstratas assim.

Ela ainda está sorrindo, embora a voz pareça triste e os olhos estejam brilhando.

— Então, você se tornou psicóloga? Para se rebelar?

— Na verdade, não. Tenho certeza de que eu teria feito medicina se não fosse minha misofobia.

— Medo de germes?

Shirine concorda.

— Eu fiz terapia.

— Ajudou?

Ela abre um sorriso hesitante.

— Talvez você devesse tomar algum remédio.

Ela começa a rir.

— Eu realmente estou curiosa a seu respeito, Stella. Quero conhecê-la.

— Porque eu sou uma assassina?

— Não sei nada quanto a isso. Você ainda está esperando o julgamento.

Shirine consegue ser muito sorrateira de forma educada. De alguma forma, conseguiu me atrair para a conversa.

— Posso ir agora? — pergunto.

— Você vai voltar?

Olho para ela, fingindo estar surpresa.

— Como se eu tivesse escolha.

54

Na verdade, eu nem estava a fim de sair. Tinha sido uma sexta-feira movimentada no trabalho, e eu ficava exausta só de pensar em tirar meu moletom, arrumar o cabelo e me maquiar.

— Ah, vamos! — insistiu Amina, que tinha arrumado uma fileira de copinhos de bebida na mesa. — Eu não vou ter jogo amanhã.

Ela queria ir à Tegnérs, mas disse que estava aberta a outras sugestões também.

— Sabe do que você precisa? — perguntou ela, entregando um copinho cheio até a boca. — Transar.

— Sério? Os únicos caras de quem preciso no momento são aqueles do sorvete: Ben e Jerry.

Hesitei com o copo na mão.

— Saúde! — exclamou Amina e nós viramos a bebida.

Só fiz isso para ser uma boa amiga. Por Amina e pelo álcool. Depois de duas sidras e várias doses que fui basicamente obrigada a tomar, meu coração disparou e meu corpo ficou quente. Não costumava beber tanto assim. Amina colocou nossa *playlist* "Festa sem fim" no Spotify e, finalmente, pegamos a bicicleta e seguimos para a Tegnérs. Era início de junho e as noites ainda estavam frias. Eu tive que segurar a saia que ficava voando em volta das pernas.

Rindo e cheias de animação, chegamos à Tegnérs. A pista sob as luzes estroboscópicas estava lotada. Cascatas de cores vindo de todos os lados, enquanto a vibração da música ressoava nos canhões em nosso peito. Amina e eu entramos com tudo. Bolsas no chão e mãos para cima.

Alguns caras da nossa antiga escola apareceram e, por incrível que pareça, estavam divertidos. Enquanto eu dançava com eles, Amina foi para o bar.

— Preciso beber água — disse ela.

Depois de um tempo, os caras se afastaram e ela ainda não tinha voltado. Eu a encontrei no bar.

Estava na ponta dos pés. Sempre quis ser um pouco mais alta. Os olhos dela estavam brilhando e ela tinha na boca um canudo que desaparecia em um copo com uma bebida verde tóxica. Ao lado dela, havia um homem com camisa estampada, falando sem parar, como se estivesse com medo de que o oxigênio estivesse prestes a acabar.

— Então foi aqui que você se escondeu?

Amina se sobressaltou. O cara parou no meio de uma frase e olhou para mim como se eu tivesse acabado de estragar a noite. Era um daqueles caras enormes clássicos, com cabelo penteado para trás e olhos azul-claros. Percebi também que era velho. Devia ter pelos menos dez anos a mais que a gente.

— Quem é o vovô? — perguntei, afastando o olhar.

Amina gemeu, mas o Camisa Estampada caiu na gargalhada.

— Não sou tão velho assim, não é?

— Tudo é relativo. Al Pacino tem uns setenta e cinco. E Abraão viveu até os cento e setenta e cinco anos.

— Abraão? — perguntou ele, enquanto fazia um gesto para o *barman*.

— Da Bíblia — respondi. — Tipo, o pai de todas as religiões.

Ele pediu uma bebida antes de olhar para mim.

— Então, você é cristã?

— Não mesmo. Isso se chama cultura geral.

Ele riu de novo. Os dentes eram retos demais e brancos demais para serem naturais.

— Peço desculpas por ela — disse Amina. — Ela não está acostumada a beber.

— Pode colocar a culpa na bebida — retruquei.

— Ela tem boas qualidades também. Se você realmente se esforçar muito e por muito tempo para encontrar.

— Quantos anos você tem? — perguntei. — Porque você *é* velho.

Ele fez uma pose: colocou a mão na cintura, empinou o peito e abriu outro sorriso.

— Quantos anos você acha que eu tenho?

— Trinta e cinco — respondi.

Ele fingiu estar ofendido.

— Vinte e nove? — tentou Amina.

— Mandou bem. E de primeira — disse ele, passando a mão casualmente no braço dela. — Você acabou de ganhar o drinque que quiser.

Amina olhou para mim.

— O nome dele é Christopher.

Ele estendeu a mão e, depois de um momento de hesitação fingida, eu a apertei.

— Chris — disse ele com uma piscadinha. — Pode me chamar de Chris.

* * *

Eu queria dançar de novo e Amina prometeu que logo iria se juntar a mim. Até parece.

Levantei os braços e comecei a dançar no ritmo da música. Era como se meu peito estivesse cheio de gás hélio. Eu tinha asas.

O tempo passou voando e nenhum sinal de Amina. Eu estava suada e dolorida quando finalmente a encontrei em uma mesa, com o olhar perdido em Chris.

— Estamos tomando champanhe — disse ele, oferecendo-me uma taça.

Tentei fazer contato visual com Amina. O que era aquilo? Ela estava a fim daquele cara? Amina não faz o gênero sedutora. Nunca iria para a casa de um homem que conheceu em um bar. A última vez que ela teve um crush em alguém foi no quinto ano. E aquele cara era dez anos mais velho que a gente. Tinha quase trinta anos.

Tomei um gole de borbulhas com a sensação de que havia algo de muito estranho naquilo tudo.

— Então, o que você faz?

Chris abriu o sorrisão, como se tivesse gostado da pergunta.

— Um pouco de tudo, na verdade. Sou empresário. Trabalho com imóveis. Tenho algumas firmas diferentes.

Aquilo soou muito suspeito aos meus ouvidos.

— Amina me disse que vai ser médica — comentou Chris. — E quais são seus planos?

— Eu queria ser psicóloga — disse eu. — Mas acho que eu não seria capaz de lidar com tantas coisas. As pessoas estão ferradas para caralho hoje em dia.

Chris riu de novo. Sempre tive problemas com pessoas que parecem perfeitas. Sempre parece que tem algum defeito grave por trás da fachada fantástica.

— Talvez eu faça direito — disse eu. — Minha mãe é advogada, mas acho que eu prefiro ser juíza. Gosto de estar no comando.

— Minha mãe também é advogada — respondeu Chris. — Professora hoje em dia.

— Que legal — respondi.

O comentário soou mais sarcástico do que previ.

— Não mesmo — disse ele, rindo. — Jurisprudência é um monte de minúcias e detalhes.

— Não acredito nisso.

— Você vai ver.

— Não — disse eu, espreguiçando-me. — Foda-se o direito. Eu vou para Ásia. Há anos que eu sonho em fazer uma longa viagem para Camboja, Laos e Vietnã.

— Ela é totalmente obcecada por essa viagem — disse Amina. — Se você perguntar alguma coisa sobre isso, ela vai falar até sua cabeça explodir.

— Maravilha. Eu adoro viajar — comentou Chris.

Não havia nenhum canto do mapa que ele não tivesse descoberto. Já tinha viajado por toda a Ásia, exceto para a Mongólia. Morou em Nova York, Los Angeles, Londres e Paris. Mas Lund era sua casa, o lugar onde foi criado. Por algum motivo, sempre voltava.

Fiquei imaginando em que tipo de negócios ele realmente estava envolvido. Parecia e agia como alguém que não precisava se preocupar com dinheiro, e isso me deixou curiosa e cética.

— Mesmo assim, deve ser bom ter uma professora de direito na família quando precisa lidar com empresas e negócios, não é?

Chris pareceu pensar no assunto.

— Na verdade, eu precisei da ajuda da minha mãe recentemente. Mas não em nada ligado aos negócios. Ela não se mete nessa área.

— O que aconteceu?

Pela primeira vez, ele parou de falar e olhou para a mesa.

— Não é da nossa conta — comentou Amina, constrangida.

— Tudo bem — disse Chris. — Eu passei por... muitos problemas. Mas é uma longa história.

— Aqui eles só fecham às três da madrugada — retruquei.

Ele olhou para mim. O sorriso dele estava diferente agora, os lábios pareciam mais suaves.

— Fui perseguido por uma *stalker* — disse ele.

— Uma *stalker*?

— Sério?

Amina levantou as sobrancelhas.

— É, uma louca de pedra — confirmou Chris.

55

Chris não curtia dançar, então, quando Amina e eu voltamos para o mar de neon da pista de dança, ele ficou na mesa com sua garrafa de champanhe e seu sorriso.

— Seja sincera, Amina — gritei para ela no meio da pista de dança. — Você está a fim dele?

— Pare com isso! O que você acha?

Ficamos de mãos dadas e começamos a dançar. O baixo vibrava agradavelmente pelo meu corpo.

— Ele não é feio — comentei.

— Já vi piores.

Começamos a rir.

Não sei bem o que aconteceu depois disso. Não costumo beber tanto. Logo percebi que não preciso de álcool, consigo minha onda de outro jeito. Beber costuma me deixar agitada e irritada e me faz passar muito mal no dia seguinte.

De qualquer forma, um cara me pegou. Começamos a dançar juntos e logo ele começou a beijar meu pescoço e senti o pau duro contra minha bunda. A gente tinha se conhecido na última primavera. O sexo foi bom, mas eu não me lembrava o nome dele, o que ele fazia, nem sobre o que conversamos.

— Preciso achar minha amiga — disse eu depois de um tempo.

— Fala sério.

Parecia que eu tinha acabado de revelar um diagnóstico fatal.

Abri caminho pela pista de dança lotada, procurando por Amina. Já eram quase duas e meia. Ela estava sentada com aquele tal de Chris esperando para dançar uma música lenta? Passei por entre as mesas e pelo bar, mas não a encontrei em lugar nenhum. Peguei meu telefone e mandei uma mensagem de texto para ela e vi que ela tinha mandado uma mensagem.

Desculpe!!! Fui para casa. Vomitei no banheiro. Não consegui te achar.

Respondi que estava tudo bem, que eu entendia, que eu também já estava indo para casa. Recebi um *emoji* verdinho vomitando como resposta.

Depois de beber um copo d'água no bar, fui cambaleando até a calçada. Ouvi os pássaros cantando no ar noturno que cheirava a bebida, suor, perfume é pólen. O céu estava estrelado.

— Táxi? — perguntou uma voz masculina atrás de mim.

Eu o ignorei. Nunca pego táxi de ciganos.

— Podemos dividir um — disse ele, e eu me virei.

Era Chris.

— Só se você quiser. Vai ficar mais barato.

Ele abriu aquele sorriso íntimo e humilde. A luz do poste refletiu nos olhos claros.

— Não sei para onde está indo — respondi, percebendo que eu estava com dificuldade de ficar em pé.

Eu queria mesmo pegar um táxi com ele?

— Pilegatan — disse ele. — Perto da Escola Polhem.

Bem, esse *era* o meu caminho.

Chris foi até o táxi mais próximo e fez um sinal para eu segui-lo. Não devia ser perigoso? Era só um táxi, ficaríamos uns cinco minutos juntos.

Entramos um de cada lado no banco de trás e fechamos a porta. Mantive as pernas bem fechadas.

O carro arrancou com um solavanco e senti o estômago revirar. Minha boca estava seca e tentei ignorar a tontura.

— Tá tudo bem? — perguntou Chris.

Tentei olhar para ele, mas tudo começou a rodar e a ficar embaçado.

— Você está se sentindo bem? — insistiu ele, colocando a mão no meu braço.

— Como uma princesa — respondi, escondendo um arroto com a mão. — Deve ter sido a comida chinesa que eu comi mais cedo. Maldito pato.

Olhei pela janela. Peguei o celular e digitei uma mensagem para Amina.

Estou no táxi com vovô, Chris!

Ela não respondeu. E se ela estivesse com raiva?

Você não está chateada, né?, escrevi.

Dessa vez, a resposta chega bem rápido.

Haha, pode ficar com o vovô para você. Não se preocupe.

Carinha feliz com óculos de sol.

— Você vem muito aqui? — perguntou Chris.

Aquele sorriso perfeito e repulsivo de novo.

— À Tegnérs? Bem, não temos muitas opções quando somos muitos jovens.

— Ou muito velhos — disse ele.

Aquilo foi engraçado. Gostei da autodesvalorização.

O táxi freou de repente e meu estômago revirou novamente de forma preocupante. Senti um bolo na garganta.

— Está tudo bem? — perguntou Chris.

Respirei fundo e resmunguei alguma coisa sobre as chances de termos pego o pior motorista de táxi do mundo.

— Você já tentou o Tinder? — perguntei. — Happy Pancake? É cheio de gente da sua idade.

— Happy o quê?

— Tem essa coisa nova. A internet. Uma enorme zona digital. Costuma ser mais para jovens como eu.

Ele riu, mas logo ficou mais sério.

— Eu tive experiências bem ruins.

— Com a internet?

— Com garotas.

Dei risada, mas o sorriso de Chris pareceu forçado e triste. O táxi pegou à esquerda e freou. Mais devagar dessa vez. Talvez o motorista tenha ouvido meu comentário sarcástico. Eu estava bem enjoada agora e temia vomitar a qualquer momento.

— Vou ficar aqui — disse Chris, e foi quando percebi que o carro tinha parado. — Vou pagar a viagem toda, só diga para o motorista onde você vai ficar.

Ele se inclinou para o banco da frente e passou o American Express.

Meu telefone vibrou. Outra mensagem de Amina.

Você está com seu spray de pimenta, né?? Nunca se sabe!

O que ela achava? Comecei a responder, mas o vômito começou a subir e senti a boca salivar e não pude mais esperar. Abri a porta e saí cambaleando.

Com os olhos no asfalto, cambaleei até um arbusto, joguei a bolsa no chão e vomitei.

Demorou bastante. Vomitei, tossi e vomitei mais. Até começar a sair só bile. Como foi que fiquei tão bêbada? Eu não tinha bebido *tanto* assim.

Era por isso que eu odiava beber.

Ninguém teria colocado nada na minha bebida, não é?

Quando tive certeza de que já tinha acabado, tentei me limpar minimamente, usando um lenço umedecido que sempre tenho na bolsa. Quando me virei, morrendo de vergonha, percebi que o táxi tinha ido embora. Chris estava um pouco mais adiante na calçada, com olhar duro.

— Venha — chamou ele. — Você pode subir e se limpar um pouco.

Pensei na mensagem de texto de Amina e enfiei a mão na bolsa, tentando achar o frasco. Ué? Enfiei metade do braço, procurando. Nada. Eu sempre levava o frasco comigo. Sempre.

Mas não estava lá.

56

Chris morava no primeiro andar de um prédio amarelo perto da Escola Polhem. A placa na porta indicava *C. Olsen*.

O que eu estava fazendo ali? Bêbada e tonta e totalmente fraca depois de ter colocado os bofes para fora.

Quando me agachei no corredor para tirar os sapatos, quase caí de cabeça. Chris me segurou e me levantou com a mão no meu quadril.

— Deite-se um pouco no sofá — sugeriu ele, guiando-me gentilmente até a sala.

Caí no sofá e fiquei lá como uma baleia encalhada na praia, olhando para o trabalho elegante de gesso no teto. Nesse meio-tempo, Chris estava mexendo na cozinha. Minhas pálpebras estavam pesadas e minha visão anuviada.

— Você está dormindo? — perguntou Chris, colocando um corpo de água grande na mesinha de centro. — Beba isto.

Senti a cabeça girar quando me sentei. Tomei grandes goles de água.

Chris ficou olhando para mim como se esperasse alguma coisa.

Quando coloquei o copo de volta, percebi quanto eu era ridiculamente ingênua. Eu sabia muito bem que o Boa Noite Cinderela não tinha gosto. Por que eu estava sendo tão descuidada? Mas, tudo bem, estávamos ali, na casa dele e, naquele momento, eu era a garota menos sexy de toda a Europa. Então, eu provavelmente não tinha com o que me preocupar.

— Aquele lance que você disse. Sobre garotas — disse eu. — O que você quis dizer com aquilo?

— O que eu disse sobre garotas?

— Que você teve experiências ruins.

— Ah, isso.

Ele mordeu o lábio inferior e pareceu arrependido por ter mencionado o assunto.

— Tudo bem — disse eu. — Não precisamos falar disso.

Chris se recostou no sofá e apoiou as mãos nas pernas.

— Sabe a *stalker* de que falei?

— Ah, é. A *stalker*.

Lembrei-me devagar.

— Não era uma pessoa aleatória, mas sim minha ex.

— Sua ex?

Ele concordou com a cabeça e coçou o queixo.

— Ela não conseguiu aceitar o fim do relacionamento. Eu não lidei muito bem com isso, admito. Conheci uma pessoa e me apaixonei. Não é uma história bonita, mas não dá para fugir dos desejos do próprio coração, não é?

— Você a traiu?

— Depende do ângulo. Nada aconteceu entre nós, não em termos físicos. Nós nem nos beijamos. Mas eu a traí emocionalmente e não tenho orgulho disso.

Eu entendi. Eu odiava traidores, mas ninguém é capaz de controlar os próprios sentimentos.

— É claro que eu sabia que aquilo ia magoar a Linda. E foi por isso que fiquei adiando o término. Mas eu nunca sonhei que ela fosse ficar tão fora de si.

— O que ela fez?

Ele coçou o queixo de novo. Não havia dúvida de que era um assunto difícil para ele. Tomei água e me senti um pouco mais alerta.

— Linda tem um longo histórico de distúrbio mental — revelou Chris.

— Como assim?

Nunca entendi muito bem esse conceito. Você raramente ouve as pessoas dizerem que têm "distúrbios físicos".

— Eu sabia que ela era instável. Passou por períodos de depressão antes e apresentou distúrbios alimentares e esse tipo de coisa quando era adolescente. É uma alma sensível.

Aquilo me pareceu bobagem. Que alma não ficaria sensível ao ser abandonada pela pessoa que ama?

— Quando finalmente contei o que estava acontecendo, ela enlouqueceu. Teve um surto violento e começou a jogar coisas em cima de mim e a me ameaçar. Embora esse apartamento seja meu, eu já morava aqui fazia três anos antes de Linda aparecer na minha vida, ela se recusou a sair. Tive que ir morar com minha mãe por várias semanas e ameaçar chamar a polícia, antes de ela finalmente ceder.

— Foi quando sua mãe o ajudou?

— Bem, uma das vezes. A história ainda fica pior. Linda começou a assediar minha nova namorada. Mandava mensagens, centenas de mensagens por dia. Um dia, ela apareceu no trabalho da minha namorada e a seguiu.

— Que loucura.

O tipo de coisa que vemos em um filme.

— Eu sempre achava que conseguiríamos conversar. Nós ficamos juntos por três anos, afinal. Minha namorada queria dar queixa na polícia, mas eu a convenci de que não seria necessário. Porque eu conhecia a Linda.

— Que história bizarra. Entendo por que você está com o pé atrás agora em relação a garotas.

Chris assentiu.

— Mas isso não foi tudo. Linda foi à polícia e deu queixa contra mim. Inventou um monte de acusações horríveis. Eu nem consigo pensar nas acusações. Ela alegou que sofreu abuso e foi violentada por mim. Um absurdo.

— Merda — disse eu.

— Tive que ser interrogado e ouvir uma tonelada de coisas mórbidas que ela alegou que eu tinha feito. Foi a pior coisa que já aconteceu comigo. Por um tempo, achei que ia funcionar. Parecia que os investigadores estavam acreditando nela. Eu estava próximo de ser preso por crimes terríveis, ser marcado pelo resto da vida como estuprador e agressor. Minha vida estava prestes a ser arruinada.

— Merda.

Era tudo o que eu conseguia dizer. Chris parecia abalado ao se lembrar de tudo, e fiquei com vergonha de ter pensado sobre estupro e drogas, mesmo que eu não tenha feito nada de errado. A vida me ensinou a considerar todos os homens estupradores em potencial. Melhor pecar pelo excesso. Eu não tinha o menor motivo para sentir vergonha, mas, ao olhar o medo de Chris, não consegui evitar.

— Depois de um tempo, as coisas acabaram com a nova namorada também. Ela disse que me apoiava e tudo o mais, mas percebi que tinha ficado com dúvidas. Talvez seja errado culpá-la. Como ela poderia ter certeza? Mas não posso ficar com alguém que desconfie remotamente de que eu seria capaz de machucá-la.

Os olhos azul-claros brilharam e vários pensamentos passaram pela minha cabeça.

— Então, é por isso que estou solteiro e com um pouco de medo das garotas — concluiu Chris em tom triste. — Deve demorar um tempo antes de eu voltar a confiar em alguém.

— Eu entendo.

Ele suspirou profundamente e baixou a cabeça. Por reflexo, coloquei a mão no joelho dele como sinal de apoio. O calor do corpo dele viajou por todo o meu corpo. Lágrimas brilhavam nos olhos dele.

Eu não sei no que eu estava pensando. Acho que senti pena dele. O álcool transformou meu cérebro em uma fruta molenga.

— Ei — disse eu abraçando-o pelo pescoço.

Quando ele se virou para mim, eu o beijei.

— Pare — murmurou ele, afastando-me.

Eu o soltei. Senti o rosto queimar e o coração ecoar nos ouvidos. Que merda era aquela que eu estava fazendo?

— Não assim — disse ele. — Não agora.

Eu só queria me enfiar embaixo do sofá e desaparecer.

— Acho que é melhor você ir para casa — disse Chris, digitando alguma coisa no celular. — Vou chamar um táxi. Onde você mora?

Aquilo era tão humilhante. Eu nem queria olhar para ele.

Dei meu endereço e cambaleei para o corredor enquanto ele fazia a ligação. Quando me vi no espelho, tive que apertar os olhos. Eu parecia alguém dizendo: *socorro, alguém me ajude.*

No meu telefone havia uma nova mensagem de Amina.

O que está acontecendo? Onde você está???

Indo para casa, escrevi.

Chris me levou até a rua e me deu um abraço frio. Eu tinha certeza de que nunca mais ia vê-lo de novo. Quando entrei no táxi, eu me arrependi de ter dado o endereço certo para ele.

57

Michael Blomberg está com uma camisa nova: azul com botões brancos e punho dobrado e um lenço colocado de forma desleixada no bolso do peito. Ele se inclina na mesa com um sorriso exagerado.

— Eu realmente quero que você veja sua mãe. Precisamos conversar, nós três.
— Não posso — respondo.

Morro de medo só de pensar nisso.

— O que você quer que eu diga para ela, então? — pergunta Blomberg. — Que você não quer ver sua própria mãe?

Claro que eu quero vê-la. Não existe nada que eu queira mais nesta vida. Mas Blomberg nunca entenderia.

— Diga a verdade. Que eu não consigo lidar com isso agora.

Ele solta um suspiro pesado.

— Ou minta — sugiro. — Tenho certeza de que você é competente o bastante para inventar uma boa mentira.

O grande advogado nega com a cabeça.

— Eu conheço Ulrika há muitos anos...
— Eu sei. Eu sei que você conhece minha mãe muito bem, não é?

Blomberg fica tenso. Não é a primeira vez que fiz essa insinuação e não será a última. Gosto de deixá-lo com a pulga atrás da orelha. Ignorância é poder.

— Você também conhece Margaretha Olsen? — pergunto.
— Não conheço exatamente. Ela é...
— Professora universitária.

Ele se sobressalta e faz uma careta irritada.

— Lund é uma cidade...
— Minúscula.
— Pequena — diz ele. — Lund é uma cidade pequena.
— Ela também acha que sou culpada?

— Quem? O quê?

— Margaretha Olsen. Ela acha?

— Não faço a menor ideia — responde Blomberg, coçando a orelha. — Mas isso importa? Quem se importa com o que as pessoas pensam? O importante aqui é que nós apresentemos dúvidas fundamentadas no tribunal.

— E isso é o mais importante mesmo? Então por que parece que todo mundo já decidiu que sabe o que aconteceu?

— Quem é "todo mundo"?

— A polícia, a promotora, tipo, todo mundo.

Blomberg se remexe, mas sua voz é firme como sempre.

— Isso se chama viés de confirmação. Quando você tem uma teoria e ignora tudo que a contradiz. É uma coisa bastante comum. Não precisa nem ser uma coisa consciente. Na verdade, provavelmente não é.

— Mas uma investigação não deveria ser objetiva?

Ele encolhe os ombros.

— Estamos falando de seres humanos. Nós todos somos humanos.

Ele começa a mexer nas contas pretas de seu colar e parece se preparar antes de soltar sua pequena bomba.

— Linda Lokind.

Ele aguarda minha reação com o olhar fixo em mim.

— O que tem ela? — pergunto.

— Você a conhece?

— Não exatamente. Lund é uma cidade...

— Minúscula.

Blomberg se recosta e dá uma piscadinha.

— Agora, diga-me Stella. Você teve contato com Linda Lokind, não teve?

— Contato? — A palavra soa tão formal. — Tipo, eu sei quem ela é.

— Sabe?

Blomberg assente devagar. A questão é, quanto *ele* sabe?

— Eu a vi uma ou duas vezes. É isso.

— Mas você sabe que ela e Christopher Olsen namoraram durante anos? Eles moraram juntos.

Tento demonstrar surpresa, mas Blomberg não parece convencido.

— Estou planejando apresentar Linda Lokind como suspeita alternativa.

— O quê? Para a polícia?

Ele assente.

— Você não pode fazer isso!

Sinto-me quente e tonta. Minha cabeça está girando.

— Mas isso pode significar sua liberdade — declara Blomberg.

Ele acredita que foi Linda que matou Chris? Pego um copo d'água e derramo acidentalmente na mesa quando vou me servir. Blomberg acompanha cada movimento com interesse.

— Linda Lokind prestou queixa contra Christopher Olsen quando eles terminaram o relacionamento na última primavera. De acordo com ela, Olsen era um verdadeiro tirano. Mas a investigação foi rapidamente encerrada por falta de provas. Existe um motivo convincente aqui para vingança, não é? E não importa se é verdade ou não. Na mente de Lokind, Olsen era um homem violento que a atacara de formas horrendas.

— Na mente de Lokind? Você acha que ela estava mentindo?

Blomberg faz um gesto evasivo.

— Isso não importa. Existe muita coisa que sugere que Lokind pode ser a assassina. Nós a investigamos.

— O que você quer dizer com isso? Você não é da polícia — declaro. — Você só está aqui para defender os meus direitos. Você não é um investigador.

Ele me olha de um jeito que diz "que fofa".

— É assim que as coisas funcionam. Quando a polícia não faz o trabalho direito, nós temos que fazer por eles. Não é uma questão de apontar o dedo para Lokind. Eu só quero me certificar de que existam dúvidas fundamentadas sobre sua culpa.

Começo a suar em bicas agora. O ar está bem abafado.

— Não — digo. — Isso não está certo. Não envolva a Linda nisso tudo.

Ele parece surpreso.

— Mas isso pode ser sua salvação, Stella. Eu vou ter que conversar com sua mãe.

— Você tem que cumprir a porra da confidencialidade. Eu poderia fazer você perder seu diploma.

Blomberg coloca a mão na barriga. É quase como se estivesse com pena de mim.

— Você não faz ideia do que Ulrika está passando por sua causa.

— O que você quer dizer com isso?

Ele empurra a cadeira e se levanta.

— De que porra você está falando?

Minha mãe só se importa com ela mesma e sua carreira. Eu nunca fui boa o suficiente para ela. Pelo que ela pode estar passando por minha causa?

— Eu volto outro dia — diz Blomberg.

Ele se levanta e bate no painel de vidro.

— Você também acha — digo.

— Acho o quê?

— Você acha que eu sou culpada.

58

No domingo depois daquela noite na Tegnérs, Amina e eu nos encontramos em uma lanchonete. A área externa estava vazia, mesmo sendo junho. O céu estava carregado com nuvens cinzentas e o vento estava frio. Lá dentro, universitários de ressaca se curvavam sobre seus livros, enquanto absorviam gordura trans pelos poros.

Depois que pedimos, Amina segurou no meu braço.

— Aconteceu alguma coisa?

Larguei a bandeja na mesa com um baque.

— Eu já disse que não.

— *Alguma* coisa deve ter acontecido — insistiu ela. — Alguns beijos pelo menos?

Ela parecia curiosa demais e nem um pouco animada.

— Você está com ciúme?

— Pare com isso.

Amina é a única pessoa que conheço que come hambúrguer de garfo e faca. Ela enfia o garfo no sanduíche e corta com a faca.

— Sinto muito. Eu não tinha a menor intenção de ir para a casa dele. Era só para termos dividido um táxi.

— Pare com isso. Eu não estou com ciúme.

— Juro que não aconteceu absolutamente nada.

Amina cortou o hambúrguer com tanta força que a faca chegou a raspar no prato.

— Sabe aquela *stalker* de que ele falou? — perguntei. — É uma ex-namorada dele.

— O quê?

Contei a ela toda a história sobre a ex de Chris e como ela tinha se recusado a aceitar quando ele se apaixonou por outra pessoa. Como ela tinha seguido e assediado a nova namorada de Chris e depois procurou a polícia para denunciá-lo por violência doméstica e estupro.

— Que loucura — disse Amina com expressão enojada. — Você definitivamente deve ficar bem longe de caras como ele.

— Caras como ele? Não é culpa dele se a ex é louca de pedra.

Amina pareceu não concordar.

— Você vai vê-lo de novo?

— Por que eu veria?

A frase soou com muito mais certeza do que eu realmente sentia.

Trabalhei o dia todo na segunda-feira, encontrei meu spray de pimenta no bolso de um casaco e o coloquei de volta na bolsa. Cheguei em casa tarde, vesti meu moletom, passei creme de amendoim em duas fatias de pão e me encolhi no canto do sofá para conferir as redes sociais no celular. Foi quando descobri que Chris havia mandado um pedido de amizade.

O que ele queria comigo? Um ricaço sexy de vinte e nove anos que tinha várias empresas e viajava pelo mundo. É claro que eu sabia exatamente o que ele queria. Eu sabia que devia seguir o conselho de Amina. Não havia o menor motivo para eu manter qualquer contato com ele.

Hesitei por um momento e, depois, aceitei o pedido. Afinal, era só o Facebook, não é? Não era como se eu estivesse planejando me casar com ele.

Trinta segundos depois chegou a primeira mensagem.

Estou pensando em você, escreveu ele.

Havia alguma coisa ali. Alguma coisa que não consegui definir na hora, mas agora eu sei. Foi o tempo verbal, no presente. Como se sempre estivesse pensando em mim, como se estivesse pensando em mim naquele exato instante.

Stella?, escreveu ele quando não respondi na hora. *É um nome bonito.*

Digitei uma resposta rápida, apaguei, tentei de novo e apaguei novamente. Por fim, mandei:

Significa estrela em italiano.

Ele mandou um emoji de estrela.

Meu pai ama a Itália, escrevi. *Ele é meio obcecado por isso.*

Chris mandou um joinha.

A Itália é linda. Cinque Terre, Toscana, Ligúria.

Mandei um emoji bocejando como resposta.

O balão com três pontinhos apareceu para me mostrar que ele estava digitando de novo. Apertei o celular. Finalmente apareceu:

Você sabia que quando perguntam para alguém no leito de morte qual é o seu maior arrependimento na vida, eles nunca se arrependem de coisas que fizeram, mas sim das que não fizeram?

O que ele queria dizer com aquilo? Era assim que caras de vinte e nove anos paqueravam?

Eu não planejo me arrepender de porra nenhuma, escrevi.

Acho que somos iguais, escreveu. *Somos o tipo de pessoa que nunca está em paz. Pessoas como nós têm que encontrar um jeito de sobreviver.*

Ele estava tentando me analisar. Eu odiava quando as pessoas faziam isso.

Você não sabe nada sobre mim, escrevi.

Ele respondeu: *Aposto que sei mais do que você acha que sei.*

Esse cara se achava mesmo.

Por exemplo, aposto que você dorme pelada.

O quê? Eu li três vezes.

Eu *queria* ficar com raiva, mas acabei achando graça. Foi tão inesperado.

Tenho que ir para a cama agora, escrevi.

Ele respondeu: *Durma bem, estrelinha.*

Liguei para Amina em seguida. Ela parecia deprimida.

— Faça o que quiser — disse ela.

— Eu já disse que não estou interessada.

Soou mentira até para os meus ouvidos.

— Eu só estou de saco cheio de como nada acontece por aqui — disse eu. — É tudo tão chato!

— Você logo vai viajar.

— Logo? — Amina e eu nunca interpretamos o tempo do mesmo jeito. — Ainda faltam meses. Se eu conseguir.

— É claro que você vai — respondeu Amina. — O tempo voa.

Eu me deito na cama com meu computador. Alguns dias antes, encontrei um site americano sobre psicopatas que acabou se mostrando uma mina de ouro. Um monte de pesquisadores e psiquiatras escreveram coisas interessantes. Li que os psicopatas às vezes são descritos como predadores que manipulam as pessoas à sua volta com seu charme excepcional e carisma. Aqueles que se encontram com a bajulação sedutora de um psicopata raramente percebem que estão sendo manipulados até ser tarde demais. Psicopatas mentem sem sentir a menor culpa. Psicopatas mentem em proveito próprio, para melhorar a autoimagem e para subir na vida.

Sempre fui uma mestre em contar mentiras. Seria esse um traço de psicopatia?

Psicopatas sabiam que estavam mentindo. E eu sabia. E é claro que eu às vezes mentia em benefício próprio. Eu não sabia ao certo se me sentia culpada quando eu mentia. O que isso dizia ao meu respeito?

Li sobre uma mulher que teve a vida completamente arruinada por um homem que a enganou e a fez perder tudo o que tinha. Senti pena dela, é claro, mas ao mesmo tempo não consegui deixar de sentir certo desdém também.

Na sexta-feira, o sol apareceu. A cidade rapidamente ficou vazia, todo mundo estava a caminho da costa ou de algum parque. Eu estava no trabalho quando vi a mensagem de Chris. Nunca olho o telefone quando estou na loja. Principalmente quando Malin — a gerente da loja — está lá. Ela é o tipo de pessoa que demitiria você por usar o celular no horário de trabalho. Existe um boato de que ela parou de dar turnos para uma garota só porque ela mascava chiclete no caixa.

Mas eu estava no horário de descanso quando vi a mensagem de Chris. Eu me encontrava sozinha na sala dos funcionários e talvez tenha sido sorte, porque a minha reação envolveu uma comemoração bem adolescente e exagerada.

Você consegue terminar tudo às seis? Uma limusine vai buscar você. Sugiro um vestido. Talvez um pijama. Ah, não, acabei de me lembrar. Você dorme pelada.

Senti um frio na barriga ao ler aquilo.

Por um lado, Chris era um pouco exagerado. Por outro, minha vida era exageradamente chata. Nunca andei de limusine antes e confesso que é bem fácil me impressionar com bens materiais.

Que perigo poderia haver? Um encontro. Quem não quer se arrumar toda, entrar em uma limusine e ir a um restaurante elegante que serve pratos que você nem sabe pronunciar?

Demorei um pouco para responder para Chris, mas a verdade é que nunca hesitei. O convite era bom demais para ser recusado.

Às seis em ponto, eu estava na calçada perto da minha casa, usando meu vestido mais novo e mais sexy, quando a limusine chegou. Era uma daquelas imensas com interior branco e um minibar cheio de coisas. Abrimos uma garrafa de Moët e brindamos enquanto cruzávamos a ponte até Copenhagen.

— Que bom que você aceitou meu convite — disse Chris.

Os olhos dele estavam brilhando.

Quando chegamos, ele contornou o carro e abriu a porta para mim e me deixou seguir na frente, apenas guiando meu caminho com a mão nas minhas costas. Aparentemente era um restaurante conhecido mundialmente e com estrelas no *Guia Michelin*. Esqueci o nome agora. A comida era estranha e, apesar de terem servido quatro pratos, eu não estava nem perto de estar cheia.

— Podemos dar uma parada aqui? — perguntei para o motorista quando passamos por uma barraquinha de sorvete no caminho de volta.

Comprei um sorvete imenso com chantili e calda de fruta e a gente se sentou a uma mesa dobrável com gaivotas aos nossos pés. Chris ficou me observando, com olhos arregalados, enquanto eu me melava e lambia os dedos.

— Gosto do seu estilo — disse ele.

Não entendi o que havia para gostar, mas fiquei envaidecida.

Terminamos a noite em um bar em uma cobertura com vista para o estreito de Öresund; e conseguíamos ver a Suécia ao longe. Um cara com rosto rosado estava tocando músicas de dor de cotovelo em um piano de cauda e Chis ficou me olhando com tanta intensidade e por tanto tempo que quase fiquei vermelha.

— Me conta os seus sonhos? — pediu.

— Desculpe, eu só estava pensando...

— Não — interrompeu-me ele, e as covinhas fofas apareceram no rosto dele quando riu. — O que quero saber é quais são seus sonhos. O que você quer fazer da vida.

— Ah.

Eu não ri, na verdade, fiquei séria. Senti um nó no estômago que eu conhecia muito bem.

— Eu odeio essa pergunta.

— Por quê?

— Porque não sei responder.

Chris levantou as sobrancelhas.

— É verdade — disse eu. — Todos os meus amigos sabem exatamente o que querem fazer. Eles meio que já têm tudo planejado. Viagens, estudos, emprego, família. Eu não consigo fazer isso. Eu fico de saco cheio.

— Eu também. Parece horrível. Mas não foi isso que eu perguntei.

— Acho uma merda ter que planejar o fim de semana com antecedência. Eu quero me surpreender.

O riso de Chris fez com que os olhos dele brilhassem como diamantes.

— Eu não poderia concordar mais.

Sorri para ele. Apesar da diferença de idade, tínhamos muita coisa em comum.

— A maioria das pessoas da minha idade tem vida bem rotineira — disse ele, enquanto o pianista tocava aquela música do Elton John da trilha sonora do *Rei Leão*. — Isso começou a acontecer quando estávamos com uns vinte e cinco anos. As pessoas de repente começaram a ficar tão chatas. Todo dia é igual, elas fazem as mesmas coisas, assistem aos mesmos programas de TV, escutam os mesmos podcasts e têm exatamente a mesma opinião sobre tudo.

— *Ugh*, espero que eu nunca termine assim.

— Sem chance. Você e eu somos diferentes.

Ele cantarolou o refrão. *Can you feel the love tonight?*

— Foi por isso que parei com o handebol. Eu era muito boa, na verdade, participei até do campeonato nacional e tudo o mais. Mas, de repente, tudo tinha que ser tão controlado. Cada jogada precisava ser planejada com antecedência e, se tentasse ter alguma iniciativa sozinha, acabava levando o maior sermão dos técnicos. Deixou de ser uma coisa divertida.

— Eles mataram sua criatividade. — Chris suspirou.

— E toda a animação. Como você pode se animar quando tudo foi decidido com antecedência?

— Você parece tão sábia.

— Para minha idade?

Ele riu.

— Idade é uma coisa superestimada. Para a maioria das pessoas é a mesma coisa que caloria vazia. Os anos passam, mas elas não se desenvolvem.

Uma hora depois, o motorista parou a limusine e abriu a porta para mim. Pelo canto dos olhos, vi os olhares invejosos.

No meio da ponte de Öresund, Chris abriu o teto solar e se levantou. Ficamos juntos, com o vento no cabelo. Era como se estivéssemos voando. Eu estava exausta quando nos sentamos no banco de couro branco novamente. Ficamos nos olhando de um jeito que parecia que tínhamos acabado de transar. Chris riu com o rosto tão próximo do meu que nossos lábios se encontraram. Um beijo rápido e ele logo se afastou.

— Desculpe — disse ele, parecendo ter cometido um crime imperdoável. — Só aconteceu. Sinto muito.

Eu me recostei e coloquei os braços na nuca e estiquei as pernas.

— Por que você não para de se desculpar e me beija?

Mas Chris curvou os ombros e seu olhar ficou perdido.

— Não existe nada que eu gostaria mais de fazer — disse ele.

— Mas?

Eu me sentei ereta de novo, fechei as pernas e peguei meu cabelo com uma das mãos.

— Eu ainda não superei tudo o que aconteceu entre mim e minha ex. Juro que não tem nada a ver com você. Eu só preciso de mais tempo.

— Eu entendo.

Pensei em Amina. Em todo o tempo que somos melhores amigas nós nunca nos interessamos pelo mesmo cara. Mas nós tínhamos anticipado o risco e prometemos que nunca deixaríamos um cara ficar entre nós. Desta vez, as coisas ficaram estranhas. Foi Amina que conheceu Chris primeiro, no bar. E ela com certeza pareceu interessada. Eu sentia que deveria parar com aquilo, esquecer Chris e seguir com a minha vida.

— Obrigado por ser tão compreensiva — agradeceu Chris, colocando a mão no meu joelho. — A nossa hora vai chegar.

59

— Não posso ler isso — digo para Shirine, devolvendo o livro que ela acabou de me dar.

O título é *Estupro* e é o livro mais fino e moderno do que os outros livros que ela me trouxe, mas só o texto na quarta capa me deixou enjoada.

— Como assim? — pergunta Shirine.

— Não parece o tipo de livro que eu curto.

Shirine encolhe os ombros com um sorriso.

— Para alguém que não tem o hábito de ler, você parece ter opiniões bem fortes em relação ao que gosta ou não gosta — comenta.

— Eu gosto de desafiar as minhas próprias opiniões! — exclamo. — Não é isso.

— Tudo bem. Então, o que é?

Ela merece uma explicação.

— Não posso ler sobre estupro — digo, me virando.

Sinto os olhos de Shirine me observarem.

— Ah, não — diz ela. — Sinto muito, eu não sabia.

— E como poderia saber?

Eu me viro lentamente para ela e vejo os olhos castanhos e tristes.

— Ninguém sabe — digo. — Nós nunca denunciamos.

— Nós?

Respiro fundo e olho para a mesa. Não acredito que estou fazendo isso. Tantas barreiras começam a se levantar dentro de mim, gritando que eu pare e, mesmo assim, conto tudo para ela. Não foi assim que fui criada. Existem tantas coisas que não são da conta de ninguém. Algumas coisas que você mantém em casa.

Apesar disso, conto para Shirine sobre o acampamento jovem para preparação da crisma, sobre Robin e meu pai, meu plano idiota de me vingar do meu pai, e tudo que aconteceu depois.

— Sinto muito, Stella.

Eu simplesmente concordo com a cabeça. Minha voz não aguenta mais que isso.

Nunca contei a história toda para Amina. Durante alguns anos, acreditei que aquilo tivesse acontecido por causa de quem eu era, por ser diferente. Todos aqueles pensamentos e sentimentos só me traziam vergonha. Se eu contasse meus pensamentos mais íntimos para alguém, eles provavelmente me trancafiariam em algum hospício e me dariam as drogas mais pesadas disponíveis.

É, eu sei. Tão clichê. Me aponte uma adolescente que não pense que ela é única e que ninguém a entende.

Mas não foi por isso que demorei tanto para contar para Amina sobre o estupro. Foi outra coisa. Eu queria desesperadamente ser a garota forte que todo mundo achava que eu era, então eu não conseguia me identificar com o papel de vítima. Será que era mesmo uma vítima, afinal? Minha mãe e meu pai disseram que eu seria a pessoa que mais sofreria se o denunciássemos. Por mais ou menos uma semana, segui minha vida pensando que eu não tinha sofrido nenhum ataque. Eu o tinha acompanhado por livre e espontânea vontade até a casa dos orientadores. Eu estava a fim também. Afinal, aquele era meu plano desde o início. Eu estava muito zangada com meu pai por ter me espionado.

— Ai, meu Deus. — A voz de Shirine está alta. — Você sofreu um ataque horrendo e seus pais não levaram a sério!

— Mas eu entendo o motivo — digo. — *Agora* eu entendo.

— Como assim? Você não acredita nisso.

— Estou feliz por não tê-lo denunciado.

Shirine parece quase sem respirar.

— Eu teria que passar pelo julgamento e explicar por que eu o beijei e fui com ele até a casa dos orientadores, não é? Eu seria questionada por não ter resistido nem pedido ajuda. As pessoas teriam me julgado mesmo eu sendo a vítima.

Shirine nega com a cabeça.

— Você tem que acreditar no sistema de Justiça.

— Na verdade, eu não acredito. Gostaria de poder acreditar. Gostaria mesmo, mas não *tenho* que acreditar.

Shirine levanta as sobrancelhas como se tivesse acabado de perceber alguma coisa. Temo ter falado demais.

60

O sol continuou brilhando até o sábado. Eu me estirei no cobertor no jardim botânico e aproveitei o primeiro calor de verdade daquele verão. Na noite anterior, Amina e eu nos sentamos na varanda da casa dela, discutindo se deveríamos sair ou não. Em um segundo, Amina estava superanimada, enquanto eu estava hesitante. No segundo seguinte eu estava morrendo de vontade de me divertir, enquanto Amina queria desistir.

— Tenho jogo amanhã — disse ela. — Você não tem que trabalhar?

Eu tinha. Eu tinha que trabalhar basicamente todos os dias durante todo o verão.

— Não deveria nem se chamar trabalho; não é tão trabalhoso assim. É até divertido. Estudar é difícil pra cacete, mas não é nenhum esforço trabalhar na H&M.

Amina riu.

— Estudar é tão difícil assim para você?

— Talvez não tão difícil para mim, mas sim para as pessoas que estudam o tempo todo.

Amina era uma dessas pessoas, é claro. Consegui passar com notas decentes graças a uma base sólida de conhecimentos prévios, bom senso e um dom para diarreia verbal. Amina, porém, tinha algo que eu não tinha. Acho que você talvez possa chamar isso de senso de obrigação, a capacidade de aceitar certas coisas, seguir em frente sem questionar nem protestar. Ela diz que é um lance de segunda geração de imigrantes, mas não sei se é isso. De qualquer forma, ela sempre foi assim. Amina aceita obedientemente fazer tudo o que lhe mandam fazer, só para vomitar todo o ressentimento depois, enquanto eu fico toda nervosa, assumo uma postura arrogante e expresso toda minha resistência no calor do momento.

— Tudo bem, então, vamos ficar em casa — digo. — Vamos ficar aqui e definhar nessa total falta de objetivo.

Um grupo de garotas estava fazendo bagunça na rua e Amina encheu nossas taças de vinho.

— O que o Chris está fazendo esta noite?

— Não faço ideia — respondi. — Deve estar fazendo o que caras de trinta anos fazem. Jantar de casais? Reunião no banco? Compras semanais no supermercado?

Amina digitou o nome dele no Facebook.

— Perfil privado.

— Não é estranho se você já foi vítima de uma *stalker*.

— Uma amiga em comum — disse Amina. — Stella Sandell. Você tem que ver o perfil dele.

— Por quê?

— Só para fuxicar, é claro.

Pego meu celular e procuro o perfil dele. Na foto, ele está olhando direto para a câmera com um sorriso. O cabelo está despenteado e os olhos, brilhando.

A página dele era basicamente vazia. Havia uma ou outra atualização de status, fotos de algumas viagens, uma recomendação de restaurante. Apenas 187 amigos.

— Veja as fotos de capa — disse Amina. — As pessoas sempre se esquecem de apagar essas fotos.

Cliquei na foto de capa dele que era uma praia branca infinita com um pôr do sol alaranjado. Havia mais duas. Uma era o logo do time de futebol Liverpool. Na última, Chris está diante de um muro de pedras. Está bronzeado e com os olhos vermelhos e segurando a mão de uma mulher.

— É ela? A ex?

Amina arrancou o telefone da minha mão.

— Sei lá.

Mas senti que sabia. Tinha que ser ela. Linda.

A mulher na foto parecia uma supermodelo. Cabelo louro enrolado, olhos azuis brilhantes, maçãs do rosto bem definidas, pele macia e perfeita.

— Ela *não parece* ser uma psicopata — declarou Amina.

Não respondi. Não gostei do que vi.

— Olhe para isto — disse ela, apontando para a tela do celular dela.

Ela mostrou uma página de informações pessoais. No topo estava o nome Christopher Olsen. O endereço estava certo, Pilegatan, Lund. Mais abaixo, havia a informação de que ele tinha quatro empresas diferentes. Solteiro. Aniversário em dezembro, trinta e três anos.

— Trinta e três? Mas ele não disse...

— Ele mentiu sobre a idade.

Amina olhou para mim com expressão preocupada.

Eu nem tinha desconfiado. Parecia que Chris Olsen sabia mentir bem.

* * *

Voltei para casa de bicicleta, sentindo o vento quente da noite. Minha bolsa estava pendurada no guidão. Todas as janelas estavam apagadas. Lund já estava dormindo.

Quando Chris ligou, meu primeiro impulso foi ignorar. Fiquei em pé, segurando a bicicleta entre as pernas, na ciclovia do túnel Trollesbergsvägen com o telefone vibrando nas mãos. O nome dele chamava por mim na tela e, por fim, minha curiosidade venceu.

— Quer vir para cá? — perguntou.

— Agora?

Olhei a hora. Meia-noite e meia.

— É.

Ele tinha ido a um jantar elegante em Helsingborg e parecia um pouco de porre.

— Estou com saudade — disse ele.

Ele parecia sincero.

Eu ainda estava a fim de me divertir e um pouco decepcionada por Amina não ter saído comigo.

— Tá legal. Estou indo.

O que de pior poderia acontecer?

A porta do prédio de tijolos amarelos estava aberta e subi correndo. Chris estava usando uma camisa xadrez e gravata. Sorriu e o ar estremeceu entre nós.

— Eu passei o dia todo agoniado — disse ele, tirando meu casaco. — Eu não consigo nem acreditar... Eu realmente queria muito beijar você, Stella.

Ele pegou minha mão e olhou direto nos meus olhos.

Eu hesitei. Por que ele mentira sobre a idade?

— Quantos anos você disse que tinha? — perguntei.

Ele respondeu imediatamente, sem nenhum sobressalto.

— Acho que eu disse que tinha vinte e nove. Mas eu tenho trinta e dois.

— Então, você mentiu?

Ele fez cara de arrependido.

— Fiquei com medo de vocês fugirem de mim. Quando Amina disse 29, eu simplesmente disse que ela estava certa.

Uma mentira inocente. Bem, eu mesma de vez em quando acrescentava um ou dois anos à minha idade.

— A idade é só um número, né? — disse eu.

Chris sorriu.

— Eu não fazia ideia de que você pensava como eu. Mesmo assim, peço desculpas por ter mentido. Eu deveria ter dito antes.

— Tudo bem.

Fiquei na ponta dos pés e o beijei. A ponta da língua dele mergulhou gentilmente na minha boca. Fechei os olhos e tudo começou a girar.

Meu coração inchou. Finalmente alguma coisa estava acontecendo.

Logo eu estava deitada no sofá, e Chris estava me acariciando gentilmente — às vezes com os olhos, às vezes com os dedos. Eu estava no paraíso.

61

Estou com Shirine de novo. Ela parece calma e amigável, como sempre, e seu olhar está mais parecido com o do Bambi do que nunca. Exatamente como no filme, quando a mãe acabou de levar o tiro.

— Como está tudo? — pergunta ela.

Eu mal consigo encolher os ombros.

— Trouxe isto para você.

Ela me entrega um livro com o título *Uma carreira na psicologia*. Pego e folheio sem muito entusiasmo.

— Valeu — agradeço. — Mas acho que não tenho como virar psicóloga.

Shirine olha para mim com uma expressão exagerada de surpresa.

— Não *tem como* ou *não quer*? Acho que você seria uma excelente psicóloga.

— Não é?

Coloco o livro de lado e fico olhando para a mesa.

— O que houve?

— O quê?

— Essa resignação. Como se você não acreditasse mais em si mesma.

— Você tá de sacanagem, né? Eu estou presa por assassinato. Mesmo que eu não seja condenada no julgamento, estou ferrada. Culpada aos olhos do mundo. Você realmente acha que eu poderia virar uma psicóloga? Fala sério.

Shirine se inclina para mim.

— Você não está ferrada, Stella. Você é inteligente, engraçada, tem raciocínio rápido e... é atraente.

Ela está me deixando constrangida.

— Você está dando em cima de mim?

Shirine dá uma risada, quebrando a tensão.

— Sobre o que você quer conversar hoje? — pergunta.

— Qualquer coisa, que não seja eu.

— Você pode falar sobre outra pessoa. Você escolhe.

Penso no meu pai. Tenho pensado muito nele nestes últimos dias.

— Qualquer um? — pergunto.

— Claro.

— Controladores. O que você sabe sobre eles?

— Controladores?

— É a mesma coisa que ter TOC?

— Na verdade, não — responde Shirine, empurrando o jarro de plástico de água na minha direção. — Ser controlador, ou usar um controle coercivo, não constitui necessariamente uma compulsão. Muitas pessoas associam a necessidade de controle com um senso pedante de ordem, mas eu diria que geralmente tem a ver com a necessidade de conseguir prever o futuro.

Eu me sirvo de água.

— Para evitar surpresas?

— Muitas pessoas temem o fato de que a realidade é mutável. A maioria busca se sentir seguro em sua vida. Então, as pessoas podem sentir que estão no controle quando têm a chance de prever o que vai acontecer e quando podem tomar boas decisões com base em conhecimento sólido.

Não consigo engolir a água e sinto que um pouco começa a escorrer pelo canto da minha boca.

— Boas decisões? Isso existe?

Shirine me entrega um guardanapo.

— Bem, a decisão que você acredita ser a melhor, a que você acredita que vá beneficiar você e sua família.

Faz sentido. É claro que existe uma diferença entre tomar uma decisão objetivamente boa e uma que você acredite que seja a certa.

— Na sociedade atual, na qual as pessoas se tornam marcas e tudo precisa ser documentado nas redes sociais, muita gente tem uma grande necessidade de passar uma certa imagem para os outros. É claro que isso pode levar a uma necessidade doentia de controle também.

As palavras do meu pai ecoam dentro de mim. *Isso é assunto de família.* Ele odeia as redes sociais. *Existem coisas que são privadas.*

— Mas o paradoxo é que quanto mais controle você tem, menos controle você sente que tem, sabe? Isso se torna um círculo vicioso. Você perde o controle, sente-se estressada e tenta equilibrar tudo isso sendo ainda mais controlador.

Shirine coça a orelha e fica olhando para mim por muito tempo. Ela é boa em passar uma imagem de preocupação genuína, como se realmente se importasse, como se isso fosse mais que um trabalho.

Então, o olhar dela fica mais claro. Ela coloca a mão na mesa e sua voz fica mais aguda.

— Você está falando de Christopher Olsen?

— Hã?

Demora um pouco para eu entender do que ela está falando.

— Ele controlava você, Stella? Ele era ciumento?

Luto contra meus impulsos. Eles estão martelando e latejando dentro da minha cabeça, empurrando e puxando cada fibra do meu ser. Christopher Olsen? Era aí que Shirine estava tentando chegar desde o início? Ela está tentando me investigar? Tudo aquilo não passava de fachada.

— Vai se foder!

Coloco as duas mãos na mesa e olho para ela. Shirine se recosta na cadeira e uma das mãos escorrega por baixo da mesa. Eu sei que tem um botão do pânico ali.

— Vá para o inferno — digo. — Você é igual a todos eles.

Então, eu me levanto quando dois guardas entram rapidamente e seguram meus braços atrás das costas.

62

As duas semanas que se seguiram foram fantásticas. Estávamos no alto verão. Chris e eu tomamos sorvete no píer em Bjärred e ele enfiou a mão discretamente por baixo da minha saia e lambia os confeitos de caramelo dos meus lábios.

— Vamos a um *spa*! — disse ele na noite seguinte quando foi me encontrar na Stortorget depois do trabalho.

— Tenho que trabalhar o fim de semana inteiro — respondi com um sorriso torto.

— Mas eu não estou falando desse fim de semana. Estou falando de agora!

É claro. Por que não?

Ele me fez ligar para Malin e dizer que eu estava doente.

— Cólica insuportável — chorei no telefone. — Eu mal consigo me levantar.

Então, ficamos andando de roupão o dia todo, transando toda hora e, quando começou a anoitecer, nós nos aconchegamos em uma cadeira de vime com os braços e pernas entrelaçados, tomando champanhe e comendo morangos, observando o sol se pôr sob o mar Báltico.

No domingo, Amina me ligou enquanto estávamos caminhando na praia.

— Fiquei preocupada — disse ela. — Você não respondeu a nenhuma das minhas mensagens.

— Foi mal!

Percebi que eu tinha perdido completamente a noção do tempo e do espaço. Chris ocupava todo o meu mundo e eu me sentia enfeitiçada.

— Sexta-feira — disse Amina. — Vamos à Tegnérs.

Continuei matando o trabalho. Na segunda-feira, pegamos o trem para Tivoli, em Copenhagen, e berramos na montanha-russa e nos hospedamos em um hotel quando ficou tarde e transamos de manhã até recebermos uma ligação da recepção avisando que nosso check-out deveria ter sido feito uma hora antes.

Na sexta-feira, Amina apareceu lá em casa com uma pizza.

Comemos com as mãos, assistindo ao *Dr. Phil* e discutindo algumas das grandes questões da humanidade. Tais como se é uma vantagem mencionar no currículo que você já participou de um *reality show* (depende do *reality show* e do emprego ao qual está concorrendo), que citação deveríamos escolher para uma tatuagem e em que lugar do corpo (*Não temo mal algum*, na nuca, ou *Dói saber, mas imaginar é igualmente doloroso* no antebraço), e obviamente se a mulher do Dr. Phil tinha feito uma nova cirurgia plástica e como era nojento que ela estivesse no auditório em todos os programas e que saísse abraçada com ele quando o programa acabava.

Não demorou muito para eu começar a mandar mensagens para o Chris.

— Posso ver? — perguntou Amina, tentando pegar meu celular. — O que ele disse? É sacanagem?

— Sacanagem?

Ela riu.

— Ah, por que você está sendo tão misteriosa?

Não sei o motivo. Não costumo ter o menor problema com todo esse lance de pegar e contar. Ao contrário, na verdade — eu gosto de dissecar cada detalhe, por menor que seja. Não existe nenhuma zona erógena do meu corpo que Amina não conheça. Mas, de alguma forma, era diferente com Chris. Parecia errado discutir aquilo tão detalhadamente. Não apenas o sexo, mas todo o resto.

— Então? Vocês estão namorando? — perguntou Amina.

— É claro que não.

— Mas você gosta dele?

— Talvez? Eu não sei.

Na verdade, porém, eu não queria pensar muito naquilo. Não levaria a nada. Eu não estava prestes a me apaixonar, principalmente não por um cara com mais de trinta anos.

— Acho que uma diversão de verão não é tão ruim.

Foi uma coisa que eu disse de forma casual, mas não era como eu me sentia. O problema era que eu estava morrendo de medo de todos aqueles sentimentos que eu estava começando a descobrir.

— Sua sacana — comentou Amina.

— Você também deveria arrumar alguém para se divertir. — Dei risada.

Passei a noite com Chris depois da Tegnérs naquela sexta-feira e acordei com um café da manhã dos deuses com pão fresco e velas. Chris colocou laranjas no espremedor e massageou minhas costas enquanto eu bebia.

— Você não pode faltar ao trabalho hoje?

— Não — respondi. — Não de novo.

Eu precisava do meu emprego. Precisava de cada coroa para poder fazer minha viagem para a Ásia. Mas não mencionei isso. Estava com medo de Chris ficar decepcionado, ou começar a fazer campanha para eu abandonar meus planos de viagem. Ou, pior, querer vir comigo. Eu definitivamente não estava pronta para aquela conversa.

— Mas eu saio mais cedo hoje — disse, acariciando o braço dele. — A gente vai se ver mais tarde.

Ele balançou a cabeça.

— Não entendo o que você está fazendo comigo. Eu me sinto sozinho assim que você sai.

Nós nos beijamos várias vezes na porta e, então, desci correndo e pedalei como uma louca. Ofegando, cheguei à loja cinco minutos atrasada. Malin olhou para mim e deu uma piscadinha.

— Noite agitada?

Eu já estava no caixa havia um tempo quando Benita finalmente apareceu para me render. A falta de sono das últimas semanas estava começando a me afetar um pouco.

— Então, você vai levar? — perguntei para uma cliente que já tinha experimentado quatro blusas diferentes de cores parecidas.

Ela me fulminou com o olhar.

Para fugir um pouco de tudo aquilo, fui para o departamento masculino e comecei a desempacotar algumas blusas. Estava tão perdida nos meus pensamentos que me sobressaltei quando ouvi uma voz atrás de mim.

— Oi, Stella.

Uma garota de uns vinte e cinco anos, com cachos louros, estava parada bem do meu lado, retorcendo as mãos.

— A gente se conhece?

O rosto dela me era familiar, mas eu não conseguia me lembrar de onde eu tinha visto.

— A gente não se conhece — disse ela. — Mas você conhece o Chris.

Soube quem ela era assim que disse isso. Era a garota da foto de capa do Facebook do Chris.

— O que você quer?

Dei um passo para trás.

— Meu nome é Linda — disse ela. — Tenho certeza de que Chris já falou de mim para você. É por isso que você parece tão assustada?

Meu coração estava disparado. Olhei em volta, mas não tinha ninguém por perto.

— Acho melhor você ir embora.

— Eu já vou. Você não precisa ter medo de mim, Stella.

Ela era pequena e magra, muito bonita, e não dava o menor sinal de ser instável ou perigosa.

— Só quero que você tenha cuidado — disse ela. — Chris não é o que você acha que ele é.

Usei o cotovelo para passar por ela.

— Por favor, escute o que eu tenho a dizer. O Chris está tentando enganá-la.

Segui rapidamente para a escada, mas senti que ela estava me seguindo. Meu coração acelerou ainda mais.

— Procure no armário grandão no quarto que ele chama de escritório — disse ela enquanto eu descia. — A gaveta trancada, a de cima à direita. Você vai encontrar a chave na última gaveta da esquerda.

Fui direto para o caixa. Não me virei até ter chegado à fila pequena e sentir certo grau de segurança.

Quando me virei, vi as costas de Linda. Ela estava saindo pela porta de vidro.

— O que houve? — perguntou Benita atrás de mim. — Você está com cara de quem estava sendo seguida.

Tentei acalmar a respiração.

— Nada — respondi. — Não foi nada.

Eu nem sabia o que pensar.

63

— Sério? — pergunto assim que Shirine chega com mais livros. — Esses são bem grossos.

Crime e castigo. Seiscentos e quarenta e seis páginas sobre a Rússia do século XIX.

— Olha só — digo, enquanto folheio o livro. — Se eu pudesse escolher entre ler esta história ou sentir cólica por duas semanas seguidas...

— Você vai gostar.

— Eu vou ler. Para escapar do fedor daqui por um tempo. Porque não tenho nada mais para fazer.

Shirine sorri para mim.

— E tem este aqui — diz ela, apontando para o outro livro.

O título é *Teresa Raquin,* e também se passa no século XIX, mas só tem cento e noventa e cinco páginas — um pouco maior que um catálogo da H&M.

— Acho que vou começar com este — digo.

Enquanto leio o prefácio e o primeiro capítulo, Shirine se senta ao meu lado.

O livro é bem mais ou menos, um milhão de descrições de Paris e logo minha mente começa a divagar. Dou uma olhada para Shirine. Penso que não sei muita coisa sobre ela.

— Quantos filhos você tem? — pergunto.

— Só uma — diz ela, com um sorriso surpreso. — Lovisa.

— Por quê?

Ela parece não entender a pergunta.

— Porque é um nome bonito. A tia do meu marido se chamava Lovisa.

— Não, não. Eu quero saber por que você teve filho.

— O quê?! — exclama ela.

— Ou foi um erro? A camisinha estourou?

— Não foi um erro. — Ela sorri. — Pareceu a hora certa. Eu... eu realmente não sei.

Reviro os olhos.

— Eu tenho uma teoria, Shirine.

— E você não tem sempre? — diz ela com um suspiro.

— Acho que muita gente tem filhos por egoísmo. Tipo quando tudo está um saco e sem graça e você decide sair para comprar um batom e logo começa a se sentir melhor.

— Você está comparando trazer um filho ao mundo com comprar batom?

— Claro, talvez não seja a melhor analogia do mundo, mas você entendeu o que eu quis dizer. As pessoas têm filhos para se sentir melhores, para abraçar a própria identidade, matar o tédio e, você sabe, qualquer coisa do tipo.

— Ou talvez seja porque é a melhor coisa que pode acontecer com você, a forma mais bonita de amor que existe. O sentido da vida?

— Fala sério, Shirine! O sentido da vida? Fala sério.

Ela meneia a cabeça com um sorriso.

— Você vai ter mais? — pergunto.

— Mais o quê?

— Mais filhos. Você e seu marido vão ter mais filhos?

— Acho que sim. Acho que é bom ter irmãos.

Ela ainda não está olhando para mim.

— Meus pais também se sentiam assim. Eles tentaram ter outro filho como coelhos. Mas não funcionou. Não sei, talvez Deus não estivesse muito feliz com o modo como estavam cuidando da filha que tinham. Às vezes parece que metade da minha infância girava em torno de ter esse irmão que na verdade nunca apareceu.

Shirine parece desconfortável.

— Esse tipo de coisa pode ser uma verdadeira tragédia mesmo.

— Eu só queria que seguíssemos com a vida. Nós já éramos uma família, sabe?

— Eu entendo.

— Não faça isso com sua filha, a pequena Lovisa — digo baixinho. — Prometa para mim.

— Eu prometo.

Depois que Shirine foi embora, penso sobre a ideia de Michael Blomberg de jogar a culpa em Linda. Um "suspeito alternativo", como ele disse. Ele discutiu isso com minha mãe. Deve ter discutido.

Sei como as coisas funcionam aqui na Suécia. Se existem dois suspeitos em potencial, deve ser provado acima de qualquer dúvida qual dos dois cometeu o crime ou que ambos são igualmente culpados — caso contrário, nenhum dos dois pode ser condenado. Sempre achei que isso era errado e que deveria ser mudado.

Meu coração dói quando penso em Amina. Sinto tanta saudade dela. Amina. Minha mãe. Meu pai.

Penso sobre quando eu era pequena e meu pai era a minha pessoa favorita em todo o mundo. Será que um dia podemos voltar a ser assim? Será que isso é possível? Ou será que tudo já está arruinado?

Talvez fosse melhor confessar tudo. Seria mais simples. Contar a história toda para a polícia e acabar com essa merda de uma vez por todas.

Então, olho à minha volta. O cheiro, as paredes, o tédio. O tempo que não passa, as noites que me matam. Eu não vou conseguir lidar com isso; logo não vou mais conseguir lidar com isso. Abafo meu grito no travesseiro. Eu preciso sair daqui!

64

— Isso é loucura — disse Amina quando contei a ela o que tinha acontecido. — E se ela estiver certa? Como você pode ter certeza de que Linda é a louca e não o Chris?

— Fala sério. Se existe alguém capaz de reconhecer um psicopata, esse alguém sou eu.

Estamos de bicicleta, passando pelo parque, na hora que um grupo de mulheres de meia-idade passa correndo com seus tênis coloridos.

— Ela pareceu... estranha?

Amina olhou para mim e eu não sabia o que dizer.

— Você não acha "estranho" o suficiente procurar a garota que está saindo com seu ex?

— Talvez — concedeu Amina. — Mas ela disse que queria deixá-la avisada. Se você não sente nada por ele, talvez fosse melhor...

Olhei para minha amiga com irritação.

— Eu conheço o Chris.

— Você o conhece há o quê? Umas três ou quatro semanas?

— Tempo mais que suficiente para saber que ele não é psicopata.

É claro que fiquei curiosa em relação à gaveta que Linda mencionou. Mas decidi não contar essa parte para Amina. Isso só lhe daria mais munição.

— Você vai contar para o Chris? — perguntou ela. — Que Linda foi ao seu trabalho?

— Não decidi ainda.

Eu sabia que devia. Mas novamente: a ignorância de uma pessoa era o poder de outra.

— Prometa que vai tomar cuidado — pediu Amina antes de nos separarmos perto do ginásio. — Você está com seu spray de pimenta, não é?

Tateei por ele na bolsa e assenti.

* * *

Fui de bicicleta até a casa do Chris, tomei banho e troquei de roupa. Nós nos beijamos lentamente. O cheiro do pescoço dele me deixava de pernas bambas.

— Você me deixa tonto — disse ele. — Eu não devia ter outro lance tão rápido assim.

Fiquei me perguntando o que ele queria dizer com "lance", mas decidi que era melhor não saber.

Tomamos vinho e jogamos Trivial Pursuit. Chris assoviou quando eu respondi qual diretor tinha se casado com Sharon Tate, uma das vítimas de Charles Manson. Adorei o elogio dele, mas não achei que era um bom momento para revelar que tenho um comportamento meio atípico quando se trata de psicopatas.

De qualquer forma, no final, deixo Chris ganhar.

Não, na verdade, ele ganhou de forma justa. Ele sabia um monte de nomes de reis e datas, tipo, de antes de Cristo. Eu nunca gostei muito de história. Sempre preferi o futuro.

— Estou ficando cansado — disse ele, tomando o finzinho do vinho da garrafa.

Nós nos levantamos juntos e ele segurou meu quadril. A expressão dele ficou dura e atenta. Ele me levou até o quarto.

— Tem algum problema? — sussurrou ele no meu ouvido.

Neguei com a cabeça.

Nós mal tínhamos adormecido quando o telefone de Chris nos acordou. Ele se virou na cama e ficou de costas para mim enquanto falava. Algo sobre uma reunião, negociações e licitação.

— Pode ficar e dormir — disse ele, dando um beijo na minha nuca. — Vou ter que ir para uma reunião.

— Agora? Que horas são?

— Cinco para as sete.

— Puta merda.

Olhei sonolenta enquanto ele vestia um terno que parecia ser ridiculamente caro e dava o nó na gravata no espelho do armário.

— Talvez eu fique aqui até a hora de você voltar.

Ele se virou e beliscou meu dedão.

— Essas crianças.

— Já sou adolescente. Preciso de muitas horas de sono nesta fase da vida.

Ele sorri e seus olhos brilham como diamantes.

— Você não tem que ir trabalhar?

— Tenho. — Suspirei. — Mas eu só entro às dez e quinze.

Ele se inclinou para me beijar e a gravata ficou pendurada entre meus seios.

— A porta tranca por fora. É só bater quando sair.

Tentei dormir de novo, mas mesmo que mal tivesse pregado o olho naquela noite não consegui. Minha pele estava formigando e meus pés estavam doidos para se mexer. Esperei uns quinze minutos mais ou menos, revirando-me de um lado para o outro e afofando o travesseiro umas cem vezes. Por fim, desisti e fui até a cozinha enrolada nas cobertas.

A geladeira estava cheia de coisas gostosas e preparei um café da manhã digno de hotel para mim. Comi com os pés apoiados na cadeira e fiquei assistindo ao amanhecer de Lund pela porta da varanda.

As palavras de Linda ecoaram na minha cabeça. *O armário grande, a gaveta de cima à direita. A chave está na última gaveta da esquerda.*

Atravessei o corredor. Fiquei na frente do espelho, pensando.

Eu precisava fazer xixi. No banheiro, dei uma olhada rápida no armário de medicamentos. Spray nasal, antialérgicos, analgésicos. Nada de mais.

Acabei e fui para o quarto que Chris chama de escritório.

A mesa ficava perto da janela. Havia um quadro impressionante na parede. Devia ter uns dois metros de largura. É impossível saber o que o desenho deveria ser, mas eu tinha certeza de que valia mais de um ano do meu salário na H&M.

A parede em frente era tomada por um armário de arquivo. Era disso que Linda estava falando.

Olhei pela janela, percebendo que aquilo era trair a confiança de Chris. Mas seria idiota *não* olhar o que havia naquela gaveta. Mesmo que fosse apenas para tirar qualquer sombra de dúvida que eu pudesse ter. Chris nunca ficaria sabendo.

Eu me agachei e abri a última gaveta à esquerda. Havia duas caixas com tampas lá dentro. A primeira cheia de coisinhas: pulseiras, chaveiros, medalhas antigas de natação. Lembranças de que ele não teve coragem de se desfazer.

A outra caixinha era um pouco menor. A tampa me deu um pouco de trabalho para abrir. No fundo havia várias chaves.

Olhei a fechadura da primeira gaveta da direita. Havia duas chaves que talvez se encaixassem. Tentei a primeira, mas nada aconteceu quando virei. Decidi tentar a outra. Ouvi um clique quando a tranca se abriu.

Puxei a gaveta e olhei.

O que eu esperava?

Fiquei ali parada, olhando, sem conseguir colocar meus pensamentos em ordem.

65

— Por que você teve uma reação tão forte naquele nosso encontro?

Shirine puxa seu lenço colorido até o queixo e olha para mim. Ela confronta meu silêncio teimoso com uma pergunta depois da outra.

— Você fica chateada quando pensa nisso? Você acha que talvez ajude conversar sobre o assunto?

Suspiro. Não sei por que estou aqui de novo. Eu poderia dizer que estava doente; poderia protestar loucamente, resistir fisicamente.

— Você conhece o conceito de caçar emoções? — pergunta Shirine.

Cruzo os braços e fico olhando para um ponto na parede atrás dela. Não quero que ela pense que está tudo bem agora, de volta ao normal em um simples estalar de dedos. Ela prometeu não ter um bando de noções preconcebidas sobre mim. Mesmo assim, presumiu que eu estava falando sobre Chris quando perguntei sobre pessoas controladoras.

— Pesquisadores mostraram que algumas pessoas precisam de um estímulo extra para vivenciar a felicidade. Costumamos chamá-las de caçadores de emoção — diz ela. — Por exemplo, uma pessoa que pratica esportes extremos como escalar montanhas ou *bungee jumping*. Mas também pode ser o caso de alguém que busca relacionamentos arriscados e gosta de conflitos.

Esforço-me para parecer o mais *blasé* possível, mesmo ouvindo avidamente tudo o que ela diz.

— Ele era excitante? O Christopher Olsen? — pergunta Shirine.

Desta vez, ela menciona o nome dele com muito mais cautela — está com as costas eretas e provavelmente seu dedo está no botão de pânico.

— Ah, dá um tempo. — Suspiro.

— Você gosta da excitação, não é?

Dou uma risada curta e debochada.

— Gosto do jeito que você analisa as coisas. Sério mesmo. Se um dia eu precisar de uma terapeuta, eu ligo para você. Pode ter certeza.

Olho para ela diretamente nos olhos.

— Seu senso de humor... — retruca ela.

— Um mecanismo de defesa, não é?

Ela não responde.

Finalmente, penso. *Finalmente, ela está desistindo.*

Antes de ir embora, fecho o livro *Teresa Raquin* com tanta força que Shirine olha assustada para mim. No início, eu me identifiquei um pouco com Teresa — sua frustração com o tédio e com o fato de que nada nunca acontece. Tipo assim, Teresa se casa com Camille que não é uma garota, como pensei no início. Teresa gosta de homens, é claro, estamos falando de mil oitocentos e blau aqui. Então, ela logo conhece outro cara, Laurent, por quem se apaixona e com quem tem um caso. Os três alugam um barco e o amante joga Camille na água e ele se afoga.

Depois do assassinato, Teresa e Laurent discutem sobre de quem é a culpa. Os dois acabam se descontrolando e consumidos pela culpa, enquanto um planeja matar o outro. No fim, eles cometem suicídio juntos.

— Não gostei — declaro, só para irritar Shirine.

— Não te fez pensar?

— Claro que fez — respondo. — Esse é justamente o problema.

Depois do almoço, tenho uma hora sozinha na academia. Aumento a carga da bicicleta ergométrica e pedalo até minhas pernas ficarem cheias de ácido láctico, deixando o suor escorrer da minha testa até formar uma pequena poça no chão.

Depois, faço alguns abdominais e algumas flexões. Minha força é do tipo resiliente. Na quadra de handebol, eu amava pegar a bola quando havia uma ou duas zagueiras atrás de mim. Eu jogava muito melhor quando elas estavam no meu pé, lutando para não me deixar ultrapassar a linha de seis metros. Durante cinco anos seguidos, fui a artilheira do time.

Às vezes sinto falta. Sinto falta do senso de comunidade e da competição — ter um objetivo e lutar junto para conquistá-lo. Mas, no fim das contas, eu não consegui lidar com todo o planejamento, como os técnicos determinavam cada passo, cada passe e cada lance. Sentia-me como um peão de jogo sendo manipulado por outras pessoas, e todo o prazer do handebol desapareceu.

Depois da malhação, fico embaixo da ducha por mais tempo, totalmente ereta, deixando a água me envolver como um túnel que silencia todo o resto. Consigo sinceramente sentir o cheiro escorrendo de mim.

Penso sobre Teresa e Laurent, os personagens do livro. Qualquer pessoa é capaz de assassinar alguém. É isso que o autor estava tentando dizer? Sem dúvida, ele está certo. Se uma pessoa sofrer uma violência profunda o suficiente, não há limites para o que se é capaz de fazer. Sei por experiência própria.

Saio do banho como um diamante polido, me enxugo e me visto antes de os guardas me pegarem.

— Você está cheirosa — diz Jimmy com um sorriso maldoso no rosto. — Mas, lembre-se, você ainda é uma vadia assassina. Água não limpa esse tipo de coisa.

66

Amina, sendo a ótima amiga que sempre foi, veio imediatamente ao meu socorro.
— Isso não é normal, Stella. Não é saudável.

Estávamos na sala, com os pés para cima no sofá, e eu tinha acabado de contar para Amina sobre as coisas que encontrei na gaveta de Chris. Minha mãe e meu pai tinham ido para um festival de comida italiana e iam passar a noite em um castelo no interior.

— Muita gente gosta desse tipo de coisa — retruquei. — *Bondage* e sadomasoquismo. Amarrar os outros e fazer coisas diferentes. É mais comum do que você imagina.

— Mas sério. Você acha que é capaz de uma coisa dessas?

— Não mesmo.

Só de pensar em não estar no controle, de estar amarrada durante o sexo, já me deixava trêmula.

— Por que Linda queria que você visse essas coisas? — perguntou Amina.

Eu não sabia. Na gaveta trancada, encontrei uma mordaça de couro preto com uma bola presa que deve ser enfiada na boca de alguém. Uma garrafa de plástico cheio de líquido transparente, um tecido cinza escuro e um par de algemas de metal. No fundo, havia um canivete, com a lâmina superafiada.

— Acho que ela quer me assustar. Isso não é uma prova de que Chris é um psicopata.

— Mas e a faca? Por que ele tem uma faca?

— Por que não me diz o que você acha?

Eu nem me atrevia a pensar sobre isso.

— Você vai perguntar para ele?

— E o que eu ia dizer? Que eu *sem querer* encontrei a chave para abrir uma gaveta que estava trancada?

Ele já tinha me mandado três mensagens, às quais não respondi. Não sabia o que fazer.

— Ele mentiu sobre a idade — comentou Amina.

— Foi uma mentira inofensiva.

Amina suspirou.

— Podemos fazer alguma outra coisa? — perguntei. — Sair, ir a algum lugar?

Minha cabeça estava prestes a explodir.

— Tem a festa de Jerker Lindeberg — respondeu Amina, passando o dedo na tela do celular.

— Lindeberg. Ele não mora em Bjärred?

— Não. É em Barsebäck.

Pior ainda. Ficava a uns quinze quilômetros de distância.

— Acho que podemos pegar o carro do meu pai emprestado — disse eu. — Eles viajaram com amigos.

Amina franziu o nariz.

— A gente fica um pouquinho. Se estiver chato, vamos embora.

Não foi a primeira vez que peguei o carro do meu pai "emprestado". É um daqueles carros enormes, desnecessariamente grandes, se quiser saber minha opinião; parece que estou dirigindo uma caminhonete de frete. Prefiro treinar nos pequeno Fiat da autoescola para tirar carteira de motorista.

Dirigi pela cidade, passei pelo Nova Mall e em direção ao litoral. Amina conectou o celular ao rádio e colocou o volume no máximo. Ironicamente, estávamos ouvindo uma música animada sobre montanhas e vales quando, do nada, um Audi TT pequeno nos cortou.

Bati no lado carona do carrinho alemão, tirando-o da estrada e mandando-o direto para uma plantação de morangos. O motorista era um homem enrugado de peruca que enrolou a bainha da calça para não manchar de morango antes de se aproximar e me xingar e dizer que ele sempre disse que as mulheres eram péssimas motoristas e eu era a maior prova disso.

Meu pai e minha mãe tiveram que abandonar a festa e desistir do castelo. Eles nos encontraram na delegacia. A expressão do meu pai estava sombria enquanto eu soluçava inconsolavelmente.

Por sorte, o caso não chegou aos tribunais. Assinei um documento de punição sumária e tive que pagar uma multa. Fui para casa e amaldiçoei minha própria burrice.

O incidente com o carro era como meu pai se referia ao episódio.

A polícia chamou de dirigir sem carteira de motorista e direção perigosa. O preço do seguro subiu. Trinta mil coroas escorreram ralo abaixo.

Eu estava furiosa comigo mesma e me tranquei no meu quarto para chorar. Trinta mil. Era metade das minhas economias. Eu não tinha mais chance de viajar no inverno.

Estava presa de novo.

Fiquei deitada na cama com fones de ouvido, lendo sobre psicopatas e sexo. Eu sabia que eu já tinha lido sobre aquilo antes, mas queria refrescar a memória.

Para um psicopata, sexo tem a ver com poder.

No início, o psicopata costuma se concentrar totalmente no parceiro durante o ato sexual. Mas psicopatas são atraídos pela excitação e pela variação. Eles logo querem apimentar a vida sexual, em geral com atividades que costumam deixar o parceiro pouco confortável. O psicopata começa a forçar os limites do parceiro e, dessa forma, ganha poder sobre o outro. Se o parceiro se recusar a aceitar as sugestões, ele tenta fazer o parceiro se sentir culpado ou ameaça procurar outra pessoa.

Sinto de repente um gosto amargo.

Pensei no dia que caminhamos pela praia, no cheiro de Chris quando encostei meu rosto no dele, como ele me deu morangos enquanto assistíamos ao pôr do sol, como ele apertou meu joelho na montanha-russa.

Não podia ser.

Quando Chris ligou, congelei e fiquei olhando para meu telefone como se fosse uma bomba.

— O que aconteceu? — perguntou.

Mantive o telefone longe do meu rosto quando contei sobre o acidente.

— Eu fui multada — contei. — E o preço do seguro subiu.

— Vai ficar tudo bem, Stella. É só dinheiro. O importante é que você e Amina estão bem.

— Mas você não entende. Eu já sonho com essa viagem para a Ásia há anos. Esse é meu principal objetivo. Já estou economizando há muito tempo.

A linha estala. Chris fica em silêncio.

— E agora, eu não posso mais pagar. — Comecei a chorar.

— Vai ficar tudo bem, Stella. É claro que você vai conseguir fazer sua viagem.

67

— Parece que não tenho mais nada pelo que esperar.

É claro que Amina achou que eu estava exagerando. Ela empinou o nariz do outro lado da mesa.

— Deixa de drama.

Ela tinha acabado de sair do treino e estávamos em um café no ginásio, cercadas pelo cheiro de suor e café.

— É fácil para você falar. Você, tipo, sempre soube o que queria fazer. Medicina, casar, ter dois filhos, uma casa em Stångby, uma casa de veraneio na Bósnia.

— Isso parece muito chato.

Nós duas começamos a rir, e Amina tomou seu *shake* de proteína.

— Eu sonho há tanto tempo com essa viagem.

— Eu sei — respondeu Amina. — Mas você ainda pode ir. No pior dos casos, você só vai ter que adiar por alguns meses.

Dou um suspiro pesado. Alguns meses? Ela fala de um jeito como se a vida fosse a porra de uma eternidade.

— Só estou farta de nunca acontecer nada! Será que é assim que vai ser minha vida? Cinquenta anos de tédio e, depois, morrer?

— Cinquenta? — Amina negou com a cabeça. — Acho que pelo menos mais sessenta ou setenta.

— Droga — digo com um suspiro e revirando os olhos. — Embora meus pais pareçam estar mais felizes com a idade. A energia está completamente diferente lá em casa.

— Eu sempre gostei dos seus pais.

Acredito que ela achava que sabia de tudo. Será que não percebia que nunca tinha entrado na intimidade da nossa família?

— Na semana que vem, minha mãe e meu pai vão viajar juntos — contei. — Alugaram uma casa em Orust.

— Ah, que romântico.
— Você tem que vir ficar comigo.
— E quanto ao Chris?
— Ah, eu não sei — respondi, passando a mão pelo cabelo. — Tudo o que quero é sair daqui, fazer minha viagem.
— E você vai — disse Amina, sorrindo. — Mais cedo ou mais tarde.
Ela deu um oi distraído para uma colega de time. Depois se levantou e mirou a garrafa vazia na lata de lixo mais próxima.
— Parece tão fácil ser você — comentei.
Ela olhou para mim como se quisesse me chutar.

Uma vez na vida meu pai não preparou comida italiana para o jantar. Minha mãe olhava para ele amorosamente do outro lado da mesa, e meu pai estava sorrindo. Quando terminamos de comer, ele quis me mostrar uma coisa no computador.
— O seu aniversário está chegando.
Ele havia encontrado uma Vespa cor-de-rosa. Muito maneira, mas que custava uma fortuna.
— Assim você não vai mais precisar pegar o carro *emprestado* — disse ele.
— Mas, pai, trinta mil! É muito dinheiro! Eu já disse que tudo o que eu quero é dinheiro para a viagem.
Ele ficou olhando para a tela.
— Vamos ver. Eu gostei dessa.
— Mas é meu aniversário — argumentei.
Passei o resto da noite com minha mãe e meu pai no sofá. Havia uma nova harmonia entre eles. Uma calma incomum. Não conversamos muito, mas não precisávamos. Eu me sentia segura.
Afundei no sofá e fechei os olhos. Quando acordei, já passava da meia-noite. Meu pai estava roncando com a boca aberta e o rosto apoiado em um livro. Minha mãe estava sentada, com os joelhos dobrados e lágrimas nos olhos.
— O que houve? — perguntei, sonolenta.
— O cachorro... — disse ela, apontando para a tv. — O cachorro morreu.
Dei alguns tapinhas no ombro dela.
— Mãe, Hollywood sempre mata o cachorro. Você ainda não aprendeu?
Peguei meu telefone embaixo dos travesseiros.
Quatro ligações perdidas de Chris. Uma nova mensagem de texto.
Abri a mensagem e vi que tinha sido enviada por alguém que não estava nos meus contatos.

Tenho certeza de que ele está sendo maravilhoso agora. Foi assim comigo no início. Demorei dois anos para descobrir quem ele era de verdade. Não quero que você cometa o mesmo erro que eu. Tenha cuidado.

Pelo amor de Deus! Será que Linda era tão perturbada que ainda não tinha superado o Chris? Será que estava tentando controlar com quem ele saía? Destruir tudo que pudesse fazê-lo feliz?

Li a mensagem mais uma vez, apaguei e bloqueei o número de Linda Lokind. Quando estava subindo para meu quarto, liguei para Chris.

— Finalmente — disse ele. — Eu estava começando a ficar preocupado.

Havia um barulho no fundo. Carros passando, buzina.

— Foi mal. Apaguei no sofá.

— Você tem que sair — disse ele. — Estou no carro. Reservei uma suíte no Grand Hotel.

68

Elsa abre a porta para Shirine, que entra, mas fica perto da porta.
— Melhorou? — pergunta ela com cuidado.
— Sim?
Estou deitada na cama, mas completamente vestida.
— Você não foi à consulta de ontem. Disseram que estava passando mal.
— Ah. — Eu quase tinha me esquecido disso. — Estou um pouco melhor agora.
Shirine pega *Crime e castigo* na mesa.
— Então, o que achou?
Tento pensar em alguma resposta.
— É muito grande.
Imagine só, eu li, por livre e espontânea vontade, um romance russo interminável do século XIX sem nem odiá-lo.
Raskolnikov tem pouco mais de vinte anos e acha que é mais inteligente e melhor do que todo mundo. Ele precisa de dinheiro, então decide roubar e matar o dono de uma casa de penhores, a quem ele descreve como uma pessoa horrível e cruel que não merece viver.
— O que você achou? — insiste Shirine. — Todos os assassinos são igualmente abomináveis ou algumas vezes podem existir circunstâncias atenuantes?
Olho para ela, pensativa.
— É claro que podem haver circunstâncias atenuantes — respondo.
— Simples assim?
— Talvez não exista em nenhum desses livros. Mas é claro que sim. Hipoteticamente falando.
— Hipoteticamente — repete Shirine, cautelosa, como se nunca tivesse ouvido aquela palavra na vida. — Você pode me dar um exemplo? O que pode justificar tirar a vida de outra pessoa?

— Não é *justificar*. Isso é outra coisa, completamente diferente. Estamos falando sobre circunstâncias atenuantes.

— Dê um exemplo — diz Shirine fazendo um gesto com uma das mãos.

— Legítima defesa.

— Mas isso é diferente. Nesse caso, não é assassinato. Todo mundo tem o direito de se defender. Dê outro exemplo.

Coço o rosto.

— Algumas pessoas não merecem viver.

Shirine estreita o olhar.

— Não estou dizendo que as pessoas podem sair por aí matando outras pessoas — digo. — Mas algumas pessoas acabaram com o direito de continuar vivas. Uma solução para esse problema obviamente seria um sistema penal que funcionasse. Se assassinos e estupradores recebessem a punição adequada...

— Você está me dizendo que é a favor da pena de morte?

— Acho que a maioria das pessoas é. É fácil demais ser contra a pena de morte quando você não foi afetado por nenhum crime. Pergunte para qualquer pessoa que já perdeu alguém por causa de um assassinato e aposto que a resposta será bem óbvia.

— Mas você não acha que as pessoas merecem uma segunda chance? — pergunta.

— Depois de matar e estuprar?

Não sei se ela está tentando me enfurecer de propósito, mas, caso seja essa a intenção, está conseguindo.

— O homem que me estuprou — digo. — Você está me dizendo que ele merece uma segunda chance?

— Eu... bem...

— Eu tinha quinze anos. Quinze! Ele me prendeu e me segurou com tanta força que eu nem conseguia respirar. Eu lutei pela minha própria vida enquanto ele enfiava o pau nojento dentro de mim.

Shirine fez uma careta de nojo.

— Existem circunstâncias atenuantes — declaro. — Eu adoraria ver aquele porco morrer.

Shirine tem o bom senso de não discutir. Ela pisca algumas vezes e olha para as próprias mãos.

— Eu mesma seria capaz de matá-lo — declaro.

69

Acordei na suíte do Grand Hotel. Chris estava sentado em uma poltrona na minha frente, segurando uma xícara de café e com a pernas esticadas no pufe.

— Bom dia, lindona.

Sorri e passei por ele para ir ao banheiro, onde lavei o rosto e me sentei na beirada da banheira onde curtimos por muito tempo na noite anterior. Senti uma onda de arrependimento borbulhar no meu estômago.

— Que horas você precisa ir trabalhar? — perguntou Chris da poltrona.

— Quinze para as dez.

Já estava quase na hora.

Eu me vesti e me esforcei para parecer feliz e grata quando abracei o Chris.

— Não se esqueça disto — disse ele, entregando-me o mapa.

Foi um presente. Ele tinha me dado enquanto estávamos tomando champanhe na cama, logo depois de pegarmos a chave do quarto. Era uma folha de papel A3, enrolada como um pergaminho e com um lindo laço de veludo. Desenrolei e meu coração deu um salto no peito. Era um mapa da Ásia, e Chris tinha marcado os lugares especiais com estrelinhas douradas. Lugares que queria que conhecêssemos juntos. Não mencionei que eu já tinha um mapa, muito maior e cheio de tachinhas.

Eu deveria estar feliz quando peguei o elevador e enquanto caminhava pela Lilla Fiskaregatan. A questão era que eu não queria sentir nada daquilo. Não havia como eu ir para a Ásia, a viagem da minha vida, acompanhada por um cara de trinta e dois anos. Era inconcebível. Mesmo assim, aquilo me deixou animada, e meu coração começou a me dizer para parar de analisar tudo e deixar as coisas rolarem.

Quando atravessei a praça da cidade dois minutos antes do início do meu turno, o céu desmoronou e começou a chover. Foi a primeira vez em semanas.

Ainda estava chovendo quando saí da loja naquela noite. Meu plano era ir até a esquina e pegar o ônibus para Botulfsplatsen. Eu tinha cronometrado o tempo direitinho para não acabar encharcada.

Mas só andei por alguns metros.

Com minha visão periférica, que estava limitada, graças ao capuz, vi duas pessoas sob um enorme guarda-chuva.

— Stella!

Amina pegou o meu braço.

— Venha aqui, você precisa ouvir isso.

Meu cabelo estava molhado e os olhos dela estava arregalados.

— O que houve?

— Vamos sair da chuva — disse ela me puxando.

Ao lado dela estava Linda Lokind, segurando o guarda-chuva com uma das mãos e tentando segurar a gola da camisa no lugar com a outra.

— Que merda é essa, Amina?

Minha fúria logo se acendeu. Ela estava esperando com Linda Lokind para me encurralarem? Elas estavam se unindo contra mim? Eu me afastei e fiquei olhando para ela.

— Por favor, só escute o que Linda tem a dizer.

A chuva estava escorrendo pelo meu rosto. Havia algo de desesperador em toda aquela situação.

— Tudo bem — cedi, olhando para Linda. — Mas é melhor que seja rápido.

Nós nos encolhemos sob a proteção do ponto de ônibus e Amina afastou as mechas molhadas do rosto enquanto estimulava Linda a me contar o que aparentemente já tinha contado para ela.

— Fiquei com Chris por três anos — começou Linda Lokind. — Achei que eu tinha a vida perfeita. Nem notei quando as coisas começaram a mudar.

Ela olhou para mim com expressão de dúvida.

— Continue — estimulou Amina.

— Foi bem devagar. Algumas coisas bem pequenas de cada vez. Nada de mais. Disse para mim mesma que aquelas coisas não iam continuar nem iam piorar. Queria muito que tudo ficasse bem.

A chuva fustigava o teto do abrigo. Alguns garotos correram para pegar o ônibus, pendurando-se na porta até o motorista deixá-los entrar.

— A primeira coisa que notei foi o ciúme dele — contou Linda. — No início, achei meio fofo, como se fosse uma prova de que ele realmente me amava. Mas só foi aumentando e aumentando. Uma vez ele deu um soco na cara de um homem porque achou que ele estava me paquerando.

Olhei para ela direto nos olhos. A maioria das pessoas não sabe mentir, mas não havia nenhum sinal de que Linda não estivesse dizendo a verdade.

— Eu ainda estava estudando quando nos conhecemos, mas ele me convenceu a abandonar a faculdade. Disse que seria melhor se eu trabalhasse na empresa dele. Eu não precisava estudar para isso. Foi aí que meus pais começaram a se preocupar e ele me obrigou a cortar relações com eles. Depois de um tempo, parei de sair com os amigos também. Sempre tinha uma desculpa. Tipo, se alguém nos convidasse, Chris simplesmente planejava um fim de semana em Praga como surpresa. E as coisas continuaram assim. No final, não me restava mais ninguém. Só o Chris.

Pensei na foto dele no Facebook. Eles pareciam felizes. Ou aquilo era apenas uma racionalização? Um plano maquiavélico para conseguir se vingar?

— A minha vida inteira encolheu a tal ponto que tudo girava em torno de Chris — continuou Linda. — Exatamente como ele queria. Ele estava lentamente acabando comigo.

Um ônibus entrou na rua, os pneus espirrando água. Virei para Amina. Eu sabia que ela estava fazendo isso por preocupação, mas era difícil de aceitar. O que tinha passado pela cabeça dela? Simplesmente aparecer do nada, trazendo Linda Lokind para me ver. Amina confiava naquela mulher?

— Ele vai fazer a mesma coisa com você também — disse Linda, balançando o guarda-chuva. — O ciúme dele é patológico. Eu não entendi isso no início, mas, depois de alguns meses, ele começou a demonstrar. Ele queria saber cada detalhe do que eu estava fazendo, onde eu estava e com quem eu estava. No final, foi ele quem me traiu.

Pensei no que Chris me contara. *Eu a traí emocionalmente, mas nada aconteceu.*

— Encontrei uma mensagem de texto no celular dele. De uma garota que nós dois conhecemos. Alguém que eu acreditava ser minha amiga. Ficou óbvio o que estava rolando entre eles, mas, quando confrontei o Chris, ele me empurrou contra uma parede.

Ela fechou o guarda-chuva e ficou olhando para a rua.

— Ele rompeu o meu baço. No hospital, inventamos uma história, dizendo que eu tinha levado um tombo da bicicleta.

Aquilo não podia ser verdade. Chris não era violento.

— Quando foi isso? — perguntei.

— No último inverno. Um pouco antes do Natal.

De acordo com Chris, ele não tinha conhecido outra pessoa e terminado tudo até a última primavera.

— Por que você não o deixou quando ele fez isso? — perguntei.

— Não era tão simples assim. Não sei explicar, mas era como se ele fosse meu dono. Eu vivia com medo de tudo. Depois que ele me agrediu pela primeira vez, as coisas foram ladeira abaixo. Cada vez que isso acontecia, eu prometia para mim mesma que não permitiria que acontecesse de novo. Mas ele... Eu nunca vou me perdoar por ter ficado.

Ela fechou os olhos com força. Eram gotas de chuva ou lágrimas que escorriam pelo rosto dela? Amina tocou no meu braço como um tipo de pedido de desculpas.

Eu tinha alguma escolha? Se aquilo era verdade ou não, eu não podia mais continuar saindo com Chris. Na verdade, já era perturbador o suficiente que eu tivesse deixado as coisas chegarem tão longe. Claro, ele era sexy e cheio da grana, mas aquilo já estava ficando demais. Eu não queria mais drama na minha vida.

— Você abriu a gaveta? — perguntou Linda.

Confirmei com a cabeça.

— Chris me obrigou a fazer coisas que eu realmente não queria. Disse que se eu realmente o amasse eu mostraria para ele. Quando finalmente fui firme, ele ficou enfurecido. Amarrou minhas mãos nas costas e enfiou uma mordaça com uma bola na minha boca. Eu mal conseguia respirar.

Ofeguei automaticamente. As lembranças me atingiram como um raio.

— Ele me estuprou. Acho que ele queria que eu resistisse. Era assim que ele gostava. Percebi naquela hora.

Pensei nas mãos gentis de Chris na banheira do hotel. A água batendo no ritmo dos nossos corpos. Nada que Linda dizia parecia combinar com o Chris que eu conhecia.

— Por que você não procurou a polícia?

— Eu procurei, mas eles encerraram o caso. A mãe de Chris é professora criminal e conhece todos os promotores e juízes deste país. Chris é milionário e empresário de sucesso. Por que alguém acreditaria em mim?

— Quando foi que você o denunciou? — perguntei.

Linda se remexeu.

— Em abril.

— Depois que você terminou tudo com ele?

Linda assentiu.

— Depois que *você* terminou? — perguntei. — Ou foi *ele* quem terminou?

Ela fechou os olhos por um instante e enxugou o rosto.

— Foi ele quem terminou — confirmou ela baixinho.

Pisei forte na calçada. Outro ônibus parou e uma mulher com uma mala deu um salto para o lado quando a água espirrou na calçada.

— Aquele é o meu ônibus — disse eu, correndo atrás dele.

70

Eu me espreguiço na cama da minha cela e fico olhando para uma mancha no teto até ela começar a crescer, ganhar vida e flutuar como uma ilusão de óptica em um borrão de cores e padrões.

Penso em Chris. Talvez tenha realmente alguma coisa a ver com a conversa de Shirine sobre química cerebral, emoções e a necessidade de estímulo. Mas isso significa que não devo me culpar? No final das contas, acho que todo mundo precisa assumir a responsabilidade pelos próprios atos. Dopamina, serotonina e adrenalina não podem levar a culpa. Circunstâncias atenuantes? Não sei.

Eu sabia quem Chris Olsen era. Ou pelo menos devia saber.

Impulsos e sentimentos só existem por um instante. Sempre achei que o amor fosse diferente, uma escolha que você faz. Uma paixão se acende, explode e apaga. Cara, eu me apaixono umas dez vezes por dia em uma terça-feira qualquer de outubro. Mas eu não escolhi me apaixonar por Chris. Ou será que escolhi? Será que eu era mesmo capaz de fazer essa escolha?

Por que meu estômago dói quando penso nisso?

Tudo volta à minha mente. A confusão e o nojo.

A traição.

Quando penso em Amina, é como se minha pele começasse a rachar. A tristeza e a culpa crescem dentro de mim deixando-me completamente enjoada.

Penso em Esther Greenwood e Holden Caulfield. Será possível sobreviver sem perder a razão?

Não estou nem um pouco preparada quando Shirine aparece. Vou para a ponta da cama e escondo minhas lágrimas com as mãos.

— O que foi? — pergunta ela, colocando a maleta de couro na mesa.

— Nada — sussurro. — Só estou cansada.

Ela se abaixa e toca carinhosamente no meu ombro.

Levanto o olhar devagar para ela e deixo as lágrimas fluírem.

71

Na sexta-feira, Amina e eu dividimos um *kebab* no sofá, mesmo tendo prometido aos meus pais que eu só comeria na cozinha ou na mesa de jantar.

— Não decepcione seu pai — foi a última coisa que minha mãe disse antes de saírem.

A história da minha vida de certa forma.

— Não acredito que você me forçou a falar com aquela louca — disse eu, encarando Amina.

— E o que você queria que eu fizesse? Eu não consegui me livrar dela.

— Sério, Amina? A Linda Lokind descobriu quem você é e te achou. Ela deve ter investigado você. Exatamente como fez com o Chris.

Amina mordeu o lábio inferior. Ela queria protestar, mas acho que percebeu que não era a hora certa.

Procuramos mais informações sobre Linda na internet, algum tipo de prova que ela tinha alguns parafusos a menos, mas Linda Lokind era praticamente invisível.

— Você está com um negócio no rosto — disse Amina, apontando com o garfo de plástico. — Não, ali. Mais alto.

Levei o dedo no rosto e limpei a mancha de molho.

Amina suspirou. Ela fica constrangida quando sou descuidada e relaxada. Ela usa os talheres com precisão cirúrgica, cortando porções pequenas que leva à boca quase sem precisar abri-la. Você nunca a vê mastigando.

— Tegnérs hoje à noite? — perguntou ela. — Vamos? Por favor?

— Não mesmo.

Tive dor de cabeça a tarde toda e tudo o que eu queria era ficar no sofá e dormir por umas dez horas. Aquele dia tinha sido feito para uma noite de merda mesmo. E eu não precisava me preocupar com o Chris. Ele tinha me mandado uma mensagem de texto dizendo que ia se encontrar com um velho amigo e a gente podia se falar outro dia. Por algum motivo, eu estava morrendo de medo de terminar tudo com ele. Eu não sabia se deveria agarrar o touro pelo chifre e contar a verdade ou se deveria simplesmente me afastar.

— Por favor — insistiu Amina. — Estou implorando.

Ela queria dançar, se divertir, conhecer gente nova. Disse que estava se sentindo mais animada do que nunca. E, é claro, como a melhor amiga que quero e tento ser, eu cedi. Nós nos divertimos, dançamos músicas antigas do Festival Eurovision, na frente do espelho, enquanto trocávamos de roupa. Um pouco antes da meia-noite, pegamos nossas bicicletas e partimos em direção à Tegnérs.

Batemos cabelo e suamos sob a explosão de luzes da pista de dança. Amina pegou minha mão e nos espremeremos entre as pessoas dançando e logo chegamos ao bar, ofegantes, e pedimos sidra para o *bartender* barbudo.

Eu estava encharcada de suor e minha cabeça latejava.

— Olhe lá! — disse Amina, apontando para o outro lado do bar. — Ele não deveria estar com um amigo?

Chris estava de costas para o bar, ligeiramente inclinado para uma garota com ombros nus e brincos prateados. Estavam rindo e a mão dela roçou de leve no cotovelo dele.

— Quem é ela? — perguntou Amina.

Peguei minha sidra e contornei o bar. Chris estava prestes a se virar — ainda estava rindo quando me viu.

— Stella! Você também está aqui?

Meu corpo se contraiu quando ele me abraçou em um claro sinal de protesto. A garota de brincos prateados também parecia surpresa.

— Esta é minha amiga Beatrice — disse Chris.

Eu a avaliei enquanto trocávamos um aperto de mão. Devia ter uns vinte e cinco anos ou talvez trinta. E usava uma maquiagem carregada. Tinha lábios grossos e corpo magro.

— Desculpe — disse eu. — Eu achei que você tivesse dito velho amigo...

— *Velha?* — perguntou Beatrice com uma risada.

Chris fingiu estar envergonhado.

— Então, como vocês se conheceram? — perguntei.

— Foi a ex de Chris que nos apresentou — respondeu Beatrice.

Chris fingiu não ouvir e disse alguma coisa sobre quanto tinha gostado da minha blusa. Não parecia envolvido na conversa, mas eu queria continuar.

— A Linda? — perguntei.

Beatrice olhou para Chris, que encolheu os ombros.

— Linda e eu nos tornamos amigas na escola — contou Beatrice. — Eu estava lá quando Chris e Linda se conheceram. Nós costumávamos sair muito juntos no início do relacionamento, antes de ela... ficar doente.

Ela baixou um pouco a cabeça.

— Doente? — perguntei.

Beatrice confirmou com a cabeça, mas não disse mais nada.

— Linda me encontrou — disse eu, virando-me para Chris, que levou a mão à testa.

— Sério?

— Ela também encontrou a Amina. Queria nos avisar sobre você. Ela disse que você gosta de umas paradas bem doentias.

— Meu Deus do céu — disse Chris. — Ela não me deixa em paz. Vai arruinar minha vida, custe o que custar para ela.

— É tão triste — disse Beatrice, dando tapinhas no braço de Chris. — Linda era a pessoa mais doce do universo quando nos conhecemos. Tão gentil e atenciosa. Talvez ela já fosse um pouco paranoica e ciumenta na época, mas quem poderia imaginar que ela terminaria assim?

— Ela não pode se tratar? — perguntei. — Procurar um psiquiatra?

— Linda faz terapia desde a adolescência — disse Chris.

— Infelizmente, ela só está piorando — comenta Beatrice. — Quando Chris terminou com ela, ela perdeu a cabeça.

Mais ou menos o que eu desconfiava. Linda Lokind não era muito boa da cabeça. Lancei um olhar significativo para Amina.

Ela colocou a mão no meu ombro.

— Banheiro — disse ela.

— Mas...

— Agora, por favor. Antes que eu faça xixi na calça.

Entramos no reservado e fizemos xixi. Eu estava nervosa e com calor. Minha cabeça estava pesada. Seria algum tipo de virose? Talvez eu só estivesse trabalhando demais.

— O que você tem? — perguntou Amina.

— Não sei. Estou exausta.

Sério, tudo o que eu queria era voltar para casa e me encolher na cama.

— *Agora* você acredita em mim? — perguntei. — Você percebe que aquela tal de Linda Lokind é totalmente perturbada?

Ela deu um tapa na própria testa para ilustrar quanto tinha sido idiota.

— E como eu poderia saber? Eu não queria arriscar.

— Tudo bem — assegurei.
— Ele é muito gostoso — disse Amina com um sorriso maldoso.
— Quem?
— Sua diversão de verão.

Sorri, mas um pouco depois comecei a sentir uma sensação urgente de inquietação. Não sabia de onde tinha vindo nem o que significava, mas tomou meu corpo inteiro.

— Agora, vamos! — disse Amina, abrindo a porta do reservado. — Estou muito animada!

Fomos para o meio da pista de dança. Eu lutava contra o sono enquanto Amina dava um show. Ela ergueu os braços e o riso saía da sua boca como bolhas de sabão.

Procurei por Chris no meio da multidão e o vi perto do bar. Amina me seguiu quando eu fui até ele.

— Onde está a Beatrice? — perguntei.
— Foi para casa encontrar o namorado.

Minha cabeça estava pesada. As batidas da música ressoavam no meu peito e minhas pernas pareciam cada vez mais fracas.

— Não estou me sentindo bem. Acho que vou embora também.
— Você quer que eu vá com você? — perguntou Chris.
— Não, fique aqui com Amina. Eu vou voltar de bicicleta e ir para a cama.

Dei um selinho nele e abracei Amina.

— Tem certeza? — perguntou ela.
— Desculpe.

O ar fresco me fez bem. Minha cabeça não estava mais tão pesada e eu senti as forças voltarem para as minhas pernas. Depois de dois comprimidos de Tylenol e um Hydralyte, fui para a cama com meu celular e apaguei.

Acordei porque o travesseiro começou a vibrar; eu me sentei e peguei o celular, que tinha escorregado entre a cabeceira e o colchão.

— Alô?

Amina estava ofegante do outro lado.

— Tenho que te contar uma coisa.
— O que foi?
— Fui para a casa do Chris.

Senti uma pontada de dor no peito. O que ela estava tentando me dizer?

— Simplesmente aconteceu. Nós dividimos um táxi. Eu esqueci minha bicicleta na Tegnérs.

Ela respirou fundo. Meu coração estava disparado.

— Aconteceu alguma coisa?
— Não, nada.
— Nada?
Deitei de novo.
— Claro que nada aconteceu. O que você acha?
— Não, claro que não.
— Eu só queria te contar que eu fui para casa com ele.
Eu disse alguma coisa sobre estar tudo bem, sem problemas, nada tinha acontecido.
Eu já tinha decidido terminar tudo com o Chris. Mas agora eu não tinha mais tanta certeza.
— Você está se sentindo melhor? — perguntou Amina.
— Acho que sim.
Olhei a hora. Quatro e meia da manhã.
— Agora volte para casa e vá para a cama antes que o Dino comece a se preocupar.
Amina riu, nervosa.
— Ele já ligou duas vezes.
— A gente se fala amanhã. Amo você.
Cinco por cento de bateria. Encontrei o carregador no chão e estava prestes a conectá-lo quando percebi que tinha uma nova mensagem de texto de um número que eu não conhecia.
Por favor, fique longe do Chris. Ele é perigoso.

72

Acordo suando frio, sem fazer ideia da hora. Pode ser antes da meia-noite ou já estar quase amanhecendo. Aqui, a passagem do tempo não significa absolutamente nada.

Tem alguma coisa me perseguindo. Saio da cama e dou uma volta no quarto. O cheiro está pungente como sempre, tão forte quanto no dia em que cheguei.

Soco histericamente a porta trancada enquanto imagens aterrorizantes passam pela minha mente. Tão verdadeiras que a fronteira entre sonho e realidade desaparece.

— Deixem-me sair! — berro para a porta, ainda socando apesar da mão estar doendo.

Vejo na minha mente o corpo ensanguentado de Chris caído no chão. Como ele se convulsiona mesmo enquanto o sangue jorra dos cortes na barriga.

— Abram a porta!

Bato a testa com força na pia de metal e caio de joelhos enquanto arranho a porta com desespero.

Por fim, ouço as dobradiças e vejo olhos assustados. É a Elsa.

— Socorro! — peço.

Estou me afogando. Meu corpo continua se afogando mesmo que eu já esteja caída no chão. Tento me levantar e estendo os braços, mas o ar está pesado demais. É como tentar nadar no cimento.

— Mãe! Mãe!

Elsa manda que eu me afaste da porta e consigo me arrastar para longe enquanto a ouço pedir ajuda.

Fico deitada de costas olhando para o teto enquanto eles me examinam. As vozes estão longe, como sussurros baixos e distantes.

A imagem de Chris morrendo não sai da minha cabeça. Aquele corpo pulsante no chão.

Um paramédico dá uns tapinhas no meu rosto. Digo que não estou conseguindo respirar, que tem algo errado com minha garganta. Ele coloca um copo de água nos meus lábios, mas a maior parte escorre pelo meu queixo. Ele pede ajuda a um guarda para me sentar.

Vejo várias mãos e rostos estranhos. Luvas de borracha dentro da minha boca. Alguém enfia dois comprimidos pela minha goela e diz que vou dormir.

— Não! — berro, agitando os braços e as pernas.

Dormir é perigoso. Não quero voltar para lá.

— Não quero!

Eles estão atrás de mim, me segurando.

Respiro fundo e prendo o ar. Consigo sentir o oxigênio viajar pelo meu corpo e meu coração começa a desacelerar.

Vejo Elsa em um canto, trêmula e parecendo uma criança perdida.

— A polícia — consigo dizer. — Quero falar com a polícia.

Não sei o que vou contar: toda a verdade, parte da verdade ou alguma coisa que não tem nada a ver com a verdade. Eu só sei que preciso falar. Preciso contar, antes que eu exploda.

73

Chris quis ir à minha casa.

Quero ver como você vive, escreveu ele na mensagem. *Também adoraria conhecer seus pais, mas talvez a gente deva esperar um pouco para isso. De qualquer forma, vai ser perfeito, já que eles estão viajando.*

Olhei em volta. Roupas, sacolas e objetos espalhados pela casa. A cozinha estava fedendo como se tivesse um cadáver lá dentro e eu tinha feito uma pilha de calcinhas e blusas na lavanderia.

Tudo bem, respondi. *Mas eu preciso de duas horas.*

Eu tinha que conversar com ele. Aquilo não podia continuar. Mesmo que eu gostasse da atitude despreocupada e o desejo dele de viver o momento, eu tinha que me certificar de que estávamos de acordo em relação ao que estávamos fazendo. Eu estava com medo de que alguém acabasse magoado.

Depois do incidente com o carro, com certeza não faria mal nenhum deixar a casa arrumada antes de meus pais voltarem na sexta-feira. Comecei com a sala. Arrumei, passei o aspirador de pó e limpei a mesa. Na cozinha, esvaziei a lava-louças e coloquei toda a louça suja para lavar, guardei as coisas nos armários e esfreguei a bancada até ficar brilhando.

Por fim, levei um monte de sacos de lixo para fora. Senti o fedor enquanto tirava tudo de dentro de casa.

Eu simplesmente adoro as noites quentes de verão quando o sol já se pôs, mas ainda há um pouco de luz no céu, quando o ar está parado e os passarinhos estão cantando.

Depois de jogar o lixo no latão, caminhei pela entrada de carros, apreciando uma rara sensação de paz no meu corpo.

De repente, um movimento atrás dos arbustos. Uma coisa rápida. Um passarinho, talvez?

Fui até lá para ver. Mais alguns movimentos. Uma grande sombra contra o muro.

Meu coração quase saiu pela boca. Eu nem me atrevi a respirar.

— Tem alguém aí? — perguntei bem alto.

Uns cinco metros à frente, o arbusto se mexeu de novo. Ouvi o farfalhar das folhas e o estalo de um galho se partindo.

— Quem está aí?

Enfio a mão no bolso para pegar meu celular, mas percebo que devo tê-lo deixado em casa.

Corro de volta e fecho a porta atrás de mim. Uso as duas trancas e fico ouvindo minha respiração ofegante.

Era minha imaginação? Eu estava ficando paranoica?

Talvez fosse apenas um pássaro. Um pássaro grande. Ou algum outro bicho qualquer. Um gato?

Ou havia alguém me observando lá fora?

Chris me trouxe um buquê de rosas. Não contei a ele sobre o que tinha acontecido lá fora quando fui tirar o lixo.

Ele caminhou pela minha casa como se estivesse em um museu. A primeira coisa que fez quando entrou no meu quarto foi se sentar na cama e dar um pulinho, como se quisesse verificar a rigidez. Depois, viu meu mapa da Ásia na parede com todas as tachinhas marcando os lugares que eu queria visitar.

— Você já tinha um mapa?

Fiquei desconfortável. Eu não tinha comentado nada quando ele me deu o presente e também não sabia o que dizer agora.

Chris fez um gesto dizendo *está tudo bem*.

— Sabe de uma coisa? — perguntou ele. — Eu organizei as coisas para ter fevereiro e março livres. É uma ótima época para viajar à Ásia.

Eu sorri. O que eu poderia dizer? Que eu preferia ir sozinha? Que não havia a menor chance de ele ir comigo?

Chris me abraçou. Tirou carinhosamente o cabelo do meu rosto e me beijou devagar. A mão dele percorreu a costura da minha calcinha. Fechei os olhos. Nunca ninguém havia me deixado com tanto tesão.

— Onde é o quarto dos seus pais?

Sem me soltar, ele foi andando de costas através da porta.

— Ali? — perguntou ele, apontando para o quarto dos meus pais.

Ele me guiou pelo corredor em uma dança relutante. Eu obviamente não ia deitar na cama deles. Eu o empurrei, mas Chris me puxou de volta. A porta se abriu e entramos cambaleando. Fiquei tensa, me segurei na porta e resisti.

— Aqui não.

Chris riu e me soltou. Ficou parado olhando para a cama *king size* dos meus pais.

— Então é aqui que o papai pastor dorme.

Quando ele olhou para mim, senti a pontada que o sorriso dele me causava.

— Vem — disse ele me abraçando. — Quero transar com você na cama do papai e da mamãe.

— Não. Pare com isso.

Lutei com ele. Ele tentou me derrubar na cama, mas parece que subestimou minha força. Finquei os pés no chão com toda a força até parecerem grudados por sucção, depois usei meu tronco para empurrá-lo. Eu já tinha enfrentado brigas mais difíceis na linha dos seis metros na quadra de handebol.

— Tá legal, tá legal — disse Chris, rindo, tentando me desarmar com uma expressão leve. — Foi só uma ideia. Uma nova experiência. Você não gosta de novas experiências?

Pensei nos objetos da gaveta trancada do armário no escritório.

— Não desse tipo — respondi.

— Não?

Todo o meu tesão havia desaparecido por completo.

— Vamos para a sala.

Chris fez uma expressão magoada e esperou um instante antes de me seguir pela escada. Liguei a TV e descansei a cabeça no ombro dele. Meus pensamentos estavam a mil por hora.

Por que eu ainda estava com Chris? Eu estava tão de saco cheio por nada nunca acontecer que, quando Chris apareceu, acabei mergulhando de cabeça no desconhecido. Mas agora? Eu não queria um namorado, muito menos um com trinta e dois anos de idade. E não queria transar na cama dos meus pais. E o que eu mais queria na vida era partir na viagem com a qual eu sonhava havia séculos. Eu não ia deixar a porra de um cara ficar no meu caminho.

Olhei para Chris. Ele era, sem sombra de dúvida, um dos seres mais bonitos de quem já me aproximei. Mas e daí? Eu ainda nem tinha dezoito anos — tinha a vida toda pela frente.

Chris olhou demoradamente para mim. O sorriso gentil e adorável estava de volta. Toda a preocupação parecia ter desaparecido.

Eu não sabia o que dizer nem como dizer. Só sabia que alguma coisa precisava ser dita.

74

Na manhã seguinte, Chris saiu apressado para uma reunião. Andei pela casa com um spray de limpeza e um pano para apagar qualquer vestígio da visita dele.

Mandei uma mensagem para Amina:

Acho que tenho que terminar com Chris.

Por quê???, respondeu ela.

Fiquei tentando encontrar as palavras, escrevendo e apagando, rescrevendo e apagando de novo. Por fim, mandei o seguinte:

Acho que ele está se apaixonando por mim.

Amina demorou quase uma hora para responder. Escreveu que talvez fosse mesmo o melhor a fazer.

Mais tarde naquele dia, meus pais chegaram das férias.

— Como está tudo arrumado aqui — comentou minha mãe.

Perguntei se eles tinham se divertido e ambos sorriram e concordaram.

— Você devia ter ido — disse minha mãe.

Ou não.

Estavam de bom humor. Meu pai ficou brincando e fazendo bobeira. Enquanto ela desfazia as malas, ele fez cócegas na barriga dela, a abraçou por trás e beijou sua nuca.

— O que foi que você fez com ele? — perguntei.

— Como assim? — Minha mãe deu risada.

— É, como assim? — Ele começou a fazer cócegas em mim também até eu fugir para a cozinha.

— Ele tomou algum comprimido da felicidade ou algo assim?

— Eu sou o único comprimido de felicidade de que seu pai precisa. — Minha mãe deu risada.

Fui até o ginásio para me encontrar com Amina depois do treino. Estava começando a escurecer, mas o parque da cidade ainda estava cheio de gente curtindo o calor do verão. Tinha alguém tocando violão e cantando; um grupo jogava futebol e várias pessoas namoravam.

Perto do lago coberto, passou uma pata com seus filhotinhos atrás. Parei e desci da bicicleta para eles atravessarem o caminho em segurança.

Enquanto estava parada ali, sorrindo para os patinhos, ouvi passos atrás de mim. Puxei a bicicleta para o lado com cuidado para não assustá-los.

— Por favor, me escute.

Eu me virei e deparei com Linda Lokind a uns dois metros de distância de mim.

— Pelo amor de Deus — disse eu. — Deixe-me em paz. O meu lance com Chris não é sério. Pode ficar tranquila.

Ela olhou para mim como se eu estivesse falando grego.

— Eu sei tudo sobre você. — Você precisa de ajuda. Precisa tomar remédio ou alguma coisa. Se você não sair daqui agora, nem sei do que sou capaz.

Eu estava gritando, mas não me importava que os outros ouvissem.

— É claro — respondeu Linda. — Chris disse que sou doente, não é? Que tenho problemas mentais?

Neguei com a cabeça.

— Não foi só o Chris. A polícia não acreditou em você. E eu conheci sua velha amiga Beatrice.

Linda aproximou a mão do bolso da calça. Ela se virou para eu não conseguir ver o que ela estava fazendo. Ela tinha alguma coisa no bolso? Comecei a andar, empurrando a bicicleta.

— Eu te contei sobre a garota com quem ele me traiu — disse Linda. — Eu encontrei uma mensagem de texto dela no telefone dele.

Acelerei o passo, mas Linda me seguiu.

— Foi a Beatrice, minha melhor amiga. Ele transou com a minha melhor amiga. Depois fez uma lavagem cerebral nela. Ela ainda acredita que foi culpa minha, que eu tive algum tipo de colapso nervoso.

Parei e coloquei a bicicleta na minha frente, como um escudo entre nós.

— Você está mentindo.

Eu não conseguia mais lidar com aquilo. Chris, Linda e Beatrice podiam ir todos para o inferno.

— Eu juro que é tudo verdade.

— Eu não estou nem aí.

Algumas famílias estavam fazendo piquenique em toalhas floridas na grama ali perto. Duas meninas de uns cinco anos brincavam com seus cavalinhos de madeira, estalando a língua. Uma delas se parecia comigo quando era pequena.

— Um dia no último inverno, eu ia pendurar um quadro na parede do quarto — contou Linda. — Chris o tinha derrubado quando atirou uma garrafa de cerveja. Depois que coloquei o prego, ele foi até lá para ver. *A porra do prego está torto. Está torto!* Eu pedi desculpas e prometi que ia consertar imediatamente.

As palavras dela escorriam pela boca como sangue de uma ferida aberta. Não me atrevi a afastar os olhos das menininhas risonhas brincando no gramado.

— Tentei pegar o martelo, mas Chris foi mais rápido. Ele me empurrou para a cama e começou a balançar o martelo. *Você não presta pra nada! Nem para pregar a porra de um quadro na parede!*

Senti a pele repuxar. Linda estava diante de mim, enquanto as menininhas davam gritos de alegria.

— Ele me estuprou com o martelo.

Senti uma onda de náusea.

— Já chega!

Linda enfiou a mão no bolso.

— Eu gostaria de poder machucá-lo do mesmo jeito que ele me machucou.

O rosto dela estava vermelho. O pescoço estava projetado para a frente e os ombros, caídos. Ela estava me assustando.

— Eu poderia matá-lo.

Montei na bicicleta e fui para o ginásio. Antes mesmo de Amina sair do treino, procurei o contato de Chris no celular e deletei.

75

Michael Blomberg está diante de mim com a camisa azul-celeste desabotoada quase até o umbigo. Ele coloca a mão gigantesca na mesa e olha para mim como se fosse meu pai.
— Por que você quer falar com Agnes Thelin?
— Eu vou contar.
— Contar o quê?
Encolho os ombros.
— O que aconteceu.
Ele balança a mão enorme, como se afastasse uma mosca.
— Veja bem, Stella. Eu conversei com Ulrika e nós decidimos que você deve ficar calada o máximo possível.
Cerro os punhos embaixo da mesa.
— Você ainda está comendo minha mãe?
Blomberg parece ter levado um chute no saco.
— Não precisa responder — digo. — Prefiro não saber mesmo.
Blomberg passa a mão na boca.
— Já faz muito tempo — disse ele, em voz baixa. — Eu e Ulrika estávamos sem nos ver fazia anos.
Ele enxuga o suor que está escorrendo pelo pescoço e atrás das orelhas. Então coloca o laptop na mesa, olha para a tela e digita ruidosamente antes de olhar para mim.
— A hipótese da promotora é que Amina e Christopher Olsen estavam se encontrando sem você saber.
— O quê? Sério?
— A promotora acredita que Olsen estava traindo você com Amina e que você descobriu, por assim dizer — continua Blomberg.
As palavras saem da boca dele sem cuidado. Eu sei que isso tem a ver comigo, mas parece tão estranho, algo que você lê no site Reddit.

— Traindo?

Ele confirma.

— Eles acreditam que você os pegou juntos e decidiu matar Olsen.

— Espere um pouco. A promotora acha que eu matei Chris porque ele e Amina... transaram?

— Exatamente.

— Porque eu estava com ciúmes?

— Ciúmes? Sentindo-se traída? Como posso saber? — diz ele.

— Isso está muito errado!

A raiva começa a queimar o meu peito. Eu tenho que contar. Todo mundo precisa saber o que realmente aconteceu.

— Você gosta da Amina? — pergunta Blomberg.

— Do que você está falando? Eu amo a Amina!

— Então, você precisa ouvir o que eu tenho a dizer.

Dou uma risada de desdém, mas obrigo-me a escutar.

— Pelo bem de Amina — argumenta Blomberg.

Consigo vê-la na minha mente, o medo nos seus olhos, os sonhos destruídos, e é como se eu desmoronasse, todo o meu corpo perde a força. Sem Amina, não sei onde eu estaria hoje, *quem* eu seria. Eu nunca vou decepcioná-la.

— A promotora provavelmente vai alegar que você foi ao apartamento de Olsen com a intenção de matá-lo. Mas a argumentação deles é baseada em uma fraca cadeia de evidências circunstanciais — diz Blomberg. — Eles têm o depoimento da vizinha que disse que viu você do lado de fora do prédio. Mas aquela garota é frágil e não é uma testemunha muito boa.

Ele olha para a tela do computador.

— Eles têm a pegada e os vestígios de spray de pimenta. Fios de cabelo, células epiteliais e fibras de roupas. Mas não existe nenhuma evidência direta de que foi você que matou Olsen.

— Está bem.

Ele vira a tela para mim, mas não tenho forças para ler as letrinhas.

— Eles encontraram evidências no computador de Olsen, mensagens e conversas. Eles têm alguns registros de telefonemas também.

A voz de Blomberg é calma e estável, e isso faz com que eu consiga manter a compostura.

— A coisa mais importante agora é seu álibi — Stella.

— Álibi? — Não sei bem o que ele quer dizer com isso.

Ele olha para mim novamente.

— A linha do tempo da promotoria não se sustenta porque você tem um álibi para a hora da morte determinada pelo legista.

As palavras giram na minha cabeça.

— Eu tenho um álibi?

Aquilo parecia improvável.

— De acordo com o relatório do legista, Olsen morreu em algum momento entre uma e três da manhã.

Eu ainda não estava entendendo.

— Você já tinha chegado em casa a essa hora, Stella.

— Já? Não...

— O seu pai olhou no relógio. Ele tem cem por cento de certeza que você chegou em casa quinze para a meia-noite.

Meu pai? Quinze para a meia-noite?

Minha compreensão básica do tempo estava prejudicada. Não consigo acompanhar.

— Isso não pode estar certo — digo.

— É claro que está. Se seu pai diz que tem certeza, então é definitivamente verdade.

Mal consigo ouvir o que Blomberg diz em seguida.

Estou começando a entender o que está acontecendo.

— Você com certeza não acha que seu pai mentiria?

76

Na antepenúltima sexta-feira de agosto, fiz dezoito anos. Foi meu pai quem escolheu o restaurante. Italiano, é claro. Ele é obcecado por comida italiana e qualquer coisa que tenha a ver com a porra da nação do espaguete, e ele não tem a menor dúvida que mamãe e eu compartilhamos da mesma opinião.

Todas aquelas férias na Itália. Sério: *bruschetta* e massa, *birra grande* e *vino rosso*, e todos aqueles garçons de cabelo oleoso com a porra do *"Ciao, bela?"* me enojam.

Em outras palavras, eu não tinha muitas esperanças em relação ao meu jantar de aniversário, mas meus pais ficaram me enchendo o saco sobre isso durante todo o verão, e, levando em conta o incidente com o carro, não quis decepcioná-los demais.

A noite começou com o pé esquerdo. O restaurante conseguiu a proeza de fazer a reserva no dia errado. Ou talvez tenha sido culpa do meu pai. Não sei. Depois ele não quis me deixar pedir vinho.

— Estou fazendo dezoito anos — argumentei. — A lei está do meu lado.

— A lei não é perfeita — respondeu meu pai.

Pelo menos ele estava sorrindo.

— O que nossa perita em direito diz?

Por sorte, minha mãe também estava ao meu lado.

— É claro que ela pode tomar vinho.

Não que importasse muito o que eu ia beber com a comida. Era uma questão de princípios.

Quando terminamos de comer, eles me deram um cartãozinho com um mapa que eu deveria seguir saindo do restaurante e dando a volta no quarteirão. Lá estava a Vespa cor-de-rosa com um grande e feio laçarote no guidão. Não acreditei nos meus olhos! Meu pai ignorou completamente meu pedido para ganhar dinheiro para viajar e, em vez disso, gastou trinta mil coroas em uma Vespa.

— Mas eu disse...

— É só agradecer — disse meu pai.

Eu me odiei naquele momento. É claro que eu deveria ser grata, deveria ter abraçado meu pai, mas lá estava eu, presa ao chão, enquanto meu corpo era tomado por emoções conflitantes. O que havia de errado comigo?

Depois da sobremesa, ficamos sentados ali, em silêncio e satisfeitos, olhando um para a cara do outro. De vez em quando, eu olhava meu celular. Um monte de gente estava me dando os parabéns pelo Facebook, mas Amina ainda não tinha falado comigo.

— Daqui a pouco vou ter que ir — eu disse.

Meu pai pareceu irritado, é claro. Ali estávamos nós, no jantar de aniversário que tinham organizado para mim, e eu simplesmente ia me mandar.

— Vou sair com Amina — expliquei, colocando meu casaco. — Obrigada pelo jantar e pelo presente.

— Você não vai levar a Vespa? — perguntou meu pai.

Olhei para a taça de vinho. Tinha sido por isso? Ele sabia que eu não poderia beber se estivesse de Vespa.

— Não se preocupe — disse minha mãe. — Nós damos um jeito de levá-la para casa.

Ela se levantou com um sorriso melancólico e fechei os olhos quando nos abraçamos. Comecei a sentir de repente uma puta tristeza. Arrependimento, saudade — uma dor queimou dentro de mim, e abracei minha mãe por muito tempo.

Meu pai não se levantou. Nosso abraço foi estranho e frio. Percebi que ficaram olhando para mim enquanto eu saía.

O calor do meio do verão tem um cheiro específico. Quando fica quente por tempo suficiente, ele penetra o ar de um jeito que só uma chuva forte pode apagar.

Cruzei a Fjelievägen e passei pelos campos de esporte. Tinha cheiro de maçã e sauna, e alguém estava jogando uma bola contra a parede de concreto da pista de corrida. Vozes alegres e riso feliz se elevavam acima do barulho monótono do trânsito na Ringvägen.

Eu não tinha nenhum plano. Quando conversei com Amina, na quinta-feira à noite, eu disse que não estava a fim de fazer nada. Eu ia sair para jantar com meus pais e, depois, voltaria para casa e ficaria de boas.

Mas agora parecia errado desperdiçar a noite. O vinho me animou e eu tinha trocado meu turno no sábado e poderia dormir até tarde no dia seguinte se eu quisesse. Mandei uma mensagem para Amina, mas, como ela não respondeu no mesmo instante, resolvi ligar.

— O que você está fazendo?

Ouvi um estalo e um baque.

Amina desapareceu por um instante, mas logo voltou com voz firme. Estava um pouco ofegante e parecia agitada.

— Estou com o Chris — disse ela.

— Chris?

Senti um aperto no peito.

— O que você está fazendo com o Chris?

Ela demorou para responder.

— Ah, só... Estamos, tipo, passando o tempo.

Ficamos em silêncio por um tempo. O que estava acontecendo? Chris e Amina estavam se encontrando sem mim?

— Nós íamos fazer um surpresa para você.

Aquilo pareceu uma mentira.

— Você está na casa do Chris? Consigo chegar aí em cinco minutos.

— Cinco minutos? — perguntou Amina, antes de desligar na minha cara.

O que estava acontecendo? Eu sabia que Amina nunca me trairia. Nunca faria nada com Chris sem antes falar comigo. Disso eu tinha certeza. Mas percebi na voz dela que havia alguma coisa errada.

Pensei na história doentia que Linda tinha me contado no parque da cidade e acelerei o passo, passei pela Polhem, desci em direção ao jardim comunitário. Durante um breve período, quando estávamos no nono ano, tive um namoro rápido com um cara que estudava na Polhem. Amina e eu matávamos aula depois do almoço algumas vezes, só para ficarmos sentadas no parquinho que ficava escondido na esquina, fumando um cigarro atrás do outro, enquanto conversávamos sobre nossos problemas de adolescentes e esperávamos os caras que já tinham carteira de motorista chegarem com o carro dos pais, o que nos dava muito status entre a galera da nossa idade.

Meu telefone tocou quando entrei na rua do Chris.

— Alô — disse Amina, ofegante. — Espere aí embaixo. Já estou descendo.

— Por quê?

Fiquei olhando para o prédio amarelo no fim da rua e vi a luz do corredor piscar antes de acender completamente.

— Estou descendo.

— O que houve?

Ela desligou. Um segundo depois, a porta se abriu e ela saiu correndo para a rua. Dei alguns passos rápidos e a encontrei no meio do caminho.

Ela estava com os olhos arregalados e a respiração saía em explosões curtas e violentas de ar.

— Vamos esquecer esse cara.

Ela ficou encarando o asfalto. O rímel dela estava borrado e os cadarços, desamarrados.

— O quê? — perguntei.

— Vamos esquecer esse merda do Chris Olsen.

77

Estou mais ou menos descansada quando acordo. Isso me dá uma visão mais saudável das coisas. Você não entende a importância do sono até não conseguir mais dormir tranquilamente.

A polícia marcou outro interrogatório para depois do café da manhã. Mastigo o pão seco enquanto fico pensando no que vou dizer para Agnes Thelin.

Elsa e Jimmy estão no elevador comigo, enquanto descemos para a sala de interrogatório, onde Michael Blomberg está me esperando.

— Bom dia, Stella — cumprimenta-me ele.

Parece nervoso. Ele está com medo do que vou dizer? Está ofegante enquanto tira o casaco apertado. A camisa é azul-marinho.

Agnes Thelin fala algumas amenidades antes de se sentar à minha frente e ligar o gravador.

— Você já teve tempo para pensar desde a última vez em que conversamos, Stella. Tem mais alguma coisa que gostaria de dizer ou esclarecer?

— Bem...

Agnes Thelin dá um sorriso paciente.

— Acho que não — digo, olhando para Blomberg, que está ajeitando a gravata.

— É só que suas atividades no dia do assassinato... — diz a detetive. — Elas não estão tão claras para nós, Stella.

— Não?

Ela fica olhando para mim por um longo tempo. Um tempo longo demais. Por fim, preciso falar alguma coisa, só para me livrar do olhar dela.

— Blomberg disse que meu pai forneceu um álibi para mim.

Meu advogado arregala os olhos e coça o nariz.

— Bem — diz Agnes Thelin, olhando para Blomberg. — As coisas não são tão simples assim.

— Ué? Por que não? — pergunto.

— É quase impossível definir o exato momento da morte de alguém.
— E quanto à vizinha? Ela não ouviu gritos por volta da uma hora da manhã?
Agnes Thelin não responde. Ainda não sei o que dizer para ela.
— Você pode tentar se lembrar exatamente o que você fez depois que deixou o restaurante naquela noite, Stella?
Respiro pesada e profundamente.
Não há nada de errado com a minha memória. Eu me lembro exatamente do que fiz.
— O que meu pai disse? — pergunto.
Agnes Thelin me olha direto nos olhos.
— Seu pai disse que você chegou em casa exatamente às onze e quarenta e cinco na noite de sexta-feira. Ele afirma ter certeza da hora.
Ainda não entendo. Meu pai está planejando mentir no tribunal. Por quê?
Eu me mexo, mas não digo mais nada.
Agnes, então, me olha de um jeito apelativo.
— Que horas você realmente chegou em casa naquela noite, Stella?
Ela se vira em direção a mim, mas eu olho além dela, além de tudo e direto na parede branca atrás dela. Penso em Amina. Ainda ouço sua respiração aterrorizada. Vejo seu olhar perdido.
— A informação do seu pai está correta, Stella? Você voltou para casa quinze para a meia-noite naquele dia?
— Hum.
— Como?
A sala fica no mais absoluto silêncio. Parece que todos estão prendendo a respiração.
— Eu só cheguei em casa por volta das duas.
Sinto um alívio no peito.
Os olhos de Blomberg parecem prestes a saltar do rosto, mas Agnes Thelin solta o ar devagar, e agora eu concentro toda a minha atenção nela.
— E o que aconteceu naquela noite, Stella?
— Fui de bicicleta até a casa do Chris.
Penso em Amina. Imagino-a diante de mim, com um jaleco médico. Ela está radiante, como sempre. Já deve ter começado a faculdade de medicina a essa altura. Penso em todos os anos que compartilhamos, tudo que fizemos. Não sinto medo; o fedor desapareceu; tudo está bem.
— O que aconteceu depois disso? — pergunta Agnes Thelin.
Blomberg enxuga o suor da testa.
Penso no que ele disse sobre Amina. *Se você se importa com Amina, você não vai dizer nada.*

Penso em Shirine; penso na minha viagem para a Ásia. Penso na minha mãe e no meu pai.

Penso no estuprador.

Não posso mais ficar calada.

78

Amina levou o copo até os lábios com as mãos trêmulas.

— Nós íamos fazer uma surpresa para você — disse ela. — A gente ia pensar em alguma coisa. Ele pediu para eu ir à casa dele.

Meus olhos estavam fixos nela. Ela tomou um gole rápido.

— Ele me beijou — ela disse, quase de passagem.

— O quê? Chris te beijou?

Tomei um gole enorme de vinho *rosé*.

— Juro que eu não estava esperando. De repente, ele estava ali, em cima de mim, e a boca... Tentei empurrá-lo. Você tem que acreditar em mim.

Fiquei olhando para ela e tomei o resto do vinho. Estávamos sentadas na área externa do restaurante Stortorget. Era noite de sexta, e o lugar estava lotado. Mesmo assim, parecia que estávamos sozinhas na nossa pequena bolha, apenas Amina e eu. O resto da música era apenas ruído ambiente sem importância.

— Você acredita em mim, não é? Você sabe que eu nunca faria nada com ele — disse Amina.

As pupilas gigantes olhavam de um lado para o outro. Era uma questão de honra, é claro. Nós éramos melhores amigas.

— É claro que acredito — respondi, já que eu sabia que ela era uma péssima mentirosa.

— Ele é um babaca, um filho da puta — disse ela. — Cara, você não *faz* uma coisa dessas. Ele sabe que você é minha melhor amiga. Não importa que você...

Ela parou de falar, parecendo se arrepender do que estava falando.

— Que eu o quê?

Ela olhou para baixo e ficou mexendo no colar, aquele com a bolinha prateada que dei para ela de presente de dezoito anos.

— Que você fosse terminar com ele.

— Mas ele não sabia disso — eu disse.

— Não, é claro que não.

Ela continuou brincando com a bolinha.

— Você contou para ele?

Ela era uma péssima mentirosa mesmo.

— Sinto muito. Ele ficou perguntando sobre isso. Insistindo. Ele disse que mandou um monte de mensagens para você e você não respondeu. Ele sabia que tinha alguma coisa errada.

Não consegui dizer absolutamente nada. Eu nem queria olhar para ela.

— Ele só era um crush qualquer de verão — Amina disse, tentando sorrir. — Talvez tenha sido melhor terminar assim. Agora sabemos que ele é um babaca.

Não consegui sorrir. Não consegui ver o lado positivo em nada daquilo que tinha acontecido. Ainda estava sentindo dificuldades para entender tudo.

Eu realmente queria ficar zangada. Queria ligar para o Chris e dizer que ele era um porco patético e que poderia ir para o quinto dos infernos. Mas minha raiva ficou em segundo plano, abafada por outras emoções que eram novas para mim.

Acima de tudo, eu me senti traída.

No dia seguinte, ele mandou mais mensagens pelo Facebook e pelo Snapchat. Resisti ao impulso de responder e o bloqueei em todas as redes sociais. Não queria ter mais nada a ver com Christopher Olsen de novo.

Durante aquela semana, parei de pensar nele. Ou, pelo menos, eu passava longos períodos sem que ele se infiltrasse no meu cérebro. Várias horas sem sentir uma dor no meu coração. Decidi simplesmente esperar, eu tinha que aguentar aquilo. Era como parar de fumar.

Quando cheguei em casa depois do trabalho na quarta-feira, quando agosto estava chegando ao fim, percebi que praticamente não tinha pensado em Chris desde aquela manhã. Eu já estava seguindo adiante; tinha enterrado qualquer coisa que talvez ainda sentisse por ele, e não pretendia desenterrá-las nunca mais. As coisas estavam sendo mais fáceis do que eu esperava.

Nem Chris Olsen nem Linda Lokind seriam parte do meu futuro. Exatamente como milhares de outras pessoas, que passaram rapidamente pela minha vida. Não passaram de breves distrações. Eu logo me esqueceria completamente deles. Dali a dez ou vinte anos, eu me lembraria daquela história louca e contaria para algum novo amigo com um sorriso cheio de exasperação e prazer: um cara quinze anos mais velho que eu me levou de limusine para Copenhagen e reservou uma suíte no Grand Hotel para nós; e a louca da ex-namorada começou a me perseguir.

Eu teria apenas uma lembrança vaga da aparência deles, de quem eram e do que realmente aconteceu. Eu com certeza riria de toda a confusão, e as pessoas que ouvissem minha história questionariam sua veracidade.

E as coisas teriam acontecido exatamente assim, não fosse por Amina.

79

Sexta-feira foi o último dia de agosto. O fim daquele verão que tinha sido mágico e não havia nada que sugerisse que o encantamento estava prestes a ser quebrado. O sol brilhava e o céu estava azul.

Pensei na minha viagem para a Ásia. Em algumas semanas, quando a escuridão começasse a cruzar as planícies de Lund, eu finalmente teria minha passagem só de ida para o sol, o calor e toda a aventura. Finalmente. Eu juntaria dinheiro suficiente, mesmo que isso significasse trabalhar o dia inteiro todos os dias da semana.

Tinha colocado a Vespa à venda na internet na noite anterior. Senti-me horrivelmente ingrata, mas eu tinha deixado minha opinião muito clara. Eu não queria uma Vespa — eu precisava de dinheiro para viajar.

De manhã, mandei uma mensagem para Amina, perguntando a que horas íamos no encontrar naquela noite. Tínhamos que conversar. Eu estava chateada com o que tinha acontecido, mas não conseguia afastar a sensação de que eu estava fazendo tempestade em copo d'água. Qual o problema se Amina tinha contado para Chris que eu não queria mais vê-lo? Se eu parasse para pensar, ela tinha até me feito um favor.

Amina me respondeu dizendo que tinha treino, mas que adoraria sair para tomar um vinho depois.

Não pensei em Chris o dia inteiro. Senti uma nova leveza no meu peito e passei o dia inteiro sorrindo e cantarolando músicas da Disney.

Quando fechamos a loja às sete da noite, acompanhei meus colegas de trabalho até o Stortorget para jantar. O treino de Amina só terminaria às oito.

Às oito e meia ela mandou uma mensagem de texto.

Cansada demais para sair. Tenho jogo amanhã.

Tranquilo, respondi. *Bjs.*

Ainda está zangada comigo?

Claro que não, escrevi.

A gente se fala amanhã. Bj.

Eu também tinha que trabalhar cedo e não estava planejando ficar muito tempo. Além disso, já estava aceitando cada vez melhor o que tinha acontecido e percebi aquilo como uma coisa boa. Não estava muito a fim de ter uma conversa profunda sobre confiança e essas merdas.

Pedi uma taça de espumante, coloquei os óculos de sol e me recostei para aproveitar o sol.

Meus colegas começaram a conversar sobre os assuntos de sempre: fraldas, baba, papinhas e outras coisas de bebê, e, mesmo eu tendo fingido um grande bocejo, eles pareceram não perceber o recado. Precisávamos de um assunto melhor, algo mais interessante para fazer as pessoas se agitarem um pouco.

Malin disse que o jardim de infância onde os filhos dela estavam matriculados estava trabalhando o conceito de "cada pessoa tem o mesmo valor que a outra" e os outros começaram a falar como aquilo era bom e importante.

Vi minha chance.

— Ah, fala sério — eu disse. — Vocês realmente acham que todos somos iguais?

Eles olharam para mim como olhamos para alguém sem saber ao certo se a pessoa está tentando fazer uma piada ou se realmente havia dito uma burrice muito grande.

— Estou falando sério. — Olhei para Malin, a gerente, já que ela é a mais fácil de provocar. — Se você tivesse que escolher entre a vida de cinquenta crianças na Síria e a de Tindra, o que você faria?

— Ah, deixa disso — reclamou Sofie. — Você não pode falar coisas desse tipo.

Mas Malin quis responder.

— Esse exemplo não tem nada a ver com pessoas serem iguais. É claro que Tindra é mais importante para mim, porque ela é minha filha, mas, de um ponto de vista puramente objetivo, ela não vale mais do que qualquer outra pessoa.

Eu não poderia esperar qualquer outra coisa. Malin não é burra.

— Você diria que Tindra vale tanto quanto um pedófilo?

Malin fez careta.

— Pedófilos não merecem nem ser chamados de seres humanos.

Abri um sorriso triunfante.

— E quanto a assassinos? Estupradores?

— Esses exemplos são casos extremos — retrucou Sofie. — Noventa e nove por cento da população não é de pedófilos nem assassinos.

— E se for alguém que bate na mulher e nos filhos? Um racista? Alguém que escreve mensagens de ódio na internet ou que faz *bullying*? Essa pessoa tem o mesmo valor que uma criança inocente?

Sofie começou a responder, mas foi interrompida por Malin, que achou que a discussão era "sem sentido". Tentei em vão voltar para o assunto, mas logo elas deram continuidade às conversas de mãe. A distância entre dilemas morais e gotas de vitaminas e ginástica não é tão grande quanto era de imaginar.

Eu não aguentava mais.

— Vejo vocês amanhã — eu disse, dando um abraço em cada uma delas. Depois, atravessei a praça para pegar minha bicicleta.

Dava para ver que era fim de semana de pagamento. Eram dez e meia e as pessoas estavam passeando pela cidade, animadas com a chance de se presentearem com uma bebida a mais, felizes com o clima gostoso, tentando aproveitar ao máximo o finalzinho do calor antes que o outono chegasse.

No ponto do ônibus, tirei minha bicicleta do suporte e estava montando nela quando uma coisa chamou minha atenção.

Lá estava ela, do outro lado da rua, encostada no muro de tijolos, olhando para o ponto de ônibus, usando um vestido amarelo e floral de verão, botas e um casaco bege, enquanto segurava a bolsa bem firme.

Tive que olhar de novo para me certificar.

Senti os braços ficarem fracos e a bicicleta tombou. Perdi o equilíbrio.

80

Os olhos de Shirine estão marejados.
— Se controla, vai — digo. Despedidas sentimentais não são o meu lance. Então, obviamente estou rabugenta. — Tenho certeza de que ainda vou estar aqui quando você voltar.
— Acho que não — responde Shirine, mordendo o lábio inferior.
Ela está partindo amanhã. Por três semanas.
— O caso vai a julgamento, não é?
— Parece que sim.
Eu não quero falar sobre isso.
— Ilhas Canárias? — pergunto com um olhar cético. — Tenho certeza de que ainda dá tempo de mudar de ideia. Você tem seguro de cancelamento, não tem?
Funciona. A expressão chorosa de Shirine se abre em um sorriso brilhante.
— Você só está com inveja. Vinte e seis graus à sombra durante toda a semana.
— Não esqueça o protetor solar. — Dou uma risada.
Ela concorda com a cabeça e franze o nariz.
— Posso fazer uma pergunta, Shirine?
— Claro.
Hesito. Tento encontrar as palavras certas, mas não é nada fácil.
Fiquei acordada a noite toda, pensando no meu pai. Por que ele declarou que cheguei em casa muito mais cedo do que realmente cheguei naquela noite?
— Até onde você estaria disposta a ir para proteger sua filha?
— Não sei bem o que você quer dizer — responde Shirine. — Eu faria qualquer coisa por Lovisa. Acho que qualquer pai ou mãe faria isso.
— Perjúrio?
— Hã?
Shirine me olha, desconfiada.
— Prestar falso testemunho no tribunal.

— Eu sei o que significa, mas tenho quase certeza de que você não pode obrigar alguém a testemunhar contra o próprio filho.

— Não, mas esqueça os detalhes. Você mentiria no tribunal para proteger Lovisa?

— Pergunta difícil — responde ela, parecendo pensar no assunto. — Depende...

— Ah, vamos...

— Tá legal — diz ela, resolvida. — Tenho certeza de que eu faria qualquer coisa que eu pudesse. Até mesmo mentir. No tribunal.

— Bom.

— Acho que qualquer mãe e qualquer pai estariam dispostos a fazer as coisas mais inimagináveis para salvar o filho.

— Mas meu pai só faz as coisas pensando nele. Ou para que os outros não descubram que ele e sua família não são tão perfeitos quanto ele quer que sejam.

Uma ruga profunda aparece na testa de Shirine. Ela fica sem dizer nada por um minuto.

— Sabe de uma coisa? Acho que isso não é nada incomum. Acho que todos nós queremos que nossa família pareça um pouco mais perfeita e harmoniosa do que realmente é.

Nego com a cabeça. Shirine não entende. Ela não tem ideia de como as coisas são.

— Meu pai não queria me criar no sentido de me educar. Mas sim no sentido de que eu fosse a criação dele. Como se ele fosse Deus. Ele queria que eu fosse exatamente como ele. Não, espere, ele queria que eu fosse do jeito que ele imaginava que a filha dele seria. E quando não deu certo...

É tudo que eu consigo falar. Minha voz falha e fico em silêncio.

— Eu realmente não acredito que seu pai mentiria em relação a nada só para se proteger ou para proteger a reputação da família.

Desvio o olhar. Shirine não sabe porra nenhuma sobre meu pai.

— Então, por que ele fez isso?

— Porque é isso que os pais fazem. Porque ele ama você.

Não olho para ela. Quero dizer algo cruel, algo para magoar, algo para estourar aquele clima sentimental, mas não consigo.

— Vai ficar tudo bem, Stella.

Sinto o toque gentil da mão dela no meu braço, e tudo o que quero é que ela vá embora.

— Ei — sussurra ela.

As lágrimas parecem querer jorrar dos meus olhos. Meu Deus, por que ela não vai embora?

Ela acaricia minhas costas. Isso faz com que eu me sinta segura e esperançosa, mas, ao mesmo tempo, sei que ela está prestes a me deixar. Logo, ela estará deitada em uma espreguiçadeira perto de alguma piscina nas Ilhas Canárias, fazendo cócegas na pequena Lovisa até ela não aguentar mais de tanto rir.

Afasto a mão dela, sem olhar para ela.

— Tenho que ir agora — declara Shirine.

Ainda estou de costas para ela.

— Eu realmente tenho que ir, Stella.

— O.k.

Eu me viro e a vejo passando pela porta. Ela olha por cima do ombro, parecendo incerta.

— O.k. — repito.

Então, dou dois passos e a abraço.

Estou chorando de novo. Deixando tudo sair de dentro de mim.

Shirine me abraça com força, por um longo tempo.

— Boa sorte — sussurra ela.

Não respondo. Não tenho voz.

81

Pedalei até a rua perto da delicatessen. Aquilo já tinha ido longe demais. Longe demais mesmo. Linda Lokind ainda estava me seguindo, mesmo que eu já tivesse terminado tudo com Chris. Com cautela, olho para o ponto do ônibus, mas não conseguia mais vê-la em lugar nenhum.

Tentei controlar um estremecimento. Peguei meu celular e liguei para Amina. Quando ela não atendeu, tentei mandar uma mensagem, por Messenger e pelo Snapchat, mas só recebi silêncio como resposta.

Cada barulho ou movimento me fazia sobressaltar. Meu coração estava disparado. Era como se estivesse sendo perseguida por uma assombração. Não queria ficar sozinha.

Segui com a bicicleta em direção à catedral e pensei em quais eram minhas opções. É claro que eu poderia voltar para meus colegas no restaurante. Eu nem precisaria explicar por que eu tinha voltado, e isso faria com que eu me sentisse mais segura por estar com eles por perto.

Também poderia pedalar para casa. O lado ruim disso era que eu demoraria uns quinze minutos para chegar. Começava a escurecer e as ruas estavam desertas. Eu precisava de gente por perto.

Olhei para o celular de novo. Amina não estava on-line em nenhum lugar. Devia estar dormindo.

Será que eu devia tentar falar com outra pessoa?

Ali, no meio das pequenas fotos de perfil no Messenger, vi o rosto dele. O sorrisão e os olhos brilhantes. Um pontinho verde brilhava na frente do seu nome. *On-line.* Eu tinha me esquecido de apagar o contato do Chris do Messenger.

Merda! Eu tinha decidido esquecê-lo, apagá-lo completamente da minha vida, mas, parando para pensar agora, Chris parecia a melhor opção no fim das contas. Ele conhecia Linda. Talvez pudesse explicar para ela que não havia mais nada entre nós. Talvez ele conseguisse convencê-la a me deixar em paz. Se havia alguém que poderia me acalmar, aquele alguém era Chris.

Olhei para a foto de novo e, naquele momento, percebi quanto sentia falta dele. Senti lágrimas nos olhos enquanto seguia para o parque Lundagård.

Algumas bicicletas passaram por mim nas trilhas de cascalho, e uma senhora mais velha estava passando com seu velho dachshund pela estátua de Tegnér, mas, na maior parte do tempo, tudo estava tranquilo e calmo.

O que eu deveria fazer?

Liguei para Amina de novo. Sem resposta.

Tomei uma decisão impulsiva e mandei uma mensagem para Chris.

Você está aí?

Olhei para a tela, mas nada aconteceu. Olhei várias vezes por cima do meu ombro, achando que estava ouvindo passos e vendo olhos brilhantes atrás dos arbustos.

Ele não respondeu.

Procurei o número dele e enviei uma mensagem. Esperei cinco minutos e liguei várias vezes seguidas. Nada.

O que eu ia fazer?

Parei minha bicicleta do lado de fora da Tegnérs e mandei mais um bando de mensagens para Chris e Amina. Escrevi em maiúsculas pedindo para eles me responderem o mais rápido possível. Era importante.

Entrei na boate e me escondi no meio da multidão. Esperando encontrar algum rosto conhecido para tirar Linda Lokind da minha cabeça fui até o bar e fiquei tomando sidra de pera enquanto verificava meu telefone de dez em dez minutos. Nada ainda.

As pessoas estavam começando a me lançar olhares estranhos. Um cara com o corte de cabelo igual ao do Cristiano Ronaldo tentou me paquerar, mas dei um fora. Naveguei pela internet e mandei a décima mensagem para Amina.

Quando saí, já estava bem escuro. Peguei minha bicicleta e atravessei o parque, desviei de uma poça e quase atropelei dois caras que perguntaram se eu tinha isqueiro. Não respondi, só olhei em volta na escuridão e decidi voltar para casa. Quando peguei à direita para a rua Kyrkogatan, olhei para trás, perdi o equilíbrio e quase caí.

Linda Lokind estava no cruzamento, parecendo um fantasma sob a luz amarelada de um poste. As duas mãos estavam enfiadas no bolso enquanto olhava para o nada.

Decidi, então, ir para a calçada e descer da bicicleta. Havia um barzinho no fim da rua Sandgatan, acho que se chamava Inferno — a porta estava escancarada e ouvi música e risos da rua, passei por uns dois caras tatuados e barbados e entrei no bar pouco iluminado.

Tinha que ser a Linda. Desta vez, eu tinha certeza.

Ou seria minha imaginação? Talvez eu estivesse errada?

Pedi uma taça de vinho e fiquei em um canto. Meu coração estava disparado. Era mesmo a Linda? Agora que eu pensava melhor em tudo, percebi que não olhei direito para o rosto da pessoa.

Eu me lembrei das palavras dela no parque. Como tinha ameaçado machucar o Chris. E se ele estivesse em perigo? Ou pior? Se ela já o tivesse machucado? E se agora... ela quisesse me machucar também?

Onde estava Amina? Por que não me respondia?

Olhei para o bar pouco iluminado. Nada de Linda. As pessoas estavam bebendo cerveja, jogando conversa fora e rindo como se não tivesse nada de errado. Terminei o vinho e fiquei com soluço. Por fim, senti meu telefone vibrar.

Está tudo bem. Dormindo. Vejo você amanhã. <3

A mensagem tinha vindo do telefone de Amina.

Li várias e várias vezes.

Que merda era aquela?

Amina e eu nos comunicamos por mensagem desde a pré-escola. Conheço muito bem o estilo de mensagens da minha melhor amiga, assim como conheço sua voz.

Amina não usa ponto quando manda mensagem de texto.

Amina não escreve *está,* mas sim *tá.*

Aquela mensagem tinha sido escrita por outra pessoa.

82

Pedalei o mais rápido que consegui e já nem estava mais sentindo minhas pernas. Nada mais existia; era apenas eu e minha bicicleta. O trânsito, os carros e as pessoas eram apenas detalhes. Não vi nem ouvi nada. Meus pensamentos giravam a toda a velocidade.

Tudo o que conseguia ver à minha frente era Amina. Eu tinha que continuar. Eu tinha que encontrar Chris.

Enquanto eu subia e saía do túnel na Trollebergsvägen, vi uma delegacia e passou pela minha cabeça procurar a polícia. Aquilo era sério. Alguém queria se certificar de que eu achasse que Amina estava bem. Alguém que não era Amina.

Quando passei pela delegacia, porém, decidi continuar. Eu levaria apenas alguns minutos para chegar à Pilegatan.

As palavras de Linda Lokind ecoaram na minha mente. Imaginei Chris. Amina. O que estava acontecendo?

Minha bicicleta voou aqueles últimos metros no asfalto. O vento soprava no meu rosto e eu vi as estrelas.

Quando cheguei ao prédio, apoiei a bicicleta na parede e olhei para cima. As persianas de todas as janelas do apartamento de Chris estavam fechadas. Estava completamente escuro.

Subi as escadas com as pernas bambas. As batidas do meu coração ecoavam nos meus ouvidos e meu cérebro se resumia a apenas um grande berro.

Soquei a porta de Chris. Toquei a campainha. Nem um som.

Pressionei a orelha na porta, abri o buraco para cartas e gritei lá dentro.

— Chris! Amina!

Nada.

Eu sabia que tinha acontecido alguma coisa.

Eu não tinha ideia do que estava prestes a acontecer.

PARTE TRÊS
A mãe

Não existe justiça — nem dentro nem fora dos tribunais.

Clarence Darrow

83

O julgamento começa na sala dois do tribunal.

Lá fora, a neve cai em grandes flocos que parecem diamantes e sempre que a porta se abre o vento frio invade o prédio, fazendo os pelos dos meus braços se arrepiarem.

Quando entro no tribunal, o juiz distrital Göran Leijon olha para mim e me cumprimenta sombriamente com um movimento discreto de cabeça. Já nos encontramos em várias ocasiões em todos esses anos e nunca tive motivo para não gostar dele. Leijon não é apenas um juiz justo, mas também perspicaz e sutil, uma pessoa cortês e altamente íntegra.

O tribunal se tornou, de muitas formas, um segundo lar para mim depois de todos esses anos, mas, desta vez, parece qualquer coisa, menos um lar. Tudo que eu costumo achar atraente — a atmosfera solene, a seriedade da situação e a tensão no ar — não me provoca nada além de ansiedade agora. O salão, o ar, as paredes, os rostos — tudo parece ameaçador e me deixa tonta.

Os últimos dias são como um borrão. Lugares e momentos se cruzam na minha mente, formando um padrão espinhoso. As impressões pipocam na minha lembrança, todas fora de ordem cronológica e espacial. É como caminhar em um sonho interminável e nebuloso.

Fui a uma reunião com um cliente em Estocolmo. Não faço mais ideia do que foi dito e por que eu estava lá. Sei que eu apaguei no voo de volta para casa. A comissária de bordo perguntou se estava tudo bem. Ainda consigo ver a expressão preocupada em seu rosto.

Pouco antes disso tudo, eu estava no auge da minha carreira, andando alegremente por aí, vestida de Dolce & Gabbana da cabeça aos pés. Eu era admirada por meu modo direto, minhas habilidades e minha diligência. Agora, estou sentada em um tribunal, esperando o julgamento que vai determinar o futuro da minha filha, o meu futuro e o da minha família.

Até muito recentemente, nós éramos uma família perfeitamente normal. Agora somos prisioneiros sob refletores impiedosos.

Ali, diante de mim, o juiz Göran Leijon, responsável pelo julgamento, cochicha alguma coisa para os juízes leigos. Entre eles, havia duas mulheres, ambas na casa dos setenta anos, uma do Partido Verde e outra do Partido Social Democrata — típicas juízas leigas. Parecem ser mulheres compassivas que trazem ao tribunal uma grande compreensão de como fatores socioeconômicos podem influenciar atos criminosos. O tipo de juízes leigos que já encontrei em centenas de casos e que, nove entre dez vezes, significam boas notícias para mim e meu cliente. Nesse caso em particular, no entanto, não estou totalmente convencida de que o efeito será positivo, uma preocupação que discuti com Michael. Em parte, porque Stella é mulher; em parte porque sua aparência vai depor contra ela. Além disso, ela vai ser considerada, em todos os aspectos, uma mulher branca de classe média alta. Para piorar ainda mais as coisas, ela tem uma tendência de se recusar, sob quaisquer circunstâncias, a obedecer às normas de como uma jovem dama bem--educada deve se comportar. Com sorte, Michael talvez a tenha feito entender o papel crucial que seu comportamento no tribunal pode ter.

Sinto-me mais confiante em relação ao terceiro juiz leigo. É um homem de quarenta e poucos anos, aposentado por incapacidade, um democrata — de acordo com Michael ele raramente demonstra muito interesse nos processos legais.

Em geral, não adianta se preocupar muito com juízes leigos. Na verdade, o papel deles no tribunal pode ser considerado algo só para as aparências. Ninguém dá muito peso à opinião deles, e se eles tiverem o mau gosto de discordar da decisão do juiz que preside o julgamento, ele os esmagará apenas com o olhar. Nesse sentido, só posso depositar minhas esperanças em Göran Leijon.

A porta na extremidade do salão se abre e todas as cabeças na galeria se viram. Tudo para. A porta se abre diante de mim. Parece que estou presa em um túnel estreito. Eu me esforço para tentar respirar normalmente.

Primeiro, um guarda uniformizado aparece na porta. Ele se vira para dizer alguma coisa. Minha visão está limitada e embaçada e o túnel começa a se fechar à minha volta.

Finalmente, vejo Stella. Meus olhos ficam marejados, deixando minha visão ainda mais embaçada.

Ela é tão pequena e tudo dói tanto. Parece que foi ontem que ela cabia no meu colo e ficava sentada ali, como uma boneca. Sua chupeta e o cobertorzinho, a primeira vez que ela se levantou e correu. Stella não engatinhou nem andou — já saiu correndo de primeira. Eu me lembro da catapora e do joelho arranhado, manchas de morango no vestido de verão, as sardas e como eu dormia todas as noites na cama dela com um livro na minha cara.

Penso em todos os seus sonhos. Ela queria mudar o mundo. Qual seria o motivo para viver? No início, ela queria ser pastora, como o pai, depois policial ou bombeira. Ela morria de raiva porque as pessoas sempre falavam essas palavras no masculino, mesmo quando já havia mulheres trabalhando nessas profissões fazia muito tempo.

Será que ainda lhe resta algum sonho? Enquanto a observo entrar no tribunal, tudo fica claro para mim, como um soco no meio da minha cara. Meu fracasso é completo e imperdoável. Stella tem dezoito anos, e todos os seus sonhos foram esmagados.

Ela sempre quis ajudar as pessoas. Ela ia ver o mundo, nadar com tubarões, escalar montanhas, aprender a mergulhar e a voar, saltar de paraquedas e viajar de motocicleta pelos Estados Unidos. Por um tempo, sonhou ser atriz ou psicóloga.

O que é um ser humano sem sonhos?

Nossos olhares se cruzam por um breve instante antes de ela se sentar ao lado de Michael. Seus olhos estão cansados e vazios; o cabelo escorrido e a pele, cheia de marcas. Ainda é uma garotinha assustada. *Minha* garotinha assustada. E eu me levanto um pouco da cadeira, equilibrando-me nas pernas e estendendo meu braço. Fracassar com a própria filha. Não existe maior traição.

84

Aqui na minha cadeira na galeria eu me seguro às paredes do meu túnel. Se meu olhar se desviar, o mínimo que seja, corro o risco de deparar com acusações, culpa e ódio que não estou pronta para enfrentar.

Adam está esperando lá fora, porque vai testemunhar. Percebo que sinto falta dele. Nunca precisei dele como preciso agora.

Como estou sentada mais perto da promotoria, não consigo evitar ver Margaretha Olsen na beirada do meu túnel. Nos anos 1990, ela foi minha professora em algumas matérias durante a faculdade de direito; agora ela é professora de direito criminal. Mas hoje ela é, acima de tudo, a mãe de um homem que foi assassinado. Ao seu lado está sua advogada, uma ruiva de uns cinquenta e poucos anos, que acho que conheço, mas não sei bem de onde. Ao seu lado também está o promotor assistente, de cabelo liso e óculos redondos. E, por último, mas não menos importante, a própria promotora: Jenny Jansdotter.

Sei que Jenny tem a mesma idade que eu, mas parece muito mais nova, talvez por ser tão baixinha. O cabelo está preso em um coque sério e o olhar está atento enquanto coloca os óculos. Penso em todas as vezes que me encontrei exatamente nessa situação: a tensão e o suspense quando você acaba de entrar no tribunal para começar um novo julgamento.

Na galeria, a atmosfera é completamente diferente. Eu me contorço para controlar as lágrimas, enquanto tento achar algo para fazer com minhas mãos agitadas. Aqui, a concentração deu lugar à confusão e à preocupação. Sinto o suor brotar nas axilas e minha língua estala, seca, no céu da boca.

Olho para Michael. Gostaria que ele olhasse na minha direção, mas ele está totalmente concentrado na sua preparação. Passamos pela acusação juntos algumas vezes.

Este caso é todo baseado em provas circunstanciais. A promotora baseou todo o caso nas circunstâncias e não conseguiu provar nenhum crime por si só, mas juntas essas provas formam uma cadeia de eventos cujo objetivo é excluir qualquer outra explicação possível.

A evidência em questão consiste em uma pegada que demonstra que Stella esteve na cena do crime na noite do assassinato, registros telefônicos e transcrições de conversas entre Stella e Christopher Olsen, e evidências forenses do apartamento de Christopher em forma de fibras de roupa, células epiteliais e fios de cabelo.

Além disso, a promotora chamou as testemunhas: My Sennevall, uma moradora da rua Pilegatan, que afirma que Stella estava na cena do crime na hora do assassinato. As colegas de trabalho de Stella na H&M, Malin Johansson e Sofie Silverbert, que vão dizer que Stella carregava uma lata de spray de pimenta na bolsa. Jimmy Bark, um funcionário da prisão, que confirmará que Stella demonstrou comportamento violento em diversas ocasiões nas últimas semanas.

A defesa chamou duas testemunhas: Adam e Amina.

Jenny Jansdotter pigarreia e olha diretamente para Stella. Quero gritar para ela parar com aquilo, para deixar minha filha em paz. Ela faz seu discurso de abertura, sem piscar, sem respirar, sem gaguejar em momento algum.

— Stella Sandell conheceu Christopher Olsen em junho deste ano. Eles se conheceram na boate Tegnérs, onde começaram a conversar. Depois de um tempo relativamente curto, começaram um relacionamento de natureza sexual.

O olhar de Stella parece vazio. Está olhando para um ponto fixo à frente de Jenny Jansdotter, e é impossível vislumbrar qualquer sinal de protesto contra a versão dos fatos que a promotora está apresentando.

— Um tempo depois, a amiga de Stella, Amina Bešić, cujo testemunho ouviremos hoje, começou a sair com Christopher Olsen sem Stella saber. Amina também tinha um relacionamento sexual com a vítima e Stella logo descobriu isso.

Acho que vejo o juiz Göran Leijon assentir discretamente. Ao seu lado, os juízes leigos acompanham com grande interesse a história que a promotora está apresentando. Até o momento, tudo o que ela disse é verdade.

— Christopher Olsen quis terminar o relacionamento com Stella Sandell, e eles não tiveram nenhum contato por uma semana. Mas, na noite de 31 de agosto, poucas horas antes do assassinato, Stella tentou ligar e mandar mensagens de texto para ele. Depois, foi até a casa dele na rua Pilegatan. Às onze e meia, a testemunha My Sennevall, uma vizinha de Christopher, viu Stella chegar à casa dele de bicicleta e subir correndo até o apartamento dele. Trinta minutos depois, My Sennevall viu Stella novamente. Dessa vez, ela se encontrava em pé na calçada do outro lado da rua do prédio da vítima, parecendo esperar alguma coisa.

A estrutura desse julgamento dá à promotoria uma inegável vantagem. Existe um benefício psicológico de ser o primeiro a apresentar a série de eventos. A narrativa que alguém ouve primeiro simplesmente parece ser a verdadeira; qualquer outra versão subsequente encontra uma barreira muito maior de credibilidade para mudar a compreensão original que se tinha da cadeia de eventos. E, infelizmente, tanto o juiz quanto os juízes leigos são humanos, não importa quanto se esforcem para se colocar acima de preconceitos e outros mecanismos psicológicos que nos afetam e nos guiam.

As pessoas estão digitando em teclados na galeria. Alguns estão fazendo anotações à mão. Jornalistas e repórteres, que naturalmente já têm ideias bem definidas sobre o que aconteceu, prontos para compartilhar isso com cada alma que tenha acesso a uma antena de tv ou conexão com a internet. Eu estendo a mão para o homem barbudo sentado ao meu lado. *Existe outra verdade; você ainda não ouviu nada. Os dois lados têm que ter a chance de falar.* O barbudo olha para mim surpreso, enquanto digita e levanta as duas sobrancelhas como se quisesse saber o que quero com ele. Volto para o meu túnel. Sinto o cheiro do meu próprio suor.

— Em algum momento, entre meia-noite e uma hora da manhã no dia 1º de setembro, Christopher Olsen chega em casa — continua a promotora. — Stella estava esperando na rua do lado de fora, e ele a deixa entrar. Eles começam a discutir e é provável que a briga tenha a ver com o relacionamento de Olsen com Amina Bešić. Durante a discussão, Stella pega uma faca no suporte da parede da cozinha de Christopher Olsen. Ele foge de casa e sai correndo pela rua. Vai até o parquinho infantil na esquina das ruas Pilegatan e Rådmansgatan. Quando chega lá, Stella Sandell o alcança e o ataca brutalmente, esfaqueando a indefesa vítima. Ele é atingido no peito, na barriga e no pescoço, mas nenhum desses ferimentos o mata instantaneamente. Stella Sandell o deixa sangrar até a morte.

Parece que estou assistindo a um filme na minha mente. Vejo a faca na mão de Stella, enquanto ela a levanta acima da cabeça e o esfaqueia.

Tenho que me levantar. As pessoas começam a olhar para mim; todos sabem quem sou, é claro. Os jornalistas já me identificaram há muito tempo. Uma última gota de honra profissional e respeito pelos outros é a única coisa que os impede de me atacar com perguntas e acusações. Olho em volta e dou alguns passos para a direita, depois alguns para a esquerda e me sento novamente na minha cadeira. Tudo está girando.

— Você está se sentindo bem? — pergunta o barbudo.

Nego com a cabeça. Estou longe de estar me sentindo bem. Aperto a barriga e respiro, sinto meus lábios tremerem.

Sei que Adam está lá fora, mas, mesmo assim, sinto-me completa e profundamente abandonada. Não entendo. Em geral, quando as pessoas falam sobre seres humanos como animais sociais, parte de um continente e nunca de uma ilha, tenho dificuldade de compreender o sentimento. Durante toda a minha vida, senti-me um pouco separada do resto da humanidade. Isso nunca foi grande fonte de tristeza para mim, possivelmente porque é impossível sentir falta do que nunca se teve, mas os fortes laços que unem outras pessoas, sejam eles simbolizados por alianças, sangue ou qualquer outra coisa, sempre pareceram mais fracos, mais finos, menos significativos para mim do que para os outros.

A primeira vez que percebi isso foi há alguns anos, quando observei a amizade de Stella e Amina e vi algo que eu desejava. Foi um sentimento completamente estranho, sentir ciúme do relacionamento da própria filha com uma amiga. Levou algum tempo, ressentimento e muitas lágrimas — uma verdadeira catástrofe na minha vida — antes de eu perceber que, mesmo que eu nutra fortes sentimentos por Amina, mesmo que eu me veja e sinta uma grande afinidade por ela, o que eu realmente desejava era minha própria família.

Eu queria Stella. Eu queria minha amada garotinha.

E sentia falta de Adam.

85

Acho que foi a imagem simples de Adam que me atraiu primeiro. Eu já o tinha visto passando por mim nos corredores dos dormitórios de Wermlands, mas nunca prestei muita atenção nele. Uma noite, no final de dezembro, nós acabamos nos sentando um de frente para o outro em uma das cozinhas coletivas e, alguns anos mais tarde, tínhamos formado uma família.

Parece ridículo em retrospecto, mas eu não tinha noção que existiam homens como Adam. Tive muitos namorados na minha cidade, mas raramente alguém com quem valesse a pena ficar por mais que alguns meses. Os caras por quem eu me interessava eram atraentes, extrovertidos e confiantes, o que costumava significar que assim que você ultrapassava o exterior polido, encontrava um garotinho assustado.

Durante algumas semanas do último semestre do meu terceiro ano do ensino médio, namorei um cara chamado Klabbe, que malhava peito e braço na academia quatro vezes por semana quando não estava dirigindo pelos dois quarteirões da cidade sua BMW que consumia metade do seu salário na fábrica de pão. Ele gostava de me chamar de Princesa porque eu o fazia bochechar para limpar o tabaco dos dentes antes de nos beijarmos.

Com certeza, havia outros homens como Adam à minha volta, mas sempre ficaram fora do meu radar uma vez que sua posição e seu status eram praticamente inexistentes na cidadezinha onde nasci. Em Lund, tudo era diferente. Outras características e atributos eram valorizados ali. Eu estava determinada a nunca mais voltar para casa.

Adam me ofereceu perspectivas excitantes tanto no nosso mundinho quanto no mais amplo. Era muito comum que nossas discussões começassem por causa dos nossos pontos de vista diametralmente opostos, o que acabava nos levando a *insights* e algum tipo de consenso. Ele tinha uma habilidade incomparável de tratar a opinião dos outros com tanta dignidade e respeito que era impossível ficar com raiva dele. E isso me deixava com raiva.

— Não posso simplesmente aceitar, Adam! *Se considerarmos os dois lados de uma discussão, todo mundo tem certa razão.* Mas o objetivo de uma discussão é ganhar!

— Você acha? Eu acho que o objetivo de uma discussão é que a gente se desenvolva como pessoa. Sempre que meus pontos de vista são questionados, eu aprendo alguma coisa nova.

Às vezes, passávamos metade na noite sentados no quartinho dele no dormitório: Adam na cama, com os joelhos dobrados; eu no chão em frente a ele, com as pernas esticadas. Uma garrafa de vinho e um pacote de batatas chips.

— Todo esse relativismo crescente me deixa nervosa, Adam. Certamente alguns valores têm de ser absolutos. Isso não se aplica à religião? Você tem permissão de acreditar no quanto quiser?

— É claro. É por isso que se chama "acreditar" e não "saber".

Toda essa ideia de crença era novidade para mim e me assustava um pouco. Sem saber bem o porquê, e por questão de rotina, sempre achei que todas as religiões fossem dogmáticas e inimigas da individualidade. Não existia espaço para coisas assim na minha visão liberal e secular do mundo. Vim de um lugar onde era tão natural batizar os filhos na igreja quanto debochar e ridicularizar aqueles que se intitulavam cristãos.

— Não acho que seja bom ser motivado pela convicção, não importa de que tipo ela seja — disse Adam. — Isso não tem nada a ver com religião nem com uma crença em Deus.

— Pare de parecer tão sensato — pedi, enfiando mais batata na boca. — Quero ter uma discussão que eu possa ganhar!

— Você vai ser uma excelente advogada.

Nós rimos, nos beijamos e transamos. Aquilo era novo para mim. Adam me tocou de um jeito novo; ele olhava para mim com uma expressão carinhosa que eu nunca tinha visto antes. Ele pôs o coração dele à minha disposição, despiu sua alma e se colocou diante de mim, completamente destemido, na sua cama mal-arrumada que tinha cheiro de desodorante Axe e batatas chips.

Eu via nossa relação como tempestuosa. De certa forma, presumi o tempo todo que ela terminaria da forma não inesperada e explosiva quanto começara. Aquela era a minha visão de relacionamentos românticos: eram breves, intensos e rapidamente esquecidos. Você deveria aproveitá-los enquanto duravam, mas pular fora antes que tudo se reduzisse a ruínas.

As pessoas à minha volta sempre tinham fortes reações quando eu mencionava a formação de Adam.

— Ele vai mesmo virar pastor?

Cada vez que ouvia isso, eu me acuava. Eu costumava defender Adam dizendo que ele não era nem um pouco como um pastor. Não um pastor de verdade.

— Mas ele acredita em Deus e na Bíblia e todas essas coisas?

Eu não tinha como negar aquilo.

— Mas não do jeito que você pensa — argumentava eu, algumas vezes, embora não conseguisse explicar como realmente era.

Foi uma coisa natural que nosso relacionamento continuasse. Agora, quase vinte e cinco anos depois, pode soar trivial e chato, mas meu relacionamento com Adam se baseou principal e primeiramente na segurança, na solidariedade e em um forte senso de ter encontrado nosso lugar na vida. E aquilo era exatamente do que eu precisava.

O futuro nunca estava particularmente presente no nosso dia a dia. Estávamos ocupados demais com tudo o que estava acontecendo. Nesse sentido, acho que não éramos tão diferentes das outras pessoas da nossa idade. Não é como se nos recusássemos a pensar no que viria depois, decisões que teríamos que tomar em relação à família e nossa carreira e essas coisas. Era só que não conseguíamos enxergar além do horizonte.

Aquela linhazinha no teste de gravidez mais ou menos uma semana antes do Natal mudou tudo com um único golpe. No início, fiquei totalmente fascinada, andando como uma pessoa recém-apaixonada, mas, quando o estado vertiginoso passou, não demorou muito para eu ser tomada por uma ansiedade enorme que eu nunca tinha sentido antes. Começou com uma dúvida sobre nossa decisão de iniciar uma família — não seria melhor esperar alguns anos? — e acabou em uma frustração desesperada sobre um mundo deteriorado repleto de violência e miséria. Fiquei chocada ao me ver chorando pelo futuro que parecia ser inevitável para meu bebê que ainda nem tinha nascido.

É horrível pensar nisso agora. Era como se eu já soubesse naquela época. Uma premonição horrenda no fundo do meu ser, avisando-me sobre a chegada de Stella ao mundo. A culpa me rasga por dentro.

Eu era jovem demais e me deixei levar.

86

O juiz se vira para Stella.

— Você gostaria de falar sobre esses eventos e acrescentar mais alguma coisa ao seu testemunho?

Stella olha para Michael, que assente. Estou tão grata por ele estar ao lado dela.

Quando ele ligou naquela noite de sábado no início de setembro para avisar que Stella tinha sido presa, eu sabia que seria capaz de fazê-lo ouvir a voz da razão. Ele me devia isso, depois de tudo que tinha acontecido. Claro que foi um tormento me sentar no escritório dele com Adam, era um ato de equilíbrio constante para evitar dar qualquer pista, mas nada disso teria sido possível sem Michael.

— Por onde devo começar? — pergunta Stella, olhando para o juiz.

Todos no tribunal estão olhando para ela. Os olhos de Göran Leijon podem ser calorosos e gentis, mas vejo que a mão de Stella está tremendo na beirada da mesa. Gostaria de poder me sentar ao lado dela e abraçá-la. O túnel está se fechando à minha volta, e ofego. O jornalista barbudo olha para mim.

Stella sabe exatamente o que deve e o que não deve dizer. Michael repassou tudo com ela várias vezes. O importante agora é que ela — uma vez na vida — faça o que lhe disseram para fazer. Por favor, minha querida Stella!

Essa parte do julgamento é extremamente importante. A primeira e provavelmente única chance de o réu provocar uma boa impressão. Conheço as técnicas de Michael de trás para a frente. A maior parte do que sei aprendi com ele. É crucial que o réu desperte confiança, que se apresente como forte e, ao mesmo tempo, vulnerável. É melhor seguir a narrativa da promotoria o máximo possível e só se afastar dela nos pontos que são absolutamente necessários para objetar a autoria do crime. É importante parecer cooperativo. Stella deve mostrar que é humana; nem mais, nem menos do que isso.

— Você conheceu Christopher Olsen? — pergunta o juiz. — Acho que pode começar por aí.

Stella respira fundo e olha para Michael. Ele assente, dando-lhe sinal verde, depois se vira de costas para a audiência e para mim.

Sinto um frio na barriga. Uma pontada de dúvida. Posso confiar em Michael, não posso?

— Nós o conhecemos na Tegnérs — começa Stella com voz suave. — Amina e eu.

Não me atrevo a me mexer. Mal me atrevo a respirar.

— Foi em algum momento em junho. Achei o Chris charmoso e... sabe? Excitante. Ele era tão mais velho. Tinha trinta e dois anos, e eu, dezessete.

As juízas leigas trocam um olhar entre si.

— Ele me disse que já tinha viajado muito — continua Stella. — Para um monte de lugares. E dava para perceber que ele tinha dinheiro. Parecia que tinha uma vida agitada. O tipo de vida que sonho ter.

Ela está usando o presente: sonho. Não sonhei, nem sonhava. Ela ainda sonha.

— Depois daquela noite, ele mandou uma mensagem de texto dizendo que queria que nos encontrássemos de novo. E foi o que aconteceu.

A voz dela está mais forte agora. De vez em quando, ela ergue a cabeça e olha diretamente para Leijon e os juízes leigos. Michael se empertiga e a estimula a continuar com um tapinha no braço. Claro que ele está usando uma das camisas azuis que ele manda fazer sob encomenda em Helsingborg. Muitos anos atrás, quando trabalhamos juntos, ele confessou que costuma jogar fora as camisas que usa no tribunal. É impossível se livrar do cheiro de suor.

— Fomos ao apartamento de Chris algumas vezes — diz Stella. — Fomos uma vez pra Copenhagen de limusine para jantarmos em um restaurante chique. Fomos a um *spa* em Ystad e passamos uma noite em uma suíte do Grand Hotel.

É ridículo como sabemos pouco sobre a vida da nossa própria filha. E eu estava convencida de que Stella e eu tínhamos ficado mais próximas nos últimos anos. Mesmo assim, só sei uma pequena fração do que acontece na vida dela. Fico imaginando se isso é estranho ou até mesmo errado. Se é uma característica do nosso relacionamento em particular ou se mães de adolescentes costumam acreditar que sabem mais sobre a vida dos filhos do que realmente sabem.

— Às vezes, nós três saíamos juntos. Chris, Amina e eu — diz Stella. — Tipo assim, Chris e eu não estávamos namorando, nem nada. Nós transamos algumas vezes, mas não éramos um casal.

Os juízes leigos trocam outro olhar. As mulheres fazem careta, e o democrata Sueco fica vermelho. Também não quero a vida sexual da minha filha exposta dessa forma, mas é preciso um pouco mais que isso para me chocar.

— Não era nada sério, nada assim. Nem para mim, nem para ele. Para ser bem sincera, acho que Chris não queria namorar uma garota de dezessete anos e, para mim, era impensável começar um relacionamento. Eu logo ia fazer uma grande viagem para a Ásia.

Sinto os olhos arderem e enxugo rapidamente as lágrimas com um lenço de papel. Na minha mente, vejo Stella sob uma palmeira de alguma praia paradisíaca. Não me atrevo a pensar em outra alternativa. Muitos anos na cadeia. E provavelmente uma sentença da sociedade — no mercado de trabalho e entre amigos e conhecidos. Como Adam e eu conseguiremos seguir com nossa vida? Como Stela vai conseguir?

— Sei que Amina esteve com Chris algumas vezes — diz Stella. — Isso não me incomodou.

Göran Leijon coça a cabeça.

— Você poderia ser mais precisa nesse ponto?

— Qual?

— O que você quer dizer exatamente quando diz que Amina *esteve com Chris*?

Pela primeira vez, o tribunal vê um lado diferente de Stella. Os olhos dela brilham e as veias do pescoço ficam salientes.

— Eu quero dizer que eles passaram um tempo juntos. Só isso! Amina não transou com Chris, se é isso o que está insinuando.

Göran Leijon fica vermelho e toma um gole de água, enquanto Michael pousa a mão no braço de Stella para acalmá-la.

— Fiquei em estado de choque quando descobri... — A voz dela treme e Stella coça o rosto. — Quando a polícia me contou o que tinha acontecido. Não consegui acreditar. Eu sabia que Chris estava sofrendo ameaças, mas que ele tenha morrido... Eu ainda não consegui aceitar isso.

A expressão do rosto das pessoas começa a mudar na galeria. O ritmo da digitação dos jornalistas começa a diminuir. Atrás de mim, alguém cochicha um pouco alto demais, perguntando de que ameaças Stella está falando. É da ex-namorada? Fecho os olhos e respiro. O túnel se abriu um pouco.

— Antes que a promotora comece suas perguntas, talvez você queira nos contar o que estava fazendo na noite do dia 31 de agosto — sugere Göran Leijon.

A voz dele soou gentil, e o olhar parecia compassivo e digno de confiança.

— Trabalhei na H&M até as sete e quinze, a hora que fechamos — conta Stella. — Depois, saí com alguns colegas de trabalho e fomos ao restaurante Stortorget. Ficamos em uma mesa na área externa por algumas horas. Devia ser umas dez e meia quando peguei minha bicicleta.

Michael se recostou um pouco na cadeira, seus ombros relaxaram. Isso faz com que eu me sinta aliviada e preocupada ao mesmo tempo.

— Quando eu estava pegando a minha bicicleta, vi Linda Lokind do outro lado da rua. Essa é a ex de Chris. Ela já tinha me seguido em outra ocasião. Ela é muito assustadora e tentei ligar para Amina, mas ela não atendeu. Eu não sabia o que fazer. Foi quando tentei entrar em contato com Chris.

Tentei me colocar no lugar dela. O que eu teria feito? É tão fácil acreditar que você sabe exatamente como vai reagir em diferentes situações, mas aprendi, não apenas com meu trabalho, que essas noções não significam nada quando as apostas são feitas. É simplesmente impossível prever como você vai lidar com certas situações.

Stella explica que Linda Lokind a seguiu e a assediou durante várias semanas. Ela ficou com medo. Sabia que Linda era instável e talvez até perigosa. Foi por isso que Stella entrou na Tegnérs, para ficar no meio de muita gente, enquanto esperava que Amina e Chris respondessem.

— Eles não responderam, então, quando eu me acalmei um pouco, decidi voltar para casa. Mas só cheguei até a rua Kyrkogatan, no cruzamento perto da biblioteca. E lá estava Linda Lokind de novo.

Os juízes leigos parecem atentos e ouço um burburinho na galeria. A única pessoa que não parece afetada por isso é Jenny Jansdotter. Ela está empertigada na cadeira, totalmente imóvel, como se estivesse esperando sua chance de acabar com Stella.

— Fiquei morrendo de medo — diz ela, e explica que entrou correndo no barzinho chamado Inferno, que fica bem naquele cruzamento.

Escondeu-se nos fundos, rezando para que Linda Lokind não a seguisse.

— Amina ainda não tinha respondido e eu não conseguia falar com Chris, então, decidi ir ao apartamento dele. Foi um verdadeiro pesadelo. Eu não sabia o que fazer.

A respiração de Stella era o único som audível no tribunal. Todos os olhos estavam fixos nela.

— Eles não estavam lá — disse Stella.

Ao meu lado, as pessoas viram a cabeça. Alguém arrasta o sapato no chão. Uma repórter do telejornal masca chiclete.

— Toquei a campainha e soquei a porta. Depois encostei o ouvido na porta para ver se ouvia algum barulho, mas eles não estavam lá.

Stella pega o copo d'água. A mão está trêmula quando se inclina para a frente. O cabelo cobre seu rosto.

Alguma coisa está estranha. E se ela contar a história toda? Stella sempre adorou um drama. Ela sonhava ser atriz, e ali estava ela, no palco, diante de uma grande audiência, fazendo seu grande show. Estendo um braço na direção dela.

— Voltei para casa. Voltei para casa e fui para a cama — diz ela, afastando o cabelo do rosto. — Não sei o que aconteceu depois disso.

87

— Com isso, a promotora pode começar suas perguntas — declara o juiz.

Jenny Jansdotter não se mexe. Todos os músculos de sua expressão séria parecem estar na mais profunda concentração. Todo o tribunal está aguardando por ela.

Então, ela volta a se mover e olha para Stella.

— Quem não estava lá?

A voz é forte e autoritária, não combina em nada com seu tamanho.

— O quê?

— Você acabou de dizer "eles não estavam lá". A quem você estava se referindo.

Stella faz um gesto querendo parecer *blasé*.

— Chris — responde ela. — Christopher Olsen. Ele não estava em casa. Então, eu fui para a minha casa.

— Mas você não disse "ele". Você disse "eles". No plural. Mais de uma pessoa. Quem, além de Chris Olsen, não estava lá?

Stella lança um olhar rápido para Michael.

— Amina, eu acho.

— Amina Bešić?

Stella concorda com a cabeça.

— Devo pedir que todas as perguntas da promotoria sejam respondidas verbalmente — orienta Göran Leijon. — Para registro nos autos.

Stella o fulmina com o olhar. Seu lábio superior estremece.

— Sim — responde Stella com voz exageradamente alta.

Quando me viro, percebo que o jornalista barbudo está me observando. Ele desvia o olhar assim que nossos olhos se encontram.

O que ele está pensando a meu respeito? Olho para os espectadores à minha volta. O que estavam pensando? Talvez sintam pena de mim. Tenho certeza de que alguns me culpam. Outros provavelmente sentem que o pai e a mãe são parcialmente responsáveis pelas ações de um filho. Principalmente no meu caso. Em parte porque sou mulher e mãe. Um homem nunca sofre o mesmo tipo de cobrança. Em parte porque sou advogada de defesa, enquanto meu marido é um pastor charmoso que prega o amor e os Mandamentos de Deus.

Será que eu também deveria estar no banco dos réus? Ao lado de Stella, acusada de ser completamente inapta para criar uma filha e por ser cúmplice de assassinato? Tenho certeza de que algumas pessoas acham isso.

Jenny Jansdotter lança um olhar significativo para o juiz antes de continuar. Não faço ideia do que a promotora acha, mas acredito ser altamente improvável que ela me considere totalmente inocente.

— Por que você imaginou que Amina estaria na casa de Chris? — pergunta ela para Stella.

— Sei lá. Não sei nem se eu realmente achei isso.

— Mas foi o que você acabou de dizer.

Jenny Jansdotter conseguiu um silêncio bastante eficaz no tribunal. Stella não sabe para onde olhar.

— Por que você acredita que Amina estava com Christopher Olsen nessa noite específica do dia 31 de agosto? — insiste a promotora. — Não é verdade que você tinha cortado todo e qualquer contato com Olsen? Tanto você quanto Amina?

Vejo suor na testa da minha filha. Seu medo transparece naquele salão confinado e se prende à pele dela como cola. Sinto uma coceira desesperadora.

Você consegue, Stella. Não perca a coragem agora!

— Nós paramos de ter contato com Chris — disse ela, olhando para a promotora.

— É mesmo? — Jenny Jansdotter olha para ela por um longo tempo, mas Stella não se acovarda. — Vocês tinham combinado?

— Algo do tipo.

Jenny Jansdotter mal ouve a resposta. Já está fazendo a próxima pergunta:

— Você disse que voltou de bicicleta para casa quando ninguém atendeu a porta do apartamento do Chris. Que horas foi isso?

— Não sei — responde Stella.

Ela olha para Michael. Foi tão rápido que a maioria das pessoas no tribunal provavelmente nem notou. Mas eu noto. E sei que chegamos a um ponto crítico. Se Stella continuar dizendo que voltou para casa às duas da manhã, isso acaba com o testemunho de Adam. Ele não pode se sentar no tribunal e contradizer Stella. Sinto como se meu peito se enchesse de cimento.

Michael puxa o nó da gravata. A camisa está ensopada de suor. Estamos prestes a descobrir se ele foi bem-sucedido na sua missão.

— Você não faz a menor ideia de que horas eram? — pergunta Jenny Jansdotter.

Stella aperta os lábios.

— Acho que devia ser em torno de onze e meia ou meia-noite. Acho que é isso.

O peso no peito começa a ceder aos poucos. O ar enche meus pulmões.

— Durante um interrogatório, você disse que chegou em casa às duas da manhã — declara Jenny Jansdotter com firmeza. — Não foi?

Stella baixa o olhar.

— Eu só disse isso para punir meu pai.

A promotora parece genuinamente surpresa.

— Queira explicar isso.

— Quando eu soube que meu pai forneceu um álibi, quis que ele parecesse um mentiroso.

Não havia nenhuma hesitação na sua voz. Respiro calma e tranquilamente.

— Você está me dizendo que mentiu durante um interrogatório da polícia para punir seu pai?

Stella concorda com a cabeça.

— E por que você queria punir seu pai, Stella?

— Ele sempre foi superprotetor. Tivemos alguns problemas. Eu estava sendo infantil.

Estou feliz por Adam não estar ouvindo isso. Eu sabia que ele não ouviria, caso contrário, não sei se isso teria sido possível.

— Tenho certeza de que você compreende que isso parece muito estranho — declarou Jenny Jansdotter.

— As coisas são como são.

— São mesmo? Tem certeza de que não está mentindo agora, Stella? Para proteger seu pai?

Ela olha para a promotora e nega com a cabeça veementemente.

— Não!

Jenny Jansdotter folheia alguns documentos.

— Que horas você chegou em casa naquela noite, Stella? Quando a polícia a interrogou, você disse duas horas...

— Eu cheguei em casa antes da meia-noite. Entre onze e meia e meia-noite.

A promotora solta um suspiro audível.

— Então, você e Amina Bešić tinham um acordo de que nenhuma das duas voltaria a ver Christopher Olsen de novo — continua Jenny Jansdotter. — Entendi corretamente?

— Não era um *acordo*. Nós só dissemos que não o veríamos mais.

A promotora lança um olhar como se quisesse sugerir que Stella está se atendo a detalhes.

— E por que vocês combinaram isso? Por que vocês combinaram de parar de ver Christopher?

— Descobrimos que ele estava mentindo e nunca permitiríamos que alguém fizesse isso com a gente.

— Não foi por que você sabia que Amina e Christopher tinham um relacionamento sexual?

— Eles nunca tiveram um relacionamento sexual.

— Você descobriu que Christopher estava traindo você, Stella?

— Claro que não.

Reconheço aquele tom irritado. Ela está começando a perder a paciência.

— Não é verdade que você descobriu que sua melhor amiga e o homem com quem tinha começado um relacionamento estavam passando tempo juntos sem você saber? Com certeza você não pode acreditar que o relacionamento deles era completamente platônico.

Prendo a respiração.

Stella olha para a galeria. Por uma fração de segundo nossos olhares se encontram. É o suficiente.

Ela sabe que eu também sei?

— Platônico significa... — começa Jenny Jansdotter, mas Stella a interrompe.

— Eu sei o que significa platônico — diz ela. — Pelo menos eu acho que sei aonde você quer chegar com isso. Embora, na verdade, Platão nunca tenha dito que o verdadeiro amor espiritual não pudesse envolver uma proximidade física e sexo, mas é uma confusão muito comum, então não se sinta burra por isso.

Um homem na galeria ri e o barbudo ao meu lado abre um sorriso encorajador.

— Platão é meu filósofo favorito — declara Stella.

— Eu sempre preferi Sócrates — responde Jenny Jansdotter.

— Isso não me surpreende.

Michael esconde o riso com a mão. Os juízes leigos trocam olhares e a sombra de um sorriso aparece no rosto do juiz Göran Leijon.

— Amina não dormiu com Chris Olsen — declara Stella, e a atmosfera alegre desaparece tão rápido quanto surgiu.

Jenny Jansdotter estava prestes a formular outra pergunta, mas Stella ainda não tinha terminado. Ela levanta a mão. A voz está fraca e trêmula.

— Amina nunca dormiu com ninguém. Ela era... é... virgem.

88

Reviro minha bolsa procurando os lencinhos umedecidos. Meu coração está quase saltando pela boca e não paro de suar, mesmo enxugando constantemente a testa. É como se o aquecimento tivesse entrado na minha cabeça fazendo com que meus pensamentos fervessem.

Stella está diminuindo lentamente diante dos meus olhos. Não sei se é uma ilusão de óptica ou se ela está curvando os ombros e se encolhendo toda.

Quais são seus motivos? Stella está trancafiada na prisão, sem privilégios de visita, há oito intermináveis semanas.

É claro que está fazendo isso pelo bem de Amina. Mas essa explicação não é suficiente. Stella poderia ter tomado outros caminhos. Caminhos mais simples. A única conclusão racional é que ela está fazendo tudo isso, que está sentada diante de mim agora com ombros encolhidos e olhos marejados, não apenas por Amina, mas também por nós. Por Adam e por mim. Por nossa família.

Muitas vezes, desejei ter tido uma amiga como Amina. Desde a época da pré-escola, ela e Stella eram inseparáveis. Com certeza, devem ter passado por desentendimentos e brigas, mas, no fim das contas, a solidariedade inquebrantável que tinham ultrapassava todos os obstáculos imagináveis. Pelo menos, até agora.

Não consigo sequer imaginar algo que daria mais segurança na vida do que ter uma aliada como Stella e Amina sempre foram uma para a outra. Talvez minha vida tivesse sido diferente se eu tivesse me aberto para uma amizade tão íntima. Tive uma ou outra melhor amiga no ensino fundamental e no médio, mas mesmo naquela época eu já havia começado a erguer os muros para proteger as partes mais profundas de mim. Sempre considerei fraqueza demonstrar minhas emoções na frente dos outros.

Enxugo a testa de novo e tento manter a compostura. O homem barbudo ao meu lado abre um pacote de balas e mastiga de boca aberta enquanto a promotora apresenta as evidências forenses. Um técnico de laboratório é chamado e explica para o tribunal que não existe a menor dúvida de que a pegada encontrada na cena do crime veio do sapato de Stella. A pegada foi encontrada a alguns metros do corpo de Christopher Olsen e havia gotas de sangue, o que indica que a pegada foi feita antes de Olsen ser esfaqueado. Como houve pancadas de chuva na manhã de sexta-feira, também é possível concluir que o horário mais cedo que Stella poderia ter visitado o parquinho seria na hora do almoço do dia do assassinato.

Quando My Sennevall sobe no banco das testemunhas, há uma mudança na atmosfera. É como se todos temessem que aquela garota frágil, com seu olhar hesitante e cabelo despenteado, fosse ruir diante deles. Tanto a promotora quanto Michael baixam o tom de voz para fazer as perguntas. My Sennevall lança olhares paranoicos em volta do tribunal antes de responder.

— Você disse que ouviu gritos por volta de uma hora da manhã — declara Michael. — Você pode descrever como eram esses gritos?

My Sennevall olha para ele por um longo tempo.

— Parecia que alguém estava sendo esfaqueado. Ele gritou várias vezes, como se alguém o estivesse esfaqueando.

É claro que Michael questionou isso. Como ela poderia saber que os gritos vinham de alguém que estava sendo esfaqueado?

— Se fossem tiros, eu teria ouvido — retruca My Sennevall.

O jornalista barbudo revira os olhos.

— Você poderia nos contar um pouco sobre sua saúde? — pede Michael. — É verdade que você tem acompanhamento psiquiátrico?

Não estou prestando muita atenção enquanto My Sennevall compartilha sua triste história de vida. Quando deixa o tribunal, parece uma mulher ainda mais perturbada. A porta parece dar um suspiro de alívio ao se fechar depois da saída dela.

Os testemunhos que se seguem são rápidos e sem nenhum impacto. As colegas de trabalho de Stella da H&M, Malin e Sofie, confirmam que Stella sempre andava com uma lata de spray de pimenta na bolsa, e que ela estava com a bolsa na noite de sexta-feira. A promotora mostra uma lata de spray de pimenta e as duas confirmam que a de Stella era igualzinha àquela.

Os técnicos da polícia apresentam a mesma lata de spray de pimenta ao tribunal e explicam que eles confirmaram, por meio de análise química, que os vestígios de líquido encontrados no corpo de Christopher Olsen eram idênticos ao da marca que Stella tinha.

Depois disso, o agente prisional Jimmy Bark diz que, durante o tempo em que está presa, Stella se mostrou violenta em mais de uma ocasião. Jimmy Bark passa uma impressão claramente insensível, respondendo às perguntas de forma breve e direta, e chego à conclusão de que uma pessoa como ele seria capaz de provocar tendências agressivas no próprio Dalai Lama.

O jornalista barbudo franze a testa durante o testemunho do agente prisional. Depois, ele simplesmente estende o pacote de bala para me oferecer uma. Fico tão confusa que pego um caramelo, mesmo não gostando desse tipo de doce.

Ele sorri. Será que me enganei em relação a ele?

Sempre vejo as pessoas com desconfiança. Um ceticismo saudável. Durante toda a minha vida, sempre tive medo de parecer ingênua. Meu pai uma vez disse que apenas cachorros submissos oferecem o pescoço para os oponentes. Foi só recentemente que aprendi que não preciso considerar as outras pessoas como oponentes.

Durante a faculdade, toda a minha existência se resumia a uma grande competição.

"Estou em busca de boas notas e não de amigos", é uma resposta que eu poderia ter dado ao convite para uma festa.

Era como se eu tivesse me colocado dentro de uma cápsula, um casulo que foi ficando cada vez mais forte. Cada imperfeição precisava ser escondida com inteligência e sucesso, mesmo enquanto o medo de que meu verdadeiro eu fosse revelado continuava crescendo. Apesar disso, eu acabava frequentemente no centro das atenções. Tinha dificuldade de estar em uma situação sem entrar em ação, sem querer comandar o rumo dos acontecimentos. As pessoas eram atraídas para mim e ficavam ansiosas para me conhecer melhor, mas a única pessoa que realmente sempre me compreendeu além das discussões, notas e provas e amizades superficiais foi Adam.

Agora ele está esperando do lado de fora do tribunal. Logo será a vez dele. A qualquer momento vão chamá-lo pelo sistema de comunicação. Ainda não sei o que vai acontecer.

No início, achei que não ia funcionar; não acreditei que as coisas fossem chegar a esse ponto. Adam sempre foi inflexível em relação aos seus padrões morais. A ideia de que mentiria para a polícia parecia remota, impensável até. Mas subestimei o significado da família. As pessoas estão preparadas para deixar tudo de lado, inclusive a ética e a moral, para proteger sua família. O mais rígido dos princípios pode ser facilmente pulverizado quando é uma questão de proteger o próprio filho. Mentiras, culpa e segredos. Que família não tem isso no alicerce?

No momento que uma pessoa vem ao mundo, duas outras se tornam pais. O amor pelos nossos filhos não obedece às leis.

Ontem à noite, Adam e eu nos sentamos em silêncio na cozinha enquanto tomávamos uma garrafa de vinho.

— Não sei se consigo fazer isso, querida.

Rezo a Deus que ele consiga. Parece estranho, mas realmente uno as mãos e faço uma oração. Um minuto depois, Adam é chamado ao tribunal.

89

Adam atravessa o tribunal devagar. Não afasta o olhar de Stella enquanto o juiz lhe dá as boas-vindas e lhe mostra onde deve se sentar.

Ele se acomoda no banco das testemunhas, de costas para a galeria. O barbudo olha para mim do jeito que você olha para alguém com uma doença terminal.

O juiz chama Michael.

— Olá, Adam — diz ele. — Entendo que isso seja incrivelmente difícil para você, então, vou tentar ser breve. Você pode começar informando para o tribunal qual é o seu trabalho.

Adam ainda não tinha afastado o olhar de Stella.

— Sou pastor da Igreja da Suécia.

A pedido de Michael, ele explica que foi capelão da prisão por muitos anos, mas agora é pastor de uma das maiores congregações da cidade.

A voz dele falha um pouco.

— Você pode descrever resumidamente o seu relacionamento com Stella? — pede Michael.

Adam e Stella se olham.

— Eu amo Stella — declara meu marido. — Ela é tudo para mim.

Sinto um aperto no peito. Mais de uma vez, em todos esses anos, reprovei Adam por como meu relacionamento com Stella se desenvolveu. Quando ela era pequena, eu sempre ouvia que Adam era um pai maravilhoso e como eu tinha sorte de ter uma filha com ele. E isso com certeza era verdade. Adam foi e é um chefe de família maravilhoso e eu o amo muito por isso. Sinto vergonha do ciúme que eu sentia às vezes. Por que eu reagia aos meus próprios fracassos com Stella me distanciando ainda mais? Eu trabalhava muito em vez de lidar com o nosso relacionamento, passando cada vez mais tempo em algo em que eu realmente era boa. Eu estava claramente me enganando; aquilo foi uma traição a Stella.

Em seguida, Michael pergunta sobre o relacionamento de Adam e Stella com o passar dos anos.

— Nem sempre foi perfeito — responde ele. — Houve altos e baixos. Algumas vezes foi bem complicado.

Michael lhe dá a chance de continuar e Adam baixa a cabeça.

— Não existe nada mais difícil no mundo do que ser pai. Eu certamente errei algumas vezes. Eu tinha tantas esperanças e expectativas sobre como seria. Que tipo de pai eu seria; que tipo de filha Stella seria. Como nosso relacionamento seria.

— E as coisas sempre saíram do jeito que você esperava? — pergunta Michael.

— Não acho que o problema seja como as coisas se saíram. Acho que o problema foi como construí expectativas. Tive muita dificuldade para aceitar algumas escolhas de vida de Stella. Às vezes eu me esqueço de como é ser um adolescente.

Olho para o juiz principal. Vejo uma expressão de compreensão no rosto de Göran Leijon. Ele entende. Tem filhos adolescentes também.

— Adam — diz Michael. — Você pode nos contar o que aconteceu na sexta-feira, dia 31 de agosto?

Adam se vira para Stella de novo. Eu me inclino em direção a ele para ver seu rosto.

Adam não diz nada. Por que ele não diz nada?

É claro que eu deveria ter dado mais informações a ele, mas fiquei aterrorizada que ele não entendesse ou que seu firme senso de moral entrasse no caminho.

E se for tarde demais? Se ele mudar de ideia, se ele voltar atrás? Isso seria devastador.

— Eu trabalhei até tarde naquele dia — diz ele, respondendo por fim.

A voz está oscilante enquanto conta sobre o funeral de um jovem. A semana tinha sido difícil e, na sexta-feira, Adam estava esgotado. Após o trabalho, ele preparou o jantar e, depois disso, jogamos alguns jogos no sofá e fomos para a cama.

— Você sabia onde Stella estava naquela noite? — pergunta Michael, tocando no nó da gravata.

O rosto de Adam está pálido.

— Ela disse que ia sair com uma amiga. Amina Bešić.

— Está bem — responde Michael com calma. — Então, você e sua mulher foram para cama antes de Stella chegar em casa?

— Exatamente.

— E que horas foi isso?

Eu me empertigo na cadeira.

Por favor, Adam. Pense na sua família!

— Por volta das onze, acho — diz ele. — Eu não olhei no relógio.

— E você dormiu logo?

— Não, fiquei acordado por algumas horas.

— Algumas horas?

— É.

Tomo um gole rápido de água, mas não fecho direito a tampa e molho minha perna, que seco com as costas da mão. O homem barbudo olha para mim.

— Você estava acordado quando Stella chegou naquela noite? — pergunta Michael.

Eu me movo mais para o lado. Adam levanta o queixo e seu colarinho clerical brilha, tão branco quanto a inocência, em direção aos juízes.

— Eu estava acordado quando ela chegou — diz ele.

A voz dele está mais forte agora. Clara e firme. Eu me recosto na cadeira de novo.

— Você sabe que horas eram? — pergunta Michael.

— Quinze para a meia-noite. Olhei no relógio quando a ouvi chegar.

Um dos juízes leigos leva a mão à boca. O resto do tribunal fica olhando para Adam em silêncio.

— E você tem certeza do horário?

— Tenho certeza. Juro por Deus.

90

— Como você pode ter tanta certeza? — perguntei a Adam.

Isso é claro era um dos seus problemas: ele sempre duvidava. E agora, não havia nenhum espaço para isso. Ele tinha decidido.

— Vai ser maravilhoso. Você vai ser a melhor mãe do mundo inteiro.

Ele simplesmente desconsiderou todas as minhas dúvidas. De acordo com Adam, minha ansiedade era parte natural do processo. Ao nos tornarmos pais, teríamos que fazer ajustes abrangentes que mudariam nossa vida para sempre. Não era de estranhar que eu estivesse cheia de dúvidas e hesitação a ponto de me sentir doente.

Na verdade, éramos jovens demais para ter um filho. Eu tinha acabado de começar a trabalhar como assessora judicial e Adam estava no meio do curso. Seis meses antes ainda morávamos no dormitório estudantil e passávamos várias noites por semana em bares, boates ou indo a jantares com colegas de faculdade, mas, durante o verão, tivemos a sorte de encontrar um apartamento bem espaçoso de um quarto em Norra Fäladen. Além disso, Adam tinha certeza de que a imobiliária concordaria em encontrar um apartamento de dois quartos se soubesse que nossa família ia crescer.

"Eu amo você", repetia Adam várias vezes por dia, antes de se abaixar e beijar minha barriga. — E você aí dentro também.

Gradualmente, a pior parte dos meus medos de fim do mundo se acalmaram e minha ansiedade deu lugar aos pés inchados. Em algumas ocasiões, eu nem conseguia me levantar da cama, e me sentia um grande fracasso como mulher.

Adam preparava sopa caseira, trazia meias de compressão e travesseiros térmicos e fazia massagens. Embora eu questionasse nosso momento de vida, se realmente era a hora certa de trazermos uma criança ao mundo, nunca duvidei de que Adam fosse o homem certo para ser pai do meu filho.

Eu passava muito tempo trabalhando quando Stella era pequena. Às vezes, eu me perguntava se havia alguma coisa errada comigo, se eu era diferente das outras mães porque eu não consegui colocar o resto da minha vida em espera para me dedicar totalmente à maternidade, nem tirava forças do fato de ser mãe.

Sem Adam, não teria sido possível. Ele estava sempre lá, um porto seguro no qual eu podia atracar. Ele nunca me negou nada. Adam me dava total apoio.

Logo descobri que o sucesso que eu não tinha na vida familiar poderia conquistar em minha carreira. Aos vinte e nove anos, eu tinha me tornado uma advogada de sucesso, considerada uma estrela em ascensão. Fui convidada para trabalhar em um escritório respeitado em toda a Suécia. Enquanto Adam ensinava Stella a andar de bicicleta sem rodinhas e colocava Band-Aid nos joelhos ralados, eu me alternava entre clientes importantes em Estocolmo e relatórios rápidos em frente a programas infantis e comida congelada. Não acho que eu seja a única a falar que eu desejava estímulos tanto na carreira quanto na família. Mesmo que eu não tenha nascido com um pênis.

Ser uma mãe dedicada sempre colidiu com meu desejo egoísta de autoafirmação e sucesso em outras partes da minha vida, e, embora eu realmente tenha tentado, nunca consegui me reduzir o suficiente para me tornar a mãe que esperavam que eu fosse, a mãe que eu acreditava que queria ser. Nesse ínterim, vi muitos homens não serem criticados pelos mesmos defeitos que me perseguiam e faziam com que eu me sentisse um zero à esquerda como mãe.

No início, eu achava que os laços entre Adam e Stella fossem uma coisa totalmente positiva. Stella era a filhinha do papai. Eu podia chegar em casa tarde, com a cabeça cheia de estatutos e precedentes, e encontrá-los deitados de pijama no sofá em um mar de travesseiros, enquanto ele contava histórias para ela dormir. Stella estava de mãos dadas com o pai em todas as bifurcações do seu caminho. Era um mundinho de livros infantis, e eu sentia meu coração pular de alegria todas as manhãs quando ouvia os pezinhos da nossa filha entrarem no nosso quarto.

A mudança aconteceu lentamente. Não sei direito quando começou, mas as coisas que antes aqueciam meu coração logo passaram a me provocar um frio na espinha. Eu encontrava motivos para ficar irritada com tudo. Quando alguém dizia que pai maravilhoso Adam era e que relacionamento adorável ele parecia ter com Stella, eu não sentia mais orgulho. Na verdade, eu me sentia excluída. Quando Adam me contava, com riqueza de detalhes, seus dias de contos de fadas com Stella, eu me enchia de culpa, vergonha e inveja.

Logo começamos a falar sobre aumentar a família. Acho que nosso desejo de ter outro filho veio de uma vaga decepção que nenhum de nós dois chegou a verbalizar. Contra qualquer lógica, eu me convenci de que meu relacionamento com Stella melhoraria se ela tivesse um irmão.

Tentamos engravidar por mais de um ano. Nunca conversamos sobre o motivo de isso não ter funcionado. Desconfio que tenha sido por algum tipo de respeito mútuo e mal aplicado. Mais cedo ou mais tarde, o teste daria positivo e, até lá, tudo o que poderíamos fazer era tentar o máximo possível e, no caso de Adam, talvez pedir essa graça a Deus.

Na noite de Santa Valburga quando Stella tinha quatro anos, finalmente quebramos o silêncio. Estávamos na cama e todo o mundo girou assim que abri os olhos. O cheiro da fogueira tinha entranhado na nossa pele.

— Querida — sussurrou Adam. — Acho que tem alguma coisa errada.

— Errada? — repeti, embora soubesse exatamente do que ele estava falando.

— O que devemos fazer?

Não consegui responder. Lágrimas queimavam meus olhos, mas lutei contra elas.

— Amo você.

Não consegui responder.

91

— A promotoria tem alguma pergunta para esta testemunha? — pergunta o juiz principal.

— Tenho.

Jenny Jansdotter conversa um pouco com o assistente da promotoria antes de se dirigir a Adam.

— Como você descreveria seu estado de espírito naquela sexta-feira?

Acho que vislumbro Adam encolher os ombros, mas ele não tem tempo de formular a resposta antes de Jenny Jansdotter continuar.

— Você disse anteriormente que estava cansado e esgotado. Que tinha sido uma semana difícil. Que teve que fazer o funeral de um jovem.

— Exatamente.

— Mesmo assim, não conseguiu dormir?

— Bem, às vezes esse tipo de exaustão tem o efeito contrário — responde Adam com calma. — Você simplesmente não consegue dormir quando está morto de cansado. Também estava preocupado com Stella, é claro. Muito preocupado. Não gosto de dormir antes de ela chegar em casa.

Jenny Jansdotter pega uma caneta e começa a girá-la entre os dedos.

— Então você alega que estava acordado quando Stella chegou em casa naquela noite?

— Sim.

— E a que horas ela chegou?

— Eu já disse.

— Gostaria que repetisse.

— Quinze para a meia-noite — repete Adam, parecendo irritado.

Jenny Jansdotter vira a cabeça e projeta o pescoço para a frente como uma ave de rapina.

— Curioso — comenta ela.

Há um alarmante ar de triunfo na sua voz.

— Muito curioso — repete ela, desdobrando um documento na mesa à sua frente.

O que é aquilo? Deixamos passar alguma coisa?

— Tenho aqui uma lista das suas mensagens de texto, Adam. De cada uma que foi enviada pelo seu celular na noite do assassinato, e de cada mensagem de texto que você recebeu. Duas mensagens foram apagadas do seu telefone, mas os técnicos da polícia conseguiram recuperá-las. Tenho certeza de que você sabe que textos apagados podem ser recuperados, não é...

Adam baixou a cabeça.

Droga. Isso não pode ser verdade. Como Michael pode deixar passar os registros telefônicos? Sabíamos que a polícia tinha confiscado o celular de Adam como evidência, mas nunca me ocorreu que poderia haver alguma informação comprometedora ali.

— Às onze e quinze, a seguinte mensagem foi enviada do seu celular para o número de Stella: *Você vai voltar para casa hoje?*

A promotora mostra a lista e a mensagem com a ponta da caneta.

— Certo — diz Adam.

— Você se lembra de ter enviado essa mensagem?

Ele contrai os ombros e parece constrangido.

— Acho que talvez eu tenha mandado. Minha mulher disse que Stella talvez dormisse na casa de Amina. Foi por isso que mandei a mensagem.

— *Você vai voltar para casa hoje?* — repete a promotora. — Você recebeu alguma resposta de Stella?

Adam coça o queixo. Tento chamar atenção de Michael, mas ele se recusa a olhar na minha direção. O suor está escorrendo do seu rosto enquanto ele puxa o nó da gravata como se não conseguisse respirar.

— Eu não me lembro — sussurra Adam.

— Tem certeza? Você não se lembra se recebeu uma resposta?

Adam engole em seco e nega com a cabeça várias vezes.

— Provavelmente ela não respondeu.

Jenny Jansdotter sacode a lista. Ao meu lado, o barbudo suspira. Estou vislumbrando aonde isso vai chegar. Como deixamos uma coisa dessas passar?

— Stella, na verdade, respondeu — afirma a promotora.

— É mesmo?

Adam fica ali parado como se estivesse esperando o golpe de misericórdia. Quero gritar para ele manter a calma — não pode desistir agora.

— Os técnicos conseguiram recuperar essa mensagem também. Na verdade você apagou as duas mensagens no sábado, assim que soube que Stella tinha sido presa.

— Apaguei? — pergunta Adam.

Ele não está mentindo muito bem. Ninguém está acreditando nele.

— Stella escreveu, *Estou a caminho*. A mensagem foi recebida no seu celular às vinte para as duas da manhã. Quando Stella já estava, de acordo com seu testemunho, em casa havia quase duas horas.

92

Adam não responde à afirmação da promotora.
— Você tem alguma explicação para essa mensagem? — pergunta Jenny Jansdotter. — Por que Stella enviaria uma mensagem dizendo estar a caminho de casa às vinte para as duas da manhã quando você alega que ela chegou quinze para a meia-noite?
Adam fica em silêncio. Os segundos se arrastam.
Uma mulher na fileira atrás da minha puxa minha camisa e faz um gesto para eu me sentar. Mas tenho que ir até Adam. Ele precisa de mim. Isso é tudo culpa minha!
— Tenho certeza de que pode haver atrasos na entrega — responde Adam por fim.
O barbudo faz um "psiu" e faz um gesto com a cabeça em direção ao fim da fileira de cadeiras, onde um segurança estufou o peito e está olhando para mim.
— O que você quer dizer com isso Adam? — pergunta a promotora.
— Às vezes as mensagens podem ficar presas no ciberespaço — diz ele em tom de dúvida. — Só porque eu recebi a mensagem em determinado horário não significa que ela tenha sido mandada nesse mesmo horário.
Eu me sento de novo e um suspiro de alívio escapa de mim. Adam com certeza está certo. Ele talvez não saiba nada sobre esses detalhes técnicos, mas é inteligente e rápido de raciocínio. O bom senso diria até que ele não está errado. O fato de que a promotora tem prova da hora que o texto chegou não significa nada na prática, a não ser que ela possa provar a hora que a mensagem foi enviada. E, para isso, ela teria que ter acesso ao telefone de Stella.
Jenny Jansdotter faz uma expressão de sofrimento.
— Será que Stella não chegou em casa muito mais tarde do que você está dizendo?
Eu lanço um olhar rápido para o segurança e vejo que ele se distraiu e não está mais olhando para mim.

— Não — insiste Adam, com firmeza. — Stella chegou em casa às onze e quarenta e cinco.

Michael enxuga o suor da testa com as costas da mão. Ao seu lado, Stella está olhando para a mesa com o olhar vazio. Ela parece tão pequena e frágil e eu me odeio por estar fazendo-a passar por tudo isso.

Nas últimas semanas, eu me vi diversas vezes na situação de ter que explicar tanto para mim quanto para Michael por que não podíamos contar tudo para Stella. Tive muitas dúvidas em relação a isso, mas seria arriscado demais contar tudo para ela. Stella tem muita dificuldade de controlar os próprios impulsos. Uma emoção forte demais e uma palavra fora de lugar poriam tudo a perder.

Além disso, Stella sempre amou ser do contra. Quando os técnicos de handebol diziam para ela fazer um jogo mais baixo, ela fazia o mais alto; quando a mãe de Adam elogiou seu cabelo até a cintura, ela raspou a cabeça.

Meu peito dói ao olhar para ela.

— Você sabe onde está o celular de Stella? — pergunta a promotora para Adam.

— Não faço ideia.

— Por que os investigadores não conseguiram localizá-lo?

— Não sei.

A voz de Adam está mais calma agora.

— Qual foi a última vez que você viu o celular de Stella?

— Não me lembro.

— Ou será que você o encontrou, Adam?

— Não encontrei — diz ele com firmeza. — Stella sempre está com o celular dela.

— Então, ela levou o celular com ela para o trabalho, na H&M, no sábado, quando foi presa.

— Acredito que sim.

— Se isso fosse verdade, a polícia o teria encontrado, não é?

Jenny Jansdotter olha fixamente para ele agora, mas não consegue fazê-lo perder a calma.

— É verdade que você encontrou o telefone de Stella no sábado? O dia em que ela foi presa?

— Claro que não.

Adam levanta a cabeça e olha por cima do ombro; por uma fração de segundo nossos olhares se encontram.

— Eu não sei nada sobre o telefone de Stella — repete ele.

Isso está mais perto da verdade do que a promotora acha. Adam não sabe o que aconteceu com o celular de Stella. Só eu sei.

Por um momento, a promotora perde o fio da meada. Ela faz um bom trabalho para esconder, mas com certeza não passa despercebido por mim nem pelos advogados experientes que estão no tribunal. Permito-me relaxar um pouco. Recosto-me e tomo alguns goles de água. O barbudo olha para mim e tenho a sensação de que ele sabe, de que consegue ler meus pensamentos.

Quando Jenny Jansdotter se recompõe e, depois de falar com seu assistente, ela continua o interrogatório.

— E você falou com Stella quando ela chegou em casa na sexta-feira à noite?
— Falei — diz Adam. — Como eu já disse.
— E o que vocês conversaram? — pergunta a promotora.
— Abri a porta e dei boa-noite. Stella respondeu com um boa-noite também.
— Você a viu?
— Vi.
— E como ela estava vestida? — pergunta Jenny Jansdotter.
— Ela estava de calcinha e sutiã.
— Só isso? Ela costuma tirar a roupa antes de ir para o quarto?
— Às vezes, eu acho. Se as roupas precisam ser lavadas, ela as deixa na lavanderia.
— De acordo com os colegas de trabalho de Stella que foram com ela para o restaurante Stortorget naquela noite, Stella estava usando calça jeans escura e uma blusa branca. A polícia encontrou a calça quando vasculharam a casa, mas a blusa não foi localizada. Você viu essa blusa branca quando Stella voltou para casa?
— Não — responde Adam. — Não sei nada sobre a blusa.

Isso é verdade até certo ponto.

— Tem certeza? Você não viu uma blusa branca na lavanderia?
— Não.
— Nem no sábado?
— Não que eu me lembre — diz Adam. — Mas mesmo que eu tivesse visto acho que não é o tipo de coisa que eu guardaria na memória.
— Acho que teria sim — contradiz Jenny Jansdotter. — Porque eu acredito que a blusa estivesse coberta de manchas. De sangue. Você não viu nenhuma blusa ensanguentada?
— Com certeza, não!

Agora Adam responde com tanta firmeza que parece zangado. Isso não é bom. Nada bom. Michael faz um sinal discreto para ele.

Jenny Jansdotter ataca novamente:

— Você tem aquecedor a lenha em casa?
— Tenho.

— Durante a busca na sua casa, a polícia encontrou vestígios de que foi usado recentemente. Quem acendeu o aquecedor no sábado?

Adam coça atrás da orelha.

— Ou fui eu ou foi minha mulher.

Ele está sendo inteligente. É claro que entendeu o que está acontecendo. Tudo o que precisa fazer é manter a calma. Pense na sua família, Adam. Pense em Stella e em mim.

— Você não sabe? — pergunta Jenny Jansdotter.

— A gente costuma usar muito o aquecedor.

— No verão? No início de setembro? Quando está mais de vinte graus do lado de fora?

— A gente acha aconchegante.

A promotora solta um suspiro audível.

— Então, não é verdade que você encontrou a blusa machada de sangue e a queimou no aquecedor a lenha?

— Claro que não — responde Adam. — Eu não queimei nenhuma blusa.

Não, ele não queimou.

93

Quando o juiz encerra o primeiro dia do julgamento, eu me levanto e consigo trocar um olhar com Stella antes de os guardas a levarem. Nos encaramos por um segundo ou dois. Estendo a mão; ela paira no ar. Este é o momento em que preciso ser uma mãe de verdade; em que devo compensar por tudo que nunca consegui fazer quando Stella era pequena. Desta vez, estou fazendo o que sei fazer de melhor. Por favor, Stella, você precisa confiar em mim.

Nos últimos anos, nosso relacionamento foi melhorando aos poucos. Enquanto Adam achava cada vez mais difícil compreender as diversas escolhas de vida de Stella, comecei a ficar mais próxima dela; comecei a entender minha filha cada vez melhor. Graças a Amina até certo ponto. Foi por intermédio dela que finalmente consegui ver Stella de acordo com seus próprios termos. Por intermédio de Amina, aprendi a compreender.

Claro que foi difícil quando descobri que é mais fácil conversar com Amina do que com Stella. Aquela culpa sempre esteve presente no fundo da minha alma como uma camada pesada de lama. Às vezes, quando acho impossível entender as ações de Stella, seus motivos e sua lógica, vejo minhas próprias forças de motivação refletidas em Amina.

— Stella não é como você e eu — disse ela. — Stella é simplesmente Stella.

Isso foi logo depois de Stella abandonar o handebol. Um dia ela estava no time jovem nacional, onde previam um futuro brilhante para ela; no seguinte, estava vendendo o tênis de handebol na internet. Adam e eu ficamos perplexos e confusos.

— Não dá para entender a Stella a não ser que comece a pensar como ela — explicou-me Amina.

Aquilo parecia tão simples, tão óbvio — só que não.

— A Stella não consegue lidar com outras pessoas tentando controlá-la — continuou Amina. — Nesse ponto que estamos, grande parte do jogo de handebol envolve jogadas ensaiadas e coisas que treinamos várias e várias vezes. Stella não consegue lidar com isso.

Acho que foi Adam quem mais sofreu por não ter tido mais filhos. Ele tem a própria cruz para carregar. Ele se esfolou para tentar fazer Stella atender às nossas expectativas em vez de aceitá-la do jeito que é. É surpreendente que nossa família não tenha desmoronado. Tento ver o que está acontecendo agora como uma chance de recomeçarmos, uma nova oportunidade que pretendo aproveitar, custe o que custar.

— Por que você não é mais parecida com Amina? — perguntei certa vez para Stella, quando ela tinha perdido o controle e transformado nossa vida em um caos pela enésima vez seguida.

Uma vez na vida, ela não teve resposta. Ficou apenas em silêncio. Olhou para mim e, embora os olhos dela estivessem secos, era como se estivesse chorando.

Ela sabia o que eu queria dizer, é claro. As palavras simplesmente escapuliram — apenas uma vez, nunca mais —, mas Stella enxergou dentro da minha alma. Ela via o modo como eu olhava para Amina, o modo como eu conversava com ela, como nós compartilhávamos alguma coisa.

Abracei Stella e chorei no ombro dela.

— Desculpe, filha, desculpe. Não era isso o que eu queria dizer.

Não adiantou, é claro. Nós duas sabíamos exatamente o que eu quis dizer.

Quando saio do tribunal, não vejo Adam em lugar nenhum. Os bancos no vestíbulo estão ocupados por estranhos. Dou alguns passos pelo corredor, mas não vejo Adam.

Onde ele está?

Um segundo antes ele estava sentado no banco das testemunhas, jurando por Deus que sua filha estava em casa enquanto aquele homem sangrava até morrer em um parquinho do outro lado da cidade.

Ele deve estar à beira de um colapso.

Meu coração dispara enquanto entro no outro corredor. Eu o encontro perto do banheiro. Está curvado, sentado em um banco, parecendo que todos os ossos do seu corpo estavam quebrados.

— Amor — sussurro. — Estou tão orgulhosa de você.

Eu o abraço. O corpo dele está tenso e frio. Apoio o rosto no ombro dele e sinto uma calidez se espalhar pelo meu peito. Não estou fazendo isso só por Stella e Amina.

— E se não adiantar? — O olhar dele era de desespero. — O que foi que eu fiz?

Acaricio a nuca dele.

— Eu estou aqui — sussurro. — Nós estamos juntos.

Não é muito, mas é o melhor consolo que posso oferecer no momento. Durante essas últimas semanas, sempre achei que entendia seu sofrimento; comparei a angústia dele com a minha. Assim como Adam violou a ética da sua profissão, também fui contra tudo em que eu acreditava. A lei sempre foi minha religião. Certamente, tem suas falhas, algumas bem graves, mas eu ainda acreditava firmemente que a lei é o pilar e o farol de uma sociedade moderna. Eu acreditava que a lei era o meio adequado para regular uma sociedade democrática. Agora não sei mais no que acredito. Alguns valores são impossíveis de explicar ou medir em estatutos. E, assim como na vida, a lei não se importa com o que as pessoas comuns chamam de justiça.

Quando olho para Adam, compreendo que isso deve estar cobrando um preço mais alto dele do que de mim. No pior cenário possível, ele vai enfrentar acusações: invasão, violência contra uma funcionária pública, influência ilegal.

Por fim, nós nos levantamos. Mantenho o braço firme na cintura dele enquanto atravessamos o fórum, passamos pela recepção e seguimos para a escada.

— Você fez a coisa certa, querido — digo. — Amanhã é a vez de Amina.

Pegamos um táxi para casa, e Adam me pergunta sobre tudo o que aconteceu no julgamento antes do testemunho dele. Quando conto para ele sobre a pegada e a análise do spray de pimenta, vejo uma expressão de preocupação em seu rosto.

— Mas eles não têm nenhuma prova concreta — diz ele.

— É trabalho do tribunal avaliar as provas apresentadas. Em um caso baseado em provas circunstanciais como esse, não se pode considerar uma prova individualmente. É preciso olhar para o quadro completo. Depois disso, o tribunal vai testar a teoria da promotoria do crime contra hipóteses alternativas. Se não for possível excluir outras explicações, existe dúvida razoável e o tribunal precisa inocentar o réu.

— Mas nem sempre existem outras explicações, não é?

— Em geral, os requisitos mínimos são: o réu estar na cena do crime, ter a oportunidade de cometer o crime e outros possíveis suspeitos serem excluídos.

Adam olha pela janela e pego meu celular para ver o que os jornais estão dizendo. O *Sydsvenskan* e o *Skånskan* trouxeram matérias pequenas sobre o primeiro dia de julgamento, mas não foram muito além disso. A seção de crimes do *Aftonbladet* traz a seguinte manchete: "Pai é pressionado pela promotora". O artigo é cheio de insinuações questionando o testemunho de Adam. *Cem anos atrás, seria completamente impensável que um pastor mentisse em um tribunal, mas, depois do primeiro dia de julgamento no Fórum de Lund, existem vários motivos para se perguntar se esse ainda é o caso.* Não consigo acreditar no que estou lendo. Não posso permitir de jeito nenhum que Adam leia isso. No alto da página tem o nome e a foto do jornalista. É o barbudo que passou o dia todo do meu lado.

O táxi entra na nossa rua. Alguns vizinhos estão reunidos, olhando na nossa direção.

— Boa noite — diz o motorista quando pago.

— Hum-hum.

Contorno o carro e pego a mão de Adam. Nenhum de nós olha para os vizinhos.

Na entrada, Adam fica tenso.

— Foi ela... Foi ela que fez?

Não gosto de mentir para ele. Só uma última vez.

— Eu não sei, querido.

94

O tribunal é meu lar e minha fortaleza. Já passei mais horas em diversos tribunais do que em casa com minha família. Mas nunca me senti mais perdida e exposta aqui do que agora, sufocada de angústia e atormentada pelo arrependimento.

Adam fica bem perto de mim enquanto atravessamos o corredor do fórum. Logo que entramos no tribunal, só vejo rostos estranhos entre os espectadores. Jornalistas, imagino, talvez algum curioso do público geral. Procuro o repórter barbudo, mas ele não está ali. Talvez o *Aftonbladet* tenha mandado outra pessoa hoje? Os conhecidos engravatados de Christopher Olsen pelo menos formam a mesma falange de ontem. Estão cochichando algo. Parece que alguns deles foram investigados por envolvimento em uma grande rede de negócios obscuros e trabalho ilegal que Michael descobriu.

No fundo da galeria, vejo um rosto familiar. Alexandra baixou a cabeça para pegar alguma coisa na bolsa e a franja cobriu seus olhos.

Olho de um lado para o outro por um tempo. Então, Alexandra afasta o cabelo do rosto e olha para mim. Nós nos cumprimentamos com a cabeça e solto um suspiro de alívio quando vejo que Dino não veio.

Sempre gostei de Alexandra. De muitas formas, eu me vejo nela. Uma mulher forte com uma carreira de sucesso e uma visão relaxada da vida. Boa comida, algumas taças do melhor vinho e boas risadas na companhia de amigos nos uniram. Ao mesmo tempo, não posso negar que eu a invejei algumas vezes, quando vejo como é fácil lidar com Amina — houve momentos em que desejei trocar de lugar com ela.

A primeira testemunha do dia é chamada.

Amina segue direto para o banco das testemunhas sem levantar os olhos nenhuma vez. Está pálida e sem maquiagem; as bochechas sumiram nas últimas semanas.

Michael lança-me um olhar ansioso.

— Você entende o que significa ser uma testemunha? — pergunta Göran Leijon.

Amina assente e sussurra:

— Entendo.

Ela repete depois de Leijon:

— Eu, Amina Bešić, juro e afirmo em nome da minha honra e consciência que direi a verdade, somente a verdade, nada além da verdade.

Levo a mão ao peito e me concentro na minha respiração. Uma agitação percorre meu corpo, me devorando. Um terrível senso de que uma catástrofe está prestes a acontecer me obriga a recostar na cadeira.

— Vamos começar com as perguntas do advogado de defesa — declara Göran Leijon.

É isso.

Michael fala devagar e com voz gentil. Ao lado dele, Stella levanta o queixo e olha fixamente para Amina. Passaram-se várias semanas desde a última vez que se viram.

— Você pode começar contando como você e Stella se conheceram? — pede Michael.

Amina olha para a mesa.

— Ela é minha melhor amiga desde a pré-escola. Estudamos na mesma turma do primeiro ao nono ano e éramos do mesmo time de handebol.

Sinto uma queimação no peito. A imagem delas, ainda crianças, vem à minha mente.

— Como você descreveria o relacionamento de vocês atualmente? — pergunta Michael.

Amina continua olhando para a mesa. O tempo passa e sinto as dúvidas de Michael crescerem.

— Ela ainda é minha melhor amiga.

Michael assente. No silêncio que se segue, vejo um brilho cauteloso nos olhos de Stella. No que ela está pensando? O que ela acha que está acontecendo? Se a decisão estivesse nas mãos de Amina, nunca teríamos deixado Stella naquela prisão de pensamentos e angústia. O que fizemos foi de acordo com a decisão que eu tomei, e sou eu que vou ter que responder por tudo o que acontecer — seja lá o que for.

— Como você descreveria a personalidade de Stella? — pergunta Michael.

— Bem, ela... Ela é do jeito que é. Ela é *Stella*, não existe ninguém como ela.

Não consigo evitar o sorriso. No meio disso tudo, estou sentada no julgamento da minha filha, com um sorriso no rosto.

— Ela é muito corajosa. Sempre diz o que pensa e faz o que *ela* quer fazer. Ela nunca cede à pressão para se encaixar.

As duas amigas trocam um olhar. Laços como os que ligam Stella e Amina são mais fortes do que qualquer um naquele tribunal pode imaginar.

— E ela é muito inteligente também — continua Amina. — Não que as pessoas percebam isso logo de cara, só quando realmente começam a conhecê-la. E ela é, sem dúvida, a pessoa mais teimosa que eu conheço. Muito impulsiva. Uma pessoa que vai atrás do que quer. Algumas pessoas acham que ela é exagerada. Eu acho que Stella é o tipo de pessoa que você ama ou odeia.

Michael está prestes a fazer a próxima pergunta quando Amina o interrompe:

— E eu a amo.

A voz dela falha e ela esconde o rosto com as mãos. Lágrimas enormes escorrem pelo seu rosto. Sinto um nó na garganta. Até mesmo Michael parece emocionado.

— Você pode nos falar um pouco sobre Christopher Olsen? — pede ele. — Como vocês duas o conheceram?

Amina olha para Stella. Meu coração está disparado no peito. Minhas axilas estão encharcadas de suor. É horrível não poder mais influenciar o que está acontecendo. Agora tenho que confiar em Amina. Tudo está nas mãos dela.

95

— Conte-nos sobre Christopher Olsen — diz Michael. — Como vocês duas o conheceram?

Ele empurra uma caixa de lenço de papel na mesa e Amina enxuga as lágrimas.

— Nós conhecemos o Chris na Tegnérs uma noite.

Arrisco um olhar para Adam, que parece estar profundamente concentrado. Estou morrendo de medo do que está por vir.

Amina conta a mesma história que Stella contou ontem. As garotas viram Christopher Olsen algumas vezes, as duas juntas e na casa de Olsen, mas era isso.

— Você diria que Stella e Christopher Olsen estavam namorando? — pergunta Michael.

— Com certeza, não. Stella e Chris estavam curtindo um pouco a vida, só isso.

Michael assente.

— Você poderia dar mais detalhes? Eles tinham um relacionamento sexual?

— Eles transavam, mas não era um relacionamento.

Amina soa confiante e convincente.

— Ontem ouvimos algumas alegações de que a Stella às vezes age de forma violenta. Isso é verdade? Você já sentiu que ela é uma pessoa violenta?

Amina encolhe os ombros. Meu coração dá um salto.

Não entendo por que Michael está perguntando isso. Para evitar que a promotora faça?

— Não — responde Amina.

Mas ela não parece mais tão convincente.

Michael enxuga o suor da testa.

— A defesa tem mais alguma pergunta? — questiona Göran Leijon.

— Não, obrigado.

— Então, a promotoria pode começar.

Levo a mão ao coração. Não consigo mais sentir os batimentos. Adam está olhando para mim, com olhos arregalados.

Jenny Jansdotter não tem pressa. Faz isso de propósito — é uma técnica para deixar Amina nervosa. Ela coloca pilhas de documentos diante dela, alisando meticulosamente as pontas e se mexe devagar.
Michael e Stella a observam, em suspense.
Quando encontrei o telefone de Stella na mesa dela naquele sábado, fiquei imediatamente alarmada. Como ela poderia ter esquecido o próprio telefone em casa?
Nunca fui o tipo de pessoa que gosta de bisbilhotar. Fofocas e segredinhos sujos raramente me interessam. Sou uma pessoa que sente atração pelos fatos frios e objetivos e provas confiáveis. Se havia alguém espionando Stella, e em certo grau até infringindo seu direito a uma vida particular, esse alguém era Adam. Não sei o que teria acontecido se tivesse sido ele a encontrar o celular.
Quando as horas foram se passando e não tivemos notícias dela, decidi dar uma olhada no celular. Não era bisbilhotar. Eu estava morta de preocupação. E quando li as mensagens, percebi que alguma coisa realmente tinha acontecido, algo realmente terrível. Tentei entrar em contato com Amina, mas ela se recusou a falar comigo. Ela se trancou no quarto, alegando estar passando muito mal para conversar. Eu sabia que ela estava mentindo.
Agora ela está diante da promotora, testemunhando sob juramento. A voz de Jenny Jansdotter é afiada como uma faca, e Amina se encolhe.
— O que você quer dizer ao afirmar que Christopher Olsen e Stella não eram namorados?
— Eu... É exatamente isso. Eles não eram namorados.
— Você pode definir o relacionamento deles? Descrever o que eram um para o outro?
Amina olha para Stella como se estivesse pedindo autorização.
— De acordo com Stella, Chris era uma diversão de verão.
— E o que você acha disso? — pergunta a promotora.
— Disso o quê?
— Da situação. De Stella estar em um relacionamento sexual com Christopher Olsen, mesmo não estando seriamente interessada nele.
Amina baixa a cabeça. Os segundos passam em silêncio.
— Como você realmente se sentia em relação a Christopher? — pergunta Jenny Jansdotter.
— Eu gostava do Chris. Ele era charmoso e legal. Era divertido passar o tempo com ele.

— Você sentia algum tipo de atração por ele.

— Talvez.

Olho para Stella. A expressão no seu rosto é vazia. No que ela estaria pensando agora? Nem sei quanto ela sabe.

Estou passando mal. Que tipo de mãe coloca a filha numa situação como aquela? Deve haver alguma coisa muito errada comigo. Uma disfunção emocional? Algum tipo de dificuldade de criar vínculos? Tento me olhar de fora e vejo uma pessoa que não quero ser.

Será que eu teria feito a mesma coisa se os papéis fossem invertidos, se Amina estivesse na cadeia? Estou longe de ter certeza. Provavelmente eu simplesmente deixaria Amina decidir tudo. Eu deveria tê-la ouvido. Eu deveria ter feito o que ela sugeriu. Agora é tarde demais.

Jenny Jansdotter pressiona Amina, encarando-a.

— Alguma coisa de natureza sexual aconteceu entre você e Christopher Olsen? — pergunta.

Amina curva os ombros.

Tudo começa girar e a ficar embaçado.

— Sim — reponde Amina. — Aconteceram algumas coisas.

96

Logo no início, ficou claro para nós que Stella gostava de estar no comando das coisas. Ela costumava colocar Adam e eu um contra o outro. O primeiro a ceder recebia uma chuva de amor, enquanto o outro era tratado como lixo. As coisas podiam mudar em um estalar de dedos — uma hora você era a melhor mãe do mundo; na seguinte, você se transformava em pária.

Felizmente, Amina estava sempre presente como uma força neutralizadora, uma intermediária entre nossa filha indisciplinada e o resto do mundo.

O handebol também funcionou como uma ótima maneira de Stella descarregar. Na quadra, ela tinha como queimar toda aquela energia que borbulhava e fermentava dentro dela; sua teimosia e natureza explosiva eram ótimas qualidades na linha de seis metros.

O handebol também foi bom para Adam. Trabalhando juntos, ele e Dino se tornaram treinadores de quem todos gostavam e logo conseguiram muito sucesso para o time. Geralmente, era como se Adam se esquecesse de todo o resto durante os jogos. Ele se concentrava totalmente no que estava acontecendo — gritando, torcendo e gesticulando.

Em um sábado, alguns anos atrás, eu estava na arquibancada vendo Stella marcar um gol depois do outro e tive uma experiência que ainda me afeta profundamente. Meus pensamentos estavam em outro lugar, mas, de repente, Amina estava caída na quadra, gritando de dor — e eu tinha perdido completamente o que tinha acontecido. Mas, como Alexandra não estava lá, pareceu natural que eu fosse até a quadra ajudar Amina a se levantar e acompanhá-la até o vestiário.

— Precisamos ir ao hospital para ver o que aconteceu? — perguntei.

Estávamos uma de frente para a outra, olhando para o joelho enfaixado dela. Ela negou com a cabeça.

— Eu simplesmente não aguento mais.

Ela parecia bastante resignada.

— Não aguenta o quê? — perguntei.

— Jure que não vai contar nada para o meu pai! Ele nunca entenderia. Nem minha mãe! Você jura?

Sem saber o que eu estava fazendo, dei minha palavra de que não contaria nada.

— Você não viu que eu me atrapalhei na defesa? Duas vezes, a mesmíssima finta?

Fui obrigada a confessar que não tinha notado nada.

— E, então, eu errei aquele último passe para Stella. Você viu isso, não viu?

— Mas vocês estão ganhando de doze a quatro — argumentei.

— Meu pai não se importa com isso — disse Amina, olhando para o chão, enquanto tirava a bandagem do joelho com alguns movimentos apressados. — Não consigo lidar com o fato de sempre ter que ser a melhor. Não aguento mais.

Aquilo foi como um dedo em uma ferida antiga. Pensei em como eu tinha passado a vida toda tentando não ser uma decepção para os outros.

— É só handebol — disse eu. — Não significa nada. Não mesmo.

— Mas não estou falando só do handebol. — Ela me olhou com olhos marejados. — É tudo. Escola, amigos, lá em casa. Não aguento mais.

Sem parar para pensar, sentei-me ao lado dela e abri os braços. Amina se acomodou ali como uma criancinha e eu a ninei devagar.

Eu tinha fortes sentimentos por Amina, e não sabia bem como agir em relação a eles.

Muitos anos depois, em um domingo infernal no início de setembro, fiquei diante da escolha impossível entre Amina e minha própria filha, e escolhi as duas.

Tenho medo de que essa escolha possa me custar tudo.

97

Jenny Jansdotter espera pacientemente que Amina fale. Todos no tribunal esperam a resposta de Amina. Ela está prestes a revelar tudo.

— Uma noite, quando estávamos na Tegnérs, acho que no meio de agosto, Stella estava com dor de cabeça e foi embora mais cedo. Eu acabei indo para a casa de Chris.

Ela faz uma longa pausa e olha para Stella.

— Era só para compartilharmos um táxi... mas tínhamos bebido bastante, e...

Amina engole as últimas palavras e baixa a cabeça. Stella olha para ela, sem entender.

— Estávamos no sofá, batendo papo. Eu tinha bebido demais e simplesmente aconteceu.

Stella fulmina a melhor amiga com o olhar.

— O que aconteceu? — pergunta Jenny Jansdotter.

— Ele tentou me beijar.

— E o que foi que você fez?

Isso tudo é muito doloroso. Stella e Amina significam tanto uma para a outra. Será que a amizade delas poderá sobreviver a isso?

— Eu deixei. — A voz de Amina é fraca. — Ele me beijou várias vezes, até eu entrar em pânico e dizer que eu tinha que ir embora. Eu fugi de lá e, no caminho de casa, liguei para Stella.

— Você contou para Stella sobre o beijo?

— Não. Eu ia contar, mas... não consegui.

Stella leva lentamente o copo de água aos lábios e fica com ele parado ali por um tempo antes de tomar um gole. A promotora fica rodando a caneta entre os dedos.

— Você viu Chris de novo depois disso?

— Ele me ligou, tipo, uma semana depois. Era para planejarmos uma surpresa para Stella, porque era aniversário dela. Então, Chris me pegou de carro e levamos sushi para o apartamento dele.

Ela para e leva a mão à testa.

— Continue — estimula a promotora. — O que foi que aconteceu no apartamento dele?

— Nós nos beijamos de novo.

Vejo Stella se encolher e me lembro do nosso abraço depois do seu jantar de aniversário. Só começamos a nos abraçar assim recentemente. De forma natural e sincera. Adam estava roncando no sofá, com a boca aberta, e tomamos cuidado para não acordá-lo. Stella contou rapidamente o que tinha acontecido depois de sair do restaurante italiano. E foi quando entendi tudo. Embora eu esteja longe de ser uma especialista em relacionamentos, entendi o que Stella se recusava a ver. Quanto mais ela me contava, mais claro ficava. Ela estava com o coração partido. Ela estava apaixonada e tinha sido traída.

— Sobre o que você e Christopher conversaram naquela noite? — perguntou a promotora para Amina. — Enquanto estavam sozinhos.

Amina suspira.

— Chris disse que gostava de mim. Que tinha me notado primeiro naquela noite na Tegnérs. Disse que também gostava de Stella, mas que era diferente. Ele disse que tinha começado a notar o lado negativo dela. Que sabia que teríamos problemas, mas que não conseguia evitar os próprios sentimentos.

Stella está retorcendo as mãos sem parar. Sinto uma enorme vontade de abraçá-la.

— Você acreditou nele?

— Ele foi muito convincente — responde Amina. — E eu sabia que Stella não estava interessada nele. Não que isso importe, mas mesmo assim...

— Então, você traiu sua melhor amiga?

Amina soluça e nega com a cabeça.

— Quero dizer... eu estava apaixonada. Ou... Foi o que achei.

Pego a mão de Adam e vejo como ele está confuso. À nossa volta, uma sinfonia de canetas arranhando blocos e teclas sendo pressionadas. Olho rapidamente para trás, em direção à Alexandra. O rímel escorreu e os olhos estão cheios de medo.

— E você nem viu Stella naquela noite? — pergunta a promotora. — Você disse que iam comemorar o aniversário dela.

— Sim, ela ligou. Já era tarde. Ela disse que estava a caminho da casa de Chris. Eu entrei em pânico e gritei com Chris que Stella estava na rua e saí correndo para me encontrar com ela.

— Você contou para Stella o que tinha acontecido?

Amina suspirou.

— Eu disse para ela que Chris tinha me beijado. Eu realmente estava arrependida. Eu me senti totalmente desprezível e foi quando concordamos que Chris era um babaca e que nunca mais voltaríamos a vê-lo.

— E você cumpriu isso? — pergunta a promotora.

Amina se vira e olha para Stella.

— Não — admite ela. — Não cumpri.

98

Acho que é mais fácil colocar as preocupações em algo concreto. Quando você não encontra a raiz do problema, quando o que você está fazendo causa problemas ou incômodos, é extremamente conveniente se concentrar em algo tangível.

É por isso que as pessoas procuram Deus? Um mundo que é impossível compreender exige explicações que alguém consiga entender. Uma imagem de um homem, de um senhor absoluto.

Durante muito tempo, a minha visão de mundo e a de Adam giraram em torno de uma criança que nunca chegou. Óvulos que não eram fertilizados e se tornaram símbolo da nossa vida estagnada, que nunca se transformaria na vida que imaginamos. À medida que a distância entre nós aumentava, senti um desejo por uma proximidade espiritual que eu não reconhecia. Aquilo ficava ainda pior logo que eu concluía um caso. Era como se um vácuo se abrisse dentro de mim, um buraco de solidão sem fim. Eu me sentava no avião, voltando para casa e para minha família em Lund, sentindo-me despedaçada por dentro.

É uma experiência horrível, não conseguir se identificar com a própria filha. Eu costumava me sentir impotente e resignada em relação às minhas tentativas de me aproximar de Stella.

— Ela é igual a você — disse Adam depois de uma briga que durou a noite toda.

— O que você quer dizer com isso?

Tudo começou quando a professora de Stella nos contou que ela estava fazendo *bullying* com algumas garotas da turma. Quando a confrontamos, Stella teve um ataque e jogou um copo de leite em Adam. Ela se recusou a discutir a situação que estava acontecendo na escola. Nós realmente queríamos saber como ela se sentia, mas ela começou a agir como uma louca pela cozinha, e Adam foi obrigado a segurar os braços dela atrás das costas enquanto ela berrava e chorava.

Dois dias depois, Amina estava na nossa porta, com tênis de handebol e meião, uma mochila vermelha nas costas. Stella tinha subido para pegar as coisas dela para o treino, Amina me olhou com expressão séria que a fez parecer muito velha.

— Não é culpa de Stella — disse ela.

Olhei para ela, sem entender.

— O que está acontecendo na escola, sabe? Elas provocam Stella. Sabem exatamente o que dizer para tirá-la do sério. Depois fazem queixa com a professora.

A vergonha tomou todo o meu peito.

— As outras garotas que são más — afirmou Amina.

Os olhos castanhos dela pareciam quase negros na penumbra da entrada.

Pensei no que Adam dissera. *Ela é igual a você.*

No verão em que Stella faria catorze anos, viajamos para um torneio de handebol na Dinamarca. As garotas e os técnicos ficaram em alojamentos em uma escola, enquanto Alexandra e eu compartilhamos um quarto de hotel.

Uma noite, fomos a um bar, e alguns caras compraram drinques para nós. Alexandra acabou tão bêbada que vomitou na rua do hotel. Depois que a obriguei a tomar banho, ela se acomodou em uma *chaise* no quarto e chorou dizendo que sua vida não valia nada. Reclamou de Dino, que só se preocupava com handebol e se recusava a mover uma palha em casa. Mas também reclamou de Amina, que nunca tinha tempo para nada, a não ser os deveres de casa e os malditos treinos de handebol. Eu não disse nada, é claro, mas uma semente de irritação começou a brotar dentro de mim. Pessoalmente, nunca tive o privilégio de sentir que meus pais estavam completamente satisfeitos comigo. Sempre havia uma nota mais alta, alguém que foi melhor, alguém mais inteligente e mais atraente.

Algumas semanas depois, em uma manhã ensolarada, Amina veio à nossa casa. Eu finalmente estava conseguindo relaxar um pouco — estava no quintal, tomando café e lendo um livro.

— Stella não está em casa — expliquei. — Ela foi para Landskrona. Achei que você ia com ela.

Amina não respondeu. Ficou ali de short e camiseta, sob a cerejeira com uma expressão sombria no rosto.

— Aconteceu alguma coisa? — perguntei, largando o livro.

Ela fez um gesto indicando que não tinha certeza.

— Você tem um minuto? — perguntou ela.

— Claro!

Trouxe um refrigerante e um pãozinho de canela e ela começou a ficar mais à vontade.

— Sinto que sou a pior amiga do mundo agora.

— Por quê? O que está acontecendo?

Ela apertou os olhos, olhando para o quintal, e disse que já tinha adiado muito falar sobre aquilo. Ela não queria ser uma amiga ruim, mas estava com muito medo. Estava preocupada com Stella.

— Aqueles caras em Landskrona. Eles não são gente boa. Eles fazem um monte de coisas ruins. Tipo fumar e beber.

— Bebidas alcoólicas? Vocês só têm catorze anos.

— Eu sei.

— Fico feliz por ter me contado, Amina.

Ela se inclinou para mim.

— Promete não contar para a Stella que eu contei, está bem? Se ela descobrir, eu... você tem que prometer!

Eu prometi.

Eu não estava realmente pensando em Stella naquele momento, por mais estranho que pareça. Eu estava pensando em Amina. Admirei sua coragem e seu instinto natural de fazer o que era certo.

— Fico feliz por ter vindo.

Ficamos uma de frente para a outra por um longo tempo e ela me abraçou.

Durante a semana seguinte, Adam e eu tivemos uma conversa séria com Stella. Foi o início de um período longo e difícil para nós. Quanto mais tentávamos argumentar com ela, mais ela se descontrolava.

— Parem de se meter na minha vida! Morar com vocês é como estar na prisão!

Um pouco mais tarde, no outono daquele ano, descobrimos que Stella estava fumando maconha. Foi então que Adam e eu percebemos, depois de muitos "se" e muitos "mas", que precisávamos de ajuda profissional.

Foi uma tortura participar de todas aquelas reuniões com diretores de escola e professores, enfermeiras e orientadores — isso sem mencionar os assistentes sociais e psicólogos. Nunca me senti tão vulnerável e violada na vida, tão diminuída como pessoa. Nenhum fracasso do mundo se compara a ser uma mãe ou um pai inadequados.

Michael Blomberg me ofereceu um escape, um pouco de consolo.

99

Eu me viro para trás e olho novamente para Alexandra. Vejo minha própria mãe nela. Sinto um nó no estômago quando penso em como ela é ingrata em relação à própria filha.

Alexandra olha para mim. Até agora, ela ainda não sabe. Tenho certeza de que Amina não contou nada.

Desde que ela me contou o que aconteceu, eu fiz o possível para que o menor número de pessoas soubesse.

Nem mesmo Adam sabe. Nem mesmo Stella.

Na hora certa, eles vão entender.

A voz aguda de Jenny Jansdotter faz um buraco no silêncio do tribunal.

— Então, você quebrou o trato que tinha com Stella e continuou se encontrando com Christopher Olsen?

Amina nega com a cabeça.

— Não foi bem isso que aconteceu.

A promotora lança um olhar incrédulo para ela.

— Eu só vi Chris uma vez depois do aniversário de Stella. Ele me procurou várias vezes durante aquela semana, mas eu disse que a gente não podia mais se ver. Ele foi muito insistente. Escreveu que estava muito curioso em relação a mim e que seria uma pena não explorar o que poderia acontecer entre a gente. Coisas do tipo.

— Então, você concordou em encontrá-lo.

— Sinceramente, meu plano era mandá-lo para o inferno. Eu não fui encontrá-lo porque queria que ficássemos juntos nem nada. Eu só queria me livrar dele. Eu juro.

Ela pega outro lenço de papel e assoa o nariz.

— Na sexta-feira, ele me mandou outra mensagem de texto. Eu tinha combinado com Stella, eu não queria ver Chris novamente.

— Mas você o viu, não viu?

— Ele escreveu dizendo que tinha uma surpresa para mim — continua ela. — Que ia me buscar de limusine. Eu disse que meu pai ia acabar com a raça dele se aparecesse lá em casa. Mesmo assim... ele não desistiu, então nós decidimos que ele ia me buscar no Bollhuset depois do handebol.

— Ele chegou de limusine?

— Não, estava no carro dele. Teve algum problema com a reserva.

Stella observa Amina intensamente. Quanto disso tudo ela sabe?

— E isso foi no dia 31 de agosto, a mesma noite em que Christopher Olsen foi assassinado? — pergunta Jenny Jansdotter.

— Exato.

— E o que vocês dois fizeram depois, Amina? Depois que Chris a pegou de carro.

— Fomos de carro até a praia. Não sei bem o nome do lugar, mas dava para ver Barsebäck de lá. A usina nuclear. Nós nos sentamos em uma colina e Chris tinha preparado uma cesta com vinho, queijos e pães.

Amina fica em silêncio.

— Continue — diz a promotora.

— Nós comemos e tomamos vinho. Vimos o pôr do sol e, então...

Amina se perde de novo. Um jornalista na minha frente deixa a caneta cair e todo mundo ouve quando ela se choca contra o chão. Stella se vira e olha. Ela olha direto para mim, seus olhos estão pretos.

— E aí? — pergunta Jenny Jansdotter. — O que aconteceu depois.

Vejo Michael pousar a mão no braço de Stella de forma encorajadora.

— Aí, ele me beijou. — Amina engole em seco. — A gente se beijou.

100

A chance de trabalhar com Michael Blomberg era um sonho. Ele era um dos advogados de defesa mais proeminentes. Eu sabia que isso envolveria muitas viagens de trabalho e noites em hotel, mas Adam me deu todo o apoio e era uma chance que eu não podia deixar passar.

O que teria acontecido se eu tivesse recusado a oferta de Michael? Sei que não adianta pensar nisso agora, mas não consigo evitar.

Enquanto Amina fala sobre Christopher Olsen no tribunal — como ela não conseguiu resistir a ele, como foi conquistada e estava se apaixonando por ele, mesmo que, na verdade, uma coisa totalmente diferente estivesse acontecendo —, é difícil não me identificar.

Talvez tudo que alguém precise para achar que está apaixonado é se sentir valorizado e estimado. Ser visto como você realmente é, admirado pela sua simples existência e não só por suas ações. Foi exatamente por isso que me apaixonei por Adam. O jeito natural que ele tem de olhar muito além das minhas conquistas. O jeito que ele capturou minha alma com seu olhar.

Quinze anos depois, Michael Blomberg fez a mesma coisa.

Meu relacionamento com Michael andou de mãos dadas com minha crescente incapacidade de lidar com Adam. O homem por quem eu tinha me apaixonado, o idealista com o coração do tamanho do mundo e os olhos cheios de nuances, parecia não existir mais. Eu não estava presente o suficiente para saber bem como aquilo aconteceu, mas Adam começou a desenvolver um temperamento neurótico que chegava ao ponto de se transformar em uma necessidade maníaca por controle.

Adam tinha imaginado uma vida completamente diferente para ele do que a que tínhamos. As imagens que criou sobre seu futuro e sua família eram diametralmente opostas à realidade e sua crescente necessidade por controle era, nesse sentido, nada mais do que um método desesperado, mas potente, de manter o sonho da vida que tinha imaginado para si mesmo. Mas só porque eu entendia o que tinha acontecido não significava que eu tinha a intenção de aceitar.

Adam ultrapassou o limite uma noite quando arrombou a porta do quarto de Stella depois de sentir cheiro de cigarro vindo de lá. Eu tinha acabado de chegar de Bromma no último voo do dia e entrei na cozinha por volta da meia-noite, completamente exausta.

— Você tem que permitir que Stella cometa os próprios erros. Você nunca foi adolescente? Você está invadindo a privacidade dela.

Adam estava andando de um lado para o outro, resmungando. Quando o vi naquele estado, tomei minha decisão.

— Eu amo você — disse eu, abraçando-o. — Vou passar mais tempo em casa com vocês dois.

— Desculpe — disse Adam. — A culpa é minha. Você não precisa...

Lutei contra minha culpa.

— Eu tenho trabalhado demais — disse eu, prometendo diminuir as horas de trabalho. — Existem coisas que posso fazer em casa.

— Eu preciso tentar me acalmar — disse Adam. — Conversar com Stella sem perder a paciência.

— Contar até dez primeiro.

Ele sorriu e nós nos beijamos.

Na segunda-feira, eu me sentei com o celular na mão assim que Adam saiu para trabalhar.

É claro que eu estava envaidecida com a atenção de Michael, mas eu nunca me deixei enganar de que aquilo não iria além de breves momentos de prazer. Eu conhecia Michael bem o suficiente para entender que nós não teríamos um futuro juntos, nem mesmo algum tipo de relacionamento exclusivo.

Ele não pareceu nem surpreso nem decepcionado quando liguei para ele para dizer que, a partir daquele ponto, o nosso relacionamento precisaria ser estritamente profissional. Sou obrigada a confessar que senti uma dor no coração quando ele encerrou o assunto e o relacionamento com a expressão "sem problemas".

Quando desliguei, desmoronei na mesa da cozinha. Uma represa estava ruindo. Minhas lágrimas desciam como um rio, enquanto a tensão finalmente chegava ao fim. Não notei Stella entrar. De repente, senti a mão dela no meu ombro.

— Com quem você estava falando? — perguntou ela.

— Meu Deus, que susto! Há quanto tempo você está aí?

Stella ficou olhando para mim.

Eu sabia que ela tinha ouvido tudo.

— Não é o que você está pensando. Era trabalho. Meu chefe, Michael.

Estendi a mão para ela, mas ela se virou e saiu pela porta. Fui atrás dela, com o coração quase saindo pela boca. Eu a alcancei quando ela estava no primeiro degrau da escada e a puxei para um abraço.

— Stella, eu amo você.

Ficamos abraçadas por um longo tempo e, por mais triste que pareça, havia anos que eu não me sentia tão próxima da minha filha. Palavras grandiosas e promessas fervilhavam dentro de mim, mas não consegui produzir nenhum som. E, naquele momento, nós só precisávamos daquela proximidade.

Alguns meses depois, deixei a firma de Michael Blomberg para trabalhar em um lugar mais perto de casa. As coisas começaram a melhorar lentamente entre mim e Adam, e Stella parecia mais controlada. Ela e Amina logo encontraram o caminho de volta à amizade que tinham antes, e eu comecei a achar que tudo o que havia acontecido era uma fase, um período difícil — claro que pode ter chegado bem perto de acabar com a nossa família, mas conseguimos dar a volta por cima e, no longo prazo, e com um pouco de sorte, nossa família sairia mais forte de tudo aquilo.

Mal sabia eu que a verdadeira catástrofe ainda estava por vir.

101

A promotora Jenny Jansdotter gira a caneta enquanto espera Amina assoar o nariz de novo.

— Então, você foi à praia com Chris Olsen e vocês se beijaram de novo?

— Mas eu já estava começando a me arrepender — diz Amina. — Eu estava me sentindo péssima com tudo aquilo.

— E isso foi na mesma noite que Chris Olsen morreu? Que horas foi?

Amina encolhe os ombros.

— Stella é tudo para mim — declara ela, como se não tivesse ouvido a pergunta da promotora. — Eu jamais deixaria um cara ficar entre nós.

— Mesmo assim, você o beijou? — diz Jenny Jansdotter. — Que horas foi isso?

— Eu me arrependi na hora. Era como se eu estivesse vendo tudo de fora do meu corpo, quase como se fosse um filme. Eu percebi o que eu estava fazendo e disse para Chris parar.

Jenny Jansdotter a interrompe.

— Você foi interrogada duas vezes pela polícia, Amina. Por que não disse nada disso? Durante o interrogatório você sempre declarou que não tinha voltado a ver Christopher Olsen depois do aniversário de Stella.

— Eu não conseguia suportar ter que explicar. Achei que Stella logo seria solta.

Olhei para os juízes leigos. O democrata estava recostado e a barriga parecia inchada como se tivesse comido muito. Tive a impressão de que ele já tinha tomado sua decisão. Ao lado dele, as mulheres estavam cochichando uma com a outra.

Jenny Jansdotter soa sinceramente curiosa ao fazer a pergunta seguinte:

— Por que nós deveríamos acreditar em você agora? Você teve muitas oportunidades para contar à polícia o que aconteceu.

Pego a mão de Adam, mas não tenho coragem de olhar para ele.

— Ele não parou — diz Amina. — Eu ficava pedindo para ele parar.

Jenny Jansdotter deixa a caneta cair, mas continua mexendo os dedos como se não tivesse notado.

— E ele só continuou — diz Amina.

A promotora está boquiaberta. Ela está entendendo agora. Ela abre a boca várias vezes, tentando dizer alguma coisa, mas parece não saber o que falar e tenta de novo.

— Eu disse para ele que eu não queria — continua Amina. — Eu gritei com ele.

— Por que você não contou nada disso à polícia durante o interrogatório? — pergunta a promotora.

As palavras de Amina saem em soluços.

— Eu... era... virgem.

Jenny Jansdotter fica em silêncio.

— Tentei empurrá-lo, mas não consegui. Ele prendeu meus braços no chão. Eu não consegui... eu lutei e mordi e berrei, mas não consegui escapar.

Soltei a mão de Adam e me virei para olhar para Alexandra. Aquilo era o suficiente para tirar qualquer sombra de dúvida. Tenho certeza agora de que foi a coisa certa a fazer. Não poderíamos ter feito de outra forma. Não existe justiça mesmo.

Amina precisa se esforçar para falar. Ela toma um gole de água e pigarreia.

Então ela olha diretamente nos olhos do juiz.

— Christopher Olsen me estuprou.

102

Na verdade, a ideia foi idiota desde o início. A atitude de Stella em relação à igreja era extremamente hostil. O que ela ia fazer em um acampamento de crisma?

— Acho que vai ser bom para ela — disse Adam. — Ela talvez se sinta excluída se não for.

— Amina também não vai — argumentei.

— Mas ela é muçulmana.

— O pai dela é muçulmano. E Stella é ateísta.

Gostaria de ter me mantido firme. Vou precisar conviver para sempre com esse arrependimento terrível. Por que a deixei ir?

Adam tinha finalmente começado a soltar um pouco as rédeas e estava se tornando cada vez mais permissivo e sensato no seu relacionamento com Stella, e eu não queria que acontecesse algum retrocesso. Então, apesar das minhas preocupações, acabei cedendo e, quando vi a felicidade no rosto de Stella, achei que eu tinha tomado a decisão certa.

Mais tarde, quando Adam ligou do acampamento e tentou me explicar o que tinha acontecido, o que aquele porco tinha feito com nossa garotinha... No início, não consegui entender. Meu voo de Estocolmo tinha acabado de chegar.

— Você está no acampamento? O que você está fazendo aí?

Adam respondeu alguma coisa sobre responsabilidade e como o motivo não importava naquele momento.

— Você entendeu o que aconteceu? — gritou ele ao telefone. — Stella foi estuprada.

Fiquei tonta. O telefone tremeu na minha mão.

— Você precisa ligar para a polícia. Leve-a para o hospital, Adam.

A resposta dele foi evasiva.

— Adam, é crucial que ela seja examinada por um médico.

— Vamos falar sobre isso mais tarde. Estamos voltando para casa.

Eu estava sentada à mesa da cozinha quando o carro entrou na nossa garagem. Saí correndo para encontrá-los; minha cabeça parecia prestes a explodir.

Stella correu para mim e voltei para dentro de casa com ela nos meus braços como se ela tivesse cinco anos de novo. Ela se sentou na cozinha, paralisada, o rosto desprovido de qualquer emoção.

Chorei e soquei o peito de Adam.

— Como isso pôde acontecer?

— Você precisa se acalmar — disse Adam, segurando os meus braços.

— Por que você não ligou para a polícia? Por que você voltou para casa?

Ele não queria olhar para mim.

— O que você estava fazendo lá? Estava espionando Stella?

— É o meu trabalho.

— O seu trabalho? — Ele não tinha dito nada sobre ir até o acampamento. — Vou chamar a polícia.

Peguei o celular, mas Adam o tirou de mim.

— Espere um pouco! Não é tão simples quanto você pensa.

— O que você quer dizer com isso?

Ele olhou para Stella e fez um gesto para eu ir com ele até o corredor. Ele baixou a voz.

— Stella foi com Robin até o dormitório dos orientadores. Parece inclusive que foi ela que iniciou tudo.

Não consegui acreditar no que eu estava ouvindo.

— Ela iniciou?

— Alguns outros jovens do acampamento disseram que ela tinha planejado seduzi-lo.

— Seduzi-lo? Você está ouvindo o que está falando? Ela só tem quinze anos!

— Eu sei disso. Não estou defendendo Robin.

— Então, o que você está fazendo?

Ele agarrou meus ombros e olhou para mim com tristeza.

— Garanto a você que ele nunca mais vai trabalhar na Igreja da Suécia.

— Mas?

— Mas denunciarmos o crime só vai causar sofrimento. Tanto para nós quanto para Stella.

Senti um vazio no peito.

— Mas é o que temos que fazer, Adam. Nós temos que denunciar.

Ele negou com a cabeça.

— Todo mundo vai descobrir. As pessoas vão julgá-la. Ela vai ter que conviver com isso para sempre.

Minha cabeça estava um turbilhão. Comecei a tossir e fiquei com medo de vomitar. Eu entendia o que Adam queria dizer até certo ponto. Eu mesma já tinha defendido homens acusados de estupro. Eu mesma já tinha feito aquelas perguntas desagradáveis sobre a vítima, o que ela estava vestindo, se ela tinha bebido e quais eram suas preferências sexuais. Em alguns casos, cheguei realmente a duvidar do relato da vítima. Em outros, eu achava que eu só estava fazendo meu trabalho.

— Ela é a vítima — disse eu, soluçando perto da pia. — Ela não tem culpa nenhuma do que aconteceu.

— Eu sei, amor. É claro que ela não tem culpa de nada. Mas o estupro aconteceu e não podemos mudar isso. Tudo o que podemos fazer é protegê-la para que as coisas não piorem ainda mais.

Ele me abraçou e afundei o rosto no peito dele. Nosso coração estava disparado, totalmente fora de ritmo.

Então foi nisso que nossa vida se transformou, pensei na época.

Agora acho que ainda temos chance de mudar. Ainda temos chance de salvar nossa família, de ser a mãe que sempre quis ser, uma mãe disposta a tudo para proteger a filha.

103

No domingo, 2 de setembro, o mesmo dia em que os técnicos da polícia revistaram nossa casa, Adam foi levado para o interrogatório inicial. Implorei para que se mantivesse forte, que pensasse cuidadosamente em cada palavra. Nesse meio-tempo, eu pensava em quanto eu deveria revelar para ele. Não havia um pingo de dúvida de que Adam estava preparado para atravessar o inferno por Stella, mas, nesse caso, eu desconfiava que sua moral inabalável pesaria sobre seus ombros como um fardo.

Naquela noite, a promotora tinha decidido prender Stella e o único ponto positivo de tudo aquilo foi que Michael Blomberg era o defensor público dela.

Pedi a um contato na polícia para me avisar assim que tivessem acabado de fazer a busca na nossa casa. Passei pelos aposentos com as pernas bambas, tentando avaliar o que os técnicos poderiam ter encontrado. Não poderia ter sido muita coisa.

Antes de Adam e eu pegarmos o táxi para ir à delegacia na noite de sábado, segui para trás de um monte de latões de lixo na estação de reciclagem do bairro e fingi que estava vomitando, enquanto pisava no telefone de Stella, destruindo-o completamente antes de jogá-lo no lixo. O chip já estava guardado na minha bolsa. Eu ainda não sabia o que tinha acontecido, mas sabia que as mensagens de texto de Stella poderiam conter informações comprometedoras. Eu estava angustiada, mas aquilo foi mais fácil do que imaginei. Você pode achar que existem coisas que você seria incapaz de fazer, mas elas subitamente parecem naturais quando se trata de proteger um filho.

Mais tarde naquela noite, passei por todos os cantos da casa e descobri a blusa ensanguentada, que estava escondida de qualquer jeito embaixo de uma pilha de roupas na lavanderia. Ainda estava úmida. Será que fora Stella que tinha escondido lá? Ou será que Adam tinha tirado as roupas da lavadora? Fiquei sem saber o que fazer por um tempo, mas quando Michael ligou dizendo que a polícia estava a caminho, joguei a camisa no aquecedor a lenha para prevenir. Observei as faíscas soprarem em volta do tecido em chamas.

Eu estava tomada por emoções conflitantes. Como advogada, eu era culpada da mais horrível violação da lei que alguém poderia imaginar. Como mãe, fiz a única escolha possível. Ainda não fazia ideia do que tinha acontecido na noite de sexta-feira, mas tinha certeza de que era minha obrigação proteger minha filha.

Na tarde de domingo, Adam me ligou assim que o interrogatório dele acabou. Quando percebi que ele tinha mentido para a polícia para dar um álibi a Stella, aquilo aqueceu meu coração. Era um ato de amor, talvez a maior prova do quanto ele amava Stella e eu. A partir daquele momento, soube que ele faria qualquer coisa pela nossa família.

Disse para Adam que os técnicos da polícia ainda estavam lá em casa. Ele teria que esperar algumas horas. Eu precisava de tempo.

Alguns minutos depois, ouvi uma batida na porta. Fui até a janela da lavanderia e dei uma olhada.

Tudo o que consegui ver foi que a pessoa na porta estava com boné preto enterrado na cabeça para esconder o próprio rosto. Os pés com tênis estavam agitados de nervoso no degrau de pedra.

Abri a porta apenas o suficiente para agarrar o braço dela e puxá-la para dentro.

— Eu não queria mais ligar — disse ela.

Espiei pela janelinha da porta e concluí que a rua estava deserta. Ninguém a tinha visto.

— Entre — disse eu.

Ela foi até a cozinha sem tirar o sapato. Corri até a janela e fechei a cortina.

— O que aconteceu?

Minha voz estremeceu.

Amina olhou para mim com os lindos olhos castanhos, que estavam vermelhos e marejados.

— Eu não posso acreditar... Stella... Eu...

Ela estava tremendo, quando peguei sua mão. Ficamos abraçadas por um tempo; parecia que ela queria se colar a mim. Depois de um tempo, tive que me desvencilhar dela.

— Eu sei — respondi. — Eu li as mensagens de Stella.

— Leu?

Ela se retesou. Passei a mão em seu braço e afastei uma mecha de cabelo do seu rosto.

— Stella esqueceu o telefone em casa.
Amina ofegou. Segurei as duas mãos dela e me esforcei para não desmoronar.
— Nós vamos dar um jeito nisso, querida. Vamos dar um jeito.
Ela chorou como uma criança.
Ela *era* uma criança. Ela e Stella eram crianças.
Eu era a adulta ali. Eu era a mãe. Era eu quem deveria salvá-las.
De repente, as lágrimas se secaram. Amina ofegou.
— Não era para ele ter morrido.

104

— Foi legítima defesa, não foi? — perguntou Amina.

Tentei absorver o que ela tinha acabado de me contar. Era muita coisa, tudo de uma vez, tantas emoções e detalhes.

— Eu planejei fugir assim que ele parasse o carro. Minha mão estava na maçaneta e tudo. Eu estava pronta para pular para fora. Mas ele travou todas as portas. Eu não tinha como escapar.

Ela olhou para mim como se estivesse pendurada em um despenhadeiro e só eu pudesse estender a mão para ajudá-la.

— Você deve ter sentido muito medo — disse eu.

Amina assentiu.

— Foi legítima defesa, não foi?

— Eu não sei — respondi com sinceridade. Eu ainda não tinha conseguido formar uma imagem clara do que tinha acontecido. — De onde saiu a faca?

— Estava na cesta de piquenique que Chris levou.

Amina tinha saído para encontrar com Christopher Olsen em algum lugar na costa. Essa parte eu tinha entendido.

— A faca estava em cima da cesta, entre os bancos — disse ela. — Eu a vi e peguei. Não estava pensando direito.

Ele tinha forçado uma relação sexual com ela. Aquele animal tinha estuprado Amina.

— E quanto ao spray de pimenta? — perguntei.

— Sempre levo uma lata comigo. Stella também tem uma lata. Vende na internet.

Eu sabia disso, é claro. Fui eu que estimulei Stella a comprar. Eu até paguei pela compra.

— Então, primeiro você usou o spray de pimenta, depois você pegou a faca. Foi isso?

Amina assentiu e eu acariciei seu rosto pálido e inchado.

— Mas ele percebeu o que eu ia fazer antes que eu começasse a espirrar. Ele estendeu o braço e virou o rosto. Uma parte deve tê-lo atingido, porém, porque ele gritou como um animal. Então, tentei destravar a porta, mas fiquei confusa com o painel. Tive que passar por cima dele, mas finalmente consegui abrir a porta. Foi quando vi a faca.

— E você saiu do carro com a faca na sua mão.

— Isso.

Tentei imaginar a cena.

— Ele seguiu você?

Ela assentiu de novo.

— É claro que eu não queria usar a faca. Por que foi que eu a peguei?

— Pare — pedi. — Não adianta pensar assim. Você estava com medo. Você fez o que era certo. Qualquer um teria pegado a faca.

Amina praguejou.

— E quanto a Stella? — perguntei. — O que Stella estava fazendo lá?

— Eu não sei. Ela estava... zangada... preocupada. Ela tinha ligado e mandado um monte de mensagens.

— Ela não sabia que você estava com Christopher?

— Eu menti. Eu traí minha melhor amiga.

Amina se curvou e começou a soluçar. Tentei consolá-la, abraçá-la e fazer carinho. Mesmo enquanto mil coisas passavam pela minha cabeça.

— A blusa de Stella estava suja de sangue, Amina.

Ela estremeceu e se virou para mim.

— Ele está morto! Você não entende? Morto!

Apertei o braço dela com força, segurando-a do jeito que você segura um bebê para impedi-lo de se jogar no chão.

Meus pensamentos tomaram outro rumo.

Você não sabe o que é capaz de fazer por outra pessoa até se deparar com uma ameaça de verdade. Eu ainda não tinha percebido o que eu estava preparada para sacrificar por Amina.

— Stella está presa como suspeita de assassinato — contei. — A polícia já vasculhou nossa casa.

Amina soluçou.

— Sinto muito! É tudo culpa minha! Você pode me levar até a delegacia para eu contar tudo para eles? Eles têm que soltar Stella.

É claro que ela estava certa. Era isso que tínhamos que fazer. Era o certo. Amina contaria a verdade para a polícia e Stella seria solta. A justiça acabaria sendo feita de um jeito ou de outro. Se é que a justiça realmente existe. De qualquer forma, havia atenuantes. Amina provavelmente seria condenada por homicídio doloso, mas ela era jovem e sua sentença seria reduzida. Não estaria fora de questão que fosse libertada em alguns anos.

Mas ela nunca seria médica. Sempre carregaria o peso daquela condenação. Seu futuro brilhante de repente perderia todo o brilho.

— Temos que tirar Stella de lá — disse ela. — Você pode ir comigo? Por favor? Você pode me dar uma carona?

Empurrei a cadeira e peguei a chave do carro no prato prateado que fica na ilha da cozinha.

Havia alguma outra opção?

— A polícia vai descobrir que foi uma de nós — disse Amina. — Eles vão descobrir isso, não vão?

Parei de repente.

É claro que havia outra opção. Sempre havia outra opção.

As palavras de Amina dançaram na minha cabeça. *A polícia vai descobrir que foi uma de nós.* Mas aquilo não era suficiente para uma condenação.

Olhei para Amina; pensei em Stella. Senti um aperto no coração.

Uma pessoa não pode ser condenada por assassinato se existem dois criminosos em potencial e é impossível determinar qual dos dois cometeu o assassinato ou se estavam de conluio para cometer o crime.

Coloquei a chave do carro de volta no lugar.

105

Puxei Amina para o sofá e pedi que se sentasse. Os movimentos dela eram mecânicos. Ficou claro que ainda não tinha tido tempo de processar tudo o que havia acontecido. Minha obrigação era me manter forte e racional e pensar como advogada de defesa.

— Nós não vamos? — perguntou Amina.

Eu me sentei em frente a ela e coloquei minhas mãos em seus joelhos.

— Você precisa confiar em mim.

— Mas...

Os joelhos dela estavam tremendo e ela estava com a boca aberta.

— Tanto você quanto Stella estavam lá quando Christopher Olsen morreu, não é?

— É.

— Aqui na Suécia o peso da prova é alto — disse eu, enquanto eu mesma tentava definir aonde eu queria chegar com aquela linha de raciocínio. — Se existem dois assassinos em potencial na cena do crime na hora do assassinato, a promotoria deve ser capaz de provar que um deles, sem sombra de dúvidas, é o assassino, ou que essas duas pessoas agiram juntas para cometer o assassinato.

Sinto o pulso forte de Amina na minha mão e meu corpo pareceu vibrar no mesmo ritmo.

— O que você quer dizer com isso? Devo tentar dizer para a polícia que nós duas estávamos lá?

— Ah, eu não sei.

Talvez fosse o desvario de uma louca. Uma ideia nascida do mais puro desespero. Eu a tive sem examiná-la profundamente. O que envolveria? Poderia eu salvar Stella e Amina? E estaria eu disposta a fazê-las passar por tudo o que seria necessário?

— Talvez isso não funcionasse — disse eu. — Se você disser para a polícia isso, eles vão fazer de tudo para condenar vocês duas. Para isso funcionar, você precisa esperar até o julgamento.

— Por quê?

— Tem que ser uma surpresa para a promotora. De repente, surge a possibilidade de outra pessoa ser o assassino, e o tribunal não terá como dizer que não existe nenhuma dúvida. E, quando chegar a esse ponto, serão necessárias muitas provas novas para que a promotoria denuncie outra pessoa.

Amina ficou olhando para mim, boquiaberta.

— Julgamento? Mas isso não demora muito? Nós vamos deixar Stella...?

Não, é claro que não poderíamos fazer aquilo. Não poderíamos deixar Stella atrás das grades.

— Eu não sei — disse eu.

— Seria melhor se eu simplesmente confessasse.

— Mas e a sua educação, Amina? Todo o seu futuro...

Ao mesmo tempo, eu estava imaginando Stella em uma cela repulsiva. Que tipo de mãe consideraria deixar a filha presa? Poderia demorar muito tempo, várias semanas, meses até, para a acusação ser feita.

— Temos que nos certificar de que Stella não dirá nada — disse eu.

— Como assim?

— Não podemos contar para ela. Você sabe com a Stella é. Temos que fazer com que fique de boca fechada. Ao mesmo tempo, não podemos revelar muito.

— Você ficou louca? Nós vamos deixar Stella presa sem explicar nada para ela?

— Não existe outro jeito, se é para vocês duas ficarem livres. Eu conheço o advogado de Stella. Ele vai nos ajudar.

— Não, não podemos fazer isso — disse Amina.

Segurei a outra mão dela.

— Nós duas amamos a Stella, e ela sabe disso. Ela vai saber de tudo assim que tudo isso acabar.

Amina soluçou.

— Tudo isso é culpa minha.

Eu me perguntei se aquilo era realmente verdade. Se isso pode ser verdade em qualquer situação. Existe algum tipo de situação na qual você possa afirmar com total certeza que uma única pessoa é responsável pelo que aconteceu? Tudo na vida depende de tantos fatores diferentes que por si só interagem de tantas formas diferentes.

De quem é a culpa por nossa família ser do jeito que é?

Às vezes eu gostaria de acreditar em Deus, um poder superior de algum tipo. Talvez fosse mais simples ter alguém a quem culpar. Por outro lado, nem mesmo os fundamentalistas mais dogmáticos parecem inclinados a culpar seu deus onipotente por todo o sofrimento que acaba nos atingindo, mais cedo ou mais tarde. Ser humano significa carregar culpa.

— O que você acha que Stella ia querer que a gente fizesse? — perguntei. — Vamos deixá-la decidir.

Amina olhou para mim parecendo desesperada. Eu estava segurando as duas mãos dela, como uma ligação, uma promessa.

Não existe justiça. Tudo o que existe de justiça é o que criamos juntos.

— Stella nos convenceria a fazer isso — respondeu Amina.

Ela foi até a entrada, onde tinha deixado seu casaco, e pegou um saco plástico. Eu soube na hora o que havia ali.

106

Amina afunda o rosto nas mãos e tudo o que vemos são os ombros trêmulos de uma menininha.
— Você gostaria de uma pausa? — pergunta Göran Leijon.
Michael assente. Ele e Leijon parecem seriamente abalados com a história que acabaram de ouvir.
Depois que Stella foi estuprada, ela e eu finalmente conseguimos nos aproximar mais, de um jeito que antes tinha sido impossível. Era a mim que ela procurava no meio da noite quando tinha certeza de que nunca mais acordaria se voltasse a dormir. Era eu quem sentava na beirada da sua cama, enxugando as lágrimas do seu rosto com a ponta dos meus dedos. E quando ela começou a se abrir lentamente para mim, comecei a perceber quanto éramos parecidas se olhássemos além da superfície. Nós duas temíamos mostrar nossas fraquezas. A preocupação constante de não sermos boas o suficiente. E, não menos importante, a sensação paralisante de ser incapaz de nos ligarmos verdadeiramente — tanto às nossas próprias emoções quanto a outras pessoas.
— Às vezes eu gostaria de ser mais como Amina — disse Stella. — Gostaria de saber quem sou e o que eu quero, exatamente como ela. Odeio que o meu cérebro funcione como a porra de um fliperama.
— Eu não quero que você seja como nenhuma outra pessoa — respondi, sentindo um nó na garganta. — Você é perfeita do jeito que é.
Acariciei o rosto dela, mas não consegui olhá-la nos olhos. A vergonha era um fardo pesado, senti vergonha porque eu também havia desejado que Stella fosse mais como Amina.

Stella faz um gesto para Michael. Parece irritada e confusa. Fico imaginando quanto ela está entendendo.

— Não preciso de pausa — diz Amina, amassando outro lenço de papel.
Adam agarra meu braço.
— O que está acontecendo?
Faço um som para ele ficar quieto, sem olhar para ele.
— Então, a promotoria pode continuar — declara Göran Leijon.
Jenny Jansdotter está ocupada folheando os documentos. O assistente está ajudando, apontando e discutindo.
— Não entendo, Amina — diz a promotora. — Por que você não contou nada disso para a polícia?
— Eu não podia.
— Mas agora você pode?
— Eu tenho que fazer isso agora — responde Amina. — Por Stella.
A promotora pega a caneta e a leva até a altura do queixo.
— O que aconteceu depois...? — Ela engole a última palavra. — O que aconteceu depois, Amina? Você voltou para Lund com Christopher?
— Chorei durante todo o caminho no carro. Mas que escolha eu tinha?
— Por que você não tinha escolha? Você poderia...
— Eu estava morrendo de medo! — interrompe Amina. — Entendi que tudo o que Linda Lokind tinha dito era verdade. Chris *era* um psicopata. Tentei mandar uma mensagem para Stella, mas Chris notou e tirou o celular da minha mão. Imaginei que quando chegássemos à cidade eu poderia fugir assim que eu tivesse uma chance. Eu tinha meu spray de pimenta na bolsa e achei que se eu espirrasse nele quando ele parasse o carro eu poderia pular e fugir.
Jenny Jansdotter debruça na mesa, apoiada nos cotovelos.
— E por que você tinha spray de pimenta na bolsa?
— Eu sempre carrego na bolsa. Quando você é uma garota precisa estar preparada para se defender.
Jenny Jansdotter não parece convencida, mas deixa Amina seguir. Ela dá um clique na caneta e faz uma anotação. Então, pede à garota para descrever o que aconteceu quando Christopher Olsen parou o carro do lado de fora do prédio dele.
— Assim que ele desligou o carro, eu espirrei pimenta nele. Peguei meu celular e me atirei em direção à porta, mas não consegui abrir. Chris estava gritando. *Meus olhos. Meus olhos.* Finalmente, encontrei o botão para destravar as portas e saí correndo. Eu nunca senti tanto medo na vida. Eu tinha certeza de que ele ia me matar se me pegasse.
— Para onde você correu?
— Não faço ideia. Eu só estava tentando fugir. Eu me lembro de ver a Escola Polhem à frente, mas todo o resto é um grande borrão.
— E quanto ao Christopher? O que foi que ele fez?

— Quando olhei para trás pela primeira vez, ele ainda estava no carro. Mas, então, vi que ele tinha saído. Eu sabia que ele viria atrás de mim, então eu corri o mais rápido que consegui.

Jenny Jansdotter tenta fazer outra pergunta, mas Amina não lhe dá chance.

— Vi um monte de caras no estacionamento do Bollhuset. Então, diminuí o ritmo e fui andando bem atrás deles, até a estação. Eu ficava olhando para trás, mas Chris não estava lá. Parecia que tinha desistido.

— Você ligou para polícia?

— Obviamente essa foi a primeira coisa que me passou pela cabeça... — Amina balançou a cabeça. — Mas, então, comecei a pensar no que iria acontecer.

— Como assim? — pergunta Jenny Jansdotter.

Amina está ofegante. Vejo o movimento da sua respiração.

— Faltava uma semana para o início da minha faculdade de medicina. Esse sempre foi meu sonho. Desde pequena.

— Então, você não contou para ninguém que foi estuprada?

— Eu não me atrevi. Pensei sobre meu pai. Eu sei quanto isso parece bobagem, mas isso ia acabar com meu pai. Eu tinha medo do que ele poderia fazer. Além disso, Linda Lokind já tinha denunciado o Chris e isso não levou a nada. Caras como ele sempre conseguem se safar.

Preciso me obrigar a continuar ouvindo. Só quero que tudo aquilo acabe. Adam está me olhando de cara feia e temo a reação dele quando souber de toda a verdade.

Amina aumenta o tom de voz.

— Stella também foi estuprada.

Leva um tempo para eu entender as palavras. Eu arfo tão alto que o jornalista à minha frente se vira para olhar para mim.

O que você está fazendo, Amina?

— Ela só tinha quinze anos.

Um burburinho se espalha pelo tribunal. Eu me encolho. Eu só quero desaparecer.

— Os pais dela não deram queixa — continua Amina.

Todos os olhos estão em Adam e em mim. Sinto que estou ruindo.

— A mãe de Stella é advogada. Ela sabia como seria o julgamento. Como são os julgamentos de estupro.

Por favor, Amina, pare!

Eu me encolho cada vez mais, tentando sumir dali. Adam está olhando para o nada. Seus olhos parecem feitos de vidro.

— Eu também não conseguiria enfrentar esse tipo de julgamento — continua Amina. — Percebi isso na hora. Ter que lidar com o questionamento de cada detalhe, ver as pessoas me culparem e, depois, ser obrigada a ver Chris se safar ou, no máximo, passar alguns anos na prisão. Eu vi como Stella se sentiu quando isso aconteceu com ela e vi como Linda Lokind estava completamente destruída.

Sei o que Amina está pensando. Ela é esperta. Ela está sacrificando minha reputação pelo bem de Stella. Ela sabia que eu nunca aceitaria isso, então, ela não disse nada. Quando olho para Göran Leijon e para os juízes leigos, vejo que está funcionando.

— Quando foi que você contou para Stella? — pergunta Jenny Jansdotter.

Amina coloca os ombros para trás.

— Eu não contei. Não consegui.

Vejo como Stella está olhando para ela. Está tentando ficar com raiva, mas todos os sentimentos são sobrepujados pelo sofrimento.

— Você não contou nada para sua melhor amiga?

Passa-se um momento antes de Amina conseguir responder:

— Eu traí Stella. É claro que o que eu mais queria era falar com ela, mas não consegui. Era impossível. Eu teria que contar para ela que eu tinha traído sua confiança e feito uma coisa escondido. Eu não tive coragem.

— Então, você não teve nenhum contato com Stella na noite que Christopher Olsen foi assassinado?

— Stella me mandou várias mensagens e ligou diversas vezes, mas não atendi.

Enquanto Jenny Jansdotter conversa com o assistente, eu me sento direito na cadeira. Lanço um olhar rápido para Adam e desconfio, pelo jeito que ele me olhou, que ele já tinha entendido parte da coisa.

— Stella mesmo disse que tinha ido de bicicleta até a casa de Christopher Olsen naquela noite — diz a promotora. — Ela tocou a campainha e bateu na porta. Você viu Stella lá, na casa de Olsen?

— Não.

— Você viu ou teve qualquer contato com Stella naquela noite?

— Não.

Jenny Jansdotter suspira. O assistente aponta para alguma coisa nos documentos.

— Christopher Olsen levou uma faca para o piquenique?

Amina responde rápido, sem a menor hesitação.

— Sim, ele levou uma faca na cesta de piquenique.

Jenny Jansdotter pede que ela descreva a faca.

— Qual era o tamanho?

Amina indica uns dez a vinte centímetros com as mãos.

— Onde essa faca foi parar quando estavam voltando para a cidade?

— Deve ter continuado na cesta.

— Não ficou. A polícia não encontrou nenhuma faca assim.

Amina hesita por um tempo. Os três juízes leigos trocam olhares.

— Não sei o que aconteceu com a faca.

Eu me vejo assentindo, sem perceber.

Tanto Stella quanto Amina estavam lá quando Christopher Olsen morreu, e cada uma delas tinha motivo. Mas ninguém encontrou a arma do crime.

Eles nunca vão encontrar.

— Foi você que matou Christopher Olsen? — pergunta Jenny Jansdotter.

Adam faz um som de surpresa. Amina olha direto para a promotora.

— Eu não o matei — diz ela. — Eu só espirrei o spray de pimenta e fugi para salvar a minha vida. Eu não sei o que aconteceu depois.

A promotora olha para o assistente. Adam olha para mim e eu seguro a mão dele.

— Eu jamais conseguiria matar alguém — declara Amina.

107

Mal ouço os argumentos finais. As vozes se transformam em ecos vazios e sussurrados à distância. Um idioma estrangeiro que não entendo.

Em um momento, estou convencida de que tudo vai ficar bem. No seguinte, desconfio que cometi um terrível erro. Stella ficará presa para sempre, marcada como assassina, e Amina vai ser sentenciada pelo tribunal da opinião pública; sua carreira como médica vai terminar antes de começar.

A promotora Jenny Jansdotter está tendo dificuldade de manter a voz firme. Ela se perde no próprio discurso algumas vezes e precisa olhar suas anotações ou consultar seu assistente. De qualquer forma, ela alega ter provado que Stella estava lá quando Christopher Olsen teve a vida roubada. Também considera que ficou claro que Stella tinha motivos para matar Christopher. Stella ficou com ciúmes e queria se vingar porque Christopher tinha começado um relacionamento com Amina. De acordo com a promotora, Stella teve muito tempo para planejar tudo. Ela foi ao apartamento de Christopher com a intenção de matá-lo. Desse modo, Jenny Jansdotter defende a tese de que Stella deve ser condenada por assassinato. Diz que existem muitas dúvidas acerca das informações dadas por Adam e Amina. De acordo com a promotora, existem fortes motivos para questionarem todo o depoimento de Amina sobre o estupro, principalmente por ela ter omitido qualquer informação sobre o incidente durante as investigações. Desse modo, o tribunal deve considerar Stella culpada de assassinato. A promotora pede uma sentença de catorze anos de prisão.

Minha cabeça está girando. Dali a catorze anos, Stella terá trinta e dois anos. Penso em tudo o que vai deixar de viver. As pessoas vivenciam muitas coisas em catorze anos! Quando eu tinha trinta e dois anos, eu estava no meio da vida. Stella talvez nunca tivesse a oportunidade de ser mãe, criar família ou ter uma carreira.

Catorze anos é muito tempo. Catorze anos na prisão é um tempo incrivelmente grande. Uma maldita eternidade.

Olho para Stella e fico chocada de perceber como ela parece pequena. Ainda tem doze anos com olhos azuis cheios de vontade, o mesmo nariz melequento de quando tinha sete anos, quando seus pesadelos a acordavam e ela ia para a nossa cama, enfiando-se no meio do papai e da mamãe. Sempre a verei assim. Aos meus olhos, ela continua sendo criança. A minha criança.

Minha culpa está me corroendo por dentro. O que foi que eu fiz? Por que eu não coloquei Amina no carro e a levei até a delegacia?

Várias vezes, senti que aquela era a minha forma de pagar minhas dívidas por ter negligenciado minha família, mas e se, na verdade, acabei sacrificando minha própria filha para salvar Amina? Não sei se eu consigo viver com isso.

Michael ajusta o nó da gravata antes de começar seus argumentos finais. Ele é rápido e direto enquanto vai quebrando cada uma das evidências apresentadas pela promotoria, até não restar mais nada.

— A única coisa que a promotora conseguiu provar foi que minha cliente estava nas proximidades da casa de Christopher Olsen na noite em que ele foi atacado. Nesse meio-tempo, durante os depoimentos de hoje, ouvimos que Amina Bešić também esteve lá naquele momento.

Ele olha para o juiz principal e seu tom é confiante, quase como se estivesse se dirigindo apenas ao juiz, como se não houvesse mais ninguém no tribunal.

— Tanto Amina Bešić quanto Stella Sandell estavam naquele lugar quando Christopher Olsen morreu. Além disso, parece que ambas tinham motivos para querer ferir Christopher. Mas é claro que isso não prova nada. Não foi, de jeito nenhum, provado acima de qualquer dúvida que minha cliente tenha empunhado a faca que causou a morte de Christopher Olsen.

E, então, está acabado. Tudo o que acontecer a partir de agora está além do meu controle.

Göran Leijon lança um rápido olhar para os juízes leigos e se vira para a galeria para declarar que os procedimentos tinham se encerrado.

— O tribunal agora vai analisar o caso e tomar sua decisão.

Afundo mais na cadeira. Parece que estou pendurada na beira de um precipício, uma fenda no tempo e no espaço, enquanto meus pés balançam no vazio.

Stella é levada até a porta que vai para o porão junto com Michael para evitar um confronto com a multidão de jornalistas e fotógrafos que se encontram nos corredores do tribunal.

As pessoas na galeria estão saindo, abrindo espaço e conversando, ansiosas por sair. Enquanto isso, junto minhas coisas. Minha bolsa, meu casaco, um xale.

Adam pede para eu andar logo. Não sei por que ele está com tanta pressa.

Quando me levanto, é como se todo o meu sangue estivesse nos meus pés. Não consigo sentir o resto do corpo, minha cabeça, meus braços. Perco o equilíbrio e caio sentada na cadeira.

Levo a mão ao peito, fico lá como se eu tivesse quebrada e precisasse usar todas as minhas forças apenas para respirar.

Adam pega minha mão e me ajuda a levantar. Ele me leva com cuidado para fora do tribunal. Minhas pernas estão pesadas; o ar está pesado. Atravessamos o corredor, passamos por todos aqueles olhares curiosos.

— Preciso beber alguma coisa gelada — digo, apontando para uma máquina de refrigerante no canto.

Remexo na bolsa, procurando dinheiro trocado. Minha mão está trêmula. Eu mexo e remexo. Encontro um pacote de chiclete e alguns prendedores de cabelo e os jogo no chão. Minha mão continua remexendo até tudo na bolsa estar se revirando como um misturador de cimento.

— Calma! — exclama Adam, pegando meu braço.

Minha bolsa cai no chão e fico diante da máquina de refrigerante iluminada, tremendo de forma descontrolada. Adam me entrega duas moedas de dez coroas e pega minha bolsa.

— O que foi que acabou de acontecer lá dentro, querida?

Sei que preciso explicar tudo para Adam. E logo. Não sei se consigo.

— O tribunal vai deliberar — digo, tomando um gole de água.

— Quanto tempo vai demorar?

Olho para ele. Meu coração parece uma imensa ferida aberta. O que foi que eu fiz com a minha família?

— Eu não sei — respondo. — Pode demorar de cinco minutos até várias horas.

Adam olha em volta, parecendo confuso.

— Eu não entendi. Foi Amina que...

Levo o dedo aos lábios dele.

— Eu amo você — digo, pegando a mão dele.

A declaração vem do fundo do meu coração.

Adam e Stella são tudo para mim. Eu sei que Stella e eu somos tudo para ele.

— Eu também amo você — diz ele.

Seguro a mão dele. Não, eu a aperto, a envolvo, me seguro nela.

Preciso contar para ele.

108

Durante muito tempo, temi que Adam colocasse tudo a perder. Ele nunca permitiria que eu colocasse meu plano em ação se soubesse o que estava acontecendo. Ele já tinha agido de uma forma que não lhe era peculiar ao esconder a blusa suja de sangue e, depois, mentir para a polícia em relação ao horário que Stella chegou em casa. Eu não poderia deixar ele descobrir mais nada.

Ele tinha começado a desconfiar de Amina naquele sábado mesmo. Depois do almoço na casa dos pais dela, ele tinha dito que Amina mentira sobre passar a sexta-feira com Stella. Fui obrigada a levantar vários sinais de fumaça.

Quando voltamos para casa da delegacia mais tarde naquele sábado, fiquei mais um tempo na rua para falar com Michael, que tinha nos dado uma carona. Ele achava que Stella logo seria solta, mas eu tinha lido as mensagens no celular dela e temia que a situação fosse um pouco mais complicada do que ele pensava. Enquanto esperávamos por mais informações, tentei insinuar para Adam que Stella precisava de um álibi. Eu não podia dar muito na pinta; ele não podia, de jeito nenhum, desconfiar que eu sabia mais do que estava dizendo, mas dei a entender que só ele poderia absolver Stella ao declarar que ela tinha chegado em casa mais cedo do que realmente chegara. É claro que eu mesma poderia ter mentido para a polícia ao dar um álibi para Stella. Mas o depoimento de Adam teria um peso muito maior. Quem se atreveria a questionar a sinceridade de um pastor que passou a vida toda fazendo uma campanha pela verdade?

Além disso, eu realmente preferia não ter que testemunhar. Não seria maravilhoso ter que cometer perjúrio, considerando todo o resto que fiz; minha honra profissional não existia mais. Ao mesmo tempo, para mim era importante seguir todo o julgamento como espectadora. Eu queria ver tudo. Acho que isso tem a ver com um sentimento de estar no controle.

Foi impossível conseguir dormir naquela noite de sábado; os pensamentos galopavam na minha mente como cavalos de corrida, mas, depois de algumas horas, descobri que Adam estava se afundando cada vez mais na cadeira. Ele piscou várias vezes, com a cabeça pendurada, e fiquei completamente parada sem fazer nenhum barulho até ele começar a roncar.

Então, segui rapidamente para o meu escritório e liguei para Amina. Ela estava agitada, quase incoerente. Decidimos nos encontrar logo assim que tivéssemos uma oportunidade, mas naquela noite ela tinha que ligar para Adam e confessar que tinha mentido. Não podia continuar dizendo que tinha saído com Stella na noite de sexta-feira.

No entanto, não foi nada fácil convencer Adam. Ele sempre foi bom em detectar mentiras, e ele sentia que Amina estava escondendo alguma coisa. Na verdade, só há duas pessoas no mundo que sabem como mentir para Adam. Uma é Stella; e a outra sou eu.

Na quinta-feira depois do assassinato, Amina me ligou de novo. Até agora tudo parecia estar saindo exatamente como esperávamos, mas, de repente, Amina ficou nervosa e ofegante ao telefone. Adam estava esperando por ela do lado de fora do ginásio, tentando conseguir informações. Ela tinha certeza de que ele sabia. De alguma forma, Adam descobrira que Stella e Amina tinham algum envolvimento na morte de Christopher Olsen.

Nunca tive a intenção de revelar para Adam que eu também estava acordada na hora em que Stella chegou naquela noite, mas o comportamento dele começou a se tornar cada vez mais desesperado, e percebi que precisávamos fazer alguma coisa. Também foi nesse ponto que tive a ideia de nos mudarmos para Estocolmo.

Eu amo Adam. Nosso relacionamento balançou algumas vezes, para dizer o mínimo; quebrou e queimou, mas dizem que os vasos rachados duram mais. Duas pessoas que passaram por tantas coisas juntas, que passaram por uma provação como esta, pertencem uma à outra de um jeito que é difícil para as outras compreenderem.

Em Estocolmo, conseguiríamos recomeçar do zero. Ao mesmo tempo, a investigação preliminar estava se arrastando, e eu precisava encontrar uma forma de tirar Adam de Lund antes que acontecesse algum desastre. Embora no fim eu tenha sido obrigada a confessar para ele que fui eu que me certifiquei de que o celular de Stella desaparecesse, e embora ele talvez tenha percebido que também fui eu que me livrei da blusa manchada de sangue, consegui fazer Adam manter sua mentira e dar a Stella um álibi.

No momento que vi que Stella tinha deixado o telefone em casa, percebi que havia alguma coisa errada. Stella nunca esquece o telefone. A cada minuto que passava, minha preocupação crescia. Por fim, não tive alternativa, a não ser ler as mensagens.

Li a última mensagem desesperada para Amina, horrorizada. Por um segundo considerei mostrar a mensagem para Adam, mas rapidamente percebi que aquilo seria desastroso.

Eu estava sentada no sofá com os olhos grudados no celular da minha filha quando Michael ligou.

— Sinto muito, Ulrika, mas a polícia prendeu Stella.

Fiquei em estado de choque ao ouvir a voz dele de novo.

— Ela pediu que eu a representasse como defensor público.

— O quê?

Fiquei confusa. Stella tinha pedido a Michael que fosse o advogado dela?

— Ela sabe quem você é? — perguntei enquanto ele nos dava carona para casa naquela noite.

— É claro.

Aquilo era típico de Stella. Ela sabia que o meu relacionamento com Michael tinha ultrapassado os limites profissionais; ela ouvira nossa conversa ao telefone, e foi por isso que solicitou que ele fosse seu advogado de defesa.

Por que com certeza ela não *sabia*, sabia? Será que ela se dera conta de que Michael quebraria a confidencialidade e me envolveria?

Foi uma decisão difícil deixar Stella no escuro sobre o que estava acontecendo, abandonada em uma cela. Aquilo estava me deixando doente e finalmente pedi a Michael que marcasse uma visita para que eu pudesse explicar tudo para Stella, mas ela se recusou e não me atrevi a confiar em Michael para fazê-la compreender. Não havia outra saída. Para conseguir salvar Amina e Stella, o caso teria que ir a julgamento. O risco era alto demais. Eu estava arriscando minha filha. Minha família.

Na tarde de domingo, logo depois que a polícia revistou nossa casa, Amina veio me ver. Adam estava sendo interrogado pela polícia, e quando ele ligou consegui tempo ao dizer que os técnicos ainda estavam lá.

Quando tomamos a decisão, Amina pegou a sacola de plástico que tinha escondido no casaco. Explicou que tinha encontrado a sacola em uma lata de lixo no parquinho e eu soube na hora o que havia ali.

Entramos no carro e segui direto para a pedreira em Dalby, onde parei e desliguei o motor do carro em uma estradinha de cascalho.

Olhei em volta, ansiosa, antes de colocar o conteúdo da sacola no chão. Amina ficou ao meu lado, fungando enquanto eu pisava no telefone de Christopher Olsen e o quebrava em mil pedaços.

— O seu também — disse eu.

Ela olhou para mim com os olhos arregalados. Depois, entregou-me o celular e eu tirei o cartão SIM antes de esmagar o aparelho sob os pés também. Eu estava agoniada, mas não havia tempo a perder. Pelo menos eu sabia o que era importante, o que realmente significava alguma coisa. Ali estava uma oportunidade de provar.

Caminhei até a beirada do desfiladeiro acima da pedreira, onde a grande muralha de pedra mergulhava nas águas escuras tão calmas que pareciam mais um profundo buraco negro. Coloquei luvas e, então, atirei a faca que matara Christopher Olsen pelo precipício. Ela cortou o céu em um arco até cair nas águas silenciosas. O lago profundo se abriu e a engoliu de uma só vez.

109

Adam dá um passo para trás e se encosta na máquina de bebida gelada.
— Você percebe o que fez?
A dor era imensa. Naquele momento, eu me arrependi de tudo. Eu não apenas me arrisquei a perder minha filha — mas Adam não ficaria comigo.
— Tudo o que eu fiz foi por você. Pela minha família.
— E por Amina?
Assenti.
— Mas eu não entendo. Eu vi com meus próprios olhos que Linda Lokind tinha um sapato igual ao de Stella. E ela a seguiu naquela noite.
Tomei o último gole de água, amassei a garrafa e a joguei no lixo.
— Linda Lokind não matou Christopher Olsen — digo. — É provável que todos os avisos de Linda para Stella fossem verdade. Christopher a sujeitou a muitos abusos.
Eu me certifico de enfatizar essa última parte. Talvez eu faça isso para convencer Adam de que ele fez a coisa certa. Talvez para me convencer.
Adam ainda parece confuso.
— E os poloneses?
— Os da pizzaria? — Encolho os ombros. — Eles com certeza são ladrões baratos e trapaceiros, mas não têm nada a ver com a morte de Christopher. Tudo o que queriam era manter a pizzaria.
Adam balança a cabeça.
— Isso é loucura — diz ele. — Por que Amina não disse nada? Como ela pôde deixar Stella passar por tudo isso?
Abro a boca, mas minha voz desapareceu. Adam nunca vai me perdoar. Nunca vai entender.
— E você? — pergunta ele. — Você também?
Quase soa como uma afirmação. Eu não detecto nenhuma acusação no seu tom.

— O que uma mãe não faz pela filha? — pergunto.

Adam olha nos meus olhos. *Talvez*, penso. *Talvez ele consiga entender no final das contas.*

— Amo você — sussurro.

Por fim, sei que essa é a mais pura verdade. É isso o que eu faço. Eu amo Adam. Eu amo Stella. Eu amo nossa família.

Então, os alto-falantes estalam e somos chamados à sala dois do tribunal.

Adam e eu estamos de mãos dadas. Os bancos da galeria estão quase vazios agora. Muitos jornalistas parecem ter presumido que a deliberação ia se arrastar e deixaram o tribunal. Outros talvez não esperassem nada de surpreendente, imaginando que Stella teria que continuar na prisão enquanto aguardava a sentença que seria dada posteriormente.

Ela está tão magra. O cabelo está embaraçado e o olhar, vazio e embotado. Ela não olha em nossa direção. Assim como todo mundo, seus olhos estão fixos no juiz Göran Leijon.

— O tribunal deliberou — declara ele, olhando para os juízes leigos. — Estamos prontos para dar nosso veredicto.

Meu coração para no peito. Eles já têm um veredicto? Mesmo que nem vinte minutos tenham se passado?

Adam aperta minha mão e parece confuso.

— Eles já decidiram?

Concordo com a cabeça e me inclino para a frente.

A única coisa que existe no meu mundo é a voz de Göran Leijon. Eu não ouço tudo o que foi dito, mas as partes importantes. As palavras essenciais encontram o caminho até meus ouvidos e me atingem como um tapa na cara.

Não consigo me mexer. É como se meu cérebro estivesse registrando a informação, sem querer aceitar.

Depois de um momento, eu me viro para Adam. Ele está olhando para o chão.

Não é verdade. Não posso acreditar que seja verdade.

— Stella Sandell é exonerada de todas as denúncias e, com isso, o tribunal retira seu pedido de prisão.

Um burburinho toma conta do tribunal. Meu cérebro está um caos. Será que é verdade mesmo?

— O que houve? — pergunta Adam.

Ele olha para mim com olhos enormes.

— As denúncias serão retiradas. — Só quando falo em voz alta é que entendo o verdadeiro significado de tudo. — Stella está livre.

Nesse meio-tempo, Michael se levanta e abraça Stella. As pessoas na galeria começam a se mexer. Todo mundo de repente está com pressa. Um grande guarda estufa o peito e se prepara. Só agora cada parte do meu cérebro consegue aceitar o que acabou de acontecer é verdade.

— Stella! — exclamo, tentando abrir caminho entre as cadeiras, passando por baixo do olhar afiado do guarda e por Michael com seu sorriso choroso.

Como se eu estivesse cruzando uma ponte sobre toda a merda que aconteceu, envolta em um túnel brilhante, mergulho direto nos braços de Stella.

Atrás de nós, ouço a voz surpresa de Adam:

— É verdade? Isso realmente aconteceu?

— A cadeia de provas foi quebrada — explica Michael com tanto orgulho na voz, que você poderia pensar que tudo aquilo só tinha sido possível por causa dele. — Depois do seu testemunho e o de Amina, formaram-se muitas dúvidas. Eles foram obrigados a libertar Stella.

Adam olha para Michael.

— Peço desculpas por ter questionado seus métodos, mas eu não sabia de tudo o que estava acontecendo. Entendo agora tudo o que fez pela minha família.

Michael parece se emocionar. Assente para Adam e, então, quando arrisca olhar na minha direção, vejo um ar de sorriso. Ele está gostando daquilo. É por isso que trabalha como advogado?

— Desculpe, Stella — digo afastando uma mecha de cabelo do rosto pálido.

— Pelo quê?

— Por isso. Por tudo.

Ela olha para mim por um longo tempo.

Minha garotinha. Eu me grudo ao corpo trêmulo dela como se eu fosse um Band-Aid em um machucado. Eu a abraço ainda mais apertado; nunca mais quero deixá-la. O coração dela bate contra o meu peito e a saudade nos nossos olhos se acalma, finalmente encontrando a paz.

— Mãe — sussurra ela.

Não importa se ela tem dezoito anos de idade ou quatro semanas de vida. Ela sempre vai ser a minha garotinha.

Eu faria qualquer coisa por ela.

— Eu amo você, mãe.

Tento responder, mas as palavras ficam presas na minha garganta. Como um coágulo de emoções. Anos de emoção contida formaram uma represa na minha garganta. E quando ela se quebra é como se todo o meu corpo se liquidificasse.

O tempo não existe; o espaço não tem o menor significado. Nós fluímos juntas na eternidade, minha garotinha e eu. Lentamente, ela se inclina para mim e cochicha no meu ouvido:

— Eu com certeza escolhi um ótimo advogado, não foi?

Meu corpo se contrai e fico tensa. Quando Stella se afasta, vejo-me refletida nos olhos dela. Ela se vira para o pai.

Adam parece acabado. Como se alguma coisa fundamental tivesse se partido dentro dele.

Eu o decepcionei tantas vezes. Se Adam descobrir sobre mim e Michael... Eu jamais conseguiria consertar isso.

Michael sorri para mim. Eu me viro para Stella.

— Obrigada — sussurra ela para o pai.

Adam está chorando feito um bebê. Ele simplesmente deixa tudo fluir, sem a menor inibição de se desnudar dessa forma.

Stella estende a mão para tocá-lo. Adam observa a mão da filha, vê os dedos tocarem sua pele. Os pelos do seu braço se arrepiam.

— Seu coração está feliz com isso? — pergunta Stella.

EPÍLOGO

Depois de tocar a campainha na casa de Chris e pressionar o ouvido contra a porta, desci correndo as escadas. Peguei minha bicicleta e comecei a pedalar a esmo no bairro, enquanto tentava entender o que tinha acontecido. Linda Lokind realmente estava me seguindo ou eu estava imaginando coisas? Eu estava enlouquecendo?

Sempre fui diferente e nunca me vi realmente refletida em outras pessoas. E se eu sempre estivesse caminhando para isto: um surto psicótico esperando o gatilho certo para aparecer?

Depois de algumas voltas, parei a bicicleta em frente à Escola Polhem e me sentei em um banco. Minhas pernas estavam trêmulas e eu sentia o sangue pulsar nas têmporas. Não poderia simplesmente voltar para casa e abandonar Amina.

Li pela centésima vez a mensagem de texto.

Está tudo bem. Dormindo. Vejo você amanhã. <3

Eu até poderia deixar o coraçãozinho no final passar. Mas o "está" em vez de "tá"? Pontuação na mensagem? Não, sem chance. Passei desesperadamente por várias mensagens que trocamos e comprovei isso, Amina nunca terminava nenhuma mensagem com ponto-final. Aquele texto não tinha sido escrito por ela.

Só podia ter sido o Chris. Ele estava se recusando a atender minhas ligações e mensagens de texto. Seria verdade, no final das contas, tudo o que Linda Lokind contara? E se Chris tivesse prendido Amina? Ou pior...?

Fiquei andando de um lado para o outro na rua, impaciente, entrei no pátio da escola e voltei. Segui pela cerca viva até o prédio do Chris, mas notei a sombra de alguém na janela do apartamento vizinho e voltei correndo para a escola. Toda vez que eu parava, sentava ou me apoiava em uma árvore, aquela sensação arrepiante retornava, como patinhas minúsculas de insetos na minha pele, causando espasmos musculares que me obrigavam a me levantar de novo.

Quando o silêncio foi quebrado, eu estava no meio do caminho entre o pátio da escola e o parquinho, a cinquenta metros do prédio de Chris. Do nada, a noite foi tomada pelo som de respiração ofegante e passos apressados, gritos abafados ecoando no asfalto.

Ela estava correndo pelo meio da rua. A camisa estava solta em um dos ombros, o cabelo estava desgrenhado como um halo negro que caía em volta do pescoço. Os olhos tinham aquele brilho guerreiro. Na quadras de handebol, as pessoas costumam compará-la a um *pitbull*.

— Amina! — gritei.

Ela estava ofegante; olhou para trás e sua boca se abriu em um grito silencioso.

Naquele instante, Chris apareceu na esquina atrás dela. Uma das mãos estava no rosto, e a outra balançando ao seu lado no ritmo da corrida.

Ele a estava perseguindo.

— Corre! — gritou Amina para mim.

Mas meus pés estavam grudados no asfalto. Amina logo me alcançou e vi o rosto dela se contorcer.

— Corre!

Tentei encontrar uma rota de fuga enquanto Chris se aproximava cada vez mais.

Quando eu me virei, vi a faca. Amina mexeu rapidamente a mão, fazendo a faca brilhar sob a luz do poste.

Os pés de Chris trovejavam no asfalto.

— Venha! — chamei, arrastando Amina comigo.

Nós contornamos a cerca viva e entramos na escuridão do parquinho. O cascalho estalou sob nossos pés. Amina estava trêmula e ofegante, esforçando-se para respirar. Senti cheiro de suor, adrenalina e de outra coisa, uma coisa mais forte. Pimenta?

— Mas que merda está acontecendo?

Amina não respondeu. Seus olhos estavam completamente anuviados. Eu a sacudi, tentando chegar a ela, mas ela estava totalmente ausente.

Peguei seu pulso e a obriguei a olhar para mim.

— O que foi que ele fez com você?

Ela abriu a boca e seus lábios estremeceram.

— Sinto... muito — gaguejou ela. — Eu não cumpri o que combinamos.

— O que foi que ele fez com você, Amina?

— Ele... Ele...

Os passos estavam se aproximando. Em alguns segundos estaríamos frente a frente com Chris.

— Ele me estuprou.

A resposta de Amina foi como um soco no estômago.

— Ele estuprou você?

Um instante depois, Chris virou a esquina e apareceu na nossa frente. Estava a apenas alguns metros. Ele parou e ficou olhando para nós, cobrindo um dos olhos com a mão.

Eu me afastei, dois passos rápidos. Tive que soltar Amina, mas presumi que ela estava logo atrás de mim.

Meu corpo ficou tenso, minha pele estava toda repuxada. Eu devia estar com medo, aterrorizada, mas, em vez disso, cada célula do meu corpo vibrava com a mais pura fúria. Eu o odiava. Eu odiava Chris Olsen a tal ponto que eu estava prestes a perder a cabeça.

Fui obrigada a reviver o meu estupro vez após vez: a pressão na minha garganta, o peso sobre meu corpo e a dor ardente quando ele me penetrou à força.

Como eu pude permitir que a mesma coisa acontecesse com Amina? Se ao menos eu tivesse ouvido Linda Lokind.

Chris Olsen resmungou enquanto ofegava. Ele fez uma cara horrível enquanto esfregava os olhos com as costas da mão. Olhei para Amina e percebi que ela não tinha me acompanhado. Em vez disso, ela deu um passo na direção de Chris. A faca tremia de forma ameaçadora na mão que erguera para ele.

— Pessoas como você não merecem viver — sibilou ela, entredentes.

— Já chega — disse Chris.

A voz dele não demonstrava nenhum arrependimento nem medo. Sua expressão era totalmente neutra.

— Para, Amina.

Era minha voz.

Não sei se ela me ouviu. Ela estava em outro mundo, um mundo no qual só existiam ela e Chris. Ela e seu estuprador. E a faca, tremendo em sua mão.

— Saia daqui! — exclamou ela.

Chris ficou olhando para ela.

— Vá embora!

Dei um passo na direção dela. A lâmina afiada da faca tremia no ar ao meu lado. Dentro de mim, todo o meu ódio serpenteava como uma cobra, revirando-se de um lado para o outro, pronto para explodir.

Vi o sofrimento nos olhos de Amina e soube que era tudo culpa minha, tudo mesmo. Se ao menos eu tivesse dado ouvidos a Linda Lokind. Como pude ser tão cega?

E, então, Chris Olsen começou a rir.

Olhei para a minha melhor amiga e peguei a faca de sua mão.

AGRADECIMENTOS

Agradeço ao pastor Markus von Martens, que me deu minha esposa e leu o manuscrito. Obrigado a Birgitta Ekstrand e Monika Wieser, por suas sugestões valiosas. Obrigado a Zackarias Ekman, pelo brilhantismo de sempre e pela consultoria jurídica. Meus agradecimentos a todos do Bokförlaget Forum e Bonnierförlagen. Obrigado a Astri, Christine, Kaisa, Marit e Kajsa da agência Ahlander. É uma honra trabalhar com vocês. Vocês são todos grandes estrelas. Obrigado a Karin e Peter da Kult PR.

Agradeço a todos da Celadon Books. Foi um prazer trabalhar com essa equipe incrível. Obrigado por tudo, Deb! Também agradeço a Vicki da Pan Macmillan! Vocês duas tornaram este livro ainda melhor.

Sem meu editor, John Häggblom, este romance não seria o que é. Obrigado pelo trabalho meticuloso e pelos conselhos sábios e por acreditar em mim desde o início. Sem minha editora sueca, Karin Linge Nordh, tudo teria sido pior. Obrigado por tudo. Sem minha agente, Astri Ahlander, este livro talvez nem existisse. Estou tão feliz e grato por tudo o que você fez por mim. Sem Kajsa, Ellen e Tove, isso não faria sentido.

ESTA OBRA FOI COMPOSTA PELA ABREU'S SYSTEM EM CAPITOLINA REGULAR
E IMPRESSA EM OFSETE PELA GRÁFICA SANTA MARTA SOBRE PAPEL PÓLEN SOFT DA SUZANO S.A.
PARA A EDITORA SCHWARCZ EM FEVEREIRO DE 2021

A marca FSC® é a garantia de que a madeira utilizada na fabricação do papel deste livro provém de florestas que foram gerenciadas de maneira ambientalmente correta, socialmente justa e economicamente viável, além de outras fontes de origem controlada.